Im Arm des Piraten

Mary Kingsley

Im Arm des Piraten

Deutsch von Georgia Sommerfeld

Weltbild

Originaltitel: *In A Pirate's Arm*
Originalverlag: Dutton Signet/Penguin Books USA Inc., New York

Die Autorin

Mary Kingsley, die mit richtigem Namen Mary Kruger heißt, ist ausgebildete Bibliothekarin und hat schon in jungen Jahren mit dem Schreiben begonnen. Bekannt wurde sie mit ihren historischen Liebesromanen, doch verfasst sie unter ihrem Geburtsnamen auch Kriminalromane. Bis heute hat sie insgesamt achtzehn Romane geschrieben. Mary Kruger lebt mit ihrer Tochter in Neuengland.

Weltbild Taschenbuch

Erster Teil

1

CHARLOTTE AMALIE,
ST. THOMAS, MAI 1811

Rebecca Talbot warf einen letzten Blick auf das für die morgige Reise bereits aufgetakelt im Hafen liegende Schiff, das das Ende ihres gewohnten Lebens symbolisierte, und wandte sich dann mit hängenden Schultern ab. Es war schon fast Teezeit, und ihr Vater würde sich fragen, warum sie nicht in der Pension Donner war, wo sie mit ihm und ihrer Schwester Amelia abgestiegen war. Er würde nicht verstehen, daß sie geflohen war, um dem Gespräch über die Reise zu entgehen, vor der ihr so graute, und sie verstand selbst angesichts ihrer Verfehlungen in der Vergangenheit nicht, warum er sie unbedingt loswerden wollte. Aber sie wußte – wenn sie nicht bald zurückkehrte, wäre der Teufel los.

Und so wandte sie dem von sattgrünen Hügeln und Inseln umgebenen Hafen den Rücken zu und machte sich, vorbei an den Lagerhäusern und der kuriosen rosafarbenen Festung, auf den Weg. Das fröhliche Treiben auf dem Markt hob unwillkürlich ihre Stimmung. Sie liebte die Hauptstraße von Charlotte Amalie, die Dronningens Gade, eine seltsame Mischung aus karibischer Farbenpracht und der abendländischen Vornehmheit der Dänen, die die Insel kolonisiert hatten. Und die Menschen faszinierten sie: hochgewachsene, stämmige, blondbärtige Dänen, kleine, dunkelhäutige Seeleute aus aller Herren Länder, sogar der vereinzelte, in seiner roten Wolluniform schwitzende britische Soldat, denn die Briten durchstreiften der Franzosen wegen die karibischen Gewässer. Im Erdgeschoß der pastellfarbenen Häuser mit den schmiedeeisernen Balkonen boten dunkelhäutige Eingeborene in ihrem inseltypischen Singsang Obst und Gemüse feil, doch Rebecca zwang sich, nicht darauf einzugehen, sondern unbeirrt ihren Weg fortzusetzen – eine junge Frau, die in ihrem grauen Twill-Kostüm, den derben Stiefeln und dem ebenfalls grauen Hut, der ihr Gesicht beschattete, inmitten der bunten Vielfalt ausgesprochen konservativ wirkte. Ihre großen Schritte und die Tatsache, daß sie keine Handschuhe trug, paßten allerdings nicht zu dem Gebaren einer Lady. Doch das kümmerte Rebecca im Augenblick herzlich wenig – sie hatte andere Dinge im Kopf. Immerhin würde sich ihr Leben ab morgen grundlegend ändern.

Hinter dem Markt wurde die Straße schmaler und beschrieb eine scharfe Kurve. Die Pension Donner stand auf der Kuppe des Government Hill, was bedeutete, daß ihr ein langer, anstrengender Aufstieg bevorstand. Sie würde schwitzend und außer Atem ankommen und einen Tadel von ihrem Vater ernten. Der Gedanke veranlaßte sie, ihre Schritte, die sie die steile, kopfsteingepflasterte Straße hinaufführten, zu beschleunigen – aber auch die Tatsache, daß die Gegend ihr nicht geheuer war. Die schäbigen Hütten zu beiden Seiten beherbergten Spelunken, und dementsprechend finster waren die Gestalten, denen sie hier begegnete. Doch Rebecca war nicht ängstlich, nur auf der Hut. Sie hatte schon vor langer Zeit gelernt, sich in einen Mantel der Unnahbarkeit zu hüllen, so daß sie kaum je angesprochen wurde, selbst wenn sie allein unterwegs war. Andererseits gab es nicht viele Männer, die überhaupt auf die Idee kommen würden, sie anzusprechen. Dazu war sie zu groß, zu alt und – schlichtweg – zu reizlos.

Nur ein paar Schritte voraus flog die Tür einer Kneipe auf, und zwei Männer stürmten heraus. Rebecca hatte gerade noch Zeit, sich an die Wand zu drücken, sonst wäre sie von dem ersten niedergetrampelt worden. So kurz der Moment auch war, er genügte, um sie breite Schultern wahrnehmen zu lassen, ein schneeweißes Leinenhemd, dunkle, sich über den Kragen lockende Haare und – zu ihrer Verblüffung – ein Lächeln für sie. Dann war er vorbei. Sein Verfolger, der aus Leibeskräften Verwünschungen schrie, hielt ein langes Messer hoch in die Luft gestreckt. Sein Hemd war aus grobem, schmuddeligem Tuch, und er bleckte in einer häßlichen Grimasse sein lückenhaftes gelbes Gebiß. Alles in allem bot er einen furchterregenden Anblick, und der erste Mann war unbewaffnet.

Ehe sie recht wußte, was sie tat, stellte sie dem zweiten Mann ein Bein, woraufhin dieser, überrascht und wutentbrannt aufschreiend, bäuchlings auf dem Boden landete. Das Messer entglitt seiner Hand und schlitterte davon.

Großer Gott! Rebecca starrte auf den Mann hinunter. Der Zusammenprall war so stark gewesen, daß sie sich nur hatte aufrecht halten können, indem sie sich an die Mauer der Taverne klammerte. Sie konnte nicht fassen, was sie getan hatte. Als sie den Blick hob, sah sie, daß der erste Mann sich ihnen zugewandt und das Messer seines Verfolgers in der einen Hand hielt. In der anderen hatte er sein eigenes. Er stand mit leicht gespreizten Beinen entspannt in der Mitte der Straße, und der zuerst flüchtige Eindruck von männlicher Kraft und einer Lokkenpracht, um die so manches Mädchen ihn beneiden würde, fand seine Bestätigung. Das einzige, das ihr entgangen war, als er an ihr vorbeirannte, war seine Augenklappe.

»Na, mein Junge«, sagte er mit einer weichen Stimme und in einem ihr fremden Dialekt, »willst du nicht aufstehen? Nein – wage es ja nicht, dich an der Lady zu vergreifen!« drohte er dem am Boden Liegenden, als dieser Rebecca einen so mordlüsternen Blick zuwarf, daß sie sich unwillkürlich noch fester an die Wand drückte. »Das nächste Mal paß auf, wo du hintrittst, mein Junge. Es ist nicht höflich, eine Dame fast von den Füßen zu reißen.« Er neigte den Kopf leicht in Rebeccas Richtung, und in diesem Augenblick wurde ihr klar, warum sie getan hatte, was sie getan hatte: wegen seines Lächelns. »Na, Simms, kommst du endlich hoch, oder soll ich dir Beine machen?«

Simms schaute zu ihm auf, und seine Augen weiteten sich angstvoll, als er die beiden Messer sah, die der andere Mann locker in den Händen hielt. »Ich hab's nicht so gemeint, Cap'n«, stammelte er und rappelte sich auf.

»Ach nein?« rief der als Cap'n Angesprochene und warf Simms' Messer.

Es flog auf den Mann zu, der sich nur ein paar Fuß von Rebecca entfernt, die Hände an die Mauer gelegt, an die Wand der Taverne preßte, und blieb mit vibrierendem Griff zwischen seinen Füßen in der Ritze zwischen zwei Pflastersteinen stecken.

»Jesus Christus!«

»Beim zweitenmal ziele ich höher, mein Junge«, sagte der Captain mit unheilverkündend sanfter Stimme. »Es sei denn, du nimmst zurück, was du gesagt hast.«

»Ihr seid kein Lügner, Cap'n«, packte Simms diese Gelegenheit eilends beim Schopf. Dicke Schweißperlen standen auf seiner Stirn, und sein Blick war unverwandt auf das noch verbliebene Messer in der Hand des Captains gerichtet. »Nein, Ihr seid kein Lügner.«

Der Captain kam näher. »Und du wirst auch nie wieder versuchen, mich beim Kartenspiel zu betrügen, nicht wahr, mein Junge?«

»Nein, Captain! Ich schwöre es!« Simms wurde noch bleicher, als der Captain sich mit einer fließenden Bewegung bückte und das Messer aus dem Boden zog. Langsam richtete er sich auf und ließ die Spitze der Klinge, die dabei ein leises Klicken hervorrief, über die Knöpfe von Simms' Weste aufwärtsgleiten, höher und höher, über sein Kinn bis zu seiner Nase. Dort verharrte sie. Simms wich soweit wie möglich vor der tödlichen Bedrohung zurück und fixierte das trotzdem noch dicht vor ihm befindliche Messer, vor Anstrengung schielend. »Ich schwöre es, Cap'n.«

»Tatsächlich? Das freut mich zu hören.« Der Captain schleuderte das Messer aus dem Handgelenk hoch in die Luft, wo es mehrmals herumwirbelte, ehe es, mit dem Griff nach unten, wieder in seiner Hand landete. Mit einem Klacken verschwand es im Griff. »Eine schöne Klinge. Benutze sie in Zukunft für andere Zwecke.« Der Captain warf das Messer erneut in die Luft, diesmal jedoch schlug es klappernd auf dem Kopfsteinpflaster auf. »Du wirst es auf dem Schiff brauchen.«

»Ja, Cap'n.« Simms hob es hastig auf und schob es in seine Hosentasche. »Danke, Cap'n, und es tut mir leid. Ich geh' dann jetzt mal.«

»Tu das«, nickte der Captain, der mit gespreizten Beinen lächelnd dastand, liebenswürdig. Für einen Mann, der eben noch in Lebensgefahr geschwebt hatte, war er bemerkenswert gefaßt – und er ließ seinen Angreifer ungeschoren davonkommen.

»Ich werde die Männer nie verstehen«, schallte Rebeccas Stimme durch die Stille.

Der Captain wandte sich ihr zu. Er lächelte noch immer, vermittelte jetzt jedoch etwas völlig anderes. »Vergebt mir, daß ich Euch erst jetzt meine Aufmerksamkeit schenke. Es ist Euch nichts geschehen?«

»Nein – dank meiner schnellen Reaktion.« Sie löste sich von der Wand und rückte ihren Hut zurecht. »Ihr hättet mich um ein Haar umgerannt.«

»Ja, wißt Ihr, wenn man Strolchen wie dem da Manieren beibringen muß…«

»Manieren beibringen? Ihr seid um Euer Leben gelaufen!«

»Ganz und gar nicht. Ich wollte einen guten Platz für den Kampf finden – die Gasse ist zu schmal…« Sein Lächeln wurde weich. »Aber ich danke Euch dennoch, *leannan.* Es war sehr mutig, was Ihr getan habt.«

»Eher töricht, würde ich sagen«, gab sie zurück. »Ich weiß überhaupt nicht, was mich dazu veranlaßt hat.«

»Wirklich nicht?« Er neigte den Kopf leicht zur Seite, und

ebenmäßige Zähne blitzten in dem sonnengebräunten Gesicht, als sein Lächeln zum Strahlen wurde. Er war ein ausnehmend gut aussehender Mann, dachte sie, und die Augenklappe verstärkte die reizvolle Verwegenheit seiner Erscheinung noch. Und das wußte er.

»Ich denke, ich tat es, weil ich es nicht mit ansehen kann, wenn ein wehrloser Mensch gejagt wird.«

Er legte theatralisch die Hand auf sein Herz. »Jetzt kränkt Ihr mich aber, *leannan*. Sehe ich denn wehrlos aus?«

Nein, das konnte man nun wirklich nicht behaupten – nicht mit diesen Schultern und diesen Armen, deren Muskeln sich sogar durch sein Hemd abzeichneten. »Er hatte ein Messer.«

»Ja, aber ich habe ein besseres. Wie auch immer – Ihr habt Mut bewiesen, *leannan*. Belassen wir es dabei.«

»Was bedeutet das?«

»Was?«

»Wie Ihr mich genannt habt – *leannan*.«

»Das ist gälisch. Ihr seht mit Euren roten Haaren und grünen Augen wie eine Irin aus. Aber Ihr seid Amerikanerin, nicht wahr, *leannan?*«

»Ja – aus Georgetown in der Nähe von Washington City.« Mehr brauchte er nicht zu wissen – sie durfte nicht vergessen, wer sie war. Und außerdem hatte sie es eilig. »Ich muß gehen, Sir. Laßt Ihr mich bitte vorbei?«

Er trat einen Schritt zurück und winkelte den Arm an. »Darf ich Euch begleiten, *leannan?*«

»Himmel, nein!« protestierte sie entsetzt. Wenn ihr Vater sie mit diesem Mann sähe, wäre der Teufel los. Dennoch schämte sie sich unerklärlicherweise ihrer Heftigkeit, und so setzte sie höflich hinzu: »Danke, aber das ist nicht nötig.«

»Wie Ihr meint, aber wenn Ihr morgen wieder einen Spaziergang machen wollt, schlage ich vor, Ihr wählt dafür eine ungefährlichere Gegend.«

»Dazu wird es nicht kommen«, platzte sie heraus. »Ich reise morgen nach England ab.«

»England«, wiederholte er mit plötzlich ausdruckslosem Gesicht. »Ah, ich verstehe. Ihr schifft Euch hier ein, weil Euer Land den Handel mit England verbietet. Aber warum fährt eine gute Amerikanerin dorthin?«

»Das hat familiäre Gründe. Ich muß jetzt wirklich gehen. Guten Tag, Sir.«

Er musterte sie einen Moment lang scharf, und dann ergriff er, ehe sie es sich versah, ihre Hand und hob sie an die Lippen. Seine Hand war groß und schwielig, und die ihre verschwand beinahe darin. »Ihr tragt keine Handschuhe.«

»Nein. Ich verabscheue sie.« Rebecca versuchte sich loszureißen. »Tut das nicht!« Ohne sich von ihrer Empörung irritieren zu lassen, drückte er, den Kopf darüber beugend, einen leichten Kuß auf ihren Handrücken, der ihre Haut zu versengen schien. »Ich bitte Euch!«

»Ah, *leannan*. So hübsche Hände.« Er drehte ihre Hand mit überraschender Behutsamkeit um und drückte auch auf ihre Handfläche einen Kuß, diesmal länger und fester. Sein Atem kitzelte ihr Handgelenk, und ihre Nackenhaare stellten sich auf. Sie erschauerte.

»Bitte!« beschwor sie ihn noch einmal mit jetzt schwacher Stimme, und er hob den Kopf. Ihre Blicke trafen sich, und in diesem Moment hatte sie das Gefühl, ihn zu kennen, wie sie noch nie zuvor einen Menschen gekannt hatte. Die Empfindung war so erschreckend für sie, daß sie unwillkürlich einen Schritt zurückwich.

Er ließ sie sofort los, und sie trat noch einen Schritt von ihm weg, wobei sie die Hand, die er geküßt hatte, in der Armbeuge barg, als sei sie verletzt. Doch es war nicht Schmerz, was sie verspürte. »Nun denn, *leannan,* ich wünsche Euch eine gute Reise. Und« – er blinzelte ihr zu »seid auf der Hut vor Piraten.«

»Was?« rief sie, doch er entfernte sich bereits mit einer raubkatzenhaften, schmalhüftigen Grazie, die ebenso überheblich wie auch ungemein maskulin war. Sie rief sich energisch zur Ordnung. Ein Draufgänger wie er war nichts für eine Frau wie sie, die die Sicherheit und Vertrautheit ihres Heimes schätzte. Wenn sie auch manchmal, nur manchmal, wünschte … ach, sei's drum. Ihre Wünsche hatten sie schon mehr als einmal in Teufels Küche gebracht, und es war höchste Zeit, daß sie in der Pension auftauchte. Diese Begegnung hatte keine Bedeutung für ihr Leben.

Ihre Hand noch immer in der Armbeuge bergend, setzte sie ihren Weg fort. Es hatte keinen Sinn, sich länger mit diesem Zwischenfall zu befassen, der sie unfaßbarerweise dazu getrieben hatte, ihre gute Erziehung zu vergessen, um einem gutaussehenden Fremden zu helfen. Noch törichter – und auch gefährlich – wäre es, in Erinnerung daran zu schwelgen, welche Empfindungen seine Lippen auf ihrer Hand in ihr ausgelöst hatten. Sie würde den Mann nie wiedersehen.

Brendan Fitzpatrick ging mit großen Schritten die Dronningens Gade hinunter auf den Hafen zu. Das schwarze Cape, das er trotz der Wärme der karibischen Sonne trug, wehte dabei von einer Seite zur anderen. Er wirkte nicht bedrohlich, trug keine sichtbaren Waffen, und sein Gesichtsausdruck war zwar wachsam, aber freundlich, doch selbst die kräftigsten Männer machten ihm Platz und grüßten ihn ehrerbietig. Auf die Frauen wirkte er nicht so einschüchternd. Sie lächelten und riefen ihm Grußworte zu, denn Brendan war trotz der Augenklappe ein ausgesprochen anziehender Mann. Und es hieß, daß er sich Frauen gegenüber, die er in sein Bett nahm, höchst großzügig zeigte, und das nicht nur in Form von Geld. Brendan erwiderte die Grüße mit einem Lächeln und die anzüglichen Bemerkungen mit Scherzworten, die allgemeines Gelächter hervorriefen. Aber er blieb kein einziges Mal stehen. Er hatte etwas vor an diesem schönen Maimorgen, und er würde sich nicht davon ablenken lassen.

Der Hafen bot ein buntes Bild. Vom kleinsten Boot bis zum größten Linienschiff war alles vertreten. In diesen Zeiten ständigen Krieges war St. Thomas ein Phänomen, ein Hafen, der sich seine Neutralität bewahrt hatte und demzufolge Schiffe jeglicher Nationalität willkommen hieß. Brendans Blick wanderte zu einer weiter draußen vor Anker liegenden, schlanken schwarzen Brigg hinaus, und ein fast zärtlicher Ausdruck trat in seine Augen, doch er war nicht hier, um sein eigenes Schiff zu bewundern – es gab Wichtigeres. Seine heutigen Beobachtungen würden maßgeblich für seine Planung sein.

Dem Kai etwas näher lag ein anderes Schiff, ein Handelsschiff, voll getakelt und mit großem Ladebaum: die *Curlew*. Sie lag tief im Wasser, war also schwer beladen, und an ihrem Heck flatterte der Union Jack im Wind. Brendan sah, daß die Mannschaft Vorbereitungen traf, den Anker zu lichten. Sie würden bald in See stechen. Brendan betrachtete das Schiff wie ein anderer Mann vielleicht eine Frau, die er begehrte, ließ keine Einzelheit unbeachtet. Es war wahrscheinlich mit sechs Kanonen bestückt und würde es mit seiner Breite und dem schweren Schanzkleid auf keine große Geschwindigkeit bringen. Leichte Beute. Aber Smithers, der Kapitän, war ein erfahrener, tüchtiger Mann. Brendan täte gut daran, ihn nicht zu unterschätzen.

Eine kleine Gruppe stand auf dem Kai, drei Männer und zwei Frauen, die auf das Boot warteten, das sie zur *Curlew* hinausbringen würde. Ah, und da war Smithers, grauhaarig und stattlich. Daß er seine Passagiere selbst begleiten würde, sprach für deren Bedeutung. Der neben ihm stehende Mann war hochgewachsen, hager und in abgetragenes Schwarz gekleidet. Brendan hatte ihn noch nie gesehen, erkannte ihn jedoch anhand der Beschreibung, die er bekommen hatte. Seine Information war also richtig gewesen: Neville würde tatsächlich mit der *Curlew* reisen. Die Jagd konnte beginnen. Ein grimmiges Lächeln umspielte Brendans Mundwinkel. Er freute sich schon darauf.

Brendan wandte seine Aufmerksamkeit den anderen Passagieren zu. Da war ein Mann mittleren Alters, eine junge Frau, unter deren modischem Hut blonde Locken hervorlugten, und… *sie*, die Frau von gestern, die so überzeugt gewesen war, ihn gerettet zu haben, die Frau mit den Augen, die ihn bis in seine Träume verfolgt hatten, gleichermaßen klar wie das Wasser eines Bergsees und geheimnisvoll. Sie würde also auch an Bord der *Curlew* sein. Diese Erkenntnis genügte beinahe, um ihn seine Mission aufgeben zu lassen.

Er hatte gesehen, was zu sehen er gekommen war, alles, was nötig war, und wollte sich gerade zum Gehen wenden, als die Frau den Kopf hob. Ihre Blicke trafen sich, und er blieb wie angewurzelt stehen. Ihre Augen schienen bis in seine Seele zu dringen. Ohne den Befehl dazu von ihm bekommen zu haben, trugen seine Beine ihn Schritt für Schritt auf sie zu. Du forderst dein Glück heraus, ermahnte er sich im stillen, doch er ging, von einer unerklärlichen Kraft angezogen, weiter. Selbst wenn sein Leben davon abgehangen hätte – er hätte nicht stehenbleiben können.

Rebecca erstarrte, als sie den Mann mit wiegenden Schritten auf sich zukommen sah. Etwas erwachte in ihr zum Leben, ein seltsames Flackern der Erregung irgendwo tief unten, und das Atmen wurde ihr schwer. Sie nahm nichts mehr wahr außer ihm, und eine wilde Freude darüber, ihn so unerwartet nun doch wiederzusehen, ergriff von ihr Besitz.

Mr. Neville, der neben ihr stand, brach mitten im Satz ab, was ihr allerdings nicht auffiel. Er war ihrem Blick gefolgt und schaute dem näher kommenden Fremden nun mit hochgezogenen Brauen entgegen. »Wer ist das?« fragte er, und Captain Smithers und Ezra Talbot, Rebeccas Vater, drehten sich um.

Smithers erbleichte unter seiner Sonnenbräune. »Großer Gott!« stieß er hervor und setzte sich in Bewegung, um Brendan abzufangen. »Captain Fitzpatrick!« rief er mit seiner volltönenden Achterdeckstimme. »Welchem Umstand verdanke ich das Vergnügen?«

»Morgen, Smithers.« Brendan erwiderte die Verbeugung

des Kapitäns mit einem trägen Lächeln. »Ein schöner Tag, um den Anker zu lichten.«

»So ist es, so ist es. Wir wollen hoffen, daß das Wetter uns über den Atlantik gewogen bleibt.«

»Demnach segelt Ihr nach England.«

»Ja.« Rebecca schien es, als gebe Smithers diese Auskunft nur widerwillig. »Und Ihr?«

»Wohin der Wind mich trägt.« Brendans Lächeln erreichte sein Auge nicht ganz. »Was habt Ihr geladen?«

Smithers wurde noch bleicher. »Nichts Besonderes. Tabak, Zucker, Baumwolle. Alles mögliche.«

»Klingt nach einer lohnenden Beute«, lächelte Brendan mit blitzenden Zähnen. »O nein, macht Euch keine Sorgen, alter Junge.« Er schlug dem anderen freundschaftlich auf den Rükken. »Ich bin auf größere Fische aus.«

Amelia hatte sich zu Rebecca herübergemogelt und packte sie am Arm. »Wer ist das?« flüsterte sie.

»Ich habe keine Ahnung.« Rebecca war überrascht, wie ruhig ihre Stimme klang. Sein Bild war letzte Nacht durch ihre Träume gegeistert, doch so genau sie es in Erinnerung gehabt zu haben geglaubt hatte – gegenüber der Wirklichkeit war es nur ein schwacher Abglanz gewesen. Das lange schwarze Cape betonte die Breite seiner Schultern und floß über seine Ellbogen, umrahmte ihn mit Dunkelheit und ließ seine Gestalt wie ein Relief erscheinen. Er trug ein weites, weißes Leinenhemd, dessen offener Kragen seine dunkel behaarte Brust sehen ließ. Die enganliegenden schwarzen Hosen steckten in abgetragenen Stiefeln, die windzerzausten Haare glänzten in der Sonne blauschwarz. Seine Wangen waren bartschattendunkel, doch sein Auge hell und klar wie das Meer hinter ihr. Er war ein gefährlicher, ungeheuer männlicher Mann, und irgendwie wußte sie, daß er sich ihrer genauso bewußt war wie sie sich seiner.

»Er sieht ziemlich furchterregend aus, findest du nicht? Diese schreckliche Augenklappe! Aber auch anziehend. Ich möchte wissen, wer er ist. Oh!« Amelias Gesicht leuchtete auf. »Vielleicht ist er ja ein Pirat!«

»Sei nicht albern!« erwiderte Rebecca scharf. »Er ist ein ganz gewöhnlicher Seemann wie Captain Smithers.« Ganz gewöhnlich? Ha! Es war aber auch nicht das geringste gewöhnlich an ihm.

»Ich will ihn kennenlernen«, erklärte Amelia, und schon war sie unterwegs.

Rebeccas Protest verhallte ungehört, und ihr Vater drehte sich gerade um, als Amelia bei den beiden Männern ankam. »O Gott!«

»Was tut sie?« herrschte Ezra Rebecca an.

»Ich habe versucht, sie aufzuhalten, Vater, aber …«

»Ich habe es satt, immer nur Entschuldigungen von dir zu hören. Es ist deine Aufgabe, auf deine Schwester aufzupassen. Großer Gott, Mädchen, mußt du denn immer so nachlässig sein, wie deine Mutter es war?«

Rebecca ließ den Kopf hängen. »Es tut mir leid, Vater.«

»Ja, ja – jetzt hole sie endlich da weg! Großer Gott – ich habe ernste Zweifel, ob es eine gute Idee ist, daß du sie nach England begleitest.«

Dann laß mich mit nach Hause kommen, Vater! dachte sie, hütete sich jedoch, es auszusprechen. Sie hatte es versucht, oh, und wie sie es versucht hatte. Zuerst mit Protest und dann mit Flehen, aber nichts hatte geholfen. Ihr Vater war entschlossen, Amelia nicht allein nach England reisen zu lassen, auch wenn er sie angesichts ihrer befleckten Vergangenheit eigentlich nicht als passende Begleiterin betrachtete. Natürlich wußte sie, daß Amelia eine Begleiterin brauchte, und natürlich war sie der Ansicht, daß sie diese sein sollte, da sie fast wie eine Mutter für Amelia war. Was sie quälte, war die Tatsache, daß sie *dort* bleiben sollte, im Exil.

Amelia unterhielt sich angeregt, als Rebecca zu ihr trat. Captain Smithers schaute gequält drein, aber Captain Fitzpatrick lächelte auf Amelia hinunter. Was kein Wunder war, dachte Rebecca, denn ihre Schwester war mit ihren kornblumenblauen Augen und den maisblonden, seidigen Locken das hübscheste Mädchen von Georgetown. Daß sie lieb und aufrichtig freundlich war, machte sie noch anziehender. Aber mußte er sie auf diese Art ansehen? fragte sie sich, und zum erstenmal entsetzte es sie, daß ein Mann Amelia bewunderte. Es mußte daran liegen, daß er so gar nicht in ihre Kreise paßte.

»Amelia.« Sie legte die Hand auf den Arm ihrer Schwester. »Vater möchte, daß du zu ihm kommst. Bitte!«

»Oh, Becky!« Amelia wandte sich ihr so schwungvoll zu, daß ihre Locken tanzten. »Captain Fitzpatrick sagt, daß ich England lieben werde!«

»Ach ja? Wie nett.« Sie hielt den Blick gesenkt, weil sie es nicht wagte, sich der Macht des seinen auszusetzen. »Komm, Amelia. Vater wartet.«

»Und wer ist diese bezaubernde junge Dame?« hörte sie Captain Fitzpatrick fragen, als sie sich umdrehte, und erstarrte innerlich. Bezaubernd! Sie wußte, daß sie keine Schönheit war, ganz besonders nicht im Vergleich mit Amelia, aber es war unnötig, daß er sie verspottete. »Bitte macht uns miteinander bekannt.«

»Miß Talbot?« Captain Smithers schaute sie an, und sie gab nach.

»Also schön«, sagte sie.

»Miß Talbot?« Brendan musterte sie mit leicht schief gelegtem Kopf und seinem hinreißenden Lächeln, bei dem, wie sie erst jetzt bemerkte, zu allem Überfluß auch noch ein Grübchen in seiner Wange entstand, das ihm etwas Jungenhaftes verlieh, aber seltsamerweise gleichzeitig seine Männlichkeit unterstrich. Sie spürte sich sein Lächeln gegen ihren Willen erwidern. »Aha. Ihr seid also Schwestern.«

»Miß Talbot – Captain Fitzpatrick«, murmelte Kapitän Smithers unbehaglich.

»Es ist mir ein Vergnügen«, sagte Brendan mit einer artigen Verbeugung.

Zumindest hatte der Mann Manieren. »Ganz meinerseits«, erwiderte sie und sah sein Auge blitzen.

»Ihr reist ebenfalls nach England, Miß Talbot?«

Kapitän Smithers räusperte sich. »So ist es«, mischte er sich ein. »Ladys – es wird Zeit.«

»Ja«, antwortete Rebecca, als hätte Smithers überhaupt nichts gesagt. »Hat meine Schwester Euch erzählt, daß sie verlobt ist?«

»Ja.« Er lächelte nicht richtig, aber das Grübchen war deutlich zu sehen. »Mit keinem Geringeren als einem Viscount.«

»Ja.« Wie konnte er in einem Moment wie diesem den Wunsch zu lachen in ihr wecken? dachte sie empört. »Ich werde bei ihr bleiben.«

»In England? Aber es wird Euch dort nicht gefallen, *leannan.*«

»Warum nicht?« wunderte sich Amelia.

»Ihr solltet mein Land besuchen, ein armes Land, das ist wahr, aber reich an Schönheit und Poesie. Mögt Ihr Gedichte, Miß Talbot?«

»Äh ... ja.« Was, um Himmels willen, war nur los mit ihr?

»Das dachte ich mir. Es steht in Euren Augen geschrieben.«

»Captain Fitzpatrick ...«

»Oh, das habt Ihr wundervoll gesagt!« rief Amelia entzückt. »Jetzt, da ich Euch kennengelernt habe, wünschte ich, wir könnten noch hierbleiben. Werdet Ihr nach England kommen, Sir?«

Er wurde ernst. »Nein, junge Dame, kein Ire betritt freiwillig englischen Boden.«

»Niemals?«

»Niemals.« Sein Lächeln bezog sie alle mit ein, und Rebecca fühlte sich zurückgesetzt. »Ich muß mich verabschieden.«

Kapitän Smithers lächelte zum erstenmal. »Laßt Euch nicht aufhalten. Guten Tag, Fitzpatrick.«

»Gute Reise, Captain. Oh – Miß Talbot?«

Rebecca schaute auf und wurde wieder von seinem unglaublich blauen Auge gefangengenommen. »Ja?«

»Seid auf der Hut vor Piraten.« Er zwinkerte ihr zu, drehte sich um und ging, von seinem Cape umweht, mit großen Schritten davon.

Rebecca starrte ihm, fasziniert von seiner lässigen Anmut, wie gebannt nach.

»Was hat er damit gemeint?« wollte Amelia wissen.

»Kommt, Miß Talbot, Miß Amelia.« Kapitän Smithers wischte sich mit einem riesigen Taschentuch den Schweiß von der Stirn. »Es ist höchste Zeit, daß ich Euch zu Eurem Vater zurückbringe, sonst bekomme ich großen Ärger.«

»Wer ist er, Sir?« fragte Amelia, neben ihm den Kai entlanghüpfend. »Und was hatte seine Bemerkung über die Piraten zu bedeuten? Sir!« Sie blieb wie angewurzelt stehen und preßte eine Hand auf ihr Herz. »Besteht die Gefahr, daß wir Piraten begegnen?«

»Nein!« widersprach Smithers eine Spur zu heftig. »Da ist das Boot. Wir können zum Schiff hinausfahren.«

»Rebecca!« herrschte Ezra sie wutentbrannt an. »Was hast du dir dabei gedacht, Amelia mit diesem Mann sprechen zu lassen?«

»Es tut mir leid, Vater«, sagte sie hastig. »Aber er war sehr höflich.«

»Höflich? Ha! Diese Sorte Männer weiß gar nicht, was Höflichkeit ist! Wenn das deine Auffassung von Verantwortung ist, dann bin ich ernsthaft um ihre Sicherheit besorgt.«

»Das ist nicht fair!« protestierte Rebecca gekränkt. »Du weißt genau, daß ich auf Amelia aufpasse!«

»Sprich nicht in diesem Ton mit mir, Mädchen!«

Rebecca schlug die Augen nieder. »Entschuldige, Vater.«

»Aber, Daddy« – Amelia legte die Hand auf den Arm ihres Vaters und lächelte zu ihm auf –, »er war ausgesprochen charmant. Wer ist er?«

Mr. Neville räusperte sich und trat, an seiner bereits gelokkerten und ein wenig mitgenommen aussehenden Krawatte zerrend, hinzu. »Ein sehr gefährlicher Mann. Es heißt, er sei der Rabe.«

»Der Rabe!« echote Amelia.

»Der Rabe«, sagte Rebecca mit schwacher Stimme.

»Ja.« Kapitän Smithers' Stimme war bedeutungsschwanger. »Der Rabe. Und ich bete, daß ich ihm niemals auf offener See begegne. Kommt, laßt Euch ins Boot helfen, Miß Talbot.«

Rebecca reichte ihm zwar die Hand, als sie vom Kai in das tanzende Boot stieg, doch mit ihren Gedanken war sie bei dem Raben. Gütiger Himmel! Selbst in dem verschlafenen Georgetown waren sein Name und seine Taten bekannt. Nicht gewußt hatte sie, wie gut er aussah, wie charmant er war und wie faszinierend. Die Geschichten berichteten immer nur von seinen ruchlosen Überfällen auf See, denn Captain Fitzpatrick, der Rabe, war der berüchtigtste Pirat des Atlantischen Ozeans.

2

»Oh, Becky!« Amelia fegte wie ein Wirbelwind in die kleine Kabine. »Ist das nicht aufregend? Nur noch ein Weilchen, und wir sind wirklich und wahrhaftig auf dem Weg nach England! Ich dachte, der Tag würde nie kommen!« Sie ließ sich auf die Koje sinken. »Und stell dir das vor: In nur einem Monat werde ich bei meinem lieben Stephen sein.« Sie runzelte nachdenklich die Stirn. »Ich frage mich, ob er tatsächlich so gut aussieht, wie die Miniatur von ihm glauben macht.«

Rebecca, die beim Auspacken war, blickte auf und verspürte einen Anflug von Mitleid mit ihrer Schwester, die über den großen, weiten Ozean reiste, um einen Mann zu heiraten, den sie nur aus seinen Briefen kannte. Für sie, Rebecca, wäre das undenkbar gewesen, um so mehr, als es kein Geheimnis war, daß der Viscount Blaine sich nur herabließ, die Tochter eines amerikanischen Geschäftsmannes zu heiraten, weil er dringend Geld brauchte. Auf der Miniatur wirkten seine Augen wäßrig und sein Kinn weichlich. Wie anders sah da Captain Fitzpatrick mit seinem leuchtendblauen Auge und den markanten Zügen aus! Nein, schalt sie sich, sie würde nicht mehr an ihn denken. »Bitte rücke beiseite, Amelia, damit ich die Schubladen aufziehen kann«, sagte sie in für sie ungewöhnlich scharfem Ton und ging daran, ihre Habseligkeiten in den unter der Koje eingebauten Schubladen zu verstauen. »Ich verstehe deine Begeisterung nicht, du kennst den Mann doch gar nicht.«

»Aber natürlich!« widersprach Amelia heftig. »Er schreibt so wundervolle Briefe! Ich weiß, daß du nicht nach England willst, aber ich finde es sehr häßlich von dir, daß du versuchst, mir meine Freude zu verderben.«

Rebeccas Ausdruck verlor seine Härte. »Es tut mir leid,

Schwesterchen.« Sie stand auf, setzte sich auf die Koje, legte den Arm um Amelia und zog ihren Kopf an ihre Schulter, als sei sie ein kleines Mädchen. »Du hast recht, ich möchte wirklich nicht fahren, aber das ist kein Grund, unfreundlich zu dir zu sein. Du kannst schließlich nichts dafür.« Nach einer kleinen Pause fügte sie hinzu: »Ich wünschte nur, du würdest den Mann besser kennen.«

»Papa kennt ihn, und er hätte der Verlobung niemals zugestimmt, wenn er Bedenken gegen ihn hegte.«

»Ich weiß«, nickte Rebecca, doch im stillen fragte sie sich, was ihren Vater wohl dazu bewogen hatte, diese Verbindung zu unterstützen. Zugegeben, er liebte alles Britische und hatte im Laufe mehrerer Aufenthalte in England Freundschaften geschlossen, einschließlich der mit dem Viscount, aber warum ihm soviel daran lag, daß Amelia in die Aristokratie einheiratete, konnte Rebecca sich nicht erklären. »Nun ja – es wird schon gutgehen, denke ich.«

»Selbstverständlich wird es das, du wirst es sehen.« Amelia richtete sich auf, und ihr Gesicht hellte sich auf. »Und für dich finden wir auch einen Mann!«

»Ich hoffe nicht!« rief Rebecca entsetzt. »Dann müßte ich ja für immer dort bleiben.«

Amelia schaute sie erschrocken an. »Aber bleibst du denn nicht sowieso, Becky? Du mußt! Sag mir nicht, daß du mich im Stich lassen willst.«

»Reg dich nicht auf, Melia. Natürlich bleibe ich eine Weile. Ich würde dich nie verlassen, solange du mich brauchst. Aber du wirst bald einen Mann und eine eigene Familie haben, und dann bin ich nicht mehr vonnöten.«

»Aber Papa sagte ...«

»Ja, ich weiß, daß Vater will, daß ich bei dir bleibe.« Kummer verdunkelte ihre Augen. »Auf die Weise wäre er mich endgültig los.«

»Oh, nein, Becky! Ich bin sicher, Papa wird dich schrecklich vermissen.«

Würde er das? Rebecca war sich da nicht so sicher, und es schmerzte. Oh, wie es schmerzte. »Vielleicht. Ich bezweifle, daß ich mich in England wohl fühlen werde, und eine Heimat könnte es sicherlich nie für mich werden.«

»Du würdest lieber in Georgetown bleiben – obwohl dort alle wissen …«

»Ja, das würde ich wirklich.«

»Es wird bestimmt nicht so schlimm für dich, wie du denkst.« Amelia schlang den Arm um Rebeccas Taille. »Und wenn du es tatsächlich nicht aushalten solltest, brauchst du ja nur nach Georgetown zurückzukehren. Ja.« Sie nickte. »Ich werde mit Stephen darüber sprechen.«

»Ich danke dir.« Gleichermaßen amüsiert und gerührt über die Reife, die ihre kleine Schwester plötzlich an den Tag legte, stand sie auf. »Wir müssen uns von Vater verabschieden – das Schiff wird bald in See stechen.«

»O ja!« Amelia sprang auf. »Laß mich nur schnell meinen Hut geraderücken. Ein Jammer, daß keine akzeptablen Männer mit uns fahren«, schnatterte sie, als sie die Kabine verließen und die schmale Treppe zum Deck hinaufstiegen. »Mr. Neville und Kapitän Smithers sind viel zu alt für dich.«

»Da ich ein sitzengebliebenes Mädchen bin, spielt das keine Rolle, Amelia.«

»Sei nicht albern. Ich wünschte wirklich, es wäre jemand für dich dabei.« Wenn wie jetzt ein entrückter Ausdruck in ihre Augen trat, dann, das wußte Rebecca aus Erfahrung, war Vorsicht geboten. »Wenn wir mit Captain Fitzpatrick segeln würden …«

»Er ist ein Pirat!« entgegnete Rebecca in scharfem Ton.

»Ja – ist das nicht romantisch?« schwärmte Amelia. »Du wirst ja rot, Becky. Hast du vielleicht das gleiche gedacht wie ich?«

»Da bist du ja, Amelia«, lächelte Ezra seine jüngere Tochter an, als sie an Deck kamen, und ersparte es Rebecca auf diese Weise, Amelias Frage beantworten zu müssen. »Ist alles zu deiner Zufriedenheit? Wirst du es bequem haben?«

Der Erste Offizier trat zu ihnen. »Das Boot ist bereit, Sir, und die Leiter heruntergelassen.«

»Danke.« Ezra streichelte Amelias Wange und drehte sich dann abrupt zur Reling um, wo die Strickleiter hing.

Rebecca konnte sich nicht mehr beherrschen. »Daddy!« rief sie mit brüchiger Stimme und machte einen Schritt auf ihn zu.

Ezra wandte sich ihr zu. Eine Regung blitzte in seinen Augen auf, Bedauern vielleicht, doch gleich darauf waren sie wieder ausdruckslos und seine Züge steinern. »Paß gut auf deine Schwester auf, Mädchen«, sagte er streng und stieg auf die Leiter hinaus.

»Papa!« rief Amelia und wollte loslaufen, doch Rebeccas Arm legte sich blitzschnell um ihre Schulter und hielt sie zurück. »Beruhige dich, Melia«, murmelte sie.

»Aber, Becky, er geht ...«

»Schsch.« Rebecca drückte sie an sich und starrte trockenen Auges in die Ferne. Sie weinte nie, denn sie hatte schon vor langer Zeit gelernt, daß Tränen nichts nützten.

»Ich will nicht nach England!« schluchzte Amelia. »Ich will nicht, ich will nicht!«

»Hör auf!« herrschte Rebecca sie an. »Du machst dich ja zum Gespött der Leute! Und außerdem«, ihre Stimme wurde weicher, »bist du doch nicht allein. Ich kümmere mich um dich.« Amelia schaute schniefend zu ihr auf. »Es tut mir leid, Becky. Du bist mir doch nicht böse, oder?«

Wie, fragte Rebecca sich, bewerkstelligte Amelia es, trotz ihres Tränenstroms so hübsch auszusehen? Ihre kornblumenblauen Augen wirkten größer denn je, und sogar das Zittern ihrer Lippen war reizvoll. Andere Mädchen bekamen in einem solchen Fall eine rote Nase und hektische Flecken auf den Wangen. Das Leben, dachte sie, war manchmal himmelschreiend unfair. »Nein, natürlich bin ich nicht böse auf dich.«

»Du bist so tapfer, Becky.« Schniefend kramte Amelia in ihrem Täschchen nach einem Taschentuch. »Ich könnte nie so tapfer sein wie du.«

War sie tapfer? Wohl kaum, aber um Amelias willen würde sie so tun, als wäre sie es. Daddy! schrie ihr Herz. Ihre Schwester ebenso um ihres eigenen wie um Amelias Trostes willen im Arm haltend, schaute sie dem kleinen Boot nach, das auf das Kai zusteuerte. Ihr Vater verließ sie. Niemals zuvor hatte sie sich so allein gefühlt.

Den Wind im Rücken machte die *Curlew* gute Fahrt. Rebecca vermerkte jeden Tag, an dem Meile für Meile sie weiter von zu Hause wegführte und ihrem verhaßten Ziel näher brachte, in ihrem Tagebuch. Der Schmerz über den Verlust ihres Vaters und ihrer vertrauten Umgebung begleitete sie auf Schritt und Tritt. Sie vermißte das Haus, in dem sie aufgewachsen war, die Menschen, die sie kannte, den beschaulichen Friedhof auf der Anhöhe über Georgetown, wo sie viele sonnige Sonntagnachmittage verbracht hatte. Das alles lag jetzt hinter ihr, und was vor ihr lag, daran mochte sie nicht denken.

Viel Zeit zum Nachdenken hatte sie allerdings nicht. Kaum, daß das Schiff auf den Nordost-Passat traf, wurde Amelia von Seekrankheit befallen und mußte die Koje hüten. Auch Rebeccas Magen nahm die stürmische See übel, doch sie kämpfte dagegen an. Sie hatte sich seit jeher um ihre Schwester gekümmert und würde das auch jetzt tun.

Sie waren eine Woche unterwegs, als Amelia, noch ein wenig zittrig und blaß, aber ansonsten zu Rebeccas Erleichterung wohlauf, an Deck kam, und sie sah trotz der durchlittenen Unpäßlichkeit in ihrem Empirekleid aus weißer Köperbaumwolle, das ihre schlanke Gestalt umfloß, entzückend aus. Darüber trug sie ein himmelblaues, kurzes Jäckchen, und ihr Strohhut war mit Blüten der gleichen Farbe besetzt. Rebecca fühlte sich neben ihr in ihrem züchtigen Twill wie eine graue Maus, und ein Anflug von Groll regte sich in ihr. Es hatte eine

Zeit gegeben, da auch sie sich modisch gekleidet hatte. »Ach, tut das gut, frische Luft zu atmen«, sagte Amelia und ließ sich graziös auf eine Bank sinken. Rebecca gesellte sich zu ihr. Das Ruderhaus hinter ihnen schützte sie vor dem Wind. »Großer Gott, sieh dir diesen Mann an, Becky!« Amelia zeigte zur Spitze des Mastes hinauf. »Was macht der denn da oben?«

Rebecca beschattete ihre Augen und schauderte unwillkürlich, als sie sah, in welcher Höhe der Matrose sich befand. »Er hält Ausschau. Wir haben, während du krank in der Kabine lagst, einige Schiffe gesichtet – allesamt freundlich gesinnt.«

»Natürlich. Darum hat Papa uns ja mit einem britischen Schiff auf die Reise geschickt anstatt mit einem seiner eigenen.«

»Das war einer der Gründe. Der andere war, daß wir keinen Handel mit England treiben dürfen.«

»O Becky, verdirb den schönen Tag nicht mit so langweiligem Gerede!« Amelia streckte die Beine aus und betrachtete ihre Füße, die der neuesten Mode entsprechend in schwarzen Schnürschühchen aus weichem Leder steckten. »Ich vermisse Papa.«

»Ich auch«, sagte Rebecca nach einem Moment des Zögerns. »Aber wir werden es in England schön miteinander haben, das verspreche ich dir.«

Rebecca lächelte gezwungen. Selbstverständlich hätte sie Amelia niemals allein reisen lassen, aber warum wollte ihr Vater nicht, daß sie irgendwann heimkehrte? So schrecklich war ihr Verbrechen doch nicht gewesen, und außerdem hatte sie die letzten sieben Jahre dafür gebüßt.

»Ladys.« Mr. Neville schlenderte auf sie zu. »Es freut mich, Euch wieder auf den Beinen zu sehen, Miß Amelia.«

Amelia schenkte ihm ihr Grübchenlächeln. »Ich danke Euch. Ich bin auch froh, daß es endlich vorüber ist. Es gab Momente, da dachte ich, ich würde sterben.«

»Ja, ja, Seekrankheit kann eine Plage sein«, sagte er, als habe er die ersten Tage der Reise nicht ebenfalls in seiner Kabine zugebracht. »Es ist schade, daß Ihr soviel versäumen mußtet.«

»Was habe ich denn versäumt?« fragte Amelia mit blitzenden Augen. »Sind wir Piraten begegnet, Sir?«

»Amelia!« ermahnte Rebecca sie.

»Nun, ich wüßte immer noch gerne, was Captain Fitzpatrick damit meinte, als er zu dir sagte, du sollest auf der Hut vor Piraten sein.«

Rebecca spürte sich zu ihrem Befremden erröten. Sie hatte ihre eigenen Vorstellungen, was das betraf, und die hatten mehr mit einem hinreißenden Lächeln und einem irischen Singsang zu tun als mit einem Überfall auf See. Wobei beides gefährlich war. »Er hat sich über uns lustig gemacht, Amelia.«

»Das hoffe ich.« Neville runzelte die Stirn. Er sah in seinen schäbigen schwarzen Kleidern wie eine Krähe aus, fand Rebecca. Nicht wie ein Rabe, dachte sie, schob den Gedanken jedoch hastig beiseite, ehe er ihre Phantasie beflügeln konnte.

»Darf ich mich zu Euch gesellen, Ladys?«

»O ja, bitte tut das.« Amelia rückte beiseite, um ihm Platz zu machen. Er setzte sich dicht neben Rebecca, die von ihm abrückte, um dem Druck seines Schenkels zu entgehen.

»Ich glaube tatsächlich, daß er gescherzt hat«, fuhr Neville fort, »denn wir führen kein Gold oder andere Kostbarkeiten mit, sondern nur schlichte Handelsgüter. Darf ich Euch sagen, daß Ihr heute morgen ganz besonders reizend ausseht, Miß Amelia. Und Ihr auch, Miß Talbot«, fügte er hinzu, als täte er es aus reiner Höflichkeit, doch Rebecca bemerkte, daß sein Blick zu ihrem Busen wanderte, und rückte noch ein Stück weiter von ihm ab. Sie mochte Mr. Neville nicht. Er hatte bislang keinen ausdrücklichen Annäherungsversuch unternommen, doch seine Blicke und sein Tonfall waren Annäherungsversuch genug. Sie konnte sich nicht erklären, warum er sie zum Gegenstand seines Interesses gemacht hatte und nicht Amelia.

Amelia lächelte ihr Grübchenlächeln. »Ich danke Euch, Sir, auch wenn ich überzeugt bin, nach meiner Seekrankheit einen schrecklichen Anblick zu bieten.«

»Ganz und gar nicht. Ihr könntet niemals anders als schön sein.«

Höchste Zeit für einen Themenwechsel, dachte Rebecca. »Wißt Ihr etwas über den Raben?« hörte sie sich zu ihrem Entsetzen fragen.

»Wer wüßte nichts über ihn? Er ist eine Legende. Berüchtigt zwar, aber dennoch. Es ist kaum zu fassen, daß in unseren zivilisierten Zeiten noch Piraten die Meere unsicher machen.« Amelia beugte sich vor. »Könntet Ihr uns eine Geschichte über ihn erzählen, Sir?«

Neville schürzte die Lippen. »Nun, ich weiß nicht, ob sie für die Ohren zartbesaiteter Damen geeignet ist ... ach, sei's drum. Niemand weiß, woher er stammt, wißt Ihr. Es geht das Gerücht, daß er der Sproß einer englischen Aristokratenfamilie sei, aber das glaube ich nicht. Er erschien eines Tages wie aus dem Nichts und griff mit seiner schwarzen Brigg ein hilfloses Handelsschiff an, das er samt der Ladung erbeutete. Und dann verschwand er wieder.« Nevilles Blick schweifte in die Ferne. »Er taucht immer nur auf, wenn er wieder Geld braucht. Manche sagen, daß er in Westindien eine eigene Insel besitzt, wo er sich zwischen seinen Raubzügen versteckt.«

»Warum war er dann auf St. Thomas?« fragte Rebecca spitz.

»Ich glaube, der Mann spielt gerne mit dem Feuer. Einmal überfiel er sogar ein britisches Kriegsschiff.«

»Nein!«

»Doch – und rekrutierte Soldaten von dort für seine eigene Mannschaft. Manche sagen, sie sahen ihn an der Spitze des Mastes«, sein Blick flog zum Hauptmast hinauf, »und er lachte. Lachte über die mächtigste Marine der Welt!«

Rebecca verspürte den aberwitzigen Drang, Bravo zu rufen. »Ein äußerst gefährlicher Mann«, sagte sie und zupfte angelegentlich die Falten ihres Rockes zurecht. »Ich bin froh, daß wir ihm nicht wieder begegnen werden.«

»Ja.« Neville beugte sich zu ihr herüber, bis sein Gesicht nur noch Zentimeter von ihrem entfernt war. »Er ist rücksichtslos und brutal, läßt nicht zu, daß sich ihm etwas in den Weg stellt. Oder jemand.«

Rebecca wich zurück. »Dann hat er also getötet?« Es überraschte sie, wie gleichgültig ihre Stimme klang.

»Ich fürchte, ja, aber das ist nicht das Schlimmste. Es ist bekannt, daß er seine Gefangenen foltert.«

»Er foltert sie? Aber warum?«

Nevilles Augen glänzten. »Um sie dazu zu bringen, ihm ihre Wertsachen zu überlassen, natürlich. Aber ich glaube, daß er es auch genießt.«

»Mein Gott«, sagte Rebecca mit schwacher Stimme. Das konnte nicht sein. Es paßte so gar nicht zu dem Eindruck, den sie von ihm gewonnen hatte. Er mochte gefährlich sein – aber grausam? Nein, das konnte sie nicht glauben.

»Er kennt kein Erbarmen. Und er ist kein Gentleman. Wie ich hörte, befanden sich Damen auf dem letzten Schiff, das er überfiel.«

Amelia beugte sich vor. »Was geschah mit ihnen, Sir?«

»Niemand weiß es.« Ein unheilschwangeres Schweigen folgte. Schließlich fuhr er fort: »Er nahm sie mit auf sein verfluchtes Teufelsschiff, und seitdem hat niemand mehr etwas von ihnen gehört.«

Irgendwo läutete eine Glocke, und Rebecca zählte erleichtert die Schläge. Acht. Das bedeutete, daß es zwölf Uhr war und Zeit zum Mittagessen. Seltsam, wie auf einem Schiff die Stunden gezählt wurden. »Nun.« Sie stand auf und schüttelte ihre Röcke aus. »Ich denke, das waren genug Piratengeschichten für einen Tag. Die Essensglocke hat geläutet. Wollen wir hinuntergehen?« In diesem Moment erklang ein Schrei vom Hauptmast.

»Schiff in Sicht!«

»Wo?« dröhnte Captain Smithers' Stimme vom Achterdeck hinauf.

»Drei Strich an Steuerbord achtern, Cap'n, und es kommt schnell näher.«

Smithers hob sein Fernrohr ans Auge. »Wahrscheinlich ein Depeschenboot«, murmelte er, doch er runzelte die Stirn, als er es wieder senkte.

»O Becky! Ein anderes Schiff!« rief Amelia, packte Rebecca am Arm und zog sie zur Reling. »Wie aufregend! Meinst du, wir bekommen Gesellschaft?«

»Gelüstet es dich nach einem Flirt mit einem Seeoffizier, Melia?« Rebecca lächelte. Amelia war noch sehr jung. Sollte sie ihren Spaß haben, so lange es noch möglich war.

»Oh, schau!« Amelia deutete aufs Meer hinaus, als sie einen Wellenkamm erklommen. Einen Moment lang sahen sie in weiter Ferne ein weißes Segel blitzen. Dann tauchten sie in ein Wellental hinab und verloren es aus den Augen. »Oh, schade! Sie sind zu weit weg. Sie werden uns nie einholen.«

»Es kommt näher, Cap'n!« schallte es vom Ausguck.

Rebecca drehte sich zum Achterdeck um. Smithers hatte nicht geantwortet, starrte jedoch wieder durch sein Fernglas. Seine Miene war grimmig. Trotz der Wärme des Tages fröstelte Rebecca plötzlich. »Amelia – das Essen wartet ...«

»Ladys«, sagte Neville hinter ihnen, »könnt Ihr das andere Schiff sehen?«

»O Mr. Neville! Es ist so schrecklich aufregend!« Amelia richtete ihre leuchtenden Augen auf ihn. »Fast wie bei einer Wettfahrt.«

Rebecca trat einen Schritt zur Seite, um der Hand zu entkommen, die Mr. Neville auf ihre Schulter gelegt hatte. »Ich frage mich, wer es ist.«

»Niemand, den Ihr fürchten müßtet, Ma'am.« Nevilles Lächeln entblößte ein gelbes, lückenhaftes Gebiß, und Rebecca fiel ein anderer Mann ein, dessen Lächeln auf einer sonnigen Straße in St. Thomas makellos weiße Zähne entblößt hatte.

Wie schon zuvor schob sie das Bild beiseite. »Wir befinden uns auf einem britischen Schiff – niemand würde wagen, uns anzugreifen«, fuhr er fort. »Wären wir so töricht gewesen, auf einem amerikanischen Schiff zu reisen, müßten wir vielleicht der Unbill entgegensehen, geentert zu werden.«

Rebecca schaute zu ihm auf. »Haltet Ihr es nicht für unrecht, daß England sich die Freiheit herausnimmt, amerikanische Schiffe aufzuhalten und zu entern?«

»Selbstverständlich nicht. Englands Marine ist doch lediglich auf der Suche nach desertierten Soldaten.«

»Aber viele der Männer, die sie belästigen, sind Amerikaner, Sir.«

»So heißt es, ja.«

»Und Ihr seid ebenfalls Amerikaner. Es verwundert mich, daß Ihr so empfindet.«

»Ich habe keinen Streit mit England. Kein vernünftiger Mensch sollte den haben.« Er lächelte sie wieder an. »Aber ich erwarte nicht, daß Ihr das versteht. Ihr solltet diese Angelegenheiten Männern überlassen. Wir verstehen einfach mehr davon.«

»Mr. Neville – wenn Ihr denkt ...«

»Kannst du ihn schon ausmachen?« brüllte Smithers zum Ausguck hinauf und schnitt Rebecca damit das Wort ab.

»Ja, Cap'n«, schallte es zurück. »Sieht wie eine Brigg aus – unter britischer Flagge.«

»Seht Ihr, Ladys?« Neville nickte. »Wir sind nicht in Gefahr.«

»Das hatte ich nicht bezweifelt, Sir«, gab Rebecca spitz zurück. Ihr Blick wanderte wieder zu Smithers. Wenn ihr Verfolger tatsächlich nichts im Schilde führte – warum blickte der Kapitän dann immer noch so grimmig drein? Wieder überlief sie ein kalter Schauer. »Amelia, ich glaube wirklich, wir sollten endlich zum Essen hinuntergehen ...«

»Grundgütiger Himmel!« rief Smithers in diesem Moment. »Mr. Parker!«

Mr. Parker, der Erste Offizier, war mit einem großen Schritt bei ihm. »Ja, Cap'n?«

»Ruft alle Mann an Deck! Und beeilt Euch!«

»Aye, aye, Cap'n! Alle Mann an Deck! Alle Mann an Deck!«

»Was ist denn los?« fragte Amelia, zu Neville aufschauend, als könne er ihr eine Antwort geben. »Was gibt es, Cap'n?« rief Mr. Parker. »Ärger«, erwiderte Smithers. »Macht die Kanonen feuerbereit und schafft die Landratten nach unten – die können wir jetzt hier oben nicht brauchen.«

»Ich kümmere mich darum.« Neville nahm die beiden Mädchen am Arm und dirigierte sie auf die Kajüttreppe zu. »Jagt uns jemand, Captain?«

»Ja.« Smithers senkte das Fernrohr und schob es mit einem Ruck zusammen. »Und ich werde Euch auch sagen, wer: Ich glaube, es ist die *Raven.*«

3

Die *Curlew* hatte sich wacker geschlagen, doch zu guter Letzt blieb Smithers nichts anderes übrig, als sich zu ergeben, und nun stand er mit Brendan Fitzpatrick, der seinen stummen Ersten Maat angewiesen hatte, Mr. Neville ausfindig zu machen und sich seiner anzunehmen, vor der Kabine der beiden jungen Damen, die Ezra Talbot in seine Obhut gegeben hatte.

Er klopfte energisch an die Tür. »Miß Talbot! Ich muß Euch und Eure Schwester bitten, herauszukommen.«

Einen Moment lang herrschte Stille. Dann folgte ein entschiedenes »Nein!« von Rebecca. Brendan lächelte.

»Ich bitte Euch, Miß Talbot!« Der Kapitän schaute sich zu Brendan um und wischte sich den Schweiß von der Stirn. »Captain Fitzpatrick hat mir sein Wort gegeben, daß Euch nichts geschehen wird.«

»Sein Wort!«

Brendan trat vor. »Ja, *leannan.*«

»Ha!«

»Ich bitte Euch, Miß Talbot!« flehte Smithers.

Nach einer neuerlichen Stille drehte sich der Schlüssel im Schloß, doch die Tür blieb zu.

»Nun?« fragte Brendan.

»Ihr dürft hereinkommen«, lautete die überraschende Antwort.

Rebeccas plötzliche Nachgiebigkeit weckte sein Mißtrauen. Er öffnete die Tür. Die Bullaugen waren zugehängt, und es dauerte einen Moment, bis sein Auge sich auf das Dämmerlicht eingestellt hatte. Dann sah er das jüngere Mädchen mit angstvoll aufgerissenen Augen in einer Ecke kauern. Ein hübsches Ding, dachte er, doch sein Blick verweilte nicht auf ihr, denn vor ihm stand Rebecca, sprungbereit und mit einem Messer in der Hand.

Brendan hätte beinahe laut gelacht, denn sie sah aus wie ein wütendes Kätzchen, das sich mit gesträubtem Fell einem viel zu großen Feind entgegenstellte – ja, ein wütendes rotes Kätzchen, dessen Fell sich sicherlich seidenweich anfühlte …

Aber dazu war er nicht hier. »Könnte es sein, daß Ihr mir nicht traut, *leannan?*« fragte er und machte einen Schritt auf sie zu.

»Bleibt mir vom Leib!« fauchte sie und ließ das Messer blitzschnell vor ihm durch die Luft zischen. Er blieb vorsichtshalber stehen. »Das braucht Ihr nicht, *leannan*«, sagte er und machte einen vorsichtigen Schritt auf sie zu.

»Ich sagte, bleibt mir vom Leib!« Erneut zischte das Messer durch die Luft. »Und hört auf, mich mit diesem lächerlichen Namen anzureden.«

»Ihr findet ihn lächerlich?« Er verschränkte die Arme vor der Brust und lehnte sich, äußerlich entspannt und amüsiert, an die Wand. In Wahrheit waren seine Muskeln angespannt, und er behielt sie scharf im Auge. »Ach, Lady, meint Ihr, daß Ihr mir damit ernsthaften Schaden zufügen könnt?«

»Nein.« Eine Haarsträhne hatte sich aus ihrem Nackenknoten gelöst und war ihr ins Gesicht gefallen, und sie schob sie ungeduldig wieder nach hinten. »Nein, aber ich werde mich wehren, das versichere ich Euch.«

»Vielleicht sollte ich mit ihr reden«, erbot sich Smithers, doch Brendan hob ablehnend die Hand.

»Ihr habt keine Veranlassung, Euch zu wehren.«

»Keine Veranlassung? Wenn Ihr uns gefangennehmen und weiß Gott was mit uns machen wollt? Ihr habt mir geraten, vor Piraten auf der Hut zu sein, und ich folge Eurer Empfehlung.«

»Ah, Ihr habt das also nicht vergessen.« Ohne den Blick von dem Messer zu lösen, bewegte er sich seitwärts.

»Wenn ich es vergessen hätte, wäre es mir jetzt wieder eingefallen.«

»Aber von mir droht Euch keine Gefahr, *leannan«*, versicherte er ihr.

»Ich habe Euch gesagt, Ihr sollt mich nicht so nennen!«

»Nein? Aber der Name paßt zu Euch.« Er machte noch einen Schritt zur Seite und dann noch einen, bis er direkt vor ihr stand. »Ich bin sicher, meine Heimat würde Euch gefallen, die grünen Hügel, über denen Dunstschleier schweben, und die Poesie würden Eure Seele erquicken.«

»Laßt meine Seele aus dem Spiel!« erwiderte sie so heftig, daß er lachen mußte. »Auch was das Temperament angeht, würde das Land Euch entsprechen.« Ohne sie aus dem Auge zu lassen, schob er sich kaum merklich an sie heran, während er weiter auf sie einredete. »Es ist felsig und teilweise unfruchtbar, aber auch in so vielerlei Weise üppig.« Gleich wäre er ihr nahe genug, um ihr das Messer abnehmen zu können. *»Romlín múich i n-ignais Éirenn«*, deklamierte er.

Wider Willen interessiert fragte sie: »Was bedeutet das?«

»Es ist eine Zeile aus ›Colum Cille's Lament‹: ›Immer sehn' ich mich nach Irland‹.« Er nutzte ihre momentane Unaufmerksamkeit zu dem letzten, nötigen Schritt und packte ihr Handgelenk.

Sie wehrte sich wie eine Wilde. »Nein! Laßt mich los!«

»Laßt das Messer fallen, Rebecca«, sagte er leise aber energisch.

»Niemals! Ich ... ah!« Sie stöhnte auf, als er seinen Griff unvermittelt verstärkte. Ihre Finger öffneten sich, als seien sie plötzlich gefühllos, und das Messer landete klappernd auf dem Boden. Mit einer fließenden Bewegung hob er es auf und zog sie dann zu sich heran. Ihre riesigen Augen drückten Wut und Schmerz über ihre Niederlage aus. Sie stand stocksteif da, doch er spürte, wie überraschend weich der Körper war, den er für eckig gehalten hatte, und ein Duft, den er nicht definieren konnte, entströmte ihrem Haar. Gefahr. »Ich hoffe, Ihr habt Eure Lektion gelernt«, sagte er. »Wenn ich einen Befehl gebe, empfiehlt es sich, zu gehorchen.«

Rebecca starrte ihn an. Er hatte sie mit einer solchen Leichtigkeit entwaffnet, sie mit seinem spöttischen Lächeln und seinem weichen Singsang-Dialekt für einen Moment vergessen lassen, daß er der Feind war. Er hatte sie besiegt, doch sie würde ihm nicht die Genugtuung bereiten, nun auch noch ihr Gesicht zu verlieren. »Es ist nicht schwierig, jemanden zu überwältigen, der schwächer ist.«

»Kleiner, vielleicht.« Es konnte doch unmöglich Bewunderung sein, was sie da in seiner Stimme mitschwingen hörte! Ehe sie sich weiter damit befassen konnte, sagte er: »Ihr und Eure Schwester werdet auf die *Raven* hinübergebracht und gegen Lösegeld wieder freigelassen.« Sein Blick glitt zu Amelia. »Kommt aus Eurer Ecke, Mädchen, es geschieht Euch nichts.«

Rebecca versuchte in seinem Gesicht zu lesen. Er schien es ernst zu meinen, aber es konnte nicht schaden, Amelia zu beschützen.

»Melia«, sagte sie und streckte ihr die Hand hin.

Amelia rührte sich nicht. »Ich ... ich habe Angst.«

Rebecca wandte sich ihr zu, blieb jedoch stehen, denn sie wußte nicht, was der unberechenbare Mann hinter ihr tun würde, wenn sie sich von ihm entfernte, und sie wollte nicht, daß ihre kleine Schwester sich noch mehr ängstigte. »Ich passe schon auf dich auf, Melia. Das hat Vater mir aufgetragen, und er hätte es bestimmt nicht getan, wenn er nicht glaubte, daß ich dieser Aufgabe gewachsen sei, nicht wahr?«

»J-ja«, antwortete Amelia. Sie rappelte sich auf und flüchtete sich in Rebeccas Arm.

Brendan verbeugte sich spöttisch. »Nach Euch, Ladys.« Er deutete auf die Tür und folgte den beiden Mädchen aus der Kabine. Amelia klammerte sich an ihre Schwester, doch diese hielt den Kopf hocherhoben. Er konnte nicht umhin, sie zu bewundern.

Als er den Aufenthaltsraum betrat, begegnete er Sams Blick. Sein Erster Maat hielt Nevilles Arm umklammert und schüttelte den Kopf. Seine Suche war also erfolglos gewesen. Brendan nickte ihm zu.

»Miß Talbot«, sagte er in barschem Ton. »Sam wird Euch sicher auf die *Raven* geleiten.«

Rebecca erwiderte seinen Blick und zog ihre Schwester noch näher zu sich heran. Sie ließ keinerlei Furcht erkennen, und seine Achtung vor ihr wuchs. »Das ist sehr freundlich von Euch«, erwiderte sie ebenso schroff.

»A-aber Becky...«, protestierte Amelia.

»Hab keine Angst«, sagte Rebecca und schob sie vor sich die Treppe zum Deck hinauf, wo Tote und Verwundete, der metallische Geruch von Blut und der von einer Kanonenkugel gefällte Hauptmast von dem Kampf kündeten, den die *Curlew* sich mit der *Raven* geliefert hatte. Ein Eindruck der Unwirklichkeit bemächtigte sich ihrer. Sie konnte nicht wirklich auf dem Deck eines Schiffes stehen, das ein Pirat gekapert hatte, würde nicht wirklich von einem stummen Riesen bewacht, würde nicht wirklich über dieses schmale Brett zu dem anderen Schiff hinüber balancieren müssen. Zum erstenmal verspürte sie Furcht. Die Planke, die die Reling der *Curlew* mit der der *Raven* verband, schwankte im Rhythmus der Wellen und bot ebensowenig einen sicheren Halt wie jene, von der sie als Kind heruntergestürzt war. Das Brett würde bestimmt wegrutschen, wenn sie den Fuß darauf setzte, oder mittendurch brechen, und dann...

Eine Hand berührte ihren Arm, und als sie aufschaute, sah sie, daß Sam sie musterte. Er hatte freundliche Augen, dachte sie, seltsam für einen Piraten, feuchtglänzende braune Augen, die sie mit einem Ausdruck ansahen, die sie bei jemand anderem als Besorgnis gedeutet hätte. »Die... die Planke«, sagte sie und schluckte trocken. »Müssen wir dort hinüber?«

Sam nickte bedächtig. »Ist das... seid Ihr sicher, daß es nicht gefährlich ist?«

»O Becky!« jammerte Amelia und drängte sich noch enger an sie. »Ich kann das nicht! Ich falle bestimmt herunter!«

»Mach kein Theater!« herrschte Rebecca sie in vor Furcht scharfem Ton an, den sie sofort bedauerte, als Amelia erschrocken verstummte. Natürlich fürchtete ihre kleine Schwester sich – ihre eigene Höhenangst war im Vergleich zu der Amelias verschwindend. »Ich gehe als erste.«

»O nein! Laß mich nicht allein …«

»Führ dich nicht so auf!« fuhr Rebecca sie ungeduldig an. »Eine von uns muß den Anfang machen. Möchtest du vielleicht als erste den Fuß auf die *Raven* setzen?«

Aus dem Schutz von Rebeccas Arm schaute Amelia zu dem Piratenschiff hinüber und sah, wessen Rebecca nur zu gewahr war: Eine Horde schmutzstarrender, lüsterner Kerle, die Brendan Fitzpatricks Zusicherung, es werde ihnen nichts geschehen, wie Hohn erscheinen ließ. »N-nein, aber ich will nicht, daß du mich allein läßt, Becky!«

»Du gehst dicht hinter mir, und drüben sind wir dann wieder zusammen. Das verspreche ich dir. Aber du darfst dich nicht an mich klammern, wenn wir hinübergehen. Und jetzt laß mich los.« Sie befreite sich aus Amelias Griff. »Ich nehme an, unsere Habseligkeiten werden auf die *Raven* hinübergebracht«, sagte sie zu Sam aufschauend, der wiederum bedächtig nickte. »Ausgezeichnet. Danke. Nun denn, ich bin bereit.« Ein durchdringender Pfiff ließ sie zusammenfahren. Als sie den Blick hob, sah sie, daß Sam zwei Finger gegen seine Unterlippe gedrückt hielt. Es mußte eine Art Befehl gewesen sein, denn auf beiden Schiffen sprangen plötzlich Männer auf die Planke zu und hielten sie an den Enden fest. Sie waren zwar dreckig und ehrlos und würden wahrscheinlich probieren, ihr unter die Röcke zu schauen, aber immerhin war es ein Versuch, ihnen den Weg zu erleichtern. Sie straffte ihre Schultern und ließ sich von Sam auf das Brett heben.

Ihr Magen krampfte sich zusammen. Sei nicht albern, schalt sie sich, so hoch ist es doch gar nicht. Geh einen Schritt. Schau nicht hinunter. Aber wenn ich falle – nein, denke nicht daran. Die Planke hob und senkte sich mit dem Atem des

Meeres, so daß sie in einem Moment bergauf und im nächsten bergab ging. Sie konzentrierte sich auf ihre Schritte. Wenn sie hinunterblickte, wäre sie verloren. Wenn sie sich gestattete, sich daran zu erinnern, wie schmal das Brett war! ... Nein! Hör auf, so zu denken, sonst fällst du! Und wer kümmert sich dann um Amelia?

Der Gedanke gab ihr Kraft und Mut. Sie betete ihre Schwester an, hatte es immer getan, seit dem Tag ihrer Geburt. Als Amelias Mutter, Rebeccas Stiefmutter, starb, als ihre Tochter noch klein war, hatte Rebecca, obwohl selbst noch ein Kind, es übernommen, sich um sie zu kümmern. Amelia war abhängig von ihr, und, was noch wichtiger war, ihr Vater war abhängig von ihr. Sie durfte ihn nicht enttäuschen.

Starke Hände umfaßten ihre Ellbogen und schwangen sie durch die Luft. Sie stieß einen leisen Schrei aus, doch dann hatte sie wieder festen Boden unter den Füßen. Er bewegte sich zwar im Rhythmus der Wellen, aber er war zumindest nicht schmal und wackelig. Plötzlich spürte sie eine Hand auf ihrem verlängerten Rücken, fuhr herum und starrte den dreisten Matrosen vernichtend an, der sich daraufhin grinsend entfernte. Es war beunruhigend. Männer zollten ihr üblicherweise nicht diese Art der Aufmerksamkeit. Sie begann um ihre Sicherheit zu fürchten und um die ihrer Schwester.

Als sie nach oben schaute, sah sie Amelia leichenblaß über die Planke balancieren, und ihr Herz klopfte bis zum Hals. Doch ihre Schwester kam wohlbehalten an und wurde von denselben beiden Männern heruntergehoben wie Rebecca. Sie lief zu ihr und warf dem Matrosen, der sich ihr so unzüchtig genähert hatte, noch einen feindseligen Blick zu. Sie waren wieder zusammen, wenn auch an Bord eines Piratenschiffs.

Sie hatte Sam nicht über das Brett kommen hören, aber er war plötzlich da, nahm sie und Amelia am Arm und dirigierte sie über das Deck. Die Männer machten ihnen zwar Platz, aber nur soviel wie unbedingt nötig, was Rebecca unangenehm bewußt machte, wie allein sie und Amelia waren, wie weit entfernt von Hilfe. Sie sah im Vorübergehen rußgeschwärzte Gesichter, zahnlückig grinsende Münder, Ringe, die in barbarischer Tradition jeweils nur ein Ohr zierten oder – wie in einem erstaunlichen Fall – die Nase, Männer aller Staturen und Hautfarben. Mit zusammengebissenen Zähnen und wegen des Gestanks, der ihr aus dem Spalier entgegenkam, nur flach atmend, hörte sie sich die Pfiffe, eindeutigen Angebote und anzüglichen Bemerkungen über ihre weiblichen Attribute an, die ihr Gesicht vor Scham glühen ließen, und die Blicke, die sie wie Berührungen spürte, jagten ihr Ekelschauer über den Rücken.

Vor ihr gähnte eine offene Luke. Ehe sie wußte, wie ihr geschah, stieß Sam sie hinein und eine Leiter hinunter, die noch steiler war als die Kajüttreppe auf der *Curlew*. Amelia kletterte nach ihr herunter, und als sie beide unten angekommen waren und sich in dem hier herrschenden Dämmerlicht umsahen, stellten sie fest, daß sie sich in einem schmalen Korridor befanden. Amelia klammerte sich zwar an Rebecca, jammerte diesmal jedoch gottlob nicht. Sam bildete die Nachhut. Er zündete eine Laterne an, die von der Decke herabhing, und führte sie den Gang hinunter bis zu einer Tür, die zu einem winzigen Raum führte, dessen Mobiliar sich in zwei Strohsäcken erschöpfte. Das dick verglaste und zugenagelte Bullauge ließ kaum Licht herein. Auch hier hing eine Laterne von der Decke herab. Es stank nach Schweiß und Verzweiflung.

Rebecca nahm ihren ganzen Mut zusammen. »Das kann aber unmöglich das uns zugedachte Quartier sein«, wandte sie sich an Sam, der daraufhin einen Grunzlaut ausstieß und auf die Kammer deutete. »Aber… nun gut. Ich nehme an, wenn wir nicht freiwillig hineingehen, werdet Ihr uns hineinstoßen.«

»B-b-becky.« Amelias Zähne klapperten. »Es gefällt mir hier nicht.«

»Ich werde später sehen, was ich tun kann«, beruhigte Rebecca sie. »Zumindest sind wir in Sicherheit, sobald die Tür abgesperrt ist. Ihr sperrt die Tür doch ab, nicht wahr?«

Sam nickte bedächtig. Rebecca hätte nie gedacht, daß es sie einmal mit Erleichterung erfüllen würde, eingesperrt zu werden. Entschlossen nahm sie Amelias Hand und trat in das Kämmerchen. Das letzte, was sie sah, bevor die Tür sich hinter Sam schloß, war der Ausdruck seiner Augen. Sie hätte schwören können, daß er Bedauern ausdrückte.

Der Schlüssel drehte sich im Schloß, und Sams Schritte verhallten. Rebecca und Amelia schauten sich an und fielen sich dann zitternd in die Arme. Sie waren allein und für den Moment in Sicherheit. Wie lange dieser günstige Umstand anhalten würde, ließ sich nicht sagen, denn sie befanden sich immerhin als Gefangene auf einem Piratenschiff.

Ein schabendes Geräusch riß Rebecca aus dem Schlaf. Sie setzte sich mit einem Ruck auf und rieb sich benommen und desorientiert die Augen, während der Strohsack unter ihr vor und zurück schwankte. Wo war sie? Ach ja – auf der *Raven*. Die Erinnerung traf sie mit der Wucht eines Faustschlages in die Magengrube. Großer Gott, wie hatte sie einschlafen können? Neben ihr regte Amelia sich schläfrig. »Becky?« murmelte sie. »Sch!«

Rebecca legte ihr die Hand auf die Schulter – sie witterte Gefahr. Es mußte inzwischen Abend sein, denn das Tageslicht war im Schwinden begriffen. Oben an der Wand zeichnete sich ein helles Viereck gegen die Dunkelheit ab. Es dauerte einen Moment, bis Rebecca begriff, daß sie die Tür anstarrte, in die offensichtlich ein Fenster eingelassen war. Das schabende Geräusch, das sie geweckt hatte, war wahrscheinlich durch die Entfernung der Abdeckung entstanden.

»Sind sie da drin?« fragte eine Männerstimme draußen auf dem Flur, und Rebecca fuhr zusammen.

»Ich kann sie nicht sehen.« Ein gieriges Männergesicht spähte herein, und Rebecca und Amelia verkrochen sich in die hinterste Ecke ihres Kerkers. Es war ein erschreckendes Gesicht mit Bartstoppeln, einem schielenden Auge und einem Grinsen, das verfaulte Zahnstummeln entblößte. »Aber Sam hat sie hergebracht. Das hab' ich selbst gesehen.«

»Der Cap'n macht normalerweise keine Gefangenen – zumindest keine weiblichen. Ich frage mich, was er vorhat.«

Das Lachen seines Kumpanen war ebenso bösartig wie sein Gesicht. »Was denkst du denn? Es ist doch höchste Zeit, daß auf diesem Schiff ein wenig Zerstreuung geboten wird.«

Amelia wimmerte leise, und Rebecca drückte warnend ihre Schulter.

»Der Cap'n wird sie nicht mit uns teilen«, meinte derjenige, der als erster gesprochen hatte.

»Vielleicht ja doch. Ich kann sie jetzt nicht sehen, aber hast du einen Blick auf sie werfen können, als sie an Bord kamen? Die große ist mir ein bißchen zu alt, aber die andere...« Er beendete den Satz so leise, daß Rebecca nichts verstehen konnte, doch das abstoßende Gelächter des anderen sagte ihr genug.

»Jaaa«, dehnte er. »Wenn wir die Tür aufmachen könnten...«

Er brach ab, und das kleine Fenster wurde plötzlich von einem bedrohlich wirkenden Schatten ausgefüllt. Amelia stieß einen leisen Schrei aus, und Rebecca drückte sie noch fester an sich und biß sich auf die Unterlippe, um ihrerseits einen Schreckenslaut zu unterdrücken. Die beiden Männer waren nur noch undeutlich zu hören, doch Rebecca konnte erkennen, daß sie hektisch durcheinander redeten. »Becky?« flüsterte Amelia.

»Schsch!« Rebecca neigte den Kopf zur Seite und lauschte angestrengt.

»Wir haben nichts getan«, beteuerte der eine Mann fast weinerlich.

»Wir haben nur geguckt«, stimmte der andere ein. »Dagegen ist doch nichts zu sagen, oder, Sam?«

Einen Moment lang herrschte unheilschwangere Stille.

Dann sagte der erste Mann unterwürfig: »Wir hatten nichts Böses im Sinn, Sam.«

»Nein«, bekräftigte der andere. »Wir gehen wieder an Deck, Sam. Soll der Cap'n sie haben.«

»Komm schon!« drängte der erste seinen Kumpanen, und dann entfernten sich die beiden eiligen Schrittes. Rebecca wagte wieder zu atmen. Die Bedrohung war vorüber. Hocherhobenen Hauptes blickte sie Sam entgegen, als er hereinschaute. Er war zwar ihr Feind, aber im Moment auch ihr Beschützer.

»Sam!« rief sie, einem Impuls folgend. »Meine Schwester und ich sind hungrig. Können wir etwas zu essen bekommen? Und richtet dem Captain bitte aus, daß ich ihn sprechen möchte.« Sam überlegte einen Moment und nickte dann. Erleichterung durchflutete sie, als er das Fenster wieder abdeckte. Sie waren zwar auf lange Sicht gesehen nicht außer Gefahr, aber wenigstens wären sie im Augenblick vor Belästigungen sicher. Dafür würde Sam schon sorgen.

»Becky«, sagte Amelia mit kleiner Stimme, »hast du gehört, was sie gesagt haben?«

»Mach dir darüber keine Gedanken mehr.« Rebecca setzte sich auf ihrem Strohsack zurecht. »Ich glaube, Sam wird sie von uns fernhalten.«

»Ich bin kein Kind mehr!« fuhr Amelia auf. »Ich weiß, was Piraten Frauen antun.«

Rebecca starrte sie verblüfft an. »Amelia ...«

»Die beiden werden uns vielleicht nichts tun, aber was ist mit ...« Ihre Stimme versagte. »Mit dem Raben?«

Rebecca schloß die Augen. »Ich weiß es nicht«, antwortete sie, obwohl sie fürchtete, es sehr genau zu wissen. Sie hatten beide eine schlimme Zeit vor sich. Es sei denn ...

Sie setzte sich kerzengerade auf, so erschrocken war sie über den Einfall, der ihr gerade gekommen war, und in diesem Moment sagte Amelia: »Der Viscount wird mich nicht mehr heiraten wollen, wenn ich ...«

»Aber natürlich wird er das!« fiel Rebecca ihr ins Wort, doch ihrer Stimme fehlte es an Überzeugung. Der Viscount würde eine unberührte Braut wollen, keine von einem Piraten geschändete. Und ihr Vater... Eine eisige Hand schloß sich um ihr Herz. Ihr Vater würde ihr niemals verzeihen, wenn sie zuließe, daß Amelia etwas geschähe. Das wäre dann ein weiterer Punkt auf der langen Liste ihrer Verfehlungen, und keine noch so harte Strafe würde ihre Schuld in den Augen ihres Vaters tilgen. Sie mußte ihre Schwester beschützen, und sie glaubte auch schon zu wissen, wie. »Niemand wird dir ein Leid zufügen«, sagte sie leise. »Das verspreche ich dir.«

Brendan sprang leichtfüßig von der *Curlew* auf die *Raven*. Er war froh, daß alles vorüber war. Das Gold, das Smithers mit sich geführt hatte, war bereits in seine Kabine gebracht worden, und in seiner Tasche knisterten Papiere, Dokumente betreffs der *Curlew* und weitere, die einem gänzlich anderen Zweck dienten und sehr viel mehr wert waren als das Gold. Seine Mission war ein Erfolg gewesen.

Die Taue, mit denen die Schiffe miteinander vertäut gewesen waren, waren bereits gelöst worden. Auf der *Curlew* hatten jetzt seine Männer das Kommando und waren dabei, eine Behelfstakelage an einem Notmasten anzubringen. Sobald die *Curlew* wieder seetüchtig wäre, würde sie nach Westindien gesegelt, in einem Hafen der Inselkette ankern, den nur wenige kannten, und dann würde die Ladung verkauft. Smithers und Neville, die im Moment in ihren Kabinen eingeschlossen waren, würden zuvor auf freien Fuß gesetzt. Brendan war sicher, daß Neville sich mit den Botschaften, die er ihm aufgetragen hatte, eilends auf den Weg nach Washington City machen würde. Mr. Talbot würde bald erfahren, daß seine Töchter als Geiseln genommen worden waren, und die Lösegeldzahlung in die Wege leiten.

Brendan blickte so finster drein, daß ein Matrose, der dabei war, mit erhitztem Essig das Blut vom Deck zu waschen, ihm einen furchtsamen Blick zuwarf. Das Schicksal der Talbot-Schwestern rief einen bitteren Geschmack auf seiner Zunge hervor. Er nahm nur selten Geiseln, nachdem er erkannt hatte, daß die Schwierigkeiten, die sie einem bereiteten, nicht dafürstanden, aber in diesem Fall hatten seine Instruktionen ihm keine Wahl gelassen. Diese Mission war zu wichtig, als daß er sie hätte gefährden dürfen. Die Geiseln waren lediglich als Ablenkungsmanöver gedacht. Daß es sich dabei um Frauen handelte, war Zufall und, wie er sich eingestand, als er in seine Kabine hinunterging, ein Problem. Er würde nachdrücklich für Disziplin sorgen müssen, damit sie nicht von seinen Männern belästigt würden.

»War es ein Erfolg?« fragte Tyner, sein Steward, als Brendan seine Kabine betrat.

»Ja.« Brendan durchquerte den Raum, schloß einen Schrank auf und legte die Papiere hinein. »Neville hat sich allerdings nur schwer davon getrennt.«

»Was meinte er denn dazu, daß Ihr seine Papiere verlangtet?« Brendan setzte sich an den Tisch. »Er fand das Ansinnen reichlich merkwürdig für einen Piraten, bis ich ihm erklärte, daß ich vorhätte, sie an den Meistbietenden zu verkaufen.« Er grinste wölfisch. »Gleichgültig, ob Engländer oder Amerikaner.«

Tyner erwiderte das Grinsen. Ein Erfolg für den Raben wirkte sich auf die gesamte Mannschaft aus, und das nicht nur in klingender Münze. »Dann war es also ein erfreulicher Tag.«

»Ja.« Brendan wurde ernst. »Abgesehen davon, daß es auf der *Curlew* sechs Tote und bei uns vier Verwundete gegeben hat.« Tyner zuckte die Schultern. »So ist das ist im Krieg nun mal, Cap'n. Habt Ihr Hunger? Der Koch hat eine köstliche Fischsuppe gekocht.«

»Ich hungere danach, ein Schiff zu versenken.« Er lächelte über sein Wortspiel. »Tyner«, hielt er den Steward zurück, als dieser gerade die Kabine verlassen wollte. »Wie geht es unseren Passagieren?«

Tyners Lächeln verblaßte, als er sich mit in die Seiten gestemmten Händen umdrehte. »Sie sind völlig verängstigt – was habt Ihr anderes erwartet? Warum habt Ihr sie an Bord genommen, Cap'n?«

»Befehle, Tyner.«

»Es gefällt mir trotzdem nicht. Sam hat vorhin zwei von der Mannschaft erwischt, wie sie zu den beiden hineinschauten.«

»Wen?« fuhr Brendan auf.

»Marley und Stevens. Sam hat sie zwar verscheucht, aber es wird keine Ruhe einkehren, Cap'n. Nicht mit zwei Ladys an Bord.«

»Teufel auch!« Brendan stand auf und ging zu dem großen Heckfenster hinüber. Der Ärger fing schon an! »Gib bekannt, daß jeder, der die Mädchen anzüglich ansieht, seinen Anteil am Profit in den Wind schreiben kann.«

»Ach ja?« Als Brendan sich ihm zuwandte, war er nicht mehr der freundliche Captain, sondern der Rabe, kampfbereit und mit Mord im Blick.

»Und wer wird sich gegen mich erheben, mein Junge?«

»Jemand, von dem Ihr es nicht erwartet«, antwortete Tyner, nicht im mindesten beeindruckt. »Miß Talbot will mit Euch sprechen.«

Überraschung flackerte über Brendans Züge, und dann lächelte er. »Das hätte ich mir eigentlich denken können. Nun gut, bring sie her. Aber nur sie, Tyner. Die andere nicht.«

»Aye, aye, Cap'n.« Tyner wandte sich zum Gehen. »Vielleicht kommt Ihr ja doch noch zur Vernunft«, murmelte er, die Tür hinter sich zuziehend.

Brendan stieß ein kurzes, hartes Lachen aus. Kein Respekt vor dem Raben! Nicht von Tyner und auch nicht von Sam. Aber sie kannten ihn schließlich auch schon lange, bevor irgend jemand von dem Raben gehört hatte – einschließlich seiner selbst. Sie hatten viele Abenteuer miteinander durchgestanden, und sie würden auch dieses miteinander durchstehen. Frauen auf seinem Schiff! Wie, fragte Brendan sich, als er sich wieder hinsetzte, sollte er dieses Problem bewältigen?

Die Tür ihrer Zelle – so bezeichnete Rebecca das Kämmerchen inzwischen in Gedanken – flog so unvermittelt auf, daß Amelia und sie erschraken. »Der Cap'n empfängt Euch jetzt«, verkündete ein kleiner, säbelbeiniger Mann.

»Ausgezeichnet.« Rebecca rappelte sich mühsam auf. Ihre Knie zitterten, doch ihre Stimme klang völlig ruhig. »Komm, Amelia.«

»Nein, nur Ihr, hat der Cap'n gesagt, Miß.«

Rebecca legte den Arm um Amelias Schulter. »Ich kann meine Schwester doch nicht allein lassen.«

»Es wird eine Wache vor der Tür postiert.«

»Nein.« Sie hätte sich am liebsten hingesetzt und geweint, aber das würde nichts helfen. »Wir werden beide zum Captain gehen.«

»Ich fürchte, nein«, sagte der Mann und machte die Tür zu.

Rebeccas Mut brach in sich zusammen. »Wartet! Geht nicht!« Die Tür öffnete sich wieder, und der Mann streckte den Kopf herein. »Seid Ihr jetzt bereit, allein mitzukommen?«

»Ja.«

»Becky!« jammerte Amelia. »Laß mich nicht allein!«

»Ich muß, Amelia.« Sie umfaßte das Kinn ihrer Schwester. »Es kann nicht so weitergehen. Vielleicht kann ich den Captain dazu bewegen, uns Schutz zu gewähren.«

Amelia schaute mit großen, tränenglänzenden Augen zu ihr auf. »Hältst du das wirklich für möglich?«

»Ja«, nickte sie, doch sie hatte ihre Zweifel. Sie hatte nur wenig in den Handel einzubringen. Genauer gesagt, nur wenig, worauf der Rabe Wert legen würde. »Du mußt tapfer sein, Melia.«

»Das werde ich.« Amelia richtete sich auf und straffte ihre Schultern. »Papa wäre stolz auf dich.«

Rebecca umarmte sie. »Ich danke dir«, sagte sie, gerührt über ihre Worte und bestürzt bei dem Gedanken daran, wie ihr Vater reagieren würde, wenn er von ihrem Schachzug erführe. »Ich bleibe nicht lange weg, das verspreche ich dir. Paßt auf sie auf!« schärfte sie dem Mann ein, ehe sie an ihm vorbei in den Flur hinaustrat.

»Das wird Sam tun, ich muß Euch zum Captain begleiten. Hier hinauf, Miß, und dann durch die Luke hinunter.« Er führte sie an Deck, und wenn sie nicht allenthalben lüsterne Blicke gesehen hätte, wäre sie gerne stehengeblieben, um nach der stickigen Zelle die herrlich frische Luft zu genießen. »Ich heiße übrigens Tyner, Miß«, stellte der kleine Mann sich plötzlich vor, als er sie eine Treppe hinunterlotste, die nicht so steil war wie die davor.

Rebecca nickte. »Tyner.« Sie trat von der letzten Stufe. »Und Ihr seid gerne Pirat?«

»Nein, Miß.«

Er blieb vor der weißgetäfelten Tür gegenüber der Kajüttreppe stehen, und sie hätte schwören können, einen Vorwurf in seinen Augen zu lesen.

»Ich tue nur, was mir befohlen wird.« Er öffnete die Tür. »Miß Talbot, Cap'n.«

»Herein mit ihr.« Beim Klang von Brendans Stimme blieb sie wie angewurzelt stehen. Was, in aller Welt, bildete sie sich nur ein? Er würde sie auslachen. »Nun, was ist, Miß Talbot? Tretet ein, oder wollt Ihr mir erzählen, daß Ihr Euch fürchtet?«

»Ich fürchte mich nicht«, gab sie energisch zurück und setzte den Fuß über die Schwelle der Kabine des Raben. Er saß entspannt in einem Lehnsessel hinter einem Tisch. Das am Hals offenstehende Hemd entblößte sonnengebräunte Haut, die sich über eindrucksvollen Muskeln spannte. Rebecca schluckte – ihre Kehle war plötzlich wie ausgedörrt. Sie würde eher sterben, als ihn merken zu lassen, wie groß ihre Angst war.

»Nein? Dann seid Ihr entweder sehr mutig, *leannan,* oder sehr töricht.«

»Nennt mich nicht so.«

»Wie Ihr wünscht. Nun, was wollt Ihr?«

Rebecca faltete züchtig die Hände vor sich. »Es geht mehr darum, was *Ihr* wollt, Captain.«

»Ach.« Er legte den Kopf schief. »Und was ist das, Miß Talbot?«

Rebecca schaute über ihre Schulter zu Tyner, der das Gespräch aus einiger Entfernung verfolgte. »Ich würde es vorziehen, allein mit Euch zu sprechen.«

Brendan winkte ab. »Ich habe keine Geheimnisse vor Tyner«, erklärte er.

»Aber ich vielleicht!« erwiderte sie in scharfem Ton.

»Eine streitbare junge Dame, was, Tyner?« sagte er, an ihr vorbeischauend. »Ohne jede Angst vor dem Raben. Stell dir das vor.«

»Ich bitte Euch, mich nicht zu verspotten, Captain.«

»Das würde mir doch nicht im Traum einfallen, *leannan.* Entschuldigt – Miß Talbot.« Sein Auge funkelte sie an. »Nun denn, Tyner, sieh nach, wie weit das Essen ist. Aber laß dir Zeit.«

»Aber Cap'n …«, protestierte der Steward.

»Jetzt, Tyner«, sagte er, und nach kurzem Zögern verließ der Mann die Kabine. »Nun, Miß Talbot, was gibt es denn so Wichtiges?«

»Ich verlange zu wissen, welche Pläne Ihr bezüglich meiner Schwester und mir habt.«

»Ihr verlangt es? Nicht viele Leute verlangen etwas von dem Raben.«

»Das mag sein, aber ich fürchte mich nicht vor Euch.«

Er stand auf. »Tatsächlich nicht, *leannan?*« fragte er, auf sie zugehend.

Rebecca schluckte erneut, war jedoch nicht bereit, klein beizugeben. »Nein.«

»Das solltet Ihr aber, wißt Ihr.« Er strich mit den Fingerknöcheln über ihre Wange, und sie zuckte zurück. Aber nicht aus Furcht. »Habt Ihr denn noch nichts von mir gehört?«

»Doch. Ihr seid ein heimtückischer Pirat, Sir.«

»Heimtückisch?« Sein Auge blitzte, und er hob die Hand, um eine Locke, die sich aus dem strengen Nackenknoten gelöst hatte, um seinen Finger zu wickeln. »Ihr habt wunderschönes Haar.«

»Heimtückisch«, wiederholte sie. »Ihr lauert harmlosen Schiffen auf und kapert sie, Gott weiß, wie viele schon. Und es heißt, daß ein gerüttelt Maß an Menschen durch Eure Hand den Tod gefunden hat.«

Er zog an der Locke und ließ sie dann los. »Heißt es das?«

»Ihr leugnet es?«

»Oh, es wird schon seine Richtigkeit haben«, meinte er ungerührt und entfernte sich von ihr. Rebecca atmete tief und zittrig ein. Die unmittelbare Gefahr war zwar vorüber, doch sie bestand noch immer, und sie drohte nicht nur von ihm. Sie drohte auch aus ihrem Innern. Es gefiel ihr nicht, wie sie zitterte, als er ihre Wange berührte, wie ihr Mund austrocknete, als er mit ihrem Haar spielte. Oh, sie war verderbt, verderbt, und dabei hatte sie sich so bemüht, diesen Teil ihres Wesens zu zerstören. Den Teil, der die Berührung eines Mannes genoß.

Sie war so in Selbstvorwürfe versunken, daß sie erst merkte, daß er weitergesprochen hatte, als er ihren Namen rief. »Miß Talbot?«

Sie blinzelte und kehrte zu der Situation zurück, in der sie sich befand. Hier lauerte die Gefahr, erweckte die alten Gefühle in ihr zu neuem Leben. Sie sollte machen, daß sie wegkam, fliehen, solange sie noch konnte – doch sie wußte, daß sie es nicht tun würde. »Ja bitte?« fragte sie mit unnatürlich heiserer Stimme.

»Ihr wolltet mit mir sprechen. Nun, ich höre.«

Ihr fiel auf, daß sein irischer Akzent plötzlich nachgelassen hatte, doch sie hatte wichtigere Dinge im Kopf, als darüber nachzudenken. »Ich bin gekommen, um einen Handel mit Euch abzuschließen, Captain.«

»Oh!« Mit katzenhafter Grazie ließ er sich in den Sessel sinken und verschränkte die Hände hinter dem Kopf. »Und was habt Ihr mir zu bieten?« fragte er, und sein Blick glitt fast beleidigend über ihren Körper.

Sie errötete. O Gott, so schwer hatte sie es sich nicht vorgestellt. »Es wäre mir lieb, wenn meine Schwester in einer anderen Kabine untergebracht und gut bewacht würde. Im Gegenzug ...«

»Ja?« hakte er nach, als sie nicht fortfuhr. »Im Gegenzug?«

»Versprecht Ihr mir, daß sie nicht belästigt wird?«

»Wir werden sehen. Im Gegenzug, Miß Talbot?«

Sie hob entschlossen ihr Kinn. Schwierig oder nicht – sie mußte den Stier bei den Hörnern packen. Sie mußte ihre Schwester beschützen. »Im Gegenzug werde ich für die Dauer der Reise Eure Mätresse sein.«

4

Im ersten Moment war Brendan sprachlos. Dann sagte er, den Arm lässig über die Rückenlehne seines Sessels drapierend: »Ein bemerkenswertes Angebot, Lady. Ist es Euch wirklich ernst damit?«

Rebecca hob trotzig das Kinn. »Ja.«

»Ich verstehe.« Er strich sich nachdenklich über das Kinn. »Der Gedanke ist nicht ohne Reiz.«

»Dann seid Ihr einverstanden?« fragte sie kühl.

»Das habe ich nicht gesagt.«

Er lehnte sich zurück und musterte sie von oben bis unten. Was, zum Teufel, hatte sie dazu getrieben, ihm dieses unglaubliche Angebot zu machen? Und wie, zum Teufel, sollte er darauf reagieren? Sie entsprach nicht seinem Frauentyp, war viel zu intelligent und eigenständig, ganz anders als die anschmiegsamen, unproblematischen Mädchen, mit denen er sich ansonsten die Zeit vertrieb. Mit ihr zu schlafen, wäre für sie beide eine Strafe – sie würde wahrscheinlich stumm leiden, und er könnte angesichts ihres Märtyrertums keine Lust empfinden.

Doch dann erinnerte er sich daran, wie weich und fraulich sie sich angefühlt hatte, als er ihr das Messer weggenommen und sie zu sich herangezogen hatte, und eine Welle der Erregung durchflutete ihn, die ihn gleichermaßen irritierte und faszinierte. Er betrachtete sie ungeniert, versuchte zu erahnen, welche Schätze sich unter dem grauen Twill verbargen. Sie errötete zwar unter seinem prüfenden Blick, protestierte jedoch nicht. Sie war groß – er würde sich nicht hinunterbeugen müssen, um sie zu küssen, sinnierte er, und sie würde ihre langen Beine um ihn schlingen, wenn…

»Habt Ihr genug gesehen?« fragte sie spitz, als er gerade gegen eine neuerliche Welle der Erregung ankämpfte.

»Nein, Lady. Löst Euer Haar.«

Sie starrte ihn an. »Was?«

»Ihr habt mich schon verstanden. Löst Euer Haar.«

»Warum?«

»Weil ich den Wunsch habe, es zu betrachten.« Es war mehr als ein Wunsch – es war eine in seinen Lenden pulsierende und in seinen Ohren rauschende Sehnsucht, diese flammendrote Pracht über ihre Schultern fließen und ausgebreitet auf seinem weißen Kissen liegen zu sehen. »Nun macht schon!« herrschte er sie, ob seiner unerwünschten Gefühle verärgert, ungeduldig an. »Einerseits bietet Ihr mir an, das Bett mit mir zu teilen, und andererseits ziert Ihr Euch sogar, Euer Haar zu lösen?«

Sie rührte sich nicht. Ihre Augen waren so unergründlich wie die See. »Ihr wollt mich gleich jetzt beim Wort nehmen?«

Er legte ein Bein auf den Tisch und griff nach seinem Messer. »Nein, Lady... Ich möchte lediglich Euer Haar sehen.«

»Und ich möchte Euch von hinten sehen!« platzte sie, den Blick auf das Messer in seiner Hand, heraus.

»Vorsicht, *leannan*«, warnte er sie mit unheildrohend sanfter Stimme. »Es ist nicht klug von Euch, mich zu beleidigen, wenn ich Euch in meiner Gewalt habe.«

»Ich sagte Euch schon, daß ich mich nicht vor Euch fürchte«, erwiderte sie mit zitternden Knien.

»Um auf Euer Angebot zurückzukommen – warum habt Ihr es mir gemacht, wenn ich Euch so zuwider bin?«

»Das habe ich Euch bereits eingangs erklärt«, antwortete sie in dem Tonfall einer Lehrerin, die es mit einem unaufmerksamen Schüler zu tun hatte. »Um meiner Schwester willen.«

»Äußerst edelmütig von Euch.« Er nahm das Bein vom Tisch und steckte sein Messer wieder in den Gürtel. »Seid Ihr sicher, daß sie es Euch danken wird?«

Zwei rote Flecken erschienen auf ihren Wangen. »Das erwarte ich gar nicht. Es ist meine Aufgabe, sie zu beschützen.«

»Sie zu beschützen? Aber was, wenn ich auf Euren Handel eingehe und dann beschließe, Euch beide zu nehmen?«

»Das würdet Ihr nicht!«

»Seid da nicht zu sicher – für einen Piraten gelten keine Anstandsregeln«, lächelte er spöttisch, stand auf und streckte sich. Es war ein langer, anstrengender Tag gewesen, aber er war hellwach. »Habt Ihr Euch mir nicht vielleicht doch in Eurem eigenen Interesse angeboten?«

»Ich bin in meinem Leben noch nicht so beleidigt worden!« fuhr sie auf.

Wenn sie wüßte, wie oft er das erlebte und auch Gebrauch davon machte! Er kam hinter dem Tisch hervor und trat zu ihr. »Dann wollt Ihr Euch also wirklich und wahrhaftig opfern. Ich bin beeindruckt.«

»Ihr macht Euch über mich lustig!« Zum erstenmal klang sie unsicher.

»Nein, Rebecca.« Er hob die Hand, ließ seine Finger wie schon zuvor über ihre samtweiche Haut gleiten und hörte, wie ihr der Atem stockte. »Das tue ich nicht.« Er schaute ihr in die meergrünen, unergründlichen Augen, und erneut erfaßte ihn eine Welle der Erregung. Sich über sie lustig zu machen, lag ihm wirklich fern. »Löst Euer Haar.«

Sie schluckte, fuhr sich mit der Zungenspitze über die Lippen. Sein Puls begann zu rasen. Es hatte keinen Sinn, es zu leugnen – er begehrte diese alte Jungfer! Wie gebannt sah er zu, als sie zögernd die Hände hob, um die Bänder ihrer Kappe zu lösen, und dann schluckte auch er, als sie die Arme – und ihre Brüste – hob und mit den Fingern nach den Nadeln tastete, die den dicken Knoten in ihrem Nacken zusammenhielten. Er spürte sein Blut wie heiße Lava durch seine Adern strömen… In diesem Augenblick klopfte es energisch an die Tür.

»Zum Teufel!« rief Brendan. Rebecca wich zurück. »Wer ist da?«

»Ich, Cap'n.« Tyner betrat die Kabine, ohne sich für die Störung zu entschuldigen.

Brendan stemmte die Hände in die Seiten. »Ich hoffe für dich, daß es wichtig ist!« fuhr er ihn an und sah aus dem Augenwinkel, daß Rebecca sich bückte, um ihre Kappe aufzuheben. Gleich würden die herrlichen Haare wieder darunter verschwunden sein.

»Ja, Cap'n. Ein Schiff kommt von Süd-Südwest mit hoher Geschwindigkeit heran. Es segelt unter britischer Flagge. Ich dachte, das solltet Ihr wissen.«

»Sam soll alle Mann an Deck beordern«, befahl Brendan gelassen. Rebeccas große Augen waren, als sie die Nachricht hörte, noch größer geworden. »Und – Tyner?«

Tyner, der gerade zur Tür hinaus wollte, hielt inne. »Ja, Cap'n?«

»Das nächste Mal kommst du nicht wieder ohne meine Erlaubnis herein.«

»Aye, Aye, Cap'n.« Sein Blick flog zwischen Rebecca und Brendan hin und her. »Sonst noch was, Cap'n?«

»Ja. Laß Miß Talbots Sachen hierherbringen.«

»In Eure Kabine, Cap'n?«

»Ja, in meine Kabine. Und jetzt verschwinde.«

Der Blick, den der Steward ihm zuwarf, ehe er seinem Befehl nachkam, zeigte deutlich, was er von der Situation hielt.

Brendan preßte die Lippen aufeinander. Zum Teufel! Seine Lage war schon ohne Tyners Mißbilligung unerfreulich genug. »Tyner wird für Eure Bequemlichkeit sorgen«, sagte er schroff.

»Ihr werdet nicht entkommen können.« Rebeccas Kappe war wieder an ihrem Platz, und sie hatte sich wieder gefaßt. »Sie werden Euch erwischen, und dann werdet Ihr gehängt.«

»Ihr scheint diese Vorstellung ja regelrecht zu genießen.« Er zog seinen Schlüsselbund heraus und sperrte den Schrank auf, in dem er seine Pistolen aufbewahrte.

»Nein. Ich möchte nur, daß der Gerechtigkeit Genüge getan wird.«

»Das wird es.« Er sperrte den Waffenschrank wieder zu, ging mit großen Schritten quer durch den Raum zu Rebecca hinüber, umfaßte ihr Kinn und preßte brutal seine Lippen auf die ihren. Sie war so überrascht, daß sie regungslos stehenblieb, und er hätte den Kuß gerne noch ausgedehnt, doch das Getrappel der Seeleute über ihren Köpfen kündete davon, daß seine Mannschaft sich auf Gefechtsstation begab, und gemahnte ihn an seine Pflicht. »Ich bin bald wieder da, *leannan*«, sagte er und verließ die Kabine. Rebeccas Knie gaben nach, und sie sank in einer Wolke aus grauem Tweed zu Boden.

Als die Kabinentür sich wieder öffnete, schaute Rebecca verwirrt auf und sah Tyner, der auf sie herunterstarrte. »Fehlt Euch etwas, Miß?« fragte er.

»Nein, nein.« Mein Gott, was mußte der Mann von ihr denken? Sie war in Ohnmacht gefallen – wegen eines Kusses! Hastig rappelte sie sich auf. »Es geht mir gut.«

»Langsam, langsam.« Tyner streckte die Hand aus, um sie zu stützen, doch sie wich zurück. »Der Cap'n hat befohlen, daß Ihr hier wohnt«, fuhr er fort, drehte sich um und zerrte ihre Truhe in die Kabine. »Wir werden den Zitronensafttrinkern zwar wahrscheinlich davonsegeln, aber er will kein Risiko mit Euch eingehen.«

»Das Risiko, daß ich fliehe, meint Ihr.«

Tyner war mit der Truhe beim Bett angelangt. »Wenn Ihr ausgepackt habt, hole ich die Truhe ab, Miß«, sagte er.

»Wartet!« rief sie, als er sich zum Gehen wandte. »Meine Schwester! Ich muß zu ihr …«

»Der Cap'n will, daß Ihr hierbleibt, Miß.«

»Aber sie ist noch nie allein gewesen …«

Er blieb stur. »Befehl vom Cap'n, Miß.«

»Aber sie wird sich zu Tode ängstigen. Bitte laßt mich ihr beistehen …«

»Sie bekommt die Kabine neben dieser, Miß.«

»Tatsächlich?«

»Ja, Miß. Befehl vom Cap'n.« – »Und das Wort des Captains ist Gesetz.« – »Ja, Miß. Je eher Ihr das begreift, um so besser für Euch.«

»O ja«, murmelte sie.

Wenn Tyner die Ironie in ihrem Ton aufgefallen war, so ließ er es sich nicht anmerken. »Ich muß nach oben. Braucht Ihr sonst noch was, Miß?«

Rebecca ließ den Blick durch die Kabine wandern, ohne etwas wahrzunehmen. Über ihrem Kopf waren die Rufe und trampelnden Schritte von Männern zu hören, die sich auf ein Seegefecht vorbereiteten – ihr zweites an diesem Tag –, und sie bezweifelte, daß sie verlieren würden. Bald würde sie zu ihrem Angebot stehen müssen. »Nein«, antwortete sie bitter auflachend. »Es fällt mir nichts ein, was ich in diesem Moment brauchen könnte.«

»Ich komme später wieder«, sagte Tyner und ging. Gleich darauf hörte Rebecca den Schlüssel im Schloß. Wenn sie geglaubt hatte, sich über den Befehl des Captains hinwegsetzen und die Kabine verlassen zu können, hatte sie sich geirrt. Das also war damit gemeint gewesen, daß der Rabe kein Risiko mit ihr eingehen wollte.

Sie mußte der Wahrheit ins Gesicht sehen – Amelia und sie waren seine Gefangenen, mit denen er machen konnte, was er wollte. Sie hatte die Erniedrigung, sich ihm anzubieten, ganz umsonst auf sich genommen!

In diesem Moment überraschte sie sich damit, daß sie gähnte. Allerdings hatte sie nach diesem Tag das Recht, erschöpft zu sein. Ah, ja, schlafen wäre jetzt schön – doch ein Blick auf das Bett verdarb ihr die Lust darauf. Sie schaute sich in der Kabine um, und diesmal nahm sie wahr, was sie sah: einen Schrank, einen Tisch mit Geländer, eine Lampe darüber, die mit dem Rollen des Schiffes hin und her schwang, und immer wieder dazwischen das Bett. Sie war müde, so müde, aber wenn sie sich jetzt hinlegte, würde der Rabe, wenn er wiederkäme, vielleicht glauben, sie könne es gar nicht erwarten, in seinen Armen zu liegen. Sehnsüchtig betrachtete sie die dicke Matratze und stellte sich vor, wie weich sie wäre, und dann wandte sie sich entschlossen ab. Es wäre klüger, wenn sie sich an den Tisch setzte.

Das Schicksal wollte es anders. Obwohl Rebecca nun schon einige Zeit auf See war und gelernt hatte, die Balance zu halten, brachte sie ein unerwartetes, abruptes Wendemanöver aus dem Gleichgewicht. Mit instinktiv ausgebreiteten Armen taumelte sie rückwärts und stieß, das erstemal ihrer Angst nachgebend, einen schrillen Schrei aus, der jedoch verstummte, als sie unvermittelt, aber weich, auf dem Bett landete. Auf dem Rücken liegend, blinzelte sie verdutzt zur Decke hinauf, während das Schiff seine Drehung weiter fortsetzte und sich so weit auf die Seite legte, daß sie nicht einmal daran denken konnte, sich aufzusetzen. O Gott, das Bett war genauso weich und bequem, wie sie es sich vorgestellt hatte. Der Rabe hatte offenbar Sinn für Komfort.

Aber nicht einmal der Gedanke an ihn vermochte Rebeccas Lebensgeister zu wecken. Während über ihr Männer brüllten, in der Ferne Kanonendonner grollte und Segel im Wind knatterten, fielen ihr langsam die Augen zu. Bis zur Teilnahmslosigkeit erschöpft, schlief sie ein.

Eine honiggelbe Sichel hing an dem nachtblauen, sternenbesetzten Samthimmel, als Brendan von seinem Platz auf der *Raven,* deren schäumendes Kielwasser im Mondlicht glitzerte, noch einmal den Blick über die See wandern ließ und zufrieden grinste. Sie hatten die britische Fregatte längst hinter sich gelassen, die trotz voller Takelage keine Chance gehabt hatte, die windschlüpfrige *Raven* einzuholen, die Brendan als Köder benutzt hatte, um die Engländer von der *Curlew* abzulenken. Ein langer, erfolgreicher Tag war zu Ende.

Ja – es war alles in allem ein guter Tag gewesen. Daß seinetwegen Männer den Tod gefunden hatten, würde ihn zwar bis ans Ende seiner Tage belasten, aber er hatte seine Mission erfüllen müssen. Jetzt brauchte er nur noch die Zahlung des von ihm geforderten Lösegelds abzuwarten, und dann wäre alles erledigt. Für dieses Mal.

Nach ein paar Worten zu Starkey, seinem Zweiten Maat, der das Kommando über die Wachen führte, machte Brendan sich auf den Weg nach achtern. Ausgiebig gähnend stieg er die Kajüttreppe zu seiner Kabine hinunter. Jetzt, da die Anspannung sich gelegt hatte, merkte er, wie müde er war. Er freute sich auf sein Bett...

Teufel auch! Wie angewurzelt blieb er am Fuß der Treppe stehen, als ihm plötzlich wieder einfiel, was der Hetzjagd vorausgegangen war. Was, um alles in der Welt, sollte er mit Rebecca machen? Normalerweise wäre das gar keine Frage gewesen, aber diese Situation ließ sich nicht mit normalen Maßstäben messen. Die Talbot-Schwestern waren Geiseln, und noch dazu ganz besondere. Niemand durfte sich an ihnen vergreifen – weder seine Mannschaft noch er. Frauen waren auf seinem Schiff eine Seltenheit und eine Versuchung für seine Männer, die wochenlang kein Land sehen würden. Das war einer der Gründe dafür, daß er zugestimmt hatte, Rebecca in seiner Kajüte aufzunehmen und ihrer Schwester die daran angrenzende seines Ersten Maats zu überlassen. Aber wenn er ehrlich zu sich war, mußte er zugeben, daß Rebecca nicht nur aus Sicherheitsgründen in seiner Kabine war.

Er zog seinen Schlüsselbund aus der Tasche und ging, sich für die Begegnung wappnend – schließlich wußte er nicht, wie er empfangen würde –, auf die Tür zu. Er wollte sie gerade aufschließen, als Tyner links von ihm, wo die Kombüse und die Vorratsräume untergebracht waren, aus dem Schatten zu ihm trat. »Wir haben die Zitronensafttrinker ja gut abgehängt, was, Cap'n?«

»Ja«, nickte Brendan, den Blick wieder auf die Tür gerichtet, und gähnte erneut. »Es hat Spaß gemacht, niemand kam zu Schaden, und die Prise ist uns sicher.«

Tyner folgte seinem Blick. »Es ist alles ruhig.« – »Sehr gut. Haben sie keine Schwierigkeiten gemacht?«

»Keine ernsthaften. Die jüngere protestierte zwar, als sie hörte, daß sie allein in einer Kabine untergebracht würde…«

»Das habe ich gehört«, sagte Brendan spöttisch. Miß Amelia Talbot hatte eine weittragende Stimme.

»… und ihre Schwester verlangte zunächst, zu ihr zu gehen, doch seitdem ist Ruhe. Aber ich glaube, wir werden Probleme mit ihnen bekommen.«

»Vielleicht auch nicht.« Er gähnte wieder. »Ich bin bettreif. Gute Nacht, Tyner.«

»Cap'n?« Tyner trat, die Hände in die Seiten gestemmt und das Kinn vorgeschoben, noch einen Schritt auf ihn zu, »Was habt Ihr Euch dabei gedacht, sie in Eurer Kabine wohnen zu lassen?«

Brendan lächelte. »Glaub es oder nicht, Tyner, es war nicht meine Idee.«

»Ich glaube kein Wort, dazu kenne ich Euch zu gut. Aber ich warne Euch, Cap'n. Dieses Mädel ist anders als die, mit denen Ihr Euch sonst abgebt. Sie könnte Euch Schwierigkeiten machen.«

»Das wird sie nicht«, erwiderte Brendan plötzlich verärgert. »Ich weiß, was ich tue, Tyner.«

»Nein, ich glaube, diesmal nicht, Cap'n. Ihr habt es hier mit einer Lady zu tun, und Ladys erwarten etwas von ihren Liebhabern.«

Brendan stieß ein bellendes Lachen aus. »Meinst du etwa, sie will, daß ich sie heirate, Tyner?«

»Nein, Cap'n, aber…«

»Genug jetzt!« beendete Brendan die Diskussion. »Gute Nacht, Tyner.«

Der Steward sah ein, daß es keinen Sinn hatte, weiter zu argumentieren. Resigniert sagte er: »Gute Nacht, Cap'n.«

»Oh – Tyner«, hielt Brendan ihn, als er sich entfernen wollte, zurück. »Bring mir eine Hängematte.«

»Eine Hängematte? Sofort, Cap'n!« rief Tyner und hastete die Kajüttreppe hinauf.

Brendan sah ihm mit einer Mischung aus Belustigung und Verärgerung nach und drehte dann den Schlüssel im Schloß herum. Er öffnete die Tür. Abgesehen von dem durch das große Heckfenster hereinströmenden Mondlicht, war es dunkel in der Kabine. Als seine Augen sich an das Dämmerlicht gewöhnt hatten, ließ er den Blick durch den Raum wandern und entdeckte eine Silhouette auf dem Bett. Er atmete auf. Miß Rebecca Talbot schlief offenbar fest.

Er zündete die Öllampe an, die an Kardanringen über dem Tisch hing, und ihr sanftes Licht ließ im Rhythmus der Schiffsbewegungen Schatten durch den Raum und über die Frau tanzen, die, mit einer Hand unter der Wange, auf der Seite liegend schlief. Brendan schlich zum Bett und schaute auf sie hinunter. Sie sah jetzt völlig anders aus, und viel, viel jünger. Ihr Kleid verbarg zwar immer noch ihre Gestalt, und ihr Haar war immer noch zu dem festen Knoten geschlungen, aber ihre entspannten, weichen Züge machten es ihm schwer, die streitbare, alte Jungfer darin wiederzufinden, als die er sie kennengelernt hatte. Sie hatte volle Lippen, und die dunklen Wimpern, die ihre Wangen beschatteten, waren geradezu sündig lang. Sie war hübsch, erkannte er überrascht. Bis zu diesem Moment hatte er nicht gewußt, daß sich eine attraktive Frau hinter der gestrengen und unscheinbaren Fassade verbarg, die sie der Welt präsentierte.

Abrupt wandte er sich ab. Teufel auch! Er war ein Mann von Ehre! ermahnte er sich zähneknirschend, aber angesichts des Pulsierens in seinen Lenden fiel es ihm unsäglich schwer, die gebotene Zurückhaltung zu üben.

In diesem Augenblick ging die Tür auf, und Tyner erschien mit einer Hängematte aus Segeltuch über der Schulter. »Wohin wollt Ihr sie haben, Cap'n?« fragte er fröhlich, und Brendan legte beschwörend den Finger auf die Lippen. Tyners Blick wanderte zu Rebecca, und er grinste verständnisvoll.

»Tut mir leid«, sagte er leise und begann die Hängematte zu montieren. »Ihr überrascht mich, Cap'n, ja, das tut Ihr wirklich.«

»Sei still!« flüsterte Brendan ärgerlich und befestigte das andere Ende seines provisorischen Nachtlagers. Die Hängematte spannte sich nun, parallel zum Bett, über die Schmalseite des Raumes. Er hatte schon unbequemer geschlafen, und außerdem wäre er auf diese Weise nicht so unmittelbar der Versuchung ausgesetzt. Zum Teufel, er hatte sich einer Frau noch nie in seinem Leben aufgedrängt, es noch nie nötig gehabt, Gewalt anzuwenden, aber wenn er sie heute nacht nähme, dann käme das, obwohl sie sich ihm angeboten hatte und sicherlich nicht wehren würde, einer Vergewaltigung gleich. Und das hatte ihn – mehr als seine Befehle und der Gedanke an seine Mission – zu dem Entschluß gebracht, ihr Angebot nicht anzunehmen.

»Na, dann gute Nacht, Cap'n«, sagte Tyner, noch immer mit Lachfältchen in den Augenwinkeln, und trat von der leicht hin und her schwingenden Hängematte zurück.

»Gute Nacht.« Als er die Tür hinter dem Steward abgeschlossen hatte, gähnte Brendan noch einmal herzhaft, zog sein Hemd über den Kopf, kratzte sich die Brust, drehte sich zu der Hängematte um – und blickte geradewegs in Rebeccas große grüne Augen, die ihn vom Bett aus betrachteten.

Zu Anfang waren die Geräusche Teil ihres Traumes – das Öffnen der Tür, die laute Stimme und das anschließende Geflüster vermischte sich mit Bildern einer schmalen Planke unter ihren Füßen, Meilen hoch über einer unergründlichen See, lüsterner Gesichter, einer stickigen, winzigen Zelle, doch als die Tür wieder geschlossen wurde, begriff sie, daß das alles kein Traum war. Es war Wirklichkeit! Und sie lag in der Kajüte eines Piratenkapitäns in dessen Bett

Sie öffnete die Augen. O Gott! Er war da, schloß die Tür zu, gähnte und – hilf, Himmel! – zog sein Hemd aus. Sie kniff hastig die Augen zu, doch als hätten ihre Lider einen eigenen

Willen, hoben sie sich wieder. Rebecca wurde das Atmen schwer. Sie hatte nicht realisiert, wie groß er war, wie breit seine Schultern und wie schmal seine Hüften waren und wie muskulös seine Arme. Gleich würde er sich über sie beugen und...

Er drehte sich um und sah, daß sie ihn betrachtete. Glühende Röte schoß ihr ins Gesicht.

»Nun – gefällt Euch, was Ihr seht?« fragte er und hängte sein Hemd an einen hölzernen Wandhaken, kam zum Bett und grinste, die Hände in die Seiten gestemmt, auf sie hinunter. Sie hätte die Augen am liebsten wieder zugemacht, doch sie gönnte ihm diese Genugtuung nicht, und so starrte sie statt dessen an ihm vorbei, ignorierte die mit schwarzen Locken dichtbehaarte Brust und den Zauber seines Lächelns. Sie hatte sich ihm angeboten, und sie würde zu ihrem Wort stehen, aber sie würde niemals – niemals! – seiner Anziehungskraft erliegen!

»Was ist das?« fragte sie, auf die Hängematte deutend.

Brendan kratzte sich wieder die Brust, und wider Willen verfolgte Rebecca die Bewegung. »Eine Hängematte.«

»Und was soll sie hier?«

»Ich werde darin schlafen.« Er zwinkerte ihr zu. »Wollt Ihr Euch zu mir gesellen?«

»Was?«

»Nichts.« Erneut gähnend ging er zum Tisch. »Ich bin zu müde, um Spielchen zu spielen.«

Rebecca stützte sich auf einen Ellbogen. Diese Situation war kein Spiel für sie. »Ihr schlaft da drin?«

»Ja.« Er war dabei, die Flamme der Lampe herunterzudrehen und hielt inne. »Es sei denn, Ihr besteht darauf, daß ich zu Euch ins Bett komme.«

»Ich... ich dachte... ich hätte Euch einen Handel angeboten und Ihr wärt darauf eingegangen.«

Brendan machte das Licht aus, und im ersten Moment schien die Dunkelheit undurchdringlich. »Ihr überschätzt Euch, Lady«, sagte er in beinahe sanftem Ton, und dann knarzten die Stricke, als er in die Hängematte stieg. »Gute Nacht.«

5

Rebecca starrte im schwindenden Mondlicht zu der Hängematte hinüber. Sie hatte mit allem möglichen gerechnet, aber damit nicht! Was bildete dieser Kerl sich ein? Beleidigt die Luft durch die Nase einziehend, warf sie sich, ihm den Rükken zukehrend, auf die Seite. Was regte sie sich auf? Keine anständige Frau würde einen solchen unkultivierten Schurken auch nur eines Blickes würdigen, geschweige denn eines Gedanken. Aber genau das war sie nicht, und wenn sie einen Beweis dafür gebraucht hätte, dann hatte sie ihn jetzt, denn als Brendan das Licht gelöscht und sich in seine Hängematte gelegt hatte, war sie, wenn auch nur für einen kurzen Moment, tief enttäuscht gewesen.

Und dieser gefühllose Unhold schlief! Sie hörte zu, wie sein regelmäßiger Atem in leises Schnarchen überging, als sei sie gar nicht vorhanden! Sie überschätze sich, hatte er gesagt. Vielleicht stimmte das ja sogar, aber es war eine Unverschämtheit von ihm, es zu sagen. Sie würde schon einen Weg finden, es ihm heimzuzahlen. Er war ein überheblicher Mann, dieser Rabe, und er überschätzte seine Anziehungskraft bei weitem. Mochten andere Frauen ihm erliegen – ihr würde das nicht passieren!

Rebecca atmete tief durch, um sich zu beruhigen, doch das war nicht so einfach, denn es beschäftigte sie eine bange Frage: Was würde geschehen, wenn dem Raben schließlich doch einfiele, sie beim Wort zu nehmen?

»Guten Morgen, Miß!« rief eine fröhliche Stimme, und Rebecca fuhr, aus dem Schlaf gerissen, im Bett hoch. Einen Augenblick starrte sie Tyner, der mit einer Schüssel in der einen und einem Krug in der anderen Hand vor ihr stand, verständnislos an, doch dann brach die Erinnerung über sie herein. Amelia und sie waren Gefangene auf einem Piratenschiff. »Ich muß eingeschlafen sein«, sagte sie.

»So ist es, Miß, so ist es«, lächelte Tyner freundlich und stellte Schüssel und Krug auf den Tisch. »Ich habe Euch Frühstück gebracht. Seid Ihr hungrig?«

»Nein... ja«, antwortete sie, als ihr Magen plötzlich knurrte. Hatte sie denn keinen Funken Schamgefühl im Leib? Eine anständige Frau könnte in ihrer Situation nicht einmal an Essen denken! Sie schwang zögernd die Beine über die Bettkante. »Ist meine Schwester wohlauf?«

»Ja, Miß. Möchtet Ihr Wasser zum Waschen?«

»Ja, bitte«, nickte sie. Seine Fröhlichkeit und Höflichkeit machten die Situation noch unwirklicher. »Wann darf ich sie besuchen?«

Tyner wurde ernst. »Tut mir leid, Miß, der Cap'n hat gesagt, Ihr müßt in der Kabine bleiben.«

»Aber meine Schwester braucht mich...«

»Sie wird gut versorgt. Macht Euch keine Gedanken – es geschieht ihr nichts.«

Rebecca kaute nachdenklich auf ihrer Unterlippe herum. »Wo ist der Captain?« fragte sie schließlich. »Ich möchte ihn selbst fragen.«

»An Deck, Miß. Schaut her – hier ist Porridge und Speck und Kaffee. Milch haben wir allerdings keine an Bord. Aber ich habe Euch eine der letzten Orangen gebracht.«

Unwiderstehlich von den Düften angezogen, näherte Rebecca sich dem Tisch. Die Hängematte war verschwunden. Würde der Rabe sie heute abend wieder für sich aufhängen?

Bei dem Gedanken begannen ihre Knie zu zittern, und sie griff haltsuchend nach einer Stuhllehne. »Seht Ihr, Miß, Ihr seid schon ganz schwach vor Hunger.« Tyner wollte nach ihrem Arm greifen, doch sie wich ihm aus. »Jetzt setzt Euch und eßt, und ich hole inzwischen das Wasser. Es wird allerdings Salzwasser sein, denn Süßwasser ist auf See Mangelware.«

Rebecca hob den Blick und starrte Tyner, der schon fast an der Tür war, entgeistert an. »Was für eine Art Piratenschiff ist das hier?«

Tyner, der gerade dabei war, seine Schlüssel zu sortieren, schaute fragend auf. »Miß?«

Sie deutete auf den Tisch. »Ihr bringt mir Frühstück und jetzt auch noch Wasser zum Waschen.«

»Und Seife«, ergänzte er.

Rebecca stieß ein kurzes Lachen aus. »Aber natürlich! Werden alle Gefangenen so gut behandelt?«

»Nein, Miß. Ihr und Eure Schwester seid etwas Besonderes. Jetzt setzt Euch und eßt, und ich bin gleich wieder da mit dem Wasser.« Bevor Rebecca noch etwas sagen konnte, hatte er die Tür hinter sich zugemacht, und sie hörte den Schlüssel im Schloß.

Rebecca starrte die Tür einen Moment an, und dann setzte sie sich an den Tisch. Sie mußte um Amelias willen bei Kräften bleiben. Also nahm sie den Löffel und kostete den Porridge. Er war mit braunem Zucker gesüßt und schmeckte nach einem Gewürz, das sie nicht kannte, köstlich! Wieder knurrte ihr Magen, und sie schlang Bissen um Bissen hinunter und ließ dem Haferbrei den nach Rauch schmeckenden Speck und den starken Kaffee folgen. Schließlich lehnte sie sich gesättigt zurück und stieß einen zufriedenen Seufzer aus. Sie hatte alles verzehrt, was Tyner ihr vorgesetzt hatte, und das unter diesen Umständen! Sie war wirklich keine anständige Frau. Aber das hatte sie ja schon vor langer Zeit bewiesen.

Sie hatte das Essen so gierig hinuntergeschlungen, daß es ihr nun wie ein Stein im Magen lag. Um sich von ihrem Unbehagen abzulenken, nahm sie die Kabine in Augenschein. Sie unterschied sich nicht wesentlich von denen auf der *Curlew* oder den Schiffen ihres Vaters. Der Tisch, an dem sie gefrühstückt hatte und um den vier Stühle herumstanden, war am Boden festgenagelt. Darüber hing die Öllampe, und ein Fenster in der Decke ließ Licht und Luft herein. Entlang einer Wand standen Schränke, einer davon mit Glastüren, und neben dem Bett waren Haken an der Wand befestigt, an denen die Kleider des Raben hingen. Rebeccas Blick streifte sie flüchtig und traf auf das Bett.

Im Gegensatz zu den übrigen Möbeln war es alles andere als schlicht. Aus reich geschnitztem Mahagoni und mit einer dicken Federmatratze bestückt, brauchte es den Vergleich mit einem hochherrschaftlichen Bett nicht zu fürchten. Wer hatte wohl die weichen Decken so schön bestickt? fragte Rebecca sich. Eine der vielen Frauen im Leben des Raben? Sie errötete und wandte sich abrupt ab. Sie wollte nicht darüber nachdenken, was in diesem Bett schon vor sich gegangen war oder noch vor sich gehen würde.

Am Fußende des Bettes befand sich, dem sanften Schwung des Hecks angepaßt, ein aus vielen kleinen Glasscheiben bestehendes Sprossenfenster, unter dem eine Bank mit einem roten, quastenverzierten Sitzkissen stand. Rebecca kniete sich darauf und schaute hinaus. Kein Land war zu sehen, kein anderes Schiff, nur die ruhelose See und das weißschäumende Kielwasser. Der schwache Seegang deutete darauf hin, daß nur wenig Wind wehte, und doch hatte sie den Eindruck, daß sie gut vorankamen. Aber wohin? Wie lange würde es dauern, bis Amelia und sie gegen Lösegeld freigelassen würden – falls überhaupt?

Vor Furcht fröstelnd, hatte sie sich wieder an den Tisch gesetzt und die Arme um sich geschlungen, als Tyner zurückkam. »Ihr habt ja einen gesunden Appetit, Miß«, lobte er.

»Ja.« Langsam wich die Furcht. Zumindest Tyner war nett.

»Warum sind meine Schwester und ich etwas Besonderes?« fragte sie.

Tyner war dabei, den Tisch abzuräumen. »Na, wegen des Lösegeldes, das Ihr einbringen werdet, natürlich.«

»Oh. Natürlich.«

»Jeder von der Mannschaft bekommt einen Teil davon,

wißt Ihr«, fuhr er fort. Ihr ironischer Tonfall war ihm offenbar entgangen. »Die Zeiten sind hart für Seeleute, Miß, und das Geld wird ihnen sehr gelegen kommen.«

»Ist das der Grund, warum Ihr das alles tut – Geld?«

»Was für einen anderen Grund könnte es denn geben, Miß?«

»Aber Ihr seid Engländer, Tyner, warum dient Ihr nicht in der britischen Marine?«

»Pah!« Tyner verzog geringschätzig das Gesicht. »Ja, ich bin Engländer, aber was hat mir das gebracht? Nein, Miß, das Beste, was mir je widerfahren ist, war die Bekanntschaft mit dem Captain. Ich bin mein eigener Herr, versteht Ihr?«

»Oh.« Sie begriff es nicht. Wer war der Rabe, daß er zu einer solchen Loyalität inspirierte? »Seid Ihr schon lange bei dem Raben?«

»Wir nennen ihn nicht so.«

»Ach nein? Wie sprecht Ihr ihn denn dann an?«

»Cap'n Fitzpatrick natürlich. Er ist ein guter Cap'n, und hart zu sich selbst, wenn sein Schiff ihn braucht. Dann sieht man ihn nicht unter Deck, er ißt nicht und schläft nicht«, berichtete er voller Bewunderung. »Jemand muß sich um ihn kümmern …«

Der Gedanke, daß der Rabe der Fürsorge bedurfte, erschien ihr lächerlich. »Gäbe es nicht genügend Frauen, die das mit Freuden übernehmen würden?«

»O nein, Miß, aber doch nicht auf See!« Er war sichtlich schockiert. »Auf See niemals!«

»Ihr nehmt mir eine Last von der Seele«, sagte sie trocken.

»Ja, Miß.« Er strahlte sie an. »Kann ich noch etwas für Euch tun?«

»Ja.« Rebecca hob das Kinn. Erstaunlich, wie ruhig sie angesichts des Tumults in ihrem Innern klang. »Fragt den Captain, ob ich meine Schwester besuchen darf.«

Tyner schürzte die Lippen. »Das wird er nicht erlauben, Miß.«

»Aber sie braucht mich, und ich …«

»Es tut mir sehr leid«, sagte Tyner, und seine Miene zeugte davon, daß es ihm ernst damit war. »Wenn der Cap'n einen Befehl gibt, dann ist daran nicht zu rütteln.«

»Könnt Ihr ihn dann bitte wenigstens fragen, ob ich Papier und Feder bekomme?« flehte sie. »Damit ich ihr zumindest schreiben kann? Bitte!«

»Ich werd's versuchen, Miß«, versprach er, ging hinaus und schloß die Tür ab. Er stellte das schmutzige Geschirr in die Kombüse, stieg an Deck und suchte mit wegen des grellen Sonnenlichts zusammengekniffenen Augen die Segel ab. Ja, da war der Cap'n, wie üblich hoch oben auf seinem Ausguck, und der Wind zauste seine rabenschwarzen Haare. Tyner legte die Hände um den Mund und brüllte: »Cap'n!« Brendan schaute nach unten.

Gleich darauf glitt er an einem Tau herab und ging, mit wiegenden Schritten den Rhythmus des Meeres aufgreifend, zu Tyner hinüber.

»Ja, Tyner? Was gibt es?«

»Eine Bitte unseres Gastes, Cap'n.«

»Unseres Gastes?« Brendan grinste. »Mißbilligst du sie, Tyner?«

»Ihr kennt meine Meinung, Cap'n. Ich denke, sie als Geiseln zu nehmen, war ein Fehler …«

»Dieses Thema ist erledigt«, fiel Brendan ihm scharf ins Wort. »Vergeude nicht meine Zeit. Was will sie?«

»Ihre Schwester besuchen, und …«

»Nein.«

»Das habe ich ihr schon prophezeit, und darum bat sie mich, Euch zu fragen, ob sie ihrer Schwester wenigstens schreiben dürfte.«

Nach kurzem Nachdenken nickte Brendan. »Gib ihr soviel Papier, wie sie will, und natürlich auch eine Feder, wenn sie dann Ruhe gibt.«

»Die nicht«, murmelte Tyner. »Die macht Schwierigkeiten,

Cap'n.«

»Bring ihr, was sie haben will«, befahl Brendan ihm kurz angebunden und wandte sich zum Gehen. Tyner eilte davon.

Schwierigkeiten. Ja, dachte Brendan, doch in anderer Weise, als von Tyner vermutet. Die Mannschaft schien es nicht im mindesten übelzunehmen, daß er als einziger Zugang zu einer Frau hatte. Im Gegenteil – manche gingen sogar so weit, ihm zuzuzwinkern oder anzüglich zu grinsen. Er schnitt eine Grimasse. Indem er versuchte, seine Gefangenen zu schützen, hatte er seinen Ruf als Weiberheld unbeabsichtigt bestätigt. Schön und gut, aber was niemandem klar war und was er nicht erwartet hatte, waren die Komplikationen, die Rebeccas Anwesenheit in seiner Kabine hervorrief. Er wußte selbst noch nicht, worin sie bestehen würden, aber eines wußte er ganz genau: daß sie auf ihre Weise eine Bedrohung für ihn darstellte.

Einem Impuls folgend, drehte er sich auf dem Absatz um, ging mit großen Schritten das Deck entlang und stieg die Kajüttreppe zu seiner Kabine hinunter. Er war noch nie vor einer Gefahr geflüchtet, und er würde auch dieser ins Auge sehen, die er erkannt hatte, als er sie letzte Nacht betrachtete, im Schlaf verletzlich, weiblich und jung wirkend, und noch einmal heute morgen. Der Anblick hatte ein unbekanntes, undefinierbares Gefühl ausgelöst, das den Wunsch in ihm weckte, ihr übers Haar zu streichen, ihre Wange zu berühren – und nun erweckte die bloße Erinnerung daran dieses gleiche, undefinierbare Gefühl in ihm.

Pah! Er drehte den Schlüssel im Schloß und öffnete die Tür so heftig, daß sie gegen die Wand knallte. Rebecca, die am Tisch saß, schrak hoch, die Feder entglitt ihren Fingern, und Tinte spritzte auf das Papier. »Herrje!« schimpfte sie. »Seht Euch an, was ich Euretwegen getan habe! Dieses Papier kann ich nur noch wegwerfen.«

»Es ist noch mehr da, *leannan*«, sagte er, sich ein Grinsen verbeißend. Dieses Mädchen fiel nicht vor Schreck in Ohnmacht und wurde auch nicht hysterisch. Statt dessen griff sie ihn an, als empfinde sie keinerlei Furcht vor ihm, und doch wußte er, daß das nicht stimmte. Das erkannte er an dem wachsamen Ausdruck in ihren Augen und an ihrer Körperhaltung. Sie war ein mutiges Mädchen, seine Rebecca. Seine Rebecca? Pah! Nicht im entferntesten!

»Ich habe Euch gesagt, Ihr sollt mich nicht so nennen«, grollte sie. »Ich nehme an, Ihr gestattet mir kein Federmesser zum Spitzen des Federkiels?«

»Nein, Lady, so töricht bin ich nicht.« Er durchquerte die Kabine, öffnete den Schrank mit den Glastüren und nahm aufs Geratewohl ein Buch heraus. »Ihr würdet wahrscheinlich versuchen, mir etwas damit anzutun. Allerdings würde Euch das nicht viel nützen.« Er ließ sich auf der Fensterbank nieder. »Schreibt Ihr an Eure Schwester?«

»Nein, ich habe beschlossen, ein Tagebuch zu führen«, erklärte sie mit trotzigem Blick.

»Eine schöne Beschäftigung für eine Lady.«

»Ich beabsichtige, alles, was Ihr getan habt, detailliert niederzuschreiben, Captain.«

»Ich würde auch nichts anderes von Euch erwarten, Lady.« Er schlug das Buch auf und gab vor zu lesen.

»Ich ... Ihr erlaubt es mir?«

»Sicher. Ich wüßte nicht, warum ich es Euch verbieten sollte.«

»Aber man kann die Aufzeichnungen gegen Euch verwenden.«

»Dazu muß man mich erst mal haben!« Er beugte den Kopf wieder über das Buch und erkannte erst jetzt, daß er es verkehrt herum hielt. »Schreibt Ihr nur in aller Ruhe weiter, Lady.«

Stille senkte sich über den Raum. Brendan spürte Rebeccas Blick auf sich, konzentrierte sich jedoch weiter angeblich auf seine Lektüre, doch als er merkte, daß sie sich wieder ihrem Tagebuch zuwandte, drehte er das Buch hastig richtig herum, woraufhin er feststellte, daß er ein Gedicht von John Donne aufgeschlagen hatte, ein erotisches, geschrieben für seine Mätresse. Teufel auch! Mit dieser Frau in seiner Kabine und seinem wachsenden Verlangen hätte er keine schlechtere Wahl treffen können, doch er wagte nicht, sich zu rühren, denn damit hätte er Rebeccas Aufmerksamkeit wieder auf sich gelenkt. Also streckte er die Beine aus und begann gottergeben zu lesen.

Es war die reine Folter, mitzuerleben, wie Donne seine Mätresse dazu animierte, ihre Kleider abzulegen. Wie sah Rebecca unter diesem formlosen grauen Kleid aus? Daraus zu schließen, wie sie sich gestern angefühlt hatte, nicht so eckig, wie er gedacht hatte. Er malte sich ihre Figur aus, stellte sich vor, wie ihre weiße Haut sich anfühlte, sah wieder ihre roten Haare wie knisternde Flammen über sein Kissen züngeln und rutschte unbehaglich auf der Bank hin und her, als seine Hose unangenehm eng wurde. Und das wegen einer Frau, die sich ihm angeboten hatte, die ihn jedoch mit ihrem Ausdruck, ihrer Haltung, ihrem ganzen Sein abwehrte.

»Ihr lest Poesie?« fragte sie in seine Gedanken hinein, und er hob, dankbar, von den Bildern abgelenkt zu werden, die die Poesie erstehen ließ, den Blick, begegnete dem ihren, dessen jetzt trübes Grün an eine stürmische See erinnerte. Welcher Art war der Sturm, der in ihr tobte? Gleichwohl. Tor, der er war, liebte er Stürme, wie er die Gefahr liebte.

»Ja, Lady.« Ärgerlich über die Heiserkeit seiner Stimme er räusperte sich. »Das tue ich.«

Sie runzelte die Stirn. »Ich hätte nicht gedacht… ich meine, ich habe nicht einmal geglaubt, daß Ihr überhaupt lesen könnt.«

»Ihr habt ja eine hohe Meinung von mir, Lady.« Er klappte das Buch zu. »Ihr habt mich also für einen Dummkopf gehalten.«

»O nein, nein«, widersprach sie hastig, als fürchte sie, seine Gefühle verletzt zu haben. »Ich dachte nur, als Pirat…«

»Ihr wißt nichts über mich, Lady.«

»Nein.« Ihre Augen weiteten sich, als er aufstand. »Ich weiß nicht einmal, warum Ihr uns gefangengenommen habt.«

»Doch, das wißt Ihr, Lady – wegen des Lösegeldes.«

»Das glaube ich nicht.« Ihr Blick war schärfer geworden. »Ich glaube, Ihr habt andere Gründe.«

»Irgendwelche finsteren, verwerflichen, meint Ihr?«

»Ihr habt wirklich einen erstaunlichen Wortschatz für einen Piraten.«

»Ich sagte Euch schon, daß Ihr nichts über mich wißt.« Er nahm das Buch von der Bank, um es in den Schrank zurückzustellen, überlegte es sich, einem boshaften Impuls folgend, jedoch anders. »Lest Ihr Poesie, Lady?«

»Ja.«

»Und seid Ihr vertraut mit dem Werk von John Donne?« Sie runzelte die Stirn. »Nur am Rande.«

»Dann kann ich Euer Wissen vervollkommnen.« Er schlug das Buch auf und blätterte zu dem Gedicht, das er gelesen hatte. Er war erst bei der zweiten Zeile, als Rebecca sich mit glutroten Wangen die Ohren zuhielt. »Wie könnt Ihr es wagen, mir so etwas vorzulesen?«

Lachend streckte er die Hand aus, legte den Finger unter ihr Kinn und hob es an. »Ich glaube Euch Eure Entrüstung nicht. Ich glaube, Ihr seid keine Lady, Lady.«

»Was erdreistet Ihr Euch?« fuhr sie ihn an, doch sie wich nicht zurück, um seiner Berührung zu entkommen. Auch er rührte sich nicht, war hilflos an ihren Blick gefesselt. So etwas war ihm noch nie widerfahren. »Ich habe eine anständige Erziehung genossen.«

»Tatsächlich?« Er hörte ihrer beider Stimmen wie von weither, war gänzlich von der Zartheit ihrer Haut unter seiner Fingerspitze, ihrem lodernden Haar und vor allem von ihren vollen, rosigen, zum Küssen einladenden Lippen gefangengenommen. Gott helfe ihm, er spielte mit dem Feuer, und zum ersten Mal in seinem Leben sehnte er sich danach, davon verzehrt zu werden. »Ah, *leannan*, ich möchte mit Euch tun, was Donne in seinem Gedicht beschreibt«, platzte er heraus.

»Ihr verlangt zuviel, Sir«, sagte Rebecca, die in dem Wunsch, Abstand zwischen sich und diesem Mann zu schaffen, der sie um den Verstand zu bringen drohte, beinahe den Stuhl umgeworfen hätte, als sie aufsprang. Großer Gott im Himmel – dieses Gedicht! Ihr war immer noch ganz heiß. Oh, sie war verderbt, das durfte sie nie vergessen, durfte auch nie vergessen, welch eine Bedrohung dieser Mann für sie darstellte.

»Tue ich das?« Ein seltsames Lächeln umspielte seine Mundwinkel. »Aber es war doch Eure Idee, oder trügt mich da meine Erinnerung?«

»Schon, aber ... nicht so.« Sie war bis zur Wand zurückgewichen, und als sie ihre plötzlich trockenen Lippen mit der Zungenspitze befeuchtete, sah sie ein Flackern in seinen Augen. »Aber wenn Ihr es tun wollt, dann tut es!«

Die Anspannung wich aus Brendans Zügen, und er lachte schallend. »Ihr seid erschütternd nüchtern, *leannan.*« Er lehnte sich an den Tisch und verschränkte die Arme über der Brust. »Habt Ihr keinen Sinn für Romantik?«

»In meinem Leben ist kein Platz für Romantik«, gab sie schroff zurück.

»Nein?« Er musterte sie neugierig. »Und warum ist das so? Liegt Euch nichts daran? Nein, das glaube ich nicht.« Er grinste wissend. »Sonst würdet Ihr nicht so auf meine Berührung reagieren.«

»Ich reagiere nicht auf Euch, Sir! Nicht in dieser Weise.«

»Ah, Ihr wißt also, was ich meine. Dann gab es demnach einmal Romantik in Eurem Leben, ja?« Sein Ton und sein Blick waren schärfer geworden. »Hat Euch ein Mann verletzt, Rebecca? Seid Ihr deshalb so abweisend?«

»Das geht Euch nichts an.« Sie spürte ihre Wangen heiß werden.

»Noch keine Frau hat es gewagt, in diesem Ton mit mir zu

sprechen! Warum fürchtet Ihr Euch nicht vor mir?«

O Gott, wenn er wüßte, wie sie sich vor ihm fürchtete, vor ihm und ihrer Reaktion auf ihn und davor, was sie über sie aussagte. »Wenn ich es täte, wäre das ein Zeichen von Schwäche.«

»Und die gestattet Ihr Euch nicht? Dabei nutzen Frauen ihre Schwäche für gewöhnlich, um zu erreichen, was sie wollen. Mit Tränen, beispielsweise.«

»Ich weine nie.«

»Wenn Ihr weintet, würde ich Euch vielleicht in Ruhe lassen«, sagte er.

»Das würde Euch gefallen, wenn ich aus Angst vor Euch in Tränen ausbräche, nicht wahr? Dann würdet Ihr Euch so recht als Mann fühlen.«

»Ihr sollt Euch vor mir fürchten!« brüllte er, fuhr herum und schlug mit der Hand auf den Tisch. Rebecca blinzelte erschrocken, und einen Moment lang herrschte angespannte Stille. Als er sich ihr wieder zuwandte und ihre Blicke sich begegneten und einander festhielten, sah sie plötzlich nicht mehr den Piraten, der die Entscheidungsgewalt über ihr Wohl und Wehe besaß, sondern nur noch einen Mann, einen gefährlich anziehenden Mann mit seinem offenen Hemd und dem muskulösen Hals, der daraus emporragte. Er schaute als erster weg, und sie war erlöst.

»Ihr sollt Euch vor mir fürchten«, wiederholte er. »Ich bin der Rabe, verdammt noch mal!«

»Ja, ich weiß«, sagte sie in fast nachsichtigem Ton.

»Ihr macht Euch über mich lustig?« Er starrte sie feindselig an.

»Aber nein.« Doch sie fürchtete ihn nicht mehr so sehr. Sie hatte ihn angefahren, ihm getrotzt, und er hatte nicht reagiert, wie sie erwartete. Er hatte sie nicht geschlagen, sondern sich bewundernswert beherrscht. »Ich bin sicher, Euer Ruf ist wohlverdient«, sagte sie und fuhr, als er den Mund öffnete, hastig fort: »Erinnert Euch, ich habe Euch in Aktion gesehen.«

Der Ausdruck seiner Augen veränderte sich, und dann lächelte er plötzlich unglaublicherweise, wodurch das Grübchen sichtbar wurde, das so gar nicht zu seinem Gesicht paßte und das sie so bezaubernd fand. Sein Lächeln wandelte sich zu einem Grinsen und dann zu einem leisen Lachen. »Ah, *leannan,* Ihr seid schon ein besonderes Exemplar. Und sagt mir nicht, ich soll Euch nicht so nennen.« Er versetzte ihr mit der Fingerspitze einen Wangenstüber. »Dies ist mein Schiff, und ich tue, was mir beliebt.«

»Natürlich«, murmelte Rebecca, und schaute auf ihre ineinander verschränkten Hände hinunter. Sie spürte noch immer seine Berührung auf ihrer Wange und einen brennenden Schmerz.

»Natürlich«, äffte er sie nach. »Warum habe ich nur Zweifel an dieser Nachgiebigkeit?«

»Nun, ich kann Euch kaum daran hindern, oder?«

»Ah, das ist mein Mädchen. Eine Zunge wie ein Schwert.«

»Wenn man Euch hört, könnte man mich für ein zänkisches Weib halten.«

»Aber nein, Lady.« Er zwinkerte ihr zu. »Ihr seid bemerkenswert langmütig.«

»Habe ich denn eine Wahl?«

Er neigte den Kopf zur Seite. »Ist es wirklich so schlimm hier?«

Sie starrte ihn entgeistert an. »So schlimm? Ihr haltet mich auf einem Piratenschiff gefangen …«

»Das ist doch immer noch besser, als nach England zu reisen, oder?«

»Besser als …?« Sie rang nach Luft. »Ganz sicher nicht! Ihr hattet kein Recht, in dieser Weise in mein Leben einzugreifen! Und Ihr schämt Euch noch nicht einmal, Ihr gottloser Pirat!«

»Ihr seid mir lieber, wenn Ihr nicht predigt, *leannan.*«

»Aber ich habe recht, und Ihr wißt es. Laßt uns gehen«, verlegte sie sich, ihren Stolz hintanstellend, aufs Flehen. »Laßt uns an Bord eines Schiffes gehen, das nach England segelt, und wir werden kein Wort gegen Euch sagen, das verspreche ich.« Er stand, die Hände in die Seiten gestemmt, da und schien über ihr Ersuchen nachzudenken. »Ihr wollt nach England?«

»Ja.«

»Das, mein Mädchen, ist eine Lüge.«

»Wie bitte?«

»Es zieht Euch nicht mehr nach England als mich. Gebt es zu, *leannan.*« Er stützte sich mit den Händen auf den Tisch und beugte sich zu ihr herüber, nah, zu nah, und sie hätte ihren Blick nicht von dem seinen wenden können, wenn ihr Leben davon abgehangen hätte. Hatte sie wirklich geglaubt, er sei nur im Zorn gefährlich? O nein – er war jetzt viel gefährlicher, da ihr der Duft in die Nase stieg, den er verströmte, gemischt mit dem salzigen Geruch der See, und sie nur die Hand auszustrecken brauchte, um das grobe Leinenhemd zu berühren und seine sonnengebräunte Haut ... Rebecca fuhr zurück, und seine Hand schoß vor, umfaßte ihr Kinn, und sein Blick hakte sich in dem ihren fest. »Das ist nicht das Leben, das Euch vorschwebt. Ihr wollt frei sein ...«

»Nein«, widersprach sie halbherzig.

»Doch, mein Mädchen, das wollt Ihr. Frei sein und leben, wie es Euch gefällt. Barfuß laufen, wenn Euch danach ist, und Euer Haar offen tragen und fröhlich sein. Und«, fügte er hinzu, »Ihr wollt, daß ich Euch küsse.«

6

»Was, glaubt Ihr, berechtigt Euch dazu, so mit mir zu reden?«

»Das will ich Euch sagen, Lady.« Er kam noch näher, bis sein Gesicht das ihre fast berührte. »Wie Ihr wißt, ist dies mein Schiff. Wenn ich einen Wunsch habe, wird er erfüllt, und wenn ich einen Befehl gebe, wird er befolgt. Habt Ihr das verstanden?«

»J-ja.«

»Gut. Dann vergeßt es nicht.« Brendan richtete sich auf und wandte sich zum Gehen. »Ich werde Euch in Ruhe lassen.«

»Wartet!« rief sie, als er die Tür aufriß. »Darf ich meine Schwester besuchen?«

»Nein!« antwortete er barsch und knallte die Tür hinter sich zu. Rebecca sank, unkontrollierbar zitternd, gegen die Rückenlehne des Stuhles. Sie saß in der Falle. Es gab keine Möglichkeit, von diesem Schiff oder vor ihm zu fliehen. Sie wußte nicht, was von beiden sie mehr ängstigte.

Brendan lief mit geübten Schritten die Kajüttreppe hinauf und erschreckte mit seinem jähen Auftauchen an Deck einen Matrosen, der es sich neben dem Ausstieg gemütlich gemacht hatte. »Warum bist du nicht auf deinem Posten?« fuhr er den Mann an, der sich hastig aufrappelte.

»Ich habe jetzt nicht Wache, Cap'n, ich schwöre es. Fragt den Maat.«

Brendan bedachte ihn mit einem vernichtenden Blick, drehte sich auf dem Absatz um und ließ den armen Seemann gleichermaßen erleichtert und mit der Angst zurück, daß seine Tage gezählt sein könnten.

»Falls ich gebraucht werde – ich bin oben«, teilte er Starkey, dem wachhabenden Maat, mit, der daraufhin nur gleichgültig nickte. Verärgert über die desinteressierte Reaktion – wäre sie anders ausgefallen, hätte er sich allerdings ebenso geärgert –, begann Brendan, umgeben von einem Meer aus Segeltuch, in dem Gewirr der Takelage des Hauptmastes hochzuklettern, höher und höher. Als Kind war er bis in den Wipfel des höchsten Baumes gestiegen und hatte sich vorgestellt, auf einem Schiff zu sein und der Wind, der leise die Blätter rascheln ließ, sang in seiner Phantasie in der Takelage. Damals war er noch sehr jung gewesen, dachte er mit einem Anflug von Bitterkeit, als er sein Ziel, die oberste Rahnock, endlich erreichte. Er schwang ein Bein über eine Spiere, lehnte sich an den dicken Mast und paßte sich, ein Tau nur locker mit der Hand umschließend, dem Rollen des Schiffes an. Ja, damals war er noch sehr jung gewesen und naiv. So naiv wie das Mädchen in seiner Kabine, trotz all ihren erwachsenen Gehabes.

Er preßte die Lippen aufeinander, als er daran dachte, welches Verlangen sie in ihm geweckt hatte, stärker als je eine Frau zuvor – und er wußte, daß es ihr ebenso ergangen war. Gott helfe ihm, wenn sie sich dazu bekannte. Dann würden die Flammen ihrer Leidenschaft ihn versengen. Verzehren. Es wäre besser, ihr für den Rest der Reise aus dem Weg zu gehen. Aber er würde es nicht tun.

Träge ließ er den Blick wandern. Die See war ruhig, kein Segel in Sicht, seine gutausgebildete Mannschaft sorgte für die Einhaltung des Kurses – er wurde im Moment nicht gebraucht. Das war einerseits erholsam, andererseits jedoch unbefriedigend und es gab ihm unerwünschterweise Zeit, sich mit einem Problem zu befassen, das völlig neu für ihn war: mit den Gefühlen, die die Frau in seiner Kabine in ihm auslöste. Sie verfolgte ihn bis in seine Träume, und das beunruhigte ihn über die Maßen.

Als die Sonne den Zenit erreichte und die mittäglichen Positionsberechnungen fällig wurden, verließ er seinen luftigen

Sitzplatz und hangelte sich geschmeidig in der Takelage abwärts, so leise, daß die beiden Matrosen unter ihm ihn nicht kommen hörten. Sie hatten frei und standen an der Reeling. Der eine schnitzte an einem Holzstück herum, der andere schaute kauend aufs Meer hinaus und spuckte in Abständen braunen Tabaksaft ins Wasser. »Ich frage mich«, sagte der Schnitzer, »warum er die Alte in seine Kabine geholt hat, wenn er gar nichts von ihr will.«

»Na, würdest du denn was von der wollen?« gab der Spukker zurück, und die beiden lachten gehässig.

»Bei der Jungen würde ich mich allerdings nicht zweimal bitten lassen«, meinte der erste. »Aber mit der hat er offenbar auch nichts im Sinn. Das arme Ding muß sich ja schrecklich langweilen, so allein in der Kabine. Ich wüßte schon, wie ich ihr die Zeit vertreiben könnte.«

Brendan, der dicht über ihren Köpfen verharrt hatte, als er hörte, worüber die beiden sich unterhielten, beschloß, das nicht nur den Talbot-Schwestern, sondern auch ihm gegenüber jeglichen Respekt vermissen lassende Gespräch zu beenden. Er ließ sich fallen und landete zwischen den beiden Seeleuten, die so erschraken, daß dem einen Messer und Holz aus der Hand fielen und dem anderen brauner Speichel aus dem offenen Mund rann.

»Was sagtest du gerade?« wandte Brendan sich mit gefährlich leiser Stimme an den Schnitzer.

»Ich... äh... nichts Besonderes, Cap'n«, stotterte der Mann, während der andere sich verstohlen entfernte. »Wir haben nur so geredet.«

»Ich rate euch gut, es dabei zu belassen, sonst müßte ich euch daran erinnern, wer der Herr auf diesem Schiff ist.« Er schaute vielsagend auf das Messer hinunter, das noch immer auf dem Deck lag, und hob den Blick dann wieder. »Mit allem nötigen Nachdruck.«

»Aye, aye, Cap'n«, stammelte der Angesprochene, bückte sich und sammelte mit zitternden Fingern Holz und Werkzeug ein. »Wenn Ihr mich entschuldigt – ich werde jetzt essen gehen …«

»Tu das, mein Junge.« Mit in die Seiten gestemmten Händen sah er dem Matrosen nach, der immer wieder nervös über seine Schulter schauend davonhastete. Gut! Er hatte seine Autorität untermauert. Er war der Rabe, verdammt noch mal! Dies war *sein* Schiff, und er würde jetzt in seine Kabine gehen, zu seiner Frau, und …

Er drehte den Schlüssel im Schloß und stieß die Tür auf.

Rebecca, die am Tisch saß, schaute ihm mit einem wachsamen Ausdruck in den Augen entgegen. Was hatte er da gerade gedacht? Seine Frau? Großer Gott! Sie war seine Gefangene, seine Geisel, aber doch nicht in dieser Form sein Besitz! Sein Geist mußte vorübergehend verwirrt gewesen sein.

»Captain?« erweckte ihre Stimme ihn aus seiner Erstarrung. »Stimmt etwas nicht?« Ihre Hand fuhr zu ihrer Kehle hinauf. »Ist etwas mit meiner Schwester?«

»Eurer Schwester geht es gut«, antwortete er schroff. Nein, bei Gott, sie gehörte ihm nicht. Sein Schlüsselbund klirrte, als er den Schrank aufsperrte und seinen Sextanten herausnahm. »Ich wünsche keine Fragen.«

»Aber ich …«

»Und auch keine Widerworte. Habt Ihr verstanden?«

»Ich … ja, natürlich.« Ihre Hände, die nervös durch die Luft geflattert waren, ließen sich auf dem Tisch nieder wie zwei kleine Vögel, die ihre Flügel falteten.

»Ha!« schnaubte er, und gleich darauf fiel krachend die Tür hinter ihm ins Schloß.

Rebecca starrte sie verständnislos an. Was, in aller Welt, hatte das zu bedeuten? Sie war sich nicht bewußt, etwas getan zu haben, das seinen Zorn hätte erklären können. Nach einem kurzen Blick auf ihr Tagebuch hob sie ihn wieder – und erstarrte. Sie hatte nicht gehört, daß die Tür abgeschlossen wurde!

Sie sprang auf und lief hin. Sie ließ sich tatsächlich öffnen aber Tyner stand davor, mit einem tiefen Teller in der Hand und Verwunderung im Blick. »Miß?«

Rebecca hob enttäuscht die Hände und ließ sie wieder sinken. Eine Flucht war unmöglich, das wußte sie, aber wenn sie doch wenigstens Amelia besuchen und ihr Mut zusprechen könnte... »Was gibt es, Tyner?«

»Mittagessen, Miß.« Die Tür wurde wieder geschlossen. Gierig starrte Rebecca den Schlüsselbund in der Hand des Stewards an. »Der Cap'n hat äußerst schlechte Laune«, fuhr Tyner fort. »Man kann nicht wissen, was ihm in dieser Stimmung einfällt. Ich würde Euch raten zu essen – es ist möglich, daß Ihr danach lange nichts mehr bekommt.«

Rebecca schauderte. Ihr Magen war plötzlich wie zugeschnürt. »Was ist geschehen?«

»Ich weiß es nicht, Miß.« Er sperrte die Tür auf und öffnete sie, und Rebecca spannte alle Muskeln an. Wenn sie ihn überrumpeln könnte... »Ich habe ihn in all den Jahren nie so erlebt.«

Nein, dachte Rebecca, es würde ihr nicht gelingen, ihn zu überwältigen. Er war zwar klein, aber sehr muskulös. Sie würde einen anderen Weg finden müssen, ihr Ziel zu erreichen. Und dabei könnte es dienlich sein, Informationen zu sammeln. »Ihr seid also schon lange mit Captain Fitzpatrick zusammen?« griff sie auf, was Tyner gerade gesagt hatte.

»O ja, schon ziemlich lange. Ich werde Euch jetzt in Ruhe essen lassen...« Er wandte sich zum Gehen. »Nein, wartet bitte.« Er hatte die Tür erreicht. »Der Cap'n erwartet mich oben.«

»Aber ich muß wissen, wie es meiner Schwester geht!« Tyner drehte sich zu ihr um. »Sie weigert sich zu essen, Miß.«

»O Gott!« Amelia bediente sich dieser Taktik oft, wenn ihr etwas nicht paßte. Bei ihrem Vater fruchtete sie immer und sogar bei ihr, Rebecca, gelegentlich, doch hier würde sie ihr nichts nützen. »Sie muß aber essen!«

»Wir werden schon dafür sorgen.«

»Wirklich?« Sie schaute ihn zweifelnd an.

»Ja. Der Cap'n legt Wert darauf, daß sie gesund bleibt – wegen des Lösegeldes.«

»Das ist ja ungeheuerlich!« Sie versetzte dem Teller einen so heftigen Stoß, daß er den Tisch entlangschlitterte und Fisch, Brot und Kartoffeln herausgeschleudert wurden. »Ihr Leben steht auf dem Spiel, und alles, was Euren Captain interessiert, ist das Geld! Was für ein Mann ist das nur?«

»Ein harter Mann – und Ihr tätet gut daran, das nicht zu vergessen.« Tyner betrachtete stirnrunzelnd das Durcheinander auf dem Tisch. »Und er schätzt Wutanfälle ganz und gar nicht.«

»Das war doch kein Wutanfall. Wenn ich erst einmal richtig in Fahrt komme…«

Plötzlich stand Brendan in der Tür. »Was ist denn hier los?« fragte er, und Rebecca spürte, wie ihre Wangen heiß wurden. »Ist das Essen nicht nach Eurem Geschmack, Miß Talbot?«

»Das… das Essen ist gut«, brachte sie mühsam hervor und verwünschte sich innerlich für ihr Gestammel und ihre Unbeherrschtheit. Wie hatte sie sich nur dazu hinreissen lassen können? »Ich möchte meine Schwester besuchen.«

»Tut mir leid, Lady.« Brendan öffnete den Schrank und stellte den Sextanten hinein. »Das geht nicht.«

»Ihr habt die Sichtungen bereits vorgenommen, Cap'n?« fragte Tyner.

»Ja. Sam hat meine Ergebnisse niedergeschrieben. Ich hatte erwartet, dich oben zu sehen.«

»Ich war hier unten mit einer Meuterei beschäftigt, Cap'n.«

»Das sehe ich.« Brendan ließ den Blick erneut über den Tisch gleiten und fühlte unverzeihlicherweise seine Mundwinkel zucken. »Ich vergebe dir, Tyner, dieses Mal. Und jetzt kümmere dich um mein Essen.«

»Aye, aye, Cap'n.« Der Steward eilte hinaus. »Er konnte nichts dafür«, sagte Rebecca.

Brendan wandte sich ihr zu. »Glaubt Ihr, das wüßte ich nicht?«

»Ich… ich habe die Beherrschung verloren.«

»Offensichtlich. Aber jetzt macht Ordnung auf dem Tisch, sonst gibt es heute mittag nichts zu essen für Euch.«

»Ich bin nicht besonders hungrig«, erwiderte Rebecca, legte jedoch mit flammendroten Wangen die größeren Brokken auf den Teller zurück.

»Darauf kommt es nicht an. Tyner hat seine Befehle, und wenn Ihr ihn noch einmal daran hindert, seine Pflichten zu erfüllen, werde ich ihn bestrafen müssen.«

Rebecca blickte erschrocken auf. »Aber er war nicht schuld...«

»Das spielt keine Rolle. Er wußte, daß ich ihn an Deck erwartete.« Brendan setzte sich in den Drehstuhl am oberen Ende des Tisches und musterte sie mit leicht verengten Augen. »Wenn man derlei durchgehen läßt, hat man es, ehe man sich's versieht, mit einer Meuterei zu tun.«

»Was... was würdet Ihr denn tun?«

»Ihn auspeitschen, denke ich.«

»Was seid Ihr nur für ein Mensch?« entsetzte sich Rebecca.

»Ein Pirat«, erwiderte er und lächelte. »Vergeßt das nicht. Und jetzt eßt.«

Rebecca setzte sich und starrte blicklos auf den Teller hinunter. Sie befand sich in der Gewalt eines Wahnsinnigen. So anziehend er auch war, so gut er auch aussah – wenn er seelenruhig erwägen konnte, einen unschuldigen Diener auszupeitschen, war er ein Ungeheuer.

Sie saßen sich an dem Tisch gegenüber, Rebecca und der Pirat, und sie stocherte in ihrem Essen herum, während er auf einer Schiefertafel Positionsberechnungen anstellte, wobei er sich ihrer Nähe und ihrer schweigenden Mißbilligung jedoch sehr bewußt war. Sie hatte zwar nicht ganz unrecht damit, dachte er, zwang sich jedoch, sich auf die Zahlen zu konzentrieren. Er konnte keine neunmalkluge Frau brauchen, die ihn von seiner Arbeit ablenkte oder unerwünschtes Bedauern über sein Verhalten in ihm weckte. Natürlich würde er Tyner nicht bestrafen. Es würde gar nicht nötig sein, denn der Mann war klug genug, nicht zweimal den gleichen Fehler zu machen. Er würde sich nicht noch einmal von Rebecca ablenken lassen. Unglücklicherweise konnte er, Brendan, das von sich nicht mit Sicherheit behaupten.

»Pah!« stieß er hervor und warf den Griffel auf die Tafel. Rebecca schaute erschrocken auf. »Was ist?«

Ihre Wangen waren noch immer gerötet, ihre Haare zerzaust, als sei sie gerade aus dem Bett aufgestanden. Brendan verspürte ein Ziehen in den Lenden. Zum Teufel! »Eßt!« fuhr er sie an und richtete seine Aufmerksamkeit wieder auf die zwar weniger interessanten, aber auch weniger gefährlichen Berechnungen. Tyner brachte sein Essen, und er aß es nebenher, ohne seine Arbeit zu unterbrechen. Als er fertig war, stellte Rebecca die beiden Teller zum Abräumen ineinander. Brendan beachtete sie nicht. Warum ärgerte sie sich darüber? Es hätte ihr doch recht sein müssen. Sie ging, sich an der Wand abstützend, um die Bewegungen des Schiffes abzufangen, zu dem Schrank hinüber, in dem die Bücher standen. So schöne Bücher und alle weggesperrt, unerreichbar wie bei ihr zu Hause. Ihr Vater hielt nichts von Unterhaltungsliteratur. Seine bescheidene Bibliothek enthielt verschiedene politische Abhandlungen, einige Bände mit Predigten und natürlich die Bibel. Dementsprechend begrenzt war auch die Lektüre seiner Töchter. Sehnsüchtig las sie die Titel: The New American Practical Navigator, eine Gesamtausgabe von Shakespeares Werken, die Gedichte von John Donne, Knickerbockers History of New York. Wie kam ein Pirat dazu, solche Bücher zu lesen? Noch überraschender war, was neben den Bänden stand. »Ein Schachspiel!« sagte sie verblüfft.

»Spielt Ihr, Lady?« fragte Brendan hinter ihr.

Unerwartet schnürten Tränen ihr die Kehle zu. »Ja«, antwortete sie erstickt. »Ich habe oft mit meinem Vater gespielt, aber das ist viele Jahre her.« Damals, als sie noch mehr für ihn war als nur Amelias Betreuerin. Als er sie noch liebte.

»Habt Ihr Lust auf ein Spiel?«

Sie drehte sich um. Er saß zurückgelehnt in seinem Sessel, die Hände hinter dem Kopf verschränkt, und lächelte sie an, als sei er nie schlechter Stimmung gewesen. »Nein, nicht besonders«, erwiderte Rebecca. Sie liebte Schach, aber mit ihm zu spielen, wäre, wie mit dem Teufel persönlich zu spielen.

»Ich habe Euch nicht für einen Feigling gehalten.«

»Ich bin kein Feigling!«

»Nein?«

»Nein.« Sie preßte entschlossen die Lippen aufeinander. Sie würde sich nicht von ihm reizen lassen. Auf keinen Fall!

»Ihr habt keine Angst, zu verlieren?«

»Ich würde nicht verlieren.«

Er legte den Kopf in den Nacken, lachte und entblößte seine ebenmäßigen weißen Zähne. »Ein beachtliches Selbstvertrauen, *leannan.*«

»Bitte nennt mich nicht so.«

»Wollen wir um etwas spielen – was meint Ihr?«

»Um einen Gewinn?«

»Ja.« Sein Auge blitzte verschmitzt. »Erzählt mir nicht, daß Euch der Gedanke noch nie gekommen ist.«

»Niemals.«

»Lügnerin«, sagte er, jedoch in nicht unfreundlichem Ton. »Ich habe Euch durchschaut, Lady. Ihr seid nicht so unschuldig, wie Ihr mich glauben machen wollt.«

Rebecca erstarrte innerlich. Was wußte er? Was konnte er wissen? »Um einen Gewinn zu spielen, ist unrecht.«

»Selbst wenn Ihr« – er überlegte – »sagen wir, Euch einen Besuch bei Eurer Schwester erspielen könntet?«

»Ihr würdet ihn mir erlauben?« Sie schaute ihn mit großen Augen an.

»Ja, wenn Ihr gewinnt. Wenn allerdings ich gewinne…«

»Was?« Das Blitzen in seinem Auge verhieß nichts Gutes. »Nun dann müßt Ihr mir einen Kuß geben.«

Rebecca starrte ihn einen Moment lang verdutzt an, dann mußte sie lachen. »Das hätte ich mir denken können!«

»Natürlich, denn schließlich bin ich ein Pirat, nicht wahr?« erwiderte er spöttisch, obwohl in seinem Auge noch immer die Verblüffung über ihr Lachen stand.

»O ja. Genau betrachtet erstaunt es mich allerdings, daß Ihr Euch mit etwas so Harmlosem wie einem Kuß zufriedengeben wollt.«

»Der Kuß, den ich mir vorstelle, ist nicht harmlos, Lady.« Seine Stimme war weich wie Samt. »Warm und naß und willig – so soll er sein.«

»Nein!« protestierte sie entsetzt über die Glut, die seine Worte in ihr entfachten.

»Doch. Und Ihr würdet ihn ebenso genießen wie ich.«

»Niemals!« Sie wandte ihm den Rücken zu. »Ich werde nicht Schach mit Euch spielen – um keinen Preis.«

»Was ist schon ein Kuß, *leannan*? Ihr habt mir doch viel mehr angeboten.«

Sie erstarrte. »Dafür gab es einen Grund.«

»Und hierfür gibt es auch einen. Ich frage mich, was Euch abhält. Ihr sagtet doch, Ihr würdet nicht verlieren.«

Sie schaute ihn über die Schulter hinweg an, und sein selbstgefälliges Grinsen gab den Ausschlag. »Das würde ich auch nicht.« Sein Grinsen wurde noch breiter, schüchterte sie ein. »Dann bringt das Spiel her und beweist es.«

Sie hob die Hand, um die Schranktür zu öffnen, doch dann hielt sie inne. »Ist nicht abgeschlossen?«

»Nein. Ihr könntet lesen, was Ihr wollt – einschließlich des Donne«, sagte er, als sie den Schrank öffnete. »Wenn Euch der Sinn danach steht.«

»Nein, danke«, erwiderte sie frostig und trug das Schachspiel zum Tisch. »Ist das auch Piratenbeute?«

»Was sonst?« nickte er und machte sich daran, die Figuren, die noch von einem Spiel zeugten, das er gegen sich selbst gespielt hatte, in ihre Ausgangspositionen zu bringen. Das Brett war klein, eine Seite nicht länger als ihr Unterarm, und jedes Quadrat wies zur besseren Standfestigkeit der kunstvoll geschnitzten Figuren aus Elfenbein und Ebenholz eine Vertiefung auf. Ein schönes Beutestück, fürwahr, dachte sie, und dann runzelte sie verwundert die Stirn über diesen Piraten, der nicht nur Schach spielen konnte, sondern offenbar auch gegen sich selbst spielte. »Und wo lernt ein Pirat Schach spielen?« fragte sie und setzte sich ihm gegenüber.

»Von seinen Gefangenen, natürlich«, antwortete er und lächelte zähneblitzend. »Ihr könnt die Weißen haben. Ich ziehe Schwarz vor.«

»Das habe ich bereits bemerkt«, erwiderte sie trocken und ließ einen ihrer Bauern zwei Felder vortreten. Die Schlacht hatte begonnen.

Brendan betrachtete das Brett einen Moment lang und zog dann grinsend ebenfalls mit einem Bauern. »So. Keine einfallsreiche Eröffnung, aber besser als gar keine.«

Rebecca schaute ihn verstohlen von unten herauf durch ihre Wimpern an. Er glaubte also, daß sie nicht spielen könne. Natürlich war es viele Jahre her, daß sie zuletzt gespielt hatte, aber damals war Schach ihr Lieblingsspiel gewesen und ihr Vater ein erbarmungsloser Gegner. Solange Brendan sich in Sicherheit wiegte, war sie im Vorteil. Sie würde ihm diesen warmen, nassen, willigen Kuß nicht geben, der ihm vorschwebte.

Auf ihrer Unterlippe herumkauend, streckte sie die Hand nach einem Bauern aus, zog sie zurück, streckte sie wieder aus und entschloß sich schließlich für den Läufer. »Läufer zu Königsläufer vier«, murmelte sie, ihren Gegenspieler für einen Moment vergessend.

»Wollt Ihr das wirklich tun, Lady?« fragte Brendan, und sie schaute, immer noch auf ihrer Lippe herumbeißend, zu ihm auf. Er lächelte, doch in seinem Auge stand die Beutegier eines Jägers.

»Ich... ich glaube schon«, sagte sie zögernd, als sei sie unsicher, aber in Wahrheit hatte sie den Läufer zum Schutz ihrer Königin eingesetzt – und um ihn in eine Falle zu locken.

Er schnalzte scheinbar besorgt mit der Zunge und setzte

dann einen schwarzen Bauern in Bewegung. Sie hatte keine Ahnung, was er mit diesem Zug bezweckte, aber Schach war ein taktisches Spiel, und er mußte als erfolgreicher Pirat ein meisterhafter Taktiker sein.

Wieder streckte sie – scheinbar zögernd – die Hand aus, und diesmal zog sie mit der Königin, wenn auch nicht weit. Brendan starrte mit zusammengekniffenem Auge darauf hinunter. Sie bemühte sich verzweifelt um eine harmlose Miene und hoffte inständig, daß ihm nicht auffallen würde, was sie sofort gesehen hatte: daß er durch den Zug mit seinem Bauern ein freies Feld vor seinem König und damit ungehinderten Zugang für ihre Königin geschaffen hatte. Sie wagte kaum zu atmen, als er die Hand ausstreckte, sie kurz über einem Bauern verharren ließ, dann jedoch einen Springer ins Zentrum des Feldes brachte. »Noch ein paar solche Züge, und ich kontrolliere die Mitte, Lady«, sagte er.

»Das glaube ich nicht«, widersprach sie beinahe sanft und bewegte ihre Königin quer über das Brett zu dem diagonal zu seinem König liegenden Feld. »Schachmatt.«

»Was?« Er starrte entgeistert auf das Brett. Kein Zweifel die weiße Königin hatte den schwarzen König manövrierunfähig gemacht! Rebecca hatte gewonnen. »Hol mich der Teufel!« sagte er, und sie konnte sich nicht länger beherrschen. Sie warf den Kopf nach hinten und lachte schallend. »Hol mich der Teufel!« wiederholte er, als er ihre Königin nahm und damit traditionsgemäß seinen König fällte, doch diesmal war sein Tonfall nicht mehr so bewundernd. War er ein schlechter Verlierer? »Ihr spielt gut, Lady.«

»Für eine Frau?« fragte sie und lachte erleichtert. Wenn er zornig war, ließ er es nicht an ihr aus. »Hat Euch in letzter Zeit niemand besiegt, Captain?«

»Nein. Nicht auf See, nicht im Schach und« – sein Blick richtete sich mit irritierender Intensität auf ihre Lippen »auch nicht in der Liebe.«

Plötzlich war die Spannung zwischen ihnen wieder da, und

Rebecca wurde ernst. »Ich glaube, ich bin berechtigt, meinen Gewinn einzufordern, Sir.«

»Das seid Ihr, es sei denn, Ihr wollt mir Revanche geben.«

Rebecca zögerte. Sie hatte gewonnen. Sie würde ihre Schwester besuchen dürfen. Doch da war etwas in seinem Blick, das sie in Versuchung führte. »Ach, warum nicht«, meinte sie kühn. »Stellen wir sie wieder auf. Aber wie es auch ausgeht – meine Schwester darf ich auf jeden Fall besuchen.«

»Dann spielen wir jetzt nur noch um den Kuß«, sagte er, und es war keine Frage.

»Einverstanden.« Sie hielt den Kopf erhoben, ihre Augen funkelten in einer Weise, wie er es noch nie zuvor gesehen hatte, vor Leben und Lachen und Feuer. Ja, er würde verbrennen, wenn er dieses Spiel noch lange weiterspielte. »Aber ich warne Euch, Ihr werdet ihn nicht bekommen.«

»Das bleibt abzuwarten«, entgegnete er, im Geiste eine Strategie entwickelnd, den Blick auf das Brett gerichtet, gedankenverloren. Sie wollte sich mit ihm messen? Nun gut – an ihm sollte es nicht liegen.

Das zweite Spiel war ganz anders geartet als das erste, obwohl Brendan bezweifelte, daß es Rebecca auffiel. Das Ziel des Schachspiels ist an sich der Sieg über den König, doch in diesem Fall wurde um die Königin gebuhlt. Wo immer Rebecca hinzog, zog auch er hin, wo immer sie hinging, folgte er ihr. Wenn er ihr eine Figur nahm, berührte er sie liebkosend, wenn ihre Königin im Geschehen erschien, war er ebenfalls dort. Denn sie war die Königin, die mächtigste Figur auf dem Brett, und wenn er sich auch nicht als König sah, der beschützt werden mußte, so doch als ihr ebenbürtig. Und das nicht nur im Schach. Wenn da ein Feuer brannte und er davon verzehrt werden sollte, dann, dachte er, sie betrachtend, wie sie mit gerunzelter Stirn und auf ihrer Unterlippe herumkauend konzentriert bei der Sache war, würde er es willkommenheißen.

Bald waren ihre Königin und nicht von ungefähr auch ihr König von einer Schar bewundernder Bauern, Springer und

Läufer umringt. Ihre Augen verengten sich für einen Moment, als sie ihre Situation abschätzte, dann lachte sie auf und fällte ihren König.

»Ihr habt mich«, gestand sie ein. »Habe ich das, Lady?«

Rebecca stockte der Atem. Erschrocken schaute sie auf.

»Nein, ich… ich meine, Ihr habt diese Runde gewonnen. Ihr spielt sehr gut, Captain.« Sie machte sich daran, die Figuren für die nächste Partie aufzustellen.

»Für einen Piraten?«

»Warum sagt Ihr das?« fragte sie verwirrt.

»Weil ich das bin, Lady. Ich werde diesmal Weiß nehmen.«

»Ja, das seid Ihr zwar, aber…«

»Aber?«

»Ihr paßt so gar nicht in das Bild, das ich mir von Piraten gemacht hatte.«

»Immerhin habe ich Euer Schiff gekapert.« Er ließ einen seiner Bauern ein Feld vorrücken. »Das bestätigt mich doch als Piraten, oder?«

»Ja, aber…«

»Aber?« fragte er wieder.

»Ihr habt meine Notlage nicht ausgenutzt.«

»Wenn dieses Spiel zu Ende ist, werde ich Euch küssen«, erwiderte er, »und denkt daran: Auch damit nutze ich Eure Notlage nicht aus, sondern hole mir nur den vereinbarten Lohn für meinen Sieg.«

»Falls Ihr gewinnt.«

»Das werde ich.«

Er erwartete, daß sie auf seine überzeugte Antwort mit Furcht oder zumindest mit Beunruhigung reagieren würde, doch sie blickte ihn lediglich nachdenklich an. »Wir werden sehen«, meinte sie und ließ ihrerseits einen Bauern vorrücken. »Wo habt Ihr Schachspielen gelernt?«

»Zu Hause«, erwiderte er unvorsichtig, denn er war mit seinen Gedanken bei der Entwicklung einer Strategie. »Vor langer Zeit.«

»Und wo seid Ihr zu Hause?« Gefahr!, weckte ihn eine warnende Stimme aus seiner Grübelei. Verrate dich nicht! Er schaute auf und sah sich einer Gefahr ganz anderer Art gegenüber: großen, leuchtenden Augen, die unglaublicherweise Interesse bekundeten. An ihm. Nicht an dem Raben, dem Piraten, sondern an ihm, dem Menschen. »Ich war schon lange nicht mehr dort, Lady«, wich er aus und richtete seine Aufmerksamkeit wieder auf das Schachbrett. Erschrocken stellte er fest, daß er mit einem Turm gezogen hatte. Was, um alles in der Welt, hatte ihn denn dazu bewogen?

»Ich glaube, in Irland«, sagte sie.

»Ja.« Warum hatte sie ihren Springer dorthin gesetzt? Stirnrunzelnd hob er den Blick und begegnete wiederum dem ihren. Gefahr! »Und wo ... äh ... wer hat es Euch beigebracht?«

»Mein Vater.« Sie lehnte sich etwas zurück und plazierte ihre Figur nach kurzem Überlegen fast nonchalant. Er konnte sich nicht erklären, nach welchem Plan sie verfuhr, aber er wußte aus Erfahrung, daß er gut daran tat, sie nicht zu unterschätzen. »Ihr steht Eurem Vater nahe?«

»Früher einmal.« Ihre Stimme hatte alle Farbe verloren. »Ich meine, ja, natürlich tue ich das.«

»Aber er hat Euch fortgeschickt.« Für den Augenblick war das Spiel vergessen. »Warum hat er das getan?«

»Amelia konnte doch nicht allein reisen«, erwiderte sie munter, doch er ließ sich nicht täuschen. Ihre Hand hatte zum erstenmal gezögert, bevor sie eine Figur bewegte.

»Er hat Euch fortgeschickt«, wiederholte er sachlich.

Sie lehnte sich zurück und betrachtete die Spielkonstellation.

»Es hielt mich nichts in Georgetown«, erklärte sie mit gleichgültiger Stimme, doch er glaubte, einen Moment lang Schmerz in ihren Augen zu erkennen.

»Niemand, *leannan?* Keine Bewunderer? Keine Freier?«

»Für mich? Himmel, nein! Ihr seid am Zug.«

»Dann müssen die Männer dort alle Narren sein.«

»Ich bin alt und reizlos.« Sie runzelte die Stirn. »Seid Ihr sicher, daß Ihr das tun wollt?«

»Ja.« Verärgert über ihre Frage ließ er seine Königin auf dem vorgesehenen Feld stehen. Es ging bei dieser Partie genausowenig um Schach wie bei den beiden vorangegangenen. »Ihr müßt doch wissen, daß Ihr schön seid, *leannan.*«

»Schön? Ich?« Verblüffung stand in ihren Augen, und wider Willen erlag er ihrem Zauber.

»Ja, Lady«, hörte er sich sagen. »Ihr.«

»Aber ...« Als suche sie in ihrer Verlegenheit dort Zuflucht, senkte sie den Blick auf das Schachbrett, doch er begriff plötzlich ihre Strategie. Sie hatte nichts mit Schach zu tun – es ging ihr einzig und allein darum, ihn abzulenken. Er wußte nicht, ob er lachen oder schimpfen sollte. Sie mochte ihre Tücken gegen ihn einsetzen, doch sie glaubte ihm nicht. Er fand sie wirklich schön. Allerdings wußte er nicht, seit wann.

»Ich bin, weiß Gott, nicht schön«, sagte sie mit nüchterner Stimme.

»Laßt uns nicht darüber streiten, Lady.« Sein Zorn war Erheiterung und Verlangen gewichen. »Wir haben ein Spiel zu spielen.«

Rebecca wich seinem Blick aus. »So ist es.«

Von diesem Moment an gab es keine Fragen mehr zu seiner Vergangenheit, keinen Augenaufschlag – irgendwann mußte sie gelernt haben zu flirten, auch wenn sie das jetzt abstreiten mochte –, nur noch Konzentration auf das Spiel im Bewußtsein dessen, was das Verlieren und Gewinnen bedeuten würde. Sie war gut, das mußte er ihr lassen, dachte er, als er ihrem König mit seinem Springer eine Falle stellte, die sie nicht vorhergesehen hatte – sehr gut, aber angesichts seiner Entschlossenheit doch nicht gut genug. »Schachmatt«, sagte er ruhig, und ihre Hand, die sie gehoben hatte, um nach einer Figur zu greifen, fiel herunter. »Ich glaube, Ihr schuldet mir einen Kuß.«

Sie schaute auf, und er konnte weder Furcht noch Zorn in

ihren Augen lesen, nur Resignation, und die drückte sich auch in ihrem Seufzer und in dem Herabsinken ihrer Schultern aus. »Ja, ich glaube, das tue ich«, antwortete sie, rührte sich jedoch nicht.

Er stand auf und trat vom Tisch zurück. »Kommt her, Rebecca«, befahl er. Sie biß sich auf die Unterlippe, erhob sich und ging mit gesenktem Kopf auf ihn zu. »Schaut mich an.« Sie gehorchte. Irgend etwas flackerte in ihren Augen, aber er konnte es nicht deuten. »Ihr seid doch früher schon geküßt worden, nicht wahr?«

Sie fuhr sich mit der Zungenspitze über die Lippen, und er fragte sich, ob sie wußte, wie verführerisch das wirkte. »Ja.«

»Das dachte ich mir.« Er legte den Arm um ihre Taille, die genau den richtigen Umfang dafür hatte, und als er sie an sich zog und ihre Brüste – voller als erwartet – an seine Brust gedrückt wurden, brach die Erregung, die er den ganzen Nachmittag im Zaum gehalten hatte, sich Bahn. Teufel auch, sie war eine Schönheit. Warum machte sie sich durch formlose Kleidung und eine strenge Frisur mutwillig unscheinbar? »Schlingt die Arme um meinen Hals, Lady.« Er mußte alle Beherrschung aufbieten, um sie nicht brutal an sich zu pressen, als sie seinem Befehl nachkam, und ihre Brüste sich an seiner Brust hochschoben. Die Sehnsucht nach dem warmen und willigen Kuß, den ihr abzuverlangen er angekündigt hatte, wurde übermächtig. »Fürchtet Ihr Euch, Lady?«

»Vor einem Kuß? Nein.«

»Vielleicht solltet Ihr das aber.« Den Blick auf ihren Mund geheftet, zeichnete er mit der Fingerspitze die Konturen ihrer Lippen nach und hörte, wie ihr der Atem stockte. Ihre Lippen öffneten sich leicht, und plötzlich konnte er nicht mehr an sich halten. »Ah, *leannan*, weißt du nicht, daß du dafür geschaffen bist«, flüsterte er heiser und senkte seinen Mund auf den ihren.

7

Es geschah ohne Vorwarnung. Eben noch hatte er ihren Mund betrachtet, und nun ergriff er, nach Art des plündernden Piraten, der er war, Besitz davon, kannte kein Erbarmen, forderte rücksichtslos, sie mit offenem Mund küssend, den gewonnenen warmen, willigen Gewinn aus der letzten Schachpartie. Und sie war willig, o ja, wenn auch wider Willen. Es war, als stehe sie neben sich und beobachte, wie ihre Hände, die sie so widerstrebend um seinen Nacken gelegt hatte, wie haltsuchend seine Schultern umklammerten, wie sie sich, nach der Umarmung verzehrend, die ihr so lange versagt gewesen war, an ihn drängte. Es war ihr Körper, der sie zwang, diese Dinge zu tun, ihren Mund seiner forschenden Zunge zu öffnen und den Kuß mit einer ihm ebenbürtigen Heftigkeit zu erwidern. Und natürlich war es auch ihr Körper, der sie dazu veranlaßte, ihren Kopf in den Nacken zu legen, als seine Lippen gierig und ungeduldig an ihrer Kehle hinabglitten, und es war auch ihr Körper, der Platz für seine Hand machte, um ihre Brust zu umschließen.

Plötzlich setzte ihr Verstand wieder ein. Nicht länger willig, erstarrte Rebecca jählings. Was sie empfand, war unrecht. Sie hatte sich auf diese Wette eingelassen, weil sie sicher gewesen war, nicht zu verlieren, doch die Lüsternheit, mit der jede Faser ihres Seins nach mehr verlangte, war verwerflich. Ihr Fleisch war schwach, und was sie zugelassen hatte, unrecht. Ihre einzige Möglichkeit, sich zu schützen, war Kälte.

Brendan hob den Kopf und bohrte seinen Blick in den ihren.

»Was ist, *leannan?*« fragte er leise. »Gefällt es Euch nicht?«

Das war zuviel. Sie riß sich los, flüchtete zum Heckfenster und schlang die Arme um sich, um des Zitterns in ihrem Innern Herr zu werden. O doch, es gefiel ihr sehr. Das war ja das Problem. »Rebecca?«

»Verschwindet«, brachte sie mühsam hervor.

»Das kann ich nicht tun, *leannan*, schließlich ist dies meine Kabine«, erwiderte er entschuldigend, doch sie hörte den triumphierenden Unterton sehr wohl. »Nun sagt bloß nicht, daß Ihr Euch fürchtet.«

»Ich ... ich fürchte mich nicht.« Zumindest nicht vor ihm. »Was ist es dann, Lady?«

»Ich begehre Euch nicht.« Die Worte hatten abweisend klingen sollen, doch ihre bebende Stimme machte ihre Wirkung zunichte.

Er lachte. »Ach, nein?« Rebeccas Nackenhaare stellten sich auf. Er kam auf sie zu. Sie spürte es, und wie sie sich wünschte, daß er sie berühren würde, ihren Nacken streicheln, die Hand auf ihre Schulter legen und sie umdrehen, sie überreden, ihr die Entscheidung abnehmen. »Der Kuß war wie erwartet, Lady.«

Sie schlang die Arme noch fester um sich. Wenn er sie berührte, würde sie in tausend Stücke zerspringen. Wenn er es nicht täte, würde sie sterben. »Inwiefern?«

»Warm und feucht und willig.«

Wenn sie doch nur irgendwohin fliehen könnte! O ja, er hatte recht: Der Kuß war all das gewesen und mehr. Zügellos. Und das konnte sie nicht ertragen. »Ich werde niemals willig sein, Captain«, sagte sie, und diesmal klang ihre Stimme fester.

»Ihr habt Euch mir angeboten, Lady«, erinnerte er sie ernst. »Ich könnte Euch jederzeit zu der Meinen machen.«

»Aber Ihr könntet mich niemals ganz besitzen.« Mit dem Verebben ihres Verlangens kehrte ihre innere Stärke zurück. Sie hatte ihre Leidenschaftlichkeit jahrelang unterdrückt, da würde sie es wohl auch noch bis zum Ende dieser Reise schaffen. »Es gibt Teile von mir, die ich Euch immer vorenthalten würde.«

»Schiff in Sicht!« Der Schrei drang so leise zu ihnen herunter, daß nur Brendans geübtes Ohr ihn hörte. Er hob jäh den Kopf und blickte zu der Balkendecke hoch, als könne er durch sie hindurch zu dem Ausguck hinaufschauen und das Schiff selbst sehen. Wer war es? Freund oder Feind?

»Rebecca«, sagte er, sich zu einem geduldigen Ton zwingend. Er wußte, womit er es hier zu tun hatte: mit einer Jungfrau, die in seinen Armen die Lust entdeckt hatte. Grundsätzlich war er der falsche Mann für sie, doch in dieser Hinsicht war er der richtige. Er würde es langsam angehen. Das kostete zwar Überwindung, steigerte andererseits jedoch den Reiz des Spieles, das in letzter Zeit an Spannung verloren hatte. Er begehrte sie jetzt mehr als jemals eine Frau zuvor. Welche Leidenschaft, welches Feuer loderte unter dieser äußerlichen Unnahbarkeit! »Ich wollte Euch nicht erschrekken.«

»Das habt Ihr nicht.« Ihre Stimme klang fast gelassen. »Aber wenn Ihr mich nehmen wollt, dann wünschte ich, Ihr würdet es hinter Euch bringen.«

»Hinter mich bringen?« Das war zuviel. Er stampfte wütend durch die Kabine. »Hinter mich bringen? Nein, Rebecca! Was zwischen uns ist, läßt sich nicht so einfach erledigen.«

Rebecca hatte sich umgedreht und starrte ihn mit großen Augen an. »Ihr könnt mich nicht wollen«, konstatierte sie.

»Woher wollt Ihr das wissen ... was gibt es, zum Teufel?« brüllte er, als es klopfte.

»'tschuldigung, Cap'n.« Es war Tyner. »Es ist ein Schiff gesichtet worden. Sam meinte, Ihr solltet es Euch ansehen.«

»Hol's der Teufel!« Brendan riß die Schranktür so heftig auf, daß sie klapperte, und nahm sein Fernrohr heraus. »In Ordnung, Tyner. Ich komme gleich.« Er wandte sich Rebecca zu. »Wir sind nicht fertig miteinander«, erklärte er ihr grimmig.

Sie hob ihr Kinn. »Was, glaubt Ihr, könnte jemals zwischen uns sein, Captain?«

Was er glaubte? Jetzt starrte er sie an. Hatte sie seinen Kuß nicht mit der gleichen Glut erwidert? Hatte sie nicht gestöhnt, o nein, nicht laut, aber immerhin, als er ihre Brust berührte? Oh, es war sehr wohl etwas zwischen ihnen, auch wenn sie es leugnen wollte. »Das werdet Ihr sehen«, erwiderte er finster und knallte die Tür hinter sich zu.

An Bord der HMS *Cardiff* schob Lieutenant Jeremiah Dee das Fernrohr zusammen, durch das er vom Achterdeck aus nach Südosten geblickt hatte. »Er ist es«, verkündete er.

Captain Lancaster, der das Kommando auf der viertklassigen, mit fünfzig Kanonen bewehrten und im Dienste der Marine Ihrer Majestät segelnden HMS *Cardiff* hatte, runzelte die Stirn. »Seid Ihr sicher? Nicht einmal mein Ausguck kann das erkennen.« Er hatte bei Gott keine Lust, einem Segel hinterherzujagen, das aller Wahrscheinlichkeit nach zu einem harmlosen Handelsschiff gehörte. Andererseits hätte er natürlich nichts dagegen, dem Raben das Handwerk zu legen. Es gab in der ganzen britischen Marine keinen Captain, der das nicht gerne getan hätte. Allerdings setzte er kein allzugroßes Vertrauen in die Fähigkeiten des jungen Mannes, der neben ihm stand.

Ein seltsamer Bursche, dieser Dee. Mit dem Auftrag an Bord der *Cardiff*, des Raben habhaft zu werden, hielt er sich abseits von den anderen und genoß allgemeine Antipathie. Das allein war noch kein Grund zur Sorge – man mußte nicht sympathisch sein, um seiner Aufgabe gerecht zu werden –, aber da war ein an Fanatismus grenzendes Leuchten in Dees Augen, sobald der Rabe erwähnt wurde, das Lancaster beunruhigte, und in den letzten paar Tagen hatte er es oft gesehen. Vor zwei Tagen hatten sie ein Schiff am Horizont ausgemacht und kurze Zeit später einen Mann aufgefischt, der, sich an ein Holzstück klammernd, im Wasser trieb. Er stammte von St. Thomas, hatte zur Mannschaft der *Curlew* gehört und war, als die *Cardiff* in Sicht kam, in der Hoffnung, von ihr aufgenommen zu werden, über Bord gesprungen. Obwohl fast ertrunken, sprudelte er atemlos einen Bericht über die schrecklichen Ereignisse auf jenem Schiff und die Passagiere hervor, die gefangengenommen worden waren. Inzwischen war die *Curlew,* das Schiff, das sie gesichtet hatten, längst verschwunden. Der Seemann hatte ihnen noch einen wertvollen Hinweis gegeben: den letzten ihm bekannten Kurs des Raben, und sie segelten seit nunmehr zwei Tagen hinter ihm her.

»Er ist es«, widerholte Dee in einem befremdlich befriedigten Ton. »Ich spüre es.«

Lancaster trat unbehaglich von einem Fuß auf den anderen. Seinem Dafürhalten nach gab es Wichtigeres als die Verfolgung eines Piraten – zum einen die Franzosen und zum anderen diese überheblichen Amerikaner –, doch er hatte seine Befehle, und der jüngste Vorfall machte die Suche noch dringlicher. Grundgütiger! Zwei junge Frauen in der Gewalt dieses Schurken! Sie könnten von Glück sagen, wenn er ihnen ihr Leben ließe – ihre Tugend war ihm sicher längst zum Opfer gefallen. Der Rabe mußte gefunden werden!

Neben ihm hatte Dee wieder das Fernrohr ans Auge gehoben und hielt erfolglos nach seiner flüchtigen Beute Ausschau. Dennoch lächelte er, als er es senkte, ein seltsames Lächeln, wild und voller Genugtuung. Ich hab' dich, dachte er. Du bist da, ich spüre es, und bald habe ich dich, und dann wirst du bezahlen! Er hob die Hand und fuhr mit den Fingerspitzen über die Narbe auf seiner Wange, die ihn allzeit lebhaft an seinen letzten Zusammenstoß mit dem Raben erinnerte. Er würde dafür bezahlen – mit seinem Leben, wenn möglich. Er würde nicht ruhen, bis er ihn hätte. Niemals. »O ja«, sagte Dee, der den Captain und die Mannschaft völlig vergessen hatte, als er die Hände auf die Reling stützte und in die Ferne starrte, leise.

»Diesmal wirst du mir nicht entkommen, Rabe. Und du wirst bezahlen.«

»Seid Ihr soweit, Miß?« fragte Tyner. Rebecca strich ein letztes Mal ihre Röcke glatt.

»Ja, Mr. Tyner, ich bin so weit.«

»Nur Tyner, Miß«, erinnerte er sie zum wiederholten Male.

»Ja, Mr.... Entschuldigung – Tyner.« Mit einem angespannten Lächeln sah sie zu, wie er die Tür aufsperrte. Sie würde endlich ihre Schwester wiedersehen, und sie konnte sich nicht erklären, warum sie so nervös war.

Es mußten die Nachwehen ihres Erlebnisses mit dem Raben sein, dachte sie, als sie dem Steward in den Flur hinausfolgte und wartete, während er an seinem Bund den richtigen Schlüssel heraussuchte.

Nachdem er die Tür aufgeschlossen hatte, klopfte er kurz an und öffnete sie schwungvoll. »Besuch, Miß!« rief er in den Raum hinein und wandte sich dann an Rebecca: »Geht hinein, Miß. Ich muß Euch einschließen – das versteht Ihr doch, nicht wahr?«

»Ich habe nichts anderes erwartet, Tyner.«

Zu ihrer Überraschung grinste er sie an. »Ja, Ihr seid ein helles Köpfchen, Miß, da gibt es keinen Zweifel.«

»Tyner!« sagte sie verblüfft.

»Wenn Ihr wieder herauswollt, klopft einfach laut an die Tür«, wies er sie, nicht im mindesten verlegen ob ihres Befremdens. »Ich bin drüben in der Kombüse.«

»Danke, Tyner.« Sie trat über die hohe Schwelle in die Kabine. »Melia!« rief sie und eilte mit ausgestreckten Armen auf ihre Schwester zu.

»Was willst du hier?« Der feindselige Ton Amelias ließ sie mitten in der Bewegung innehalten.

»Ich wollte nach dir sehen. Nun, du scheinst es hier ja ganz bequem zu haben.« Amelia stand am anderen Ende der kleinen, aber zu Rebeccas Erleichterung blitzsauberen und hellen Kabine. An der einen Wand befand sich eine Koje mit Schubladen im Unterbau, und einer in fröhlichen Farben gehaltenen Decke darauf, und in der Ecke ein Waschtisch. »Oh, Melia, ich bin so froh zu sehen, daß du wohlauf bist.«

»Tatsächlich? Warum hast du mich dann nicht schon früher besucht?«

»Das durfte ich nicht. Oh, laß dich umarmen, Melia! Ich habe dich so vermißt!«

»Ich habe dich nicht hergebeten«, erwiderte Amelia scharf. Rebecca blinzelte verwirrt. »Was ist los, Melia?«

»Ich möchte, daß du gehst.« Amelia wandte ihr den Rükken zu. »Sofort.«

»Aber Melia!« Rebecca war eher verdutzt als gekränkt. Ihre Schwester war stets von ihr abhängig gewesen, hatte ihr nahegestanden, und abgesehen von den letzten Tagen hatte sie sich immer um sie gekümmert... Ah! Erleichterung durchflutete sie. Natürlich! Amelia war böse auf sie, weil sie sich von ihr im Stich gelassen fühlte! »Ich schwöre es dir, Melia, ich konnte dich nicht früher besuchen«, sagte sie. »Ich habe immer wieder darum gebeten, aber ich bekam nicht die Erlaubnis dazu.«

»Aber heute plötzlich doch.«

»Ja.« Amelias Stimme hatte einen seltsamen Unterton. »Komm, setzen wir uns. Wirst du gut behandelt?«

»Für eine Gefangene? Ja.« Amelia drehte sich zu ihr um und musterte sie verächtlich von oben bis unten. »Du siehst aus wie immer. Das hätte ich nicht gedacht.«

Rebecca runzelte die Stirn. »Warum sollte ich nicht? Oh, hast du vielleicht befürchtet, daß er mich schlagen würde? Nein, nichts dergleichen...«

»Du teilst die Kabine mit ihm.« Amelia spuckte ihr die Worte förmlich ins Gesicht. »Ich hätte nicht gedacht, daß er sich für grobschlächtige, unansehnlich gekleidete Matronen interessiert.«

Das schmerzte. »Amelia! Ich glaube nicht, daß ich das verdiene. Außerdem hat er mich nicht...«

»O doch, du verdienst es für die Art und Weise, wie du dich

benommen hast«, ereiferte Amelia sich. »Ich habe mir meine Tugend bewahrt. Aber du ...«

»Was hätte ich anderes tun sollen?« rief Rebecca. »Sieh dir doch an, wo wir uns befinden, Amelia. Ich tat das einzige, was mir einfiel, um unsere Sicherheit zu gewährleisten. Um deine Sicherheit zu gewährleisten.« Sie schluckte trocken. »Wenn es dich beruhigt, es ist mir bisher nichts geschehen.«

»Lügnerin!« Wie Amelia da mit verschränkten Armen vor ihr stand, erinnerte sie in verblüffender Weise an ihren Vater. »Du bist genau das, was unser Vater gesagt hat: eine Hure.«

Rebecca zuckte zusammen, als sei sie geschlagen worden. »O Amelia, das ist so ungerecht ...«

»Ich will dich nicht mehr sehen.« Wieder wandte Amelia sich ab. »Mach, daß du hinauskommst.«

»Melia!«

»Augenblicklich!«

Zutiefst erschüttert über die Verachtung in Amelias Stimme, drehte Rebecca sich um, tastete sich tränenblind an der Wand entlang zur Tür und klammerte sich einen Moment lang haltsuchend an den Rahmen, ehe sie die Hand hob, um zu klopfen.

Tyner ließ nicht auf sich warten. »Ihr wollt schon wieder gehen?« fragte er überrascht. »Der Captain hat Euch doch eine ganze Stunde genehmigt.«

»Ich ... ich fühle mich nicht wohl«, stammelte Rebecca und stolperte an ihm vorbei in den Flur hinaus. »Ich brauche Ruhe.«

Tyner zuckte die Schultern. »Wenn Ihr meint, aber ich denke, der Captain wird Euch nicht so bald wieder einen Besuch gestatten.«

Ein hysterisches Lachen stieg in Rebeccas Kehle auf, als er ihr die Tür zu der Kabine des Raben öffnete. »Das spielt keine Rolle, Tyner«, sagte sie und sank wie betäubt auf die Bank unter dem Heckfenster.

Sie wußte nicht, wieviel Zeit vergangen war, als sie sich

schließlich faßte und mit den Händen ihr tränennasses Gesicht abwischte. Sie hatte geweint und sie hatte gewütet, aber beides hatte ihr keine Erleichterung beschert. Ihre Schwester hatte sie in der grausamsten Weise zurückgewiesen. Wie sollte sie damit leben? Um so mehr, als sie es verdiente? Denn auch wenn sie die Verfehlung, deren Amelia sie anklagte, nicht tatsächlich begangen hatte – im Geiste war sie schuldig.

Verzweifelt schlug sie die Hände vors Gesicht. Es war nicht die erste Zurückweisung, die sie erfahren hatte, und auch nicht die schmerzlichste. Das war die ihres Vaters gewesen, und aus dem gleichen Grund. Weil sie verderbt und zügellos war. Sie war für alle Zeit gebrandmarkt und würde sich niemals von diesem Fluch befreien können.

Es war dunkel geworden. Tyner hatte irgendwann wortlos ihr Abendessen auf den Tisch gestellt, und den unberührten Teller später ebenso taktvoll schweigend wieder hinausgetragen. Das Wechselbad der Gefühle – von Furcht über Leidenschaft bis hin zu dem Schmerz wegen der ablehnenden Haltung ihrer Schwester –, das dieser Tag ihr bereitet hatte, war zuviel für sie gewesen. Völlig erschöpft stand sie auf, taumelte zum Bett und ließ sich, ohne sich die Mühe zu machen, ihr Nachthemd anzuziehen oder ihre Haare zu flechten, darauf fallen. Nichts hatte mehr eine Bedeutung. Wenn der Rabe heute nacht zu ihr käme, sie berührte und ihren Körper zu unkontrollierbaren Reaktionen veranlassen sollte – es kümmerte sie nicht. Nichts kümmerte sie mehr.

Brendan gähnte herzhaft, als er seine Kabinentür aufschloß. Er hätte sich für sein Leben gern in sein Bett gelegt, doch statt dessen stand ihm wieder eine unbequeme Nacht in der Hängematte bevor. Inzwischen wäre er um seiner Bequemlichkeit – und seines Seelenfriedens – willen bereit gewesen, Rebecca bei ihrer Schwester unterzubringen, doch nach dem, was Tyner ihm berichtet hatte, sah es aus, als sei er gezwungen, das bestehende Arrangement bis zum Ende ihrer gemeinsamen Reise zu ertragen.

Das Mondlicht war bereits im Schwinden begriffen, aber Brendan hatte ausgezeichnete Augen. Er sah Rebecca voll bekleidet ausgestreckt auf dem Bett liegen, und als er erkannte, daß ihre Augen völlig verschwollen waren, wurde er jäh von Empörung über ihre Schwester erfaßt. Rebecca hatte sich ihm aus Liebe zu ihrer Schwester angeboten, und ihre Schwester hatte ihr diese Liebesgabe ins Gesicht geworfen.

Und er hatte dem Mädchen das Leben nicht leichtgemacht, dachte er, als er die Hängematte aufhängte. Er gab sich keine Mühe, leise zu sein, doch sie wachte nicht auf. Was an diesem Nachmittag geschehen war, mußte auf seine Weise ebenso bestürzend für sie gewesen sein wie die Ablehnung seitens ihrer Schwester. Man stelle sich vor – sie, eine anständige, junge Lady aus gutem Hause fühlte sich zu einem Piraten hingezogen!

Aufstöhnend warf er sich in die Hängematte. Er war todmüde, und das war kein Wunder. Es war ein anstrengender Tag für ihn gewesen, nicht zuletzt wegen der eisernen Beherrschung, die zu üben er ständig gezwungen war, um seinem Verlangen nach ihr nicht nachzugeben. Selbst jetzt, trotz seiner Erschöpfung, schmerzten seine Lenden vor Begehren. Und außerdem wäre ihm eine Liebesnacht im Moment als Ablenkung sehr gelegen gekommen, denn das Schiff, das am Nachmittag gesichtet worden war, machte ihm ernsthaft Sorgen. Unter normalen Umständen hätte er keinen weiteren Gedanken daran verschwendet, aber es war nun drei Tage her, daß er die *Curlew* gekapert hatte, und inzwischen konnte alles mögliche geschehen sein. Die *Curlew* könnte beispielsweise von den Briten zurückerobert worden sein. Was auch immer passiert war – er hatte ein unbehagliches Kribbeln zwischen den Schulterblättern verspürt, als er, nachdem Tyner ihn benachrichtigt hatte, an Deck selbst durch das Fernrohr geblickt und die Segel gesehen hatte, quadratische Segel, wie bei einem

Handels- oder einem Kriegsschiff. Wahrscheinlich traf eher letzteres zu.

Das fremde Schiff hatte stundenlang Katz und Maus mit ihm gespielt, war manchmal näher herangekommen und dann wieder so weit zurückgeblieben, daß es hinter dem Horizont verschwand, aber es war immer da. Er konnte es spüren. Falls die *Curlew* sich wieder im Besitz der Engländer befände, wäre sein derzeitiges Ziel bekannt. In dem Brief, den er Neville mitgegeben hatte, waren der Längen- und Breitengrad vermerkt, an dessen Schnittpunkt Ezra Talbot ihm in vier Wochen das Lösegeld übergeben sollte. Es war seine einzige Möglichkeit gewesen, das Treffen zu arrangieren.

Und nun konnte es sein, daß seine ganze Planung null und nichtig wäre. Was sollte er in diesem Fall tun? Erneut aufstöhnend legte er den Arm über die Augen. Wenn er wie verabredet erschiene, lief er Gefahr, gefangengenommen zu werden. Das beste wäre, die Talbot-Schwestern auf ein anderes Schiff zu verfrachten und zu verschwinden. Aber wenn er das täte, riskierte er eine Meuterei, denn seine Mannschaft rechnete fest mit dem Lösegeld.

Ach, sei's drum, was geschehen sollte, würde geschehen, dachte er mit irischem Fatalismus. Vielleicht wäre das andere Schiff morgen früh ja verschwunden. Wie auch immer – er hatte keinen Einfluß darauf.

Also schob er seine Sorgen kurzerhand beiseite und fiel in einen tiefen, traumlosen Schlaf. Irgendwann drang ein leises Wimmern in sein Bewußtsein, als leide jemand Schmerzen. Dank seiner jahrelang auf Wachsamkeit trainierten Sinne war er sofort hellwach – und er erkannte das Geräusch und seinen Ursprung sofort: Rebecca, die in seinem Bett lag, weinte.

»Was ist, *leannan?*« fragte er leise, um sie nicht zu erschrekken. Als keine Antwort kam, schwang er sich aus der Hängematte, doch es war inzwischen stockfinster, und er konnte sie nicht sehen. Stirnrunzelnd tastete er nach Zunder und Feuerschwamm und schaffte es nach einiger Zeit schließlich, die über dem Tisch hängende, hin- und herschwingende Lampe anzuzünden. Als er sich umdrehte, begriff er, warum sie nicht reagiert hatte: Sie schlief fest.

Sie so zu sehen verursachte ihm einen fast körperlichen Schmerz. Was quälte sie derart, daß sie so verzweifelt weinte und trotzdem nicht aufwachte? Welche Pein zerriß ihr das Herz – abgesehen von der, die er ihr bereitet hatte? dachte er, eine Grimasse schneidend, und setzte sich vorsichtig auf die Bettkante. Ja, es wäre das beste, sie und ihre Schwester auf ein anderes Schiff zu setzen – das beste für sie und das beste für ihn. Gleichgültig, wie schwer es ihm auch fallen mochte.

»Rebecca.«

Er legte die Hand auf ihre Schulter. Ihr Atem stockte und entwich dann mit einem neuerlichen Schluchzen, und noch immer wachte sie nicht auf. Was sollte er tun? Weinende Frauen waren eine Heimsuchung, aber dies… dies griff ihm ans Herz. Er konnte nicht einfach danebensitzen und sie weiter leiden lassen.

»Ruhig, Mädchen«, murmelte er, schob den Arm unter ihre Schulter und hob sie an seine Brust. Vielleicht hätte sie sich beruhigt, wenn er sie eine Weile still im Arm gehalten hätte, doch er wollte dem Schmerz auf den Grund gehen, der dieses steinerweichende Schluchzen verursachte.

»Ruhig, Rebecca, ganz ruhig. Es ist alles gut. Wach auf, Mädchen.«

»Neiiiin!« stöhnte sie langgezogen und schüttelte den Kopf so heftig, daß er gegen seine Schulter schlug. »Nein! O Robbie…« Ihre Stimme brach.

Brendan erstarrte. Robbie. Er saß hier und hielt sie im Arm, und sie verzehrte sich nach einem anderen Mann! Was war er für ein Narr! »Wacht auf, Lady!« sagte er, diesmal lauter, und rüttelte sie an der Schulter, die er umfaßt hielt. »Wacht auf, Rebecca!«

»Nein«, sagte sie noch einmal und verstummte dann gänzlich. Auch er schwieg. Sie hatte sich heute nachmittag wie eine Jungfrau gebärdet, und dabei war sie offenbar kein unbeschriebenes Blatt.

Rebecca hob den Kopf und schaute ihn verwirrt an. »Ich … was ist los?« fragte sie mit rauher Stimme.

»Ihr habt im Schlaf geweint.«

»Tatsächlich? Oh.«

Sie schien erst jetzt zu begreifen, daß er sie im Arm hielt, und wollte sich ihm entwinden. Er hätte sie loslassen sollen, doch sie fühlte sich so gut an, daß er es nicht über sich brachte. Zu gut.

»Ich … habe schlecht geträumt. Danke, daß Ihr mich geweckt habt.«

»Keine Ursache.« Er neigte den Kopf. »Wie es sich anhörte, muß es ein sehr schlechter Traum gewesen sein.«

»Ja. Entschuldigt – ich brauche mein Taschentuch.« Diesmal hielt er sie nicht mehr fest und sah zu, wie sie in der Tasche ihres zerknitterten Kleides herumkramte. Doch er blieb neben ihr sitzen, war nicht in der Lage, aufzustehen. »Es tut mir leid, ich weine sonst nie.«

»Nun – Ihr habt in den letzten Tagen einiges durchgemacht.«

»Nein, das war nicht … ja.« Sie zwang sich zu einem Lächeln. »Nochmals danke, daß Ihr mich geweckt habt.«

Wieder neigte er den Kopf, und dann musterte er sie scharf.

»Worum ging es in dem Traum?«

»Um nichts Besonderes. Es tut mir leid, daß ich Euch gestört habe, Captain.«

»Schon gut.« Plötzlich konnte er aufstehen – der Bann war gebrochen. »Nur eine Frage, Lady.«

Sie schaute zu ihm auf. »Ja?«

»Wer ist Robbie?«

Rebecca schlug die Augen nieder und trocknete ihre tränennassen Wangen. »Woher wißt Ihr von ihm?«

»Ihr habt seinen Namen gerufen.« Er starrte sie an. »Als bräche Euch das Herz.«

»Das tut es«, antwortete sie so leise, daß er es kaum verstehen konnte.

Es widerstrebte ihm, die nächste Frage zu stellen, und doch mußte er es tun. Er mußte es wissen. »Ist es jemand, den Ihr liebt?«

»Ja.« Sie seufzte. »Warum sollte ich es Euch nicht sagen?« Sie hob den Blick wieder, und er sah einen namenlosen Schmerz darin. »Robbie war mein Sohn.«

8

»Euer Sohn?« fragte Brendan entgeistert. »Aber Ihr seid doch nicht…«

»Verheiratet? Nein.« Sie lächelte spöttisch. »Derlei kommt vor, Captain. Ich wäre gewiß auch nicht Eure erste Frau.«

»Nun… äh… nein, aber das ist etwas anderes.«

»Natürlich.« Sie schaute auf ihre Hände hinunter. »Das ist etwas anderes.« Männern war es gestattet, Frauen wurden dafür verurteilt. »Jetzt wißt Ihr Bescheid.«

»Ich weiß überhaupt nichts.« Er begann in der Kabine auf und ab zu gehen. »Ich dachte, ich kenne Euch…«

»Wie könntet Ihr, Captain? So nahe stehen wir uns nun wirklich nicht.«

Er blieb stehen und sah sie eindringlich an. »Brendan«, sagte er. »Mein Name ist Brendan.«

Ihre Brauen hoben sich. »Ach, der Rabe hat einen Namen?«

»Laßt das!« Er baute sich vor ihr auf. »Wir stehen uns nahe, Lady, ob es Euch gefällt oder nicht. Die Umstände haben uns das aufgezwungen.«

Rebecca schloß die Augen. Ja, die Umstände, dachte sie. Wenn die nicht so wären, wie sie waren, hätte er sie keines zweiten Blickes gewürdigt. Aber wie die Dinge lagen, standen sie einander tatsächlich nahe, das war nicht zu leugnen. Sie hatte ihn in den letzten Tagen in seltsam intimer Weise kennengelernt. Auch wenn sie tatsächlich nur wenig über ihn wußte, und obwohl er ein Pirat war – standen sie einander nahe. Auch wenn ihr diese Nähe aufgenötigt worden war.

»Ich bin Eure Gefangene«, flüsterte sie.

Er stieß einen derben Fluch aus, und sie starrte ihn mit großen Augen an. »Ihr seid mehr als das, und das wißt Ihr auch.«

»Nein – wie könnte ich?« fuhr sie auf. »Ihr habt uns ins Eurer Gewalt und wolltet Lösegeld mit uns erpressen. Daß Ihr uns gut behandelt, haben wir nur dem Geschäft zu verdanken, das wir auf mein Betreiben hin abgeschlossen haben.«

»Von dem ich aber keinen Gebrauch gemacht habe.«

»Und das werdet Ihr auch nicht!« Sie rutschte, behindert durch ihre weiten Röcke, unbeholfen vom Bett, als der alte Schmerz und ihre Selbstverachtung in ihr aufstiegen. »Ich lasse mich lieber wieder in die winzige, stickige Zelle sperren, als jetzt noch bei Euch zu bleiben.«

»Was, um Himmels willen, hat diesen Sinneswandel bei Euch bewirkt?« verlangte er zu wissen.

»Daß Ihr mich jetzt als Hure anseht.«

»Nichts läge mir ferner, Rebecca!« beteuerte er. »Ich dachte bisher nur...«

»Daß ich noch unberührt sei«, sagte sie, als er den Satz nicht beendete. »Und es stört Euch, daß ich es nicht bin, nicht wahr? Gebt es zu!«

»Zum Teufel, ja, es stört mich. Warum habt Ihr mir die ganze Zeit die Unschuld vom Lande vorgespielt?«

»Ich habe nie gesagt, daß ich unerfahren sei.« Sie setzte sich und faltete die Hände im Schoß. Ihr Zorn war verraucht. Warum war sie überhaupt zornig gewesen? Was bedeutete er ihr schon? Was könnte er ihr je bedeuten? »Wißt Ihr, daß Ihr ohne Akzent sprecht, wenn Ihr wütend seid?«

»Das ist Euch aufgefallen?« fragte er erschrocken.

»O ja.« Sie schaute ihn flehend an. »Bitte laßt uns gehen«, sagte sie leise.

»Das kann ich nicht, Lady.« Er setzte sich in seinen Drehstuhl. »Ihr seid zu wertvoll für mich.«

»Ich? Wenn es nur um mich ginge, würde mein Vater kaum das Lösegeld bezahlen.«

»Was ist geschehen, Rebecca?« fragte er.

Sein Gesicht drückte aufrichtige Anteilnahme aus, und Rebecca hatte plötzlich das Gefühl, ihm vertrauen zu können. Ein seltsames Gefühl gegenüber einem Piraten. »Ich... nun, Ihr könnt es ruhig wissen. Als ich meinen Sohn bekam, war ich siebzehn. Mein Vater schickte mich, bevor die Schwangerschaft offensichtlich wurde, zur Familie meiner Mutter aufs Land. Er wollte, daß ich das Kind nach der Geburt weggebe und dann nach Georgetown zurückkehrte, als sei nichts geschehen.«

»Der Vater...«

»Er ist tot«, fiel sie ihm ins Wort, und das entsprach inzwischen auch der Wahrheit.

»Das tut mir leid.«

»Danke.« Sie atmete tief durch. »Das alles ist lange her. Ich träume nur manchmal davon, wenn ich mich über irgend etwas aufgeregt habe.«

»Und heute nachmittag habt Ihr Euch über Eure Schwester aufgeregt. Schaut nicht so erstaunt, Lady, ich bin über alles unterrichtet, was auf meinem Schiff vor sich geht«, sagte er, als sie überrascht blinzelte.

»Offenbar.« Rebecca machte sich daran, ihren Rock in schmale, exakte Fältchen zu legen. »Es tut mir leid, daß ich Euch geweckt habe.«

»Ihr habt herzzerreißend geweint, Lady«, sagte er mit einem seltsamen Unterton. »Um Euren Sohn? Was ist mit ihm geschehen?«

Der Schmerz fuhr ihr wie ein Messer ins Herz, und sie atmete tief durch, um ihm entgegenzuwirken. Nach all dieser Zeit hätte man erwarten können, daß er nicht mehr so schlimm wäre, doch er hatte nichts von seiner Intensität verloren. »Er war so ein schönes Baby«, schwelgte sie in Erinnerung an den Augenblick, als ihr Sohn ihr zum erstenmal in den Arm gelegt wurde, den Augenblick, der sie für die ihm vorangegangenen, schwierigen Monate mehr als entschädigte. »Gesund, blond wie sein Vater und friedfertig. Meistens zumindest.« Sie lächelte wehmütig. »Ich blieb auf dem Land, um ihn behalten zu können. Es kümmerte mich nicht, was mein Vater sagte.« Sie hob den Blick, und er sah Empörung darin lodern. »Es war nichts Sündhaftes an ihm, nichts Beschämendes. Als er drei Monate alt war, begann er zu brabbeln, und er lächelte jeden an, streckte einem die Ärmchen entgegen, wenn man in seine Nähe kam, und…«

»Und?« hakte er nach, als sie nicht weitersprach. »Ihr mußtet ihn zurücklassen, als Ihr nach England aufbracht?«

»Sozusagen.«

Wieder atmete sie tief durch, wappnete sich für das Kommende. Es war lange her, daß sie darüber gesprochen hatte, daß sie sich gestattet hatte, sich daran zu erinnern.

»Er starb.«

»Jesus!«

»Es gab keinen Grund, keinen Hinweis darauf, daß es passieren würde«, fuhr sie, in ihrem Entsetzen und ihren Schuldgefühlen gefangen, wie gehetzt fort. »Am Abend war er noch kerngesund, und als ich ihn am nächsten Morgen aus seiner Wiege heben wollte, atmete er nicht mehr.«

»Jesus!« Brendan streckte ihr unwillkürlich die Hand hin, als er den verlorenen Ausdruck in ihren Augen sah.

»Es geht schon, danke. Obwohl es lange her ist, frage ich mich noch immer, ob ich hätte verhindern können, daß er krank würde, doch sooft ich auch darüber nachdenke – es fällt mir nichts ein, was ich falsch gemacht haben könnte. Ich habe ihn saubergehalten, ihn gestillt, darauf geachtet, daß er nicht fror…«

»Rebecca…«

»Faßt mich nicht an!« Sie fuhr zurück. »Er war… tot. Und ich bin schuld daran.«

»Warum?«

»Weil ich in der Nacht nicht aufstand, um nach ihm zu sehen.«

»Weinte er denn?«

»Nein«, antwortete sie. »Aber ich hätte trotzdem nach ihm sehen sollen.«

»Ihr konntet doch nicht wissen, daß etwas mit ihm war.«

»Ich war seine Mutter – ich hätte es wissen müssen!«

»Es tut mir leid«, sagte er unbeholfen.

Sie dankte ihm mit einem Nicken. »Es war schrecklich. Danach ging ich nach Georgetown zurück. Niemand wußte etwas, aber es wurde allenthalben getuschelt. Mein Vater fühlte sich durch mich entehrt.«

»Zum Teufel mit Eurem Vater!« brauste er auf. »Ihr hattet Euer Kind verloren! Hat der Mann denn kein Herz?«

»Ihr versteht das nicht«, sagte sie. »Aber das spielt keine Rolle. Es gehört der Vergangenheit an.«

»Wenn es so ist, warum hat Euer Vater Euch dann fortgeschickt?«

»Das hatte damit nichts zu tun«, erwiderte sie scheinbar leichthin.

»Nein?«

»Nein. Und um ehrlich zu sein – ich empfinde es als Erlösung, die Gelegenheit zu einem neuen Anfang bekommen zu haben.«

Brendan runzelte die Stirn. Ihr fast heiterer Tonfall vermochte ihn nicht über den Schmerz hinwegzutäuschen, den sie darunter verbarg. Sie hatte sich auf einen neuen Anfang gefreut, und er war ihr, noch ehe sie ihn in Angriff nehmen konnte, in die Parade gefahren, indem er sie gefangennahm, was er nicht nur um ihretwillen bedauerte. Er kam allmählich zu der Überzeugung, daß die Geiselnahme Rebeccas zu den schlimmsten Fehlern seines Lebens zu rechnen war. »Es ist spät, Lady«, sagte er, gerade noch rechtzeitig daran denkend, seinen Akzent beizubehalten. Hätte sie ihn nicht darauf aufmerksam gemacht, wäre ihm nie aufgefallen, daß er ihn verlor, wenn ihn wie auch immer geartete Gefühle übermannten. Allerdings hatten ihn, bevor sie an Bord kam, kaum je irgendwelche Gefühle übermannt. »Wir sollten beide noch ein wenig schlafen.«

»Ich ... ja.« Unsicherheit stand in ihren Augen, als sie sich erhob. »Ich ... wir haben einen Handel abgeschlossen.«

Er hatte sich daran gemacht, den Lampendocht herunterzudrehen. Jetzt hielt er verblüfft inne. »Ich werde Euch nicht anrühren, Lady, es sei denn, Ihr wünscht es.«

»Hört, hört, ein galanter Pirat!«

»Nein, Lady«, widersprach er sanft, denn er hatte inzwischen begriffen, daß Spott ihre Waffe gegen Schmerz war. »Nicht galant – nur müde. Wie Ihr auch.« Und außerdem konnte er sich im Moment nicht vorstellen, sie begehrlich zu liebkosen. Er sah sie plötzlich nicht mehr nur als unbequeme Geisel oder unerwartet amüsanten Zeitvertreib. Sie war eine Frau mit Kümmernissen und Träumen, und er war, wie er sich immer wieder vor Augen hielt, ein Mann von Ehre. »Geht zu Bett, Lady. Ich werde mich für eine Weile an Deck verfügen.«

Sie rührte sich nicht. »Ich ... wäre es Euch lieber, wenn ich in die Kabine meiner Schwester übersiedelte?«

»Nein, Lady«, sagte er, obwohl ihm das sein Leben erheblich erleichtern würde. »Geht zu Bett.« Damit ging er hinaus.

Rebecca starrte die Tür an und ließ sich langsam auf die Bettkante sinken. Er hatte sie nicht eingeschlossen, doch das spielte keine Rolle mehr. Wohin hätte sie gehen sollen? Außerdem fühlte sie sich, seit sie an Bord der *Raven* gekommen war, zum erstenmal seit Jahren wieder richtig lebendig. Und das hatte ein Pirat bewirkt!

»O nein, das kommt nicht in Frage!« ermahnte sie sich laut, erhob sich und begann in der Kabine auf und ab zu gehen. Sie würde sich nicht gestatten, Gefühle für einen Piraten zu entwickeln – wenn sie auch zugeben mußte, daß er nicht der Vorstellung entsprach, die sie von Piraten hatte. Stirnrunzelnd fuhr sie mit dem Daumen über ihre Lippen. Er hatte keinen Gebrauch von ihrem Angebot gemacht, das Bett mit ihm zu teilen, er war belesen, klug, humorvoll und hatte, als sie sich ihren Kummer über Robbies Tod von der Seele redete, eine überraschend tiefe Anteilnahme gezeigt. Natürlich hatte ihre

Geschichte ihn auch schockiert, aber das war verständlich. Nein, sein Verhalten paßte wirklich nicht zu einem Piraten. Wer war Brendan Fitzpatrick?

Sie ging zum Bett zurück, löste geistesabwesend ihr Haar und flocht es zu einem dicken Zopf. Für gewöhnlich fühlte sie sich, wenn sie von Robbie geträumt hatte, noch lange elend und schuldbewußt. Heute nicht. Heute war sie durch einen Piraten abgelenkt. Nein, das durfte nicht sein! Mit schnellen, energischen Bewegungen schälte sie sich aus ihrem zerknitterten grauen Kleid, bedachte es mit einer Grimasse und streifte ihr Nachthemd über. Was sie in der Vergangenheit gemacht hatte, ließ sich nicht mehr korrigieren, so verzweifelt sie sich das auch wünschen mochte – doch sie würde auf keinen Fall mit dem Raben den Fehler wiederholen, den sie einmal begangen hatte.

Mit entschlossen aufeinandergepreßten Lippen machte sie das Licht aus, legte sich ins Bett und verschränkte die Arme über der Brust. Sie hatte heute nacht zwar eine Seite des Raben kennengelernt, die sicherlich nicht viele kannten, doch das durfte sie nicht vergessen lassen, daß sie seine Geisel und er ein Pirat war.

Langsam, fast als zögere sie, erschien die Sonne, stieg höher und höher, bis sie als glutrote Scheibe über dem Horizont an dem noch morgenblassen Himmel hing. Brendan nahm das grandiose Naturschauspiel nicht wahr. Hoch oben auf dem Fockmast hockend, starrte er nach achtern durch sein Fernrohr, nach Norden, wo er ein paar Augenblicke zuvor am Horizont das inzwischen bekannte, quadratische Segel hatte aufleuchten sehen. Jetzt war es wieder verschwunden, aber es war da. Er spürte es, und es gefiel ihm ganz und gar nicht, denn immerhin hatten sie in der Nacht den Kurs geändert, um dem Verfolger zu entkommen.

Der Wind drehte sich, und Brendan schaute stirnrunzelnd zum Oberbramsegel, dem höchsten auf dem Schiff, hinauf.

Sie machten immer noch gute Fahrt, aber mit Rückenwind könnte ein großer Rahsegler selbst die schnelle *Raven* ohne Schwierigkeiten einholen. Wenn das geschähe, wäre mehr als seine Freiheit gefährdet.

Wer immer ihnen da auf den Fersen war, mußte abgeschüttelt werden. Brendan griff sich eine Leine und glitt daran zum Deck hinunter. »Ich übernehme das Ruder«, sagte er zu dem Mann am Steuer und griff entschlossen in die Speichen. »Macht euch zu einer Kursänderung bereit.«

»Aye, aye, Cap'n.« Starkey, der wachhabende Maat, gab den Befehl an die Matrosen weiter. Sie eilten auf ihre Positionen, entrollten die Leinen, die die waagrechten Segelstangen und das große Hauptsegel sicherten, und warteten dann auf seinen Befehl.

»Klar zum Halsen.«

»Klar zum Halsen!« rief Starkey der Mannschaft zu. Brendans Blick war auf die Segel geheftet. Jetzt kam es darauf an, den Wind, die Strömung und sein Schiff richtig einzuschätzen. »Gleich ist es soweit«, sagte er. »Gleich. Jetzt! Hart bei Lee!« Und damit änderte er den Kurs der *Raven* um neunzig Grad. Der Großbaum schwang herüber, die Nocken knarzten protestierend, und einen Moment lang knatterten die Segel beängstigend. Dann fingen sie den Wind ein und blähten sich, zeichneten sich prall und weiß gegen den allmählich blau werdenden Himmel ab.

Brendan übergab das Ruder wieder an den Steuermann. »Halte den Kurs«, sagte er, trat einen Schritt zurück und schaute, die Beine gespreizt und die Hände in die Seiten gestemmt, mit zusammengekniffenen Augen prüfend zu den Segeln hinauf. Ja – das Manöver war geglückt, und der Wind war mit ihnen. Die *Raven* würde dem Geisterschiff davonsegeln.

Zufrieden mit sich ging Brendan mit großen Schritten über das Deck zu der Luke, die nach unten führte. Es war Zeit, zu frühstücken. Das bedeutete auch, Rebecca wiederzusehen.

Bei dem Gedanken daran runzelte er die Stirn, als er die Kajüttreppe hinunterstieg. In welcher Verfassung würde er sie heute morgen antreffen? fragte er sich, als er vor der Kabinentür ankam, und fuhr sich nervös mit der Hand durch die Haare. Und wie sollte er mit ihr umgehen? Das Problem Rebecca Talbot wurde zusehends größer.

Die Tür der Kombüse öffnete sich, und Tyner erschien mit einem tiefen Zinnteller in der Hand. »Morgen, Cap'n. Wollt Ihr frühstücken?«

»Ja. Ist das für sie?« fragte Brendan.

»Für Miß Rebecca? Nein. Für ihre Schwester.« Tyners Miene verfinsterte sich. »Sie ist ganz schön aufgebracht, die Kleine. Fing bei sechs Glasen an, an ihre Tür zu hämmern, und verlangte, freigelassen zu werden.«

»Sieh an, sieh an.« Brendan schaute nachdenklich zu der Tür am Ende des Ganges hinunter. Dann nickte er. »Gib mir den, Tyner.« Er streckte die Hand nach dem Teller aus. »Ich glaube, es ist an der Zeit, daß Miß Amelia und ich uns unterhalten.«

»Er ist verschwunden!« rief der Ausguck an Bord der HMS *Cardiff* aus dem Krähennest herunter.

Captain Lancaster runzelte die Stirn. »In welcher Richtung?«

»Südwärts, Cap'n.«

»Südwärts«, murmelte Lancaster. »Könnte ein Handelsschiff auf dem Weg nach Brasilien sein.«

»Nein.« Lieutenant Dee, der neben ihm stand, schüttelte den Kopf. »Es ist der Rabe, und wir dürfen ihn nicht entkommen lassen. Ändert den Kurs, Captain. Südwärts.«

Lancaster bedachte den Soldaten mit dem jungen Gesicht und den alten, fanatischen Augen mit einem zweifelnden Blick. »Das Kommando habe immer noch ich, Lieutenant«, sagte er trocken, »und die Entscheidung zu einer Kursänderung ist allein meine Sache.«

»Da gibt es nichts zu entscheiden.« Haß loderte in Dees Augen. »Wenn Ihr ihn fangt, werdet Ihr als Held gefeiert. Tut Ihr es nicht...«

Lancaster wurde nachdenklich, als Dee den Satz unbeendet in der Luft hängen ließ. Was der Mann sagte, war nicht von der Hand zu weisen. In Kriegszeiten konnte man sehr schnell befördert werden, wenn man sich entsprechend hervortat, doch Lancaster hatte erst nach der Schlacht bei Trafalgar ein Kommando bekommen, in der die Briten allen ihre Überlegenheit bewiesen hatten. Sein Krieg hatte in der vergleichsweise ruhigen Karibik stattgefunden, wo es wenig Chancen gab, sich hervorzutun. Er befehligte noch immer das Schiff vierter Klasse, auf dem er angefangen hatte, obwohl allen klar sein müßte, daß er inzwischen ausgezeichnet mit einem Schiff erster Klasse zurechtkommen würde. Das verdankte er seinen Feinden bei der Admiralität, dachte er bitter. Aber wenn er eine Prise wie die *Raven* vorzuweisen hätte... »Lieutenant Burke!« bellte er, und sein erster Offizier, der auf dem Hauptdeck stand, fuhr herum.

»Ja, Sir?« fragte er, zum Achterdeck heraufschauend. »Wir ändern den Kurs in Richtung Süden.«

»Aye, aye, Captain.«

»Wir kriegen ihn.« Lancaster lächelte Dee grimmig an. »Verlassen Sie sich darauf.«

Das Lächeln, mit dem Dee ihm antwortete, ließ das Feuer in seinen Augen noch höher lodern. »Ja, wir kriegen ihn.«

Der Zinnteller rutschte im Rhythmus der Schiffsbewegungen auf dem Tisch in der Kapitänskajüte hin und her, und jedesmal schwappte etwas von seinem Inhalt über den Rand. Hätte das umlaufende Geländer ihn nicht daran gehindert, wäre er heruntergefallen. Rebecca beobachtete ihn, den Kopf in die Hand gestützt, ohne ihn richtig wahrzunehmen.

Die Tür öffnete sich, und Rebecca schaute mit dem gleichen Desinteresse auf, mit dem sie ihr Frühstück gestraft hatte. Tyner stand dort, aber hinter ihm... »Amelia!« rief sie atemlos und sprang, für den Moment alles andere vergessend, auf.

»Becky!« Amelia blieb mit zerknirschter Miene im Türrahmen stehen. »Es tut mir so leid! Kannst du mir verzeihen?«

»Oh, Melia!« Rebecca flog auf sie zu, schloß sie in die Arme und zog sie in die Kabine. Sie merkte kaum, daß Tyner hinausging und hinter sich absperrte. »Natürlich kann ich das. Du warst durcheinander. Ich kann verstehen ...«

»Nein.« Amelia rückte von ihr ab und schüttelte den Kopf. »Ich war im Unrecht. Das hat er mir klargemacht.«

»Er? Wer?«

»Der Rabe. O Becky, als er heute früh in meine Kabine kam, blickte er so finster drein, daß mir angst und bange wurde. Ich rechnete mit dem Schlimmsten.«

»Hat er dir etwas getan?« fragte Rebecca, wider Willen von Amelias dramatischer Schilderung gefangengenommen. Natürlich hatte Brendan ihrer Schwester nichts getan.

»Nein.« Amelia schaute auf ihre Füße hinunter. »Aber er hat mir die Leviten gelesen.«

»Die Leviten gelesen«, echote Rebecca stirnrunzelnd und nahm sie bei der Hand. »Komm, setzen wir uns ans Fenster. Was hatte er denn an dir auszusetzen?«

Amelia ließ sich neben ihr auf der Bank unter dem Heckfenster nieder. »Die Art und Weise, wie ich mit dir umgegangen bin. Und ich muß sagen, ich habe seinen Tadel verdient.«

Von Gewissensbissen gepeinigt, starrte Rebecca vor sich hin. »Alles, was du über mich gesagt hast, entsprach der Wahrheit.«

»O nein!« Amelia beugte sich zu ihr herüber und nahm ihre Hände. »Er hat mir die Augen geöffnet.«

»Was hat er denn gesagt?« fragte Rebecca. Sie konnte ihre Schwester noch immer nicht ansehen. Was in aller Welt hatte den Raben veranlaßt, sie zu verteidigen?

»Daß du in seine Kabine gezogen bist, um mich vor Schaden zu bewahren.«

»Das hatte ich dir bereits vor ihm erklärt, Melia.« – »Ja, ich weiß.« Jetzt war es an Amelia, die Augen niederzuschlagen. »Er hat mir auch gesagt, daß du dich ihm bei jeder Gelegenheit widersetzt hast. O Becky!« Amelia hob den Blick und schaute Rebecca mit großen, in Tränen schwimmenden Augen an. »Wie mutig von dir!«

Warum hatte er Amelia angelogen? Immerhin hatte sie seinen Kuß nicht nur erduldet, sondern erwidert, und ansonsten hatte er sich in Zurückhaltung geübt – sie war gar nicht in die Verlegenheit gekommen, sich ihm widersetzen zu müssen. Ein niederschmetternder Gedanke: Nicht einmal ein Pirat fand sie noch anziehend genug, um sie in sein Bett zu holen. »Ob das mutig war, weiß ich nicht«, erwiderte sie langsam. Sie konnte ihrer Schwester unmöglich die Wahrheit sagen. »Ich mußte es einfach tun. Aber nun zu dir.« Endlich brachte sie es über sich, Amelia ins Gesicht zu sehen. »Bist du gut behandelt worden?«

»O ja, da kann ich nicht klagen. Aber ich hatte große Angst.« Rebecca zog sie in ihre Arme. »Die habe ich auch, aber ich glaube, wir haben nichts zu befürchten. Ich denke ...«

Die Tür öffnete sich und Tyner kam herein. »Wollt Ihr heute überhaupt nicht frühstücken, Miß?«

Rebecca schaute ihn einen Moment lang verständnislos an, doch dann erinnerte sie sich, daß sie ihr Essen nicht angerührt hatte. »Nein, danke, Tyner. Darf meine Schwester bei mir bleiben?«

»Ja, Miß, eine Weile zumindest. Seid Ihr sicher, daß Ihr nichts essen wollt?«

»Ja ... Nein!« korrigierte sie sich, als sie urplötzlich einen regelrechten Heißhunger verspürte. »Oh, ich danke Euch, Tyner!«

»Mir, Miß?« fragte er verdutzt. »Es war nicht meine Idee.« Er verließ die Kabine und sperrte hinter sich ab.

Rebecca konnte den Tag mit ihrer Schwester ungestört genießen, denn Brendan ließ sich dankenswerterweise nicht sehen. Daß sie sich am Abend, nachdem Amelia in ihre Kabine zurückgekehrt war, ein wenig einsam fühlte, war ganz natürlich, sagte sie sich, als sie sich bettfertig machte. Die Möglichkeit, daß sie sich nach dem Piraten sehnte, schob sie als absurd beiseite. Sie war doch heilfroh, daß er sie in Ruhe ließ – daß er bisher keinen Gebrauch von ihrem Angebot gemacht hatte. Warum lag sie dann schlaflos im Bett und wartete auf ihn?

Als sich endlich der Schlüssel im Schloß drehte und gleich darauf leise die Tür geöffnet wurde, hatte es kurz zuvor fünf Glasen geläutet, was nach Festlandzeit halb elf bedeutete. Rebecca wollte sich eigentlich schlafend stellen, doch als sie Zunder auf Feuerstein treffen hörte, richtete sie sich halb auf und stützte sich auf einen Ellbogen. »Hallo.«

Brendan schaute überrascht zu ihr herüber. Sein Haar war windzerzaust, sein Hemd wie üblich halb offen. Ein schmerzähnelndes Gefühl durchfuhr sie. Pirat oder nicht – er war der anziehendste Mann, den sie je gesehen hatte. »Ich dachte, Ihr schlaft«, sagte er.

»Ich habe es versucht, aber ich bin innerlich zu unruhig.«

Wenn es danach ging, würde er in dieser Nacht wohl auch keinen Schlaf finden – nicht mit Rebeccas Bild vor Augen, die in ihrem züchtig hochgeschlossenen Rüschennachthemd wie ein junges Mädchen aussah und... Es durchfuhr ihn wie ein Blitz: Sie hatte ihre Haare nicht geflochten! »Legt Euch trotzdem wieder hin.« Um seine Gefühle zu verbergen, bediente er sich eines so barschen Tonfalls, daß Rebecca sich vor Schreck augenblicklich nach hinten fallen ließ. Er hatte sich abgewendet, um seine Fassung zurückzugewinnen, doch irgend etwas zwang ihn, sich wieder zu ihr umzudrehen. O Gott – ihr Haar züngelte tatsächlich wie flüssiges Feuer über das weiße Kopfkissen! »Ihr habt Euer Haar nicht geflochten«, hörte er sich sagen.

»Wirklich? Oh!« Sie setzte sich auf und hob die Hände, um das Versäumte nachzuholen, was ihre Brüste in atemberaubender Weise in Bewegung setzte. Er schaute hastig weg und schluckte trocken. »Ich hatte so viel im Kopf, daß ich es ganz vergessen habe. Ich muß mich noch bei Euch bedanken, Captain.«

»Tut das nicht.«

Sie schaute ihn verdutzt an. »Mich bedanken?«

»Euer Haar flechten.«

Ihre Hände hielten inne. »Ist das ein Befehl?«

»Ja.« Der heiser-zärtliche Tonfall seiner Stimme entsetzte ihn. Er durfte nicht zulassen, daß sie ihn derart aufwühlte! »Und auf einem Piratenschiff zeitigt die Mißachtung eines Befehls eine strenge Bestrafung.«

Ein Lächeln breitete sich auf ihrem Gesicht aus. »Ihr redet Unsinn, Captain«, sagte sie, kämmte jedoch mit gespreizten Fingern die Haare durch, die sie gerade erst geflochten hatte. Seine Augen verfolgten jede ihrer Bewegungen. Gott helfe ihm – er konnte den Blick nicht von ihren herrlichen Haaren und den Brüsten wenden, die sich unter dem Nachthemd hoben und senkten. Er fragte sich, ob sie sich ihrer Wirkung auf ihn bewußt war, ob ihr erster Liebhaber sie gelehrt hatte…

Brendan wandte sich abrupt ab. Er wollte sie sich nicht mit einem anderen Mann vorstellen, nicht einmal mit einem aus ihrer Vergangenheit. Daß es geschehen war, konnte er akzeptieren – schließlich berechtigte sein Lebenswandel ihn nicht dazu, sich als Moralapostel zu gebärden –, aber daß ein anderer sie berührt, diese Haare gestreichelt, ihre vollen, weichen Lippen geküßt hatte, nein, das konnte er nicht akzeptieren. Teufel auch, sie gehörte ihm, dachte er, und drehte sich wieder zu ihr um. »Ihr spielt mit dem Feuer«, sagte er.

Sie blinzelte verwirrt. »Ich? Wieso?«

»Angeblich wollt Ihr doch nichts mit mir zu schaffen haben. Warum empfangt Ihr mich dann in diesem verführerischen Nachthemd und mit offenen Haaren?«

Sie starrte ihn erschrocken an und raffte die Decke bis über ihre Brüste hoch. »Es… es tut mir leid. Ich hatte nicht die Absicht…«

Er eilte zu ihr, setzte sich auf die Bettkante und streckte die Hand aus, um ihre Wange zu streicheln. Rebecca wich zurück, doch er fuhr mit der Liebkosung fort, denn er hatte das Bedürfnis, etwas zu tun, um den Schmerz in ihren Augen und in seinem Herzen zu lindern.

»Ich… ich wollte nicht lüstern erscheinen«, flüsterte sie, den Blick auf ihre Hände gerichtet, die die Decke so fest umklammert hielten, daß die Fingerknöchel weiß hervortraten.

»Das habt Ihr doch gar nicht getan, *leannan*«, versuchte er sie zu beruhigen und legte seine Hand auf ihre Hände, unter denen sich ihre Brüste hoben und senkten. »Ich war nur wütend.«

»Warum?« fragte sie.

»Weil mich der Gedanke an ihn quält.« Er sprang auf und begann, auf und ab zu gehen.

»An ihn?«

»Euren Liebhaber.«

»Aber weshalb?«

»Ich weiß es nicht, aber es ist so.« Er blieb stehen und wandte sich zu ihr zu. »Es ist so.«

»Wie seltsam«, murmelte sie. »Es ist doch so lange her.«

»Ich weiß.«

»Mehr als sieben Jahre.« Sie schien noch etwas hinzufügen zu wollen, überlegte es sich jedoch anders und wechselte das Thema: »Ich muß mich wirklich bei Euch bedanken, Captain.«

»Dafür, daß ich Euch beleidigt habe?«

»Seid nicht albern. Dafür, daß Ihr mir erlaubt habt, meine Schwester zu sehen.«

»Nun, das habt Ihr Euch mit Eurem Sieg im Schach erspielt.«

»Und dafür, daß Ihr mich ihr gegenüber verteidigt habt.«

»Ich habe ihr nur die Wahrheit gesagt. Aber ich habe ihr verschwiegen, wie sehr ich Euch begehre.«

»Oh!« Ihre großen Augen wurden vor Überraschung noch größer.

Er baute sich mit in die Seiten gestemmten Händen vor ihr auf und schaute anklagend auf sie hinunter. »Was habt Ihr nur mit mir gemacht, Rebecca? Wißt Ihr, was ich heute getan habe, anstatt mich auf mein Schiff zu konzentrieren? Ich habe Euch vor mir gesehen, daran gedacht, wie Eure Lippen schmeckten, wie Ihr Euch in meinen Armen anfühltet, wie Ihr Euch in meinem Bett anfühlen würdet. Wagt es ja nicht, über mich zu lachen!« grollte er, als sie sich auf die Unterlippe biß.

»Das tue ich nicht.« Sie starrte ihn mit aufgerissenen Augen an. »Ich bin nur völlig überrascht. Bisher hatte ich den Eindruck, daß Ihr mich nicht im mindesten anziehend fändet...«

»Ich werde dir zeigen, wie anziehend ich dich finde!« sagte er heiser, setzte sich aufs Bett, packte sie bei den Schultern und riß sie an sich.

9

Rebecca stieß einen leisen Überraschungslaut aus und versteifte sich, doch nach einer Schrecksekunde überließ sie sich willig seiner Umarmung. Ah, wie gut es tat, ihre Brüste an seiner Brust zu spüren, ihre weichen Lippen, die sich unter den seinen öffneten. Es war kein sanfter Kuß, sondern ein fordernder, besitzergreifender, mit dem er alle Gedanken an den anderen Mann aus ihrem Kopf vertreiben wollte – und aus seinem. Brutal stieß er ihr seine Zunge in den Mund und spürte, wie sich ihre Finger in seine Schulterblätter gruben und sie sich an ihn preßte. Sie war die Seine, das sagte ihm sein Herz, sie gehörte ihm und niemandem sonst. Sein Kuß wurde sanfter, fast verspielt, und dann überschüttete er ihre Wangen und ihre Nase mit kleinen Küssen. »Du gehörst mir«, murmelte er, während sein Mund, leicht an ihrer zarten Haut saugend, an ihrer Kehle abwärts wanderte. »Mir.«

»Ja«, hauchte sie atemlos und bog ihren Kopf nach hinten. Er richtete sich auf und schaute auf sie hinunter. »Sag es!«

»Ich ... ich gehöre dir.«

»Ja, *leannan«,* flüsterte er dicht an ihren Lippen, »das tust du.« Ihre Finger umklammerten seine Schultern, als seine Hand von ihrem Rücken nach vorne wanderte und sanft ihre Brust umschloß. »Ich ... oh!«

»Gefällt dir das, *leannan?«* fragte er mit heiserer Stimme und strich mit dem Daumen über ihre Brustwarze.

»Ich ... ja ... ich wußte nicht ...«

Ihre Augen waren geschlossen, ihre Züge rosig überhaucht.

»Was, mein Mädchen?«

»Nichts.«

»Was wußtest du nicht?« Er nahm die Brustwarze zwischen

Daumen und Zeigefinger und hörte triumphierend, wie Rebecca scharf die Luft einzog. Dieser andere Mann mußte bemerkenswert ungeschickt gewesen sein, daß er sie nicht in die Freuden der Liebe eingeführt hatte, aber er war ihm dankbar dafür, denn so war in gewisser Weise doch er, Brendan, der Erste. »Daß es so guttun kann?«

»Das … das sollte es nicht.«

Er lehnte sich zurück, um sie zu betrachten, um seine Hände zu sehen, die sie nun beide liebkosten. Rebeccas gepreßt klingende Stimme und ihr vor Erregung gerötetes Gesicht bereiteten ihm eine tiefe Befriedigung. »Doch, mein Mädchen, das soll es.«

»Eine anständige Frau würde nicht so empfinden.«

»Rebecca.« Seine Hände hielten inne, und sie stieß einen leisen Protestlaut aus, und dann öffneten sich flatternd ihre Lider, als er ihr Gesicht umfaßte. Ja, er war wirklich ungeschickt gewesen, dieser andere Mann, und ein Narr. »Du bist eine durch und durch anständige Frau.«

Ihre Augen, dunkel vor Leidenschaft, hatten die Farbe eines sturmgepeitschten Meeres. »Das sagst du als Pirat?«

Auflachend zog er sie an sich und wiegte sich mit ihr vor und zurück. »Ja, das sage ich als Pirat. Du bist eine Freude, Rebecca.«

»Es war immer mein Traum, eines Tages einmal einem Piraten Freude zu bereiten«, sagte sie, an seine Brust geschmiegt, mit undeutlicher Stimme, und er lachte wieder. »Nun, das hat sich erfüllt.« Brendan hob ihr Kinn mit dem Finger an. »Ich glaube … zum Teufel!« brüllte er, als es an der Tür klopfte. »Wer ist da?«

»Ich, Cap'n«, antwortete Tyner ungerührt von draußen. »Der Ausguck hat nördlich von uns Lichter entdeckt.«

»Verdammt!« Brendan stand auf und fuhr sich mit der Hand durch die Haare. »Ich komme gleich, Tyner«, rief er und sagte, die Stimme senkend, zu Rebecca: »Ich möchte wissen, warum das immer passieren muß, wenn wir …«

»Lichter?« fiel Rebecca ihm ins Wort. Mit ihren leuchtenden Augen, ihrer zerzausten Haarflut und den fiebrigen Wangen bot sie einen so verführerischen Anblick, daß er beinahe versucht war, seine Pflichten zu vergessen. »Ein anderes Schiff?«

»Ja. Es hat uns schon den ganzen Tag verfolgt.« Er stopfte sein Hemd in die Hose, und prompt fiel ihm ein, wie Rebecca in ihrer Erregung daran gezerrt hatte, und eine Welle des Verlangens rauschte durch seine Adern. »Ein Glück, daß es dunkel ist, sonst könnte ich die Kabine jetzt gar nicht verlassen!«

»Warum denn nicht?« Ihr Blick wanderte an seinem Körper hinunter, und als sie sah, was er meinte, errötete sie noch tiefer. »Oh!« rief sie und schaute hastig weg.

»Ja, das ist dein Werk!« Er nahm ihr Gesicht in die Hände, und küßte sie auf die geschwollenen Lippen. »Leg dich schlafen. Ich habe keine Ahnung, wie lange ich oben bleiben muß.«

»Aber ...«

»Leg dich schlafen, mein Mädchen«, sagte er noch einmal und schloß die Tür hinter sich.

Draußen auf dem Flur atmete Brendan tief durch. Wenn die Lage nicht so ernst wäre, hätte er sich jetzt zu Rebecca ins Bett gesellt und sie nach allen Regeln der Kunst gänzlich zu der Seinen gemacht. Er kam sich vor wie ein halbwüchsiger Junge, den die Berührung seiner ersten Frau um den Verstand brachte.

Als er an Deck kam, schwand sein Grinsen. »Im Norden?« Sam nickte und reichte ihm das Fernrohr. Tatsächlich – wenn auch weit entfernt, so waren es doch eindeutig die Lichter eines Schiffes. Verdammt! Wer jagte ihn da? Achselzuckend gab er Sam das Fernrohr zurück. »Wir können nichts anderes tun, als weitersegeln.«

Er steckte die Hände in die Taschen und schlenderte zum Ruderhaus. Ein prüfender Blick in die Höhe zeigte ihm geblähte Segel. Sie machten etwa acht Knoten. Das war zwar an sich eine schöne Geschwindigkeit, aber mit einem Verfolger auf den Fersen nicht schnell genug. Das erkannte er daran, daß er aufgeholt hatte. Einerseits beunruhigte ihn das fremde Schiff, aber andererseits war er auch wieder froh darüber. Wenn Tyner sie nicht gestört hätte, läge er jetzt mit Rebecca im Bett, was, so angenehm es sich auch gestaltet hätte, ein Fehler gewesen wäre. Die Tatsache, daß sich jemand auf seine Fährte gesetzt hatte, erinnerte ihn schmerzlich daran, wer er war und wer sie war. Er begehrte sie mit jeder Faser, doch sie war seine Geisel, und er durfte sich nicht gestatten, sich ihr in dieser Weise zu nähern. Sie hatte in ihrem Leben schon soviel durchgemacht er wollte sie nicht auch noch verletzen.

Eine Verwünschung murmelnd, übernahm er das Steuer, und wie immer hob es seine Stimmung, die *Raven* direkt unter Kontrolle zu haben. Er könnte dem anderen Schiff entkommen, daran hegte er kaum Zweifel – aber wie sollte er Rebecca und seinem Verlangen nach ihr entkommen? Er wußte es nicht.

Rebecca drehte sich im Bett auf die Seite und schmiegte die Wange an das Kissen. Blasses Morgenlicht flutete in die Kabine, und sie sah Brendans Silhouette, der sich gerade seine Hose anzog. Noch nicht richtig wach, schloß sie die Augen wieder, doch ihre Lider hoben sich erneut, als hätten sie einen eigenen Willen. Er war dabei, die Knöpfe zu schließen. »Gefällt dir, was du siehst, mein Mädchen?«

Sie fuhr hoch. »Was? Oh! Als ob ich hingeschaut hätte!«

»Natürlich hast du das.« Rebecca hörte, daß er grinste, und vergrub das Gesicht im Kissen. Sie glaubte, vor Verlegenheit sterben zu müssen. Doch dann gewann ihre Neugier die Oberhand und sie hob den Kopf. »Was ist mit dem anderen Schiff?«

»Es kommt näher«, antwortete er mit schmalen Lippen.

Aufgeregt stützte sie sich auf einen Ellbogen und strich ihre Haare nach hinten. Großer Gott – wie sollte sie sie nur durchkämmen? »Wer ist es?«

»Das kann ich noch nicht sagen.«

Doch er war ganz offensichtlich besorgt. »Ist es die britische Marine?«

»Vielleicht.«

»Gut.«

»Gut?« echote er.

Rebecca setzte sich, die Decke züchtig über ihre Brüste hochziehend, im Bett auf. »Ja, natürlich.«

»Hoffst du etwa, daß ich gefangengenommen werde?«

Sie nickte todernst. »Gefangengenommen und gehängt.«

»Das hast du mir schon einmal gewünscht.«

»Und nach dem, was du mir heute nacht angetan hast, verdienst du es um so mehr«, sagte sie streng.

»Rebecca!« Sie mußte den Blick abwenden, um nicht loszulachen. Offenbar war an diesem Morgen nicht nur sie unsicher. »Was habe ich dir denn angetan?«

»Du hast mich verlassen«, erwiderte sie anklagend.

Er hatte offenbar etwas anderes erwartet, denn es dauerte einen Moment, bis er grinsend fragte: »Und du meinst, wir sollten da weitermachen, wo wir gestern aufgehört haben?«

Sie begann zu bedauern, daß sie davon angefangen hatte. »Ich ... ich weiß nicht.«

»Ich schon, mein Mädchen!« Sein Grinsen wurde noch breiter. »Aber du wirst dich bis zum Abend gedulden müssen.«

Innerlich zerrissen schaute sie auf ihre Hände hinunter. Der Anstand und ihre Erziehung verlangten, die Gefühle zu unterdrücken, die er in ihr geweckt hatte, doch tief in ihrem Innern drängte sie etwas, diese Gefühle zuzulassen, sie zu genießen. Noch nie hatte sie sich so lebendig gefühlt – nicht einmal, als Robbie noch lebte. Nur in den Armen eines Piraten. Ihres Piraten.

Sie hob den Blick und schaute ihn bekümmert an. »Es darf nie wieder geschehen.«

Er streckte die Hand aus und streichelte ihre Wange. Die Berührung ließ ihre Haut wie Feuer brennen. »Was darf nie wieder geschehen, mein Mädchen? Daß wir uns küssen oder daß ich dich verlasse?«

»Beides! Keines von beidem! Ach, ich weiß es nicht!« Sie schlug die Hände vors Gesicht, weil sie nicht wußte, was sie mehr fürchtete oder wünschte. »O bitte, laß mich allein!«

Von oben drang schwach ein Ruf herunter: »Segel in Sicht!«

»Verdammt!« Brendan sandte einen feindseligen Blick zur Decke. »Allmählich werde ich wirklich ernsthaft ärgerlich auf dieses Schiff!«

Rebecca schlang die Arme um sich. Sie erinnerte sich plötzlich an den Moment auf dem Deck der *Curlew*, als der Ausguck die *Raven* entdeckt hatte. Seltsamerweise durchschauerte sie jetzt das gleiche Gefühl drohenden Unheils. »Kannst du ihm nicht davonsegeln?«

Brendan, der bereits auf dem Weg zur Tür war, drehte sich verblüfft um. »Willst du mir denn nicht mehr entkommen?«

»Natürlich will ich das!« gab sie energisch zurück. Aber wollte sie das wirklich? Sie war völlig durcheinander.

»Ich werde versuchen, den Verfolger abzuschütteln«, erklärte Brendan. »Aber wenn es mir nicht gelingt, werde ich mich auf keinen Fall kampflos ergeben.«

»Das hätte ich auch nicht erwartet.« Was würde das für sie und Amelia bedeuten? Was würde es für ihn bedeuten? »Also kann es zu einem weiteren Seegefecht kommen! O Gott!«

»Machst du dir Sorgen um mich, Rebecca?«

»Um einen Piraten? Keineswegs.«

Sein Auge blitzte. »Das sagst du nur so.«

»O nein, ich meine es auch. Und jetzt geh endlich.«

»Das muß ich leider, aber wir sehen uns wieder, Rebecca. Heute abend.« Damit ging er hinaus.

Rebecca ließ sich in die Kissen zurückfallen und starrte an die Decke. Heute abend. Hilf Himmel! Sie wollte nicht daran denken, wollte sich nicht an den harten Druck seiner Lippen erinnern, an die Wärme seines Körpers, der ihr so nahe gewesen war, oder daran, wie er ihre Brust liebkost hatte…

Hör auf! ermahnte sie sich nachdrücklich, drehte sich um, und boxte sich das Kopfkissen zurecht. Sie sollte aufstehen, dachte sie. Tyner könnte jederzeit mit dem Frühstück kommen, und ihre Erziehung hatte Genüsse wie langes Schlafen am Morgen nicht zugelassen, aber ihre Bewegungsfreiheit war auf diese Kabine beschränkt, sie hatte keine Pflichten, die das Aufstehen erfordert hätten, und außerdem war das Bett herrlich weich und gemütlich, wie geschaffen zum Nachdenken. Und das tat nach der letzten Nacht bitter not.

Doch schon nach ein paar Minuten schlug sie die Decke zurück und stand auf, denn ihre Gedanken, die sie auf ihre mißliche Lage hatte konzentrieren wollen, wanderten ungehörigerweise immer wieder zu dem ab, was letzte Nacht zwischen Brendan und ihr geschehen war und was heute nacht vielleicht geschehen würde. Ihre Wangen glühten, sie war von einer inneren Unruhe erfüllt, die ihr Unbehagen bereitete, und sie wollte auf keinen Fall in Betracht ziehen, sich mit einem Piraten einzulassen. Auch nicht, wenn dieser Pirat Brendan war.

Während sie sich das Gesicht wusch, wurde ihr plötzlich bewußt, daß sie irgendwann aufgehört hatte, ihn in Gedanken als den Raben zu titulieren und statt dessen seinen Vornamen anwendete, und sie hielt abrupt inne. Diese Entwicklung war nicht günstig. Der Rabe war der Pirat und als solcher kein Umgang für sie – Brendan war einfach nur ein Mann. Das war gefährlich. Sie durfte nie vergessen, wie er in ihr Leben eingegriffen hatte. Ein Gutes hatte ihr verändertes Verhältnis zu ihm allerdings, dachte sie, als sie sich abtrocknete: Sie fürchtete sich nicht mehr vor ihm.

Beim Ankleiden lauschte sie nachdenklich den Geräuschen über ihrem Kopf. Sie hatte sich im Laufe der Woche an die trampelnden Schritte und die Stimmen gewöhnt, aber jetzt waren die Schritte schneller, die Stimmen drängender. Das andere Schiff! Ihre Finger, mit denen sie die Knöpfe des braunen Straßenkleides zu schließen begonnen hatte, verharrten regungslos. Das andere Schiff mußte nahe sein! Welch ein Segen! Die Freiheit rückte in greifbare Nähe – wenn Amelia und ihr nichts geschähe, zumindest. Wenn es doch nur die Möglichkeit gäbe, auf ihrer beider Anwesenheit aufmerksam zu machen.

Sie rief sich in Erinnerung, wie Brendan die Kabine verlassen hatte, und sie glaubte nicht, das Schloß klicken gehört zu haben. Jetzt oder nie!

Sie lief zur Tür. Tatsächlich – sie ließ sich öffnen! Rebecca streckte den Kopf in den Flur hinaus. Es war niemand zu sehen. Sie wagte es nicht, bei ihrer Schwester anzuklopfen – jede Verzögerung könnte ihre Entdeckung bedeuten. Eilends stieg sie die Kajüttreppe hinauf und spähte vorsichtig über den Rand der Luke. Nach ihrem tagelangen, erzwungenen Aufenthalt unter Deck empfand sie die Seeluft als köstlich frisch, und die Sonne, obwohl ein Wolkenschleier davorlag, als so blendend hell, daß sie die Augen zusammenkneifen mußte. Ihr Eindruck war richtig gewesen: Es herrschte Alarmzustand. Ein paar Matrosen hielten aus irgendeinem Grund eine Leine fest, andere kletterten in der Takelage herum. Sie konnte nicht über die Reling hinausschauen, und so stieg sie vorsichtig noch eine Stufe höher. Ja, jetzt hatte sie das Meer voll im Blick. Gespannt blickte sie in die Runde, doch sie konnte das andere Schiff nirgends entdecken.

Eine Welle der Erleichterung durchflutete sie – so stark, daß beinahe ihre Knie nachgaben. Aber sie sollte doch keine Erleichterung empfinden, schalt sie sich gerade, als sie plötzlich am Arm gepackt wurde. »Wie seid Ihr hier heraufgekommen, zum Teufel?« brüllte Brendan.

»Ihr habt vergessen, die Tür abzuschließen, Captain«, erwiderte sie in liebenswürdigem Ton, und ein in der Nähe stehender Matrose kicherte.

Brendans Miene wurde noch finsterer, und er zerrte sie brutal an Deck. »Ich kann das jetzt nicht brauchen. Tyner!« rief er, sie hinter sich her ziehend. Inzwischen waren alle Seeleute aufmerksam geworden und verfolgten das Schauspiel, einige grinsend, andere sogar lauthals lachend.

»Laßt mich los!« protestierte Rebecca. »Es ist nicht nötig, mich festzuhalten.« Sie erwiderte das Lächeln eines Matrosen, der fast noch ein Junge war. »Ich kann schließlich kaum fliehen.«

»Ihr seid wirklich unberechenbar«, grollte er, schleuderte sie gegen das Ruderhaus und übernahm das Steuer. »Bleibt da stehen! Ich habe keine Zeit, Euch in die Kabine zurückzubringen. Sam! Wo steckt Tyner?«

Sam kam zu ihm herüber, und obwohl seine Miene ernst war, blitzte in sein Augen die gleiche Belustigung, wie sie der Rest der Mannschaft an den Tag legte. »Hallo, Sam«, lächelte Rebecca ihn an.

Sam neigte grüßend den Kopf und deutete dann abwärts. »Er ist unten? Dann hol ihn!« Brendan schaute sich zu Rebecca um. »Und ich werde ihm einschärfen, ein Auge auf Euch zu haben.«

»Laßt mich doch hierbleiben! Ich werde Euch bestimmt nicht stören. Ihr werdet nicht einmal merken, daß ich da bin.«

»Kommt nicht in Frage. Ihr geht wieder hinunter.«

»Ich dachte, das andere Schiff sei in der Nähe.«

»Aha.« Zuckte da ein Lächeln um seine Mundwinkel? »Wolltet Ihr über Bord springen und hinschwimmen?«

»Natürlich.«

»Ich warne Euch, Lady, so einfach lasse ich Euch nicht gehen. Aber im Moment ist es müßig, darüber nachzudenken, denn das andere Schiff ist nicht einmal in Sicht.«

In diesem Augenblick blieb Sam, der mit Tyner im Schlepptau das Deck überquerte, wie angewurzelt stehen und starrte an Brendans Schulter vorbei. Brendan folgte seinem Blick und fluchte.

»Was ist denn?« fragte Rebecca.

»Verdammt! Sam – übernimm das Ruder. Wir sind auf dem Wellenkamm«, murmelte er und hob das Fernrohr ans Auge. »Vielleicht ist das der Grund … Hölle und Verdammnis!«

Rebecca packte ihn am Arm, als er das Fernrohr senkte. Einen Moment zuvor hatte sie etwas Weißes am Horizont aufblitzen sehen. »Was ist denn?« fragte sie noch einmal.

»Sie haben den Wind im Rücken«, setzte Brendan sein Selbstgespräch fort, ohne sie zu beachten. »Sam! Klar zum Halsen!« Sam nickte, und Rebecca wurde erneut von dem Gefühl drohenden Unheils durchschauert. »Captain!« beschwor sie Brendan. »Was ist? Sagt es mir!«

»Nun«, er wandte sich ihr zu, und sein blaues Auge blickte sie ausdruckslos an, »es scheint, als könnte sich Euer Wunsch erfüllen.«

»Mein Wunsch?«

»Mich hängen zu sehen. Das da hinten«, erklärte er mit einer Kopfbewegung in die Richtung ihres Verfolgers, »ist ein britisches Kriegsschiff.«

10

Rebecca hockte mit Amelia im Arm in der Kapitänskajüte auf dem Bett, während über ihnen die Vorbereitungen für das Seegefecht getroffen wurden. Es erinnerte sie an die Kaperung der *Curlew* – war das wirklich erst fünf Tage her? –, und doch gab es Unterschiede. Seinerzeit hatte sie Panik in den Stimmen der Mannschaft vernommen, jetzt hörte sie Dringlichkeit darin, aber keine echte Furcht. Sie vermutete, daß Brendan ein wesentlich besserer Seemann war als Kapitän Smithers und daß die *Raven* nicht leicht zu fangen wäre. Eines jedoch war gleichgeblieben: ihre Angst.

Von weit her klang Kanonendonner, und dann folgte ein Platschen in der Nähe, das an Deck Hohn und Spott auslöste. Amelia drängte sich schaudernd noch enger an Rebecca. »Sie schießen auf uns.«

»Aber sie haben nicht getroffen.« Rebecca strich ihr beruhigend übers Haar.

»Ist das andere Schiff viel größer als dieses?«

»Nein«, log Rebecca. Der Wind komme von Norden, und das sei nicht gut, hatte Tyner ihnen erklärt, als er sie zu Brendans Kabine geleitete. Normalerweise könne die *Raven* jedem davonsegeln, aber ein Rahschiff mit Rückenwind habe gute Chancen, sie einzuholen. Doch sie sollten sich keine Sorgen machen, hatte er mit einem Grinsen hinzugefügt. Er habe den Cap'n schon aus mißlicheren Lagen herauskommen sehen. »Es sind Briten, Melia.«

»Dann werden sie uns retten.« Wieder donnerte eine Kanone, und wieder schauderte Amelia. »Wenn wir nicht vorher umkommen.«

»Das werden wir nicht.«

»Ich hoffe, sie holen uns ein«, sagte Amelia inbrünstig.
»Mmm.«

Amelia rückte von ihr ab und musterte sie befremdet. »Das klingt aber nicht sehr überzeugt.«

»Natürlich hoffe ich es auch!« beeilte Rebecca sich zu versichern. Über ihnen ging eine Kanone los, und die Kugel schoß mit einem unheimlichen Pfeifen davon. Das Schiff änderte unvermittelt die Richtung, und Rebecca streckte den Arm aus und stützte sich an der Wand ab. »Großer Gott! Was tut er?«

»Denn wenn sie uns einholen, dann ist es um ihn geschehen«, plapperte Amelia weiter, und Rebecca war klar, daß sie Brendan meinte.

»Nein!« entfuhr es ihr. »Er hat es verdient!«

Brendans leblos an einem Galgen baumelnder Körper erschien vor Rebeccas geistigem Auge, und sie schüttelte unwillkürlich den Kopf, um das Bild zu verscheuchen. Großer Gott! Sie schluckte trocken. Er bedeutete ihr mehr, als ihr klargewesen war. Der Gedanke, daß er sterben könnte, war ihr unerträglich. Wieder änderte die *Raven* ihre Richtung, und diesmal verloren Rebecca und Amelia den Halt und landeten, wie aus einem Munde aufschreiend, auf dem Boden. Seltsamerweise erholte Amelia sich als erste von dem Schrecken. Sie rappelte sich auf und streckte Rebecca die Hand hin. »Ich bin ... hast du dir weh getan ... Rebecca!«

»Was ist?« Rebecca setzte sich auf und folgte Amelias Blick zum Heckfenster, vor dem, so nahe, als bräuchten sie nur die Hand auszustrecken, um es zu berühren, das andere Schiff aufragte, dessen Bugkanone Feuer spuckte.

»Runter!« schrie Rebecca, packte Amelia und riß sie zu Boden. Doch wieder folgte nur ein Platschen, als auch diese Kugel ihr Ziel verfehlte, und nach ein paar Sekunden wagte sie es, den Kopf zu heben, und starrte das andere Schiff, an dessen Hauptmast der Union Jack flatterte, mit einer Mischung aus Entsetzen und Faszination an. Ein britisches

Schiff. Unter normalen Umständen ein Symbol für Ordnung, Autorität und Sicherheit, verkörperte es für Rebecca heute eine tödliche Bedrohung.

Amelia setzte sich neben ihr auf. »Meinst du, sie werden noch mal schießen?« fragte sie mit kleiner Stimme.

Rebecca blickte wie gebannt auf das englische Kriegsschiff und die Gewitterwolken dahinter. Oder waren es nur Rauchwolken? »Ja.« Die Engländer würden wieder feuern, und Brendan stand schutzlos am Ruder...

Diesmal erahnte sie die Richtungsänderung vorher und konnte Amelia packen und sich gegen das jähe Abfallen des Fußbodens wappnen. Das Heck des Schiffes schleuderte herum, und plötzlich war nur noch der Himmel durch das Fenster zu sehen. Es waren tatsächlich Wolken, die sich dort oben zusammenballten, und sie kamen von Süden! Wenn ein Unwetter im Anzug war, würde der Wind sich drehen.

Plötzlich wurde über ihnen eine Salve abgefeuert, die das Schiff bis in die letzte Planke erzittern ließ, und gleich darauf erschollen Hurrarufe. Die *Raven* schlingerte erneut herum und nahm Fahrt auf. Rebecca hockte, Amelias Kopf an ihrer Schulter bergend, auf dem Boden und starrte aus dem Fenster. Das Kriegsschiff war nicht zu sehen, doch als die *Raven* nach einem fernen Kanonendonner erbebte, wußte Rebecca, daß die Kugel diesmal getroffen hatte. Wenn Brendan gefangengenommen und gehängt würde, wie sollte sie dann weiterleben?

Es folgte eine neuerliche Salve, neuerliches Freudengeschrei und ein neuerliches Manöver der *Raven*. Rebecca klammerte sich haltsuchend an ein Tischbein, und ihr nächster Blick aus dem Fenster zeigte ihr die Längsseite des britischen Schiffes. Jäh in ihr aufsteigende Hoffnung ließ sie Amelia vergessen und aufspringen. War es möglich... »Ja!« rief sie, lief zum Fenster und kniete sich mit einem Bein auf die Bank. Das Kriegsschiff blieb zusehends weiter zurück, Rebecca sah deutlich das Durcheinander aus zerbrochenen Masten und Segeln auf dem Deck. Die *Raven* hatte es zum Krüppel geschossen und war entkommen. »Ja, ja, ja!« jubelte sie und vollführte einen Freudentanz. »Er ist in Sicherheit! In Sicherheit!«

»Becky?« Amelia hatte sich aufgesetzt und starrte sie an. »Von wem redest du? Wer ist in Sicherheit?«

Rebecca erstarrte. »Vater«, antwortete sie in ihrer Not. Sie hätte ihrer Schwester niemals sagen können, wen sie in Wirklichkeit meinte, und er war der erste, der ihr einfiel. »Er ist in Sicherheit, Melia!«

»Papa?« Amelia kam auf die Füße. »Wieso ... Oh!« rief sie, als sie das inzwischen weit entfernte Kriegsschiff entdeckte. »Becky! Sie bleiben zurück!«

Rebecca legte tröstend den Arm um ihre Schultern. »Ich weiß, Melia.«

»Dann sind wir immer noch Gefangene ... Becky, war Papa auf dem Schiff?«

»Nein, Melia.«

»Warum hast du dann ...«

»Ich meinte, er ist gottlob zu Hause in Sicherheit«, plapperte Rebecca, wohl wissend, wie unsinnig es sich anhörte. »Wenn er das erlebt hätte – zwei Seegefechte und beide verloren ... nun, du weißt, wie schlecht er Aufregung verträgt!«

Amelia lehnte sich an sie. »Wenn er die Lösegeldforderung erhält, wird er sich auch aufregen«, sagte sie besorgt.

Die Tür ging auf, und Tyner erschien. »Ist hier alles in Ordnung?« fragte er.

»Ja«, nickte Rebecca. »Sind wir außer Gefahr?«

»Ja, Miß!« antwortete der Steward mit leuchtenden Augen. »Das war eine großartige Leistung, bei meiner Seel'! Der Cap'n hat sich diesmal selbst übertroffen!«

»Ist er unverletzt?« platzte Rebecca heraus.

»Natürlich. Er hatte wieder einmal unverschämtes Glück. Die eine Kugel flog so dicht an seinem Kopf vorbei«, er demonstrierte es mit Daumen und Zeigefinger, »und er lachte.«

»Oh«, sagte Rebecca mit zittriger Stimme. »Hat das Schiff Schaden genommen?«

»Keinen, der nicht zu beheben wäre. Keine Sorge, Miß, wir können ohne Verzögerung weitersegeln.«

»Aber das wollen wir nicht!« protestierte Amelia mit Zornestränen in den Augen.

»Melia ...« Rebecca brach hilflos ab.

»Ihr seid Amerikanerin«, sprang Tyner in die Bresche. »Was wolltet Ihr mit einem Haufen Zitronensafttrinkern?«

Amelia stampfte mit dem Fuß auf. »Sie hätten uns gerettet!« Sie wandte sich an Rebecca. »Kannst du es ihm bitte erklären? Sie müssen umkehren und uns freilassen.«

»Wenn wir das täten, würden wir gefangengenommen und aufgehängt, Miß«, sagte Tyner. »Ihr werdet bestimmt einsehen, daß wir das nicht riskieren wollen. Nach all der Aufregung habt Ihr sicher eine Stärkung nötig. Ich werde mal sehen, ob der Koch etwas für Euch hat.«

»Becky!« protestierte Amelia erneut. Rebecca legte besänftigend die Hand auf ihren Arm. »Es hilft nichts, Melia. Wie es scheint, wird unsere Rettung noch ein wenig auf sich warten lassen. Aber ich bin sicher, daß uns nichts geschehen wird.«

Amelia starrte sie verblüfft an. »Du vertraust ihm?«

»Ja, Melia«, nickte Rebecca, die wußte, wen ihre Schwester meinte. »Das tue ich.«

Als Tyner Amelia nach dem Abendessen in ihre Kabine zurückgebracht hatte, dachte Rebecca wieder an ihre Worte. Ja, sie vertraute Brendan, denn sie hatte ihn inzwischen recht gut kennengelernt. Er war nicht gewissenlos und brutal, wie sie es von einem Piraten erwartet hätte, sondern ein intelligenter Mann mit Humor, der Schach spielte und Poesie liebte, der charmant sein konnte und gefährlich, wenn es die Umstände erforderten, aufbrausend aber auch zärtlich. Wie er Amelia und sie behandelte, bewies, daß er alles andere als ein Unmensch war. So sehr sie sich auch dagegen wehrte – sie mußte sich eingestehen, daß er sie faszinierte.

Sie hatten gekämpft und verloren, und nun sahen sie sich an Bord der HMS *Cardiff* vor die unerquickliche Aufgabe gestellt, sich mit den Folgen ihrer Niederlage zu befassen. Während der Schiffsarzt sich der Verwundeten annahm, überwachte der Schiffszimmermann das Aufrichten eines Behelfsmastes. Jeremiah Dee, der auf dem Achterdeck stand, registrierte nichts davon. Er war mit seinen Gedanken weit fort, bei der *Raven,* die ihren Blicken schon vor langer Zeit entschwunden war. Es war allein Lancasters Unfähigkeit zuzuschreiben, daß sie hatte entkommen können. Wäre die Kanonenkugel nur ein paar Zentimeter weiter links eingeschlagen, läge Brendan Fitzpatrick jetzt auf dem Grunde des Meeres, und er, Jeremiah, hätte endlich seinen Seelenfrieden wiedergefunden.

Aus dem letzten Zusammenstoß mit dem Raben war er mit einer Schnittwunde auf der Wange, einem nagenden Gefühl der Bekanntheit und einem abgrundtiefen Haß hervorgegangen. Diesmal waren die gesundheitlichen Folgen weniger spektakulär. Es hatte nur eine herabfallende Spiere seinen Kopf gestreift, wonach er eine Weile von Schwindel geplagt wurde, was der Arzt jedoch nicht als bedrohlich ansah. Ansonsten hatte er nur eine leichte Verletzung am Arm. Gottlob nicht am rechten, denn den würde er brauchen, um Gottes Arbeit zu tun.

Jeremiahs Hände schlossen sich um die Achterdeckreling. Die Welt mußte von der Heimsuchung befreit werden, die der Rabe für sie bedeutete, und er, Jeremiah, war der richtige Mann dafür. Es war sein göttlicher Auftrag, das hatte er erkannt, als er in den Augenblicken der Verwirrtheit, nachdem die Spiere ihn am Kopf getroffen hatte, die Vision eines lichtumflossenen Engels mit einem Schwert gehabt hatte. Seine Pflicht und sein Auftrag.

Dee warf einen Blick gen Himmel, sprach ein kurzes Dankgebet dafür, mit einer solchen Vision geehrt worden zu sein, und fügte einen heiligen Eid hinzu. Er würde nicht aufgeben.

Irgendwie, irgendwann würde er den Raben wiedersehen und seinen Auftrag erfüllen.

Brendan hatte kaum die Tür zu seiner Kabine geöffnet, als sich ihm eine warme, weiche Gestalt an den Hals warf. »Ich bin so froh, daß dir nichts geschehen ist!« stammelte sie.

Der Anprall war so heftig, daß er fast hintenüber gefallen wäre. »Was für eine Begrüßung!« sagte er mit heiserer Stimme. »Aber ich würde doch gerne eintreten.«

»Oh!« Sie gab ihn frei und trat, verlegen den Blick senkend, einen Schritt zurück. Er schloß die Tür hinter sich und betrachtete sie im weichen Licht der Lampe, in dem ihre Haare wie flüssiges Kupfer schimmerten. Sie hatte es – offenbar ihm zuliebe – gelöst, und es umflog ihre Schultern in weichen Wellen.

»Komm her!« befahl er.

Sie schaute auf, und als sie seine geöffneten Arme sah, stürzte sie sich nach nur einem kurzen Moment des Zögerns hinein und spürte glücklich, wie sie sich um sie schlossen. »Ich hatte solche Angst um dich!« flüsterte sie.

»Tatsächlich?« Brendan hielt sie von sich ab. »Ich dachte, du wünschtest dir das Ende dieses Piraten.«

»Nein. O nein. Zumindest nicht in dieser Weise.«

Er lachte. »Das freut mich zu hören. Und wie hast du das Gefecht überstanden, Rebecca?«

»Ich habe ein paar blaue Flecken davongetragen. Waren diese abrupten Wendemanöver wirklich nötig?«

»Natürlich – sonst wären wir mit Mann und Maus zur Hölle gefahren, und ich wollte schließlich entkommen.«

»Ich bin froh, daß es dir gelungen ist.«

Seine Augenbrauen schnellten in die Höhe. »Wirklich?«

»Ja«, nickte sie beinahe trotzig.

»Man stelle sich das vor: Die wohlanständige Miß Rebecca Talbot hat sich auf die Seite eines Piraten geschlagen!«

»Mach dich nicht über mich lustig!« fuhr sie ihn an. »Ich

hatte schreckliche Angst, daß du gefangengenommen und gehängt werden würdest!«

Er umfaßte ihr Kinn. »Noch vor gar nicht langer Zeit war das dein sehnlichster Wunsch«, erinnerte er sie lächelnd.

»Frauen sind doch für ihren Wankelmut bekannt«, gab sie, sein Lächeln erwidernd, zurück.

Er lachte, jedoch nicht lange, denn sie streckte sich plötzlich und verschloß ihm den Mund mit dem ihren. Einen Moment lang war er vor Überraschung starr, doch dann stellte er sich bereitwillig dem spielerischen Kampf mit ihrer fordernden Zunge. Mein Gott, wie er sie begehrte! Sein Herzschlag dröhnte in seinen Ohren, als er sie bei den Hüften packte, sie an sich zog und ihren weichen Körper an seinen harten preßte. Er fühlte sich berauschend lebendig, und er begehrte sie, wie er nie zuvor eine Frau begehrt hatte und wie er niemals eine andere begehren würde. Diese jähe Erkenntnis kühlte seine Leidenschaft für einen Moment ab. Er hatte nicht geplant, was hier zwischen ihnen geschah, Gott war sein Zeuge, daß er dagegen angekämpft hatte, es dazu kommen zu lassen, aber er konnte es nicht länger als unrecht ansehen. Doch er mußte sich vergewissern, daß es ihr ebenso erging.

Er nahm all seine Kraft zusammen, löste sich von ihrem Mund und fragte atemlos: »Weißt du, was du da mit mir tust, Rebecca?«

Sie hatte sich darauf verlegt, seinen Hals mit Küssen zu bedecken, aber seine Frage ließ sie abrupt innehalten, und ihr Verstand, den eine Welle blinden Verlangens mit sich gerissen hatte, als Brendan sie an sich zog, fand den Weg aus den Fluten. Vor sieben Jahren hatte sie nicht gewußt, was sie tat, aber heute wußte sie es. Sie kannte die möglichen Folgen nur zu gut, doch sie kümmerten sie nicht. Es zählte nur, daß sie diesen Mann begehrte, nein, brauchte, wie sie noch nie jemanden in ihrem Leben gebraucht hatte. Es ging weit über Körperliches hinaus, bis in ihr Herz, in ihre Seele hinein. O ja, sie wußte, was sie tat.

»Schlimmer kann es dadurch nicht werden«, sagte sie. – »Was soll das heißen?« fragte er verdutzt.

»Daß alle ohnehin glauben werden, daß ich das Bett mit dir geteilt habe.«

Er warf den Kopf zurück und lachte, wodurch sich seine Kehle vorwölbte, die sie gerade geküßt hatte und wieder küssen wollte. »Das ist ja ein zweifelhaftes Kompliment, was du mir da machst, *leannan.*«

»Wie meinst du das?«

Er schüttelte den Kopf und beugte sich über sie. Eigentlich hatte es ein kurzer, Zuneigung bekundender Kuß werden sollen, doch als seine Lippen die ihren berührten, loderten die Flammen wieder auf, und er spürte seine Hände hungrig über ihren Körper gleiten, ihre Brüste, ihre Taille, ihre Schenkel liebkosen und ihre Hände sein Hemd aus der Hose zerren.

»Leannan. Mo cridhe«, murmelte er, schob ihren Kopf mit dem Kinn hoch und ließ seinen geöffneten Mund über ihre Kehle wandern. Geliebte. Mein Herz. »Ich will dich.«

»Ich dich auch«, flüsterte sie. »O ja – ich dich auch.« Von einem nie gekannten Gefühl durchströmt, hob er sie auf seine Arme und trug sie zum Bett.

11

Rebecca barg den Kopf an Brendans Schulter und überließ sich ihren Gefühlen. Sie wollte nicht denken. Wenn sie es getan hätte, wäre ihr eingefallen, welch fatale Folgen es gehabt hatte, als sie ihren Emotionen das letztemal freien Lauf gelassen hatte. Auch wenn die jetzige Situation etwa Irreales hatte – was daraus erwachsen könnte, wäre durchaus real.

Brendan stellte sie auf die Füße, wobei er ihren Körper langsam an dem seinen herabgleiten ließ und ihr den Genuß bereitete, zu spüren, welche Wirkung sie auf ihn hatte. Er begehrte sie, die alte, unscheinbare Rebecca Talbot mit ihrer besudelten Vergangenheit und ihrem dementsprechend besudelten Ruf. Doch ihr gesunder Menschenverstand sagte ihr, daß auch er keine Säule der Moral war, und als sie ihren Blick bei diesem Gedanken zu ihm hob, begegnete sie in dem seinen einer Eindringlichkeit, als versuche er, bis auf den Grund ihrer Seele vorzustoßen, und sie wich dem leuchtenden Blau aus und richtete ihre Aufmerksamkeit statt dessen auf die Augenklappe. Und dann hob sie, ohne sich etwas dabei zu denken, die Hand und tat, was sie schon lange hatte tun wollen: Sie strich liebkosend darüber.

Brendan zuckte zurück, und ein wachsamer Ausdruck trat in sein Auge. »Du hast Bedenken, nicht wahr, mein Mädchen?« fragte er leise.

»Ja.« Sie senkte den Blick, doch auch das erwies sich als irritierend, denn er blieb wie gebannt an dem Dreieck gebräunter und mit schwarzen Löckchen bekräuselter Haut hängen, das sein wie immer halb geöffnetes Hemd entblößte. »Aber nicht«, sie zwang sich, zu ihm aufzuschauen, »aus den Gründen, die du dir denkst.«

Der eindringliche Ausdruck war wieder da, diesmal jedoch gepaart mit Verwunderung und Verlangen. »Woher weißt du, was ich denke, Mädchen?«

Oh, sie wußte es, wußte sehr genau, was er jetzt von ihr dachte, daß sie lüstern und zügellos war. »Ich bin nicht wie die anderen Frauen, die du bisher gekannt hast«, sagte sie.

Zu ihrer Überraschung lachte er leise und fuhr mit dem Zeigefinger an ihrer Wange entlang. Die Berührung brannte wie Feuer, und Rebecca zuckte unwillkürlich zurück. »Aber das weiß ich doch längst.«

»Bitte mach dich nicht über mich lustig.«

»Das würde ich nie tun.« Er neigte den Kopf und übernahm wieder die Führung. Oh, wie gut er küßte! Sie spürte ihn durch ihre Röcke hindurch, hart und pulsierend, und doch war sein Kuß nicht fordernd. Noch nicht. Und das gab letztendlich den Ausschlag für ihre Kapitulation. Sie hatte sich darauf eingelassen, und nun würde es geschehen.

»Ich meine damit«, sagte sie, als sie ihre Lippen von den seinen losgerissen hatte, und ihr Atem ging stoßweise, als sein Mund sich statt dessen der Seite ihres Halses zuwandte, »daß ich nicht so erfahren bin, wie ich dich vielleicht glauben gemacht habe.«

»Sorge dich deswegen nicht, *leannan.*« Seine Lippen bewegten sich an ihrer Kinnlinie entlang, und sie schluckte krampfhaft. »Du wirst sehen, es ergibt sich alles wie von selbst.«

Sie hatte keine Gelegenheit mehr, darüber nachzudenken, denn seine Lippen kehrten zu ihrem Mund zurück, diesmal heftig und begehrlich. Zum Teufel mit den Konsequenzen, dachte sie, als seine Hände von ihrem Rücken zu ihren Hüften glitten, er ihren Unterleib an seinen preßte und sie eine Welle der Erregung erfaßte. Sie würde sich später damit befassen.

Er wußte, in welchem Moment sie die Seine wurde, erkannte es an ihrem Kuß und daran, wie ihre Knie plötzlich nachgaben, und er ließ sich, ohne ihren Mund freizugeben, langsam mit ihr auf die Bettkante sinken. Ah, wie gut sie schmeckte, wie warm ihr Körper war und wie seidig ihr Haar zwischen seinen Fingern. Er ließ die Hand darin abwärts gleiten, bis er ihre Brust durch das strenge Baumwollkleid spürte. Er hatte sie dort schon einmal berührt, ja, und seitdem war ihm klar, daß er niemals genug davon bekommen würde, die weiche Rundung mit der Spitze, die sich vorwitzig durch die Stoffschichten drängte, zu liebkosen. Er löste seine Lippen von den ihren und folgte mit dem Auge dem Weg, den seine Hand genommen hatte, und plötzlich genügte es ihm nicht mehr, sie nur zu berühren. Er mußte sie sehen.

Als seine Finger zu den Haken glitten, mit denen das Oberteil ihres Kleides geschlossen war, sah er, wie ihre Lider sich mit einem nervösen Flattern schlossen. Armes Mädchen, dachte er – es war nicht leicht für sie. Auch wenn sie dafür geschaffen war. Für ihn. Aber er würde ihr helfen, nahm er sich vor, als er den letzten Haken geöffnet hatte. Wenn nur seine Finger aufhören würden zu zittern und es ihm gelänge, die Bänder des Mieders zu lösen. Da! Leise raschelnd fiel der Stoff zur Seite, enthüllte das stützende Brusttuch und ein schlichtes weißes Leinenunterhemd. Seine Hände zur Ruhe zwingend, schob er die Daumen unter die Ränder des Mieders und mit ihm das Oberteil über ihre Schultern und Arme herunter, so daß es sich um ihre Taille bauschte. Nun hatte er es nur noch mit ihrer Unterwäsche zu tun, und die stellte, da ohne lästige Haken und Bändchen, kein Hindernis dar.

»Oh, Rebecca«, flüsterte er. Anfangs hatte er sie für mager, eckig und formlos gehalten. Dann, als er sie an sich gezogen hatte, war ihm klargeworden, daß er sich gerirrt hatte. Trotzdem war er nicht auf die pralle Üppigkeit ihrer weißen Brüste vorbereitet gewesen. »Du bist so schön«, murmelte er, während er mit den Daumen leicht über die samtigen Spitzen strich. »Wunderschön.«

Sie bog den Kopf zurück, als sein Mund wieder ihren Hals suchte. »Bin … bin ich das wirklich?«

Das veranlaßte ihn, sie anzusehen. »Weißt du das denn nicht?«

»Ich … ich möchte es sein. Ich möchte dir gefallen.«

»Oh, das tust du, *leannan«,* sagte er und setzte einen kurzen Kuß auf jede Brustwarze. Sie zog scharf die Luft ein, und ihre Hände griffen in seine Haare. Dieser andere Mann mußte wirklich ein Narr gewesen sein, daß er ihre Leidenschaft nicht geweckt und sich daran erfreut hatte, dachte Brendan, als er ihre Brustwarze vorsichtig zwischen die Zähne nahm. Aber andererseits war es sein, Brendans, Glück – sonst hätte er nicht diesen Vorzug genossen.

Ungeduld erfaßte ihn, ließ ihn alle Behutsamkeit vergessen. Er drückte sie nach hinten aufs Bett, während er, an der einen Brust saugend, die andere mit der Hand liebkoste, und sie hob sich ihm aufstöhnend entgegen. Mit einem gutturalen Knurren richtete er sich auf, riß sich das Hemd herunter und kehrte zu ihr zurück, preßte seinen Mund hart und fordernd auf den ihren und machte sich über ihre Zunge her. Und dann streifte er ihr Kleid und ihren Unterrock über ihre Hüften und ihre Schenkel hinab, bis er schließlich nichts mehr berührte als ihre seidenweiche Haut. All das gehörte ihm, dachte er, und dann schwand seine Ungeduld auf einmal ebenso plötzlich wie sie ihn überfallen hatte. Er würde dieses Erlebnis nicht durch Hast verderben, sondern sie so ausgiebig lieben, daß sie es niemals vergäße.

Rebeccas ganzer Körper glühte wie im Fieber. Nie hatte sie sich so schön und begehrt gefühlt. Sie genoß seinen bewundernden Blick und die Berührung seiner Hände, die von ihren Brüsten über ihre Hüften zu ihren Schenkeln glitten und sich dazwischenschoben. Sie öffnete sie ihm willig, voller Liebe. Ja, es war Liebe.

Die Erkenntnis war kein Schock für sie, sie erschien ihr ganz natürlich, als habe sie es tief im Innern schon lange gewußt: Sie liebte diesen Mann. Er ließ ihr allerdings keine Zeit, sich damit zu befassen, denn seine Finger streichelten die weichen Löckchen zwischen ihren Beinen, und seine Stimme murmelte zärtliche Worte, die sie zwar nicht verstehen konnte, sie aber dennoch erbeben ließen. Sie hob ihre Hüften an, und seine Finger drangen in sie ein und taten Wunder, die sie niemals für möglich gehalten hätte. Sie biß sich auf die Unterlippe, um einen Aufschrei zu unterdrücken, als die Erregung so stark wurde, daß sie fast schmerzte, und dann noch einmal, als er sich aus ihr zurückzog. Doch er gewährte ihr nur eine kurze Atempause, gerade so lange, wie er brauchte, um seine Hose auszuziehen, und sie schloß die Augen, als er sich auf sie herabsenkte und seine harte Männlichkeit auf ihr weiches Lockenkissen niederdrückte.

Er richtete sich auf. »Schau mich an, Rebecca«, sagte er mit rauher Stimme. »*Leannan,* schau mich an!«

Rebecca öffnete die Augen, und in dem Moment, als sie seinem durchdringenden Blick begegnete, stieß er in sie hinein. Diesmal schrie sie doch auf, denn er war sehr groß und es tat weh, doch es war ein köstlicher Schmerz, und er wurde sehr schnell von einem verzehrenden Verlangen verdrängt. Sie winkelte die Beine an, und seine Stöße wurden schneller und schneller, preßten ihr im selben Rhythmus den Atem aus der Lunge. Oh, sie konnte es nicht ertragen, wenn er nicht aufhörte, würde sie sterben ... Er schien zu spüren, daß sie an ihre Grenze gekommen war, und ging zu langsameren, tieferen Stößen über, und sie paßte sich ihnen an, und ihre Sehnsucht wuchs ins Unermeßliche. Sie spürte, daß sie an der Schwelle zu etwas nie Gekanntem stand, und war einerseits von Ungeduld erfüllt und andererseits von Furcht. »Brendan!« keuchte sie und klammerte sich wie eine Ertrinkende an ihn.

»Rebecca, *mo cridhe, leannan.*« Seine heisere Stimme genügte, um sie die Schwelle überschreiten zu lassen, und es war herrlich und erschreckend zugleich. Auf den Schwingen der Lust in den Himmel steigend, bäumte sie sich mit einem leisen Schrei auf. Er umfaßte ihre Hüften und preßte sie an sich, und sein Schrei bildete das Echo des ihren, heiser und wortlos und dennoch so vielsagend, und dann fühlte sie ihn in sich pulsieren, und gleich darauf sank er auf sie herab.

Nach einer Weile rollte er sich von ihr herunter auf den Rücken und sie schmiegte sich an ihn, während er ihren Arm streichelte. Brendan konnte sich nicht erinnern, sich jemals so gut gefühlt zu haben. Es war verrückt, aber er war froh darüber, daß alles so gekommen war. Er war von einem inneren Frieden erfüllt wie lange nicht.

Rebecca richtete sich halb auf und stützte sich auf einen Ellbogen. Ihre Haare ergossen sich in einem herrlich wilden Durcheinander über ihre Schultern, ihre Lippen waren voll und rot und ihre Augen tiefe smaragdgrüne Seen, in denen er mit Wonne ertrinken würde. »Oh, *leannan,* du bist so schön.« Er strich mit dem Finger leicht über ihren Arm und lächelte, als sie erschauerte.

»Du auch«, erwiderte sie, und er mußte grinsen. So war sie, seine Rebecca, dachte er, geradeheraus und mutig. Bei ihr gab es keine Halbheiten. Sie hatte sich ihm mit Leib und Seele hingegeben. Wer hätte das damals in der schmalen Gasse in St. Thomas gedacht? »Nimmst du sie niemals ab?«

»Was?«

»Die Augenklappe.«

»Nein. Was sich darunter verbirgt, ist nicht schön anzusehen.«

Sie streckte die Hand aus, als wolle sie sie berühren, doch er fing sie ein und zog sie an seine Lippen. »Wie ist es passiert?«

»Das mit dem Auge?« Er drehte ihre Hand um und küßte die zarte Haut an ihrem Handgelenk. »Während eines Seegefechts. Ein herumfliegender Holzsplitter bohrte sich hinein.«

»Oh, mein Gott!« rief sie und richtete sich so weit auf, daß er in den Genuß des Anblicks ihrer Brüste kam. »Warum mußt du das tun? Warum bist du ein Pirat?«

»Rebecca ...«

»Mit deinen seemännischen Fähigkeiten könntest du jedes beliebige Schiff befehligen.«

»Beispielsweise in der britischen Marine?« fragte er, den Kopf schief legend.

»Nein. Ich denke, du haßt die Engländer.«

Er seufzte und zog sie zu sich herunter. »Das tue ich auch, mein Mädchen, das tue ich weiß Gott.« Nach einer kleinen Pause fügte er hinzu: »Ich würde wegen Desertion gehängt, wenn ich mich dort blicken ließe.«

Sie fuhr hoch. »Was? Du hast in der britischen Marine gedient?«

»Ja und ich habe Narben, die davon künden.«

»Narben?« flüsterte sie.

»Auf dem Rücken«, erklärte er in sachlichem Ton. »Hast du sie nicht bemerkt?«

»Nein. Aber woher rühren sie?«

»Von einer Peitsche, Rebecca. Gang und gäbe auf einem Kriegsschiff.«

»Von einer Peitsche«, echote sie tonlos.

»Die ich auf keinem Schiff schwingen würde, das unter meinem Kommando segelt.«

Schaudernd schmiegte sie sich wieder an ihn und legte den Arm über seine Brust, als wolle sie verhindern, daß ihm ein Leid geschähe. »Was hattest du getan?«

»Die Herkunft des Ersten Offiziers in Frage gestellt.« Sein Auge blitzte schalkhaft. »Das gefiel ihm ganz und gar nicht.«

»Und darum hat er dich ausgepeitscht?«

»Es erschien ihm notwendig. Tyner rettete mir damals das Leben.«

»Wie?«

»Er hinderte mich daran, auf den Mann loszugehen, und weil er sich auf meine Seite geschlagen hatte, bekam auch er die Peitsche zu spüren. Er war ein gemeiner Kerl, dieser Erste Offizier.« Brendan starrte in Erinnerung an den Vorfall an die

Decke. »Wenn ich ihn angegriffen hätte, hätte er mich zu Tode gepeitscht – und es auch noch genossen.«

Sie schauderte erneut. »Warum, um alles in der Welt, bist du überhaupt zur Marine gegangen?«

»Glaubst du etwa, es war meine freie Entscheidung? Ich wurde zwangsrekrutiert – wie die Deserteure auf euren Schiffen. Sie schlugen mich nieder, schleppten mich auf ein Schiff, und als ich wieder zu mir kam, hatte ich den King's Shilling in der Tasche, als wäre ich freiwillig eingetreten. Und meine Mutter war auf mich angewiesen.«

»Das ist ja schrecklich!«

»Ja, das ist es.« Sein Gesicht wurde hart. »Ich sah sie nie wieder. Nur ihr Grab.«

»O nein!« Sie starrte ihn mit großen, entsetzten Augen an. »Kein Wunder, daß du die Briten so haßt.«

»Ja. Sobald sich die Möglichkeit ergab, desertierten Tyner und ich, und seitdem haben wir uns nicht mehr getrennt.«

»Und wurdet Piraten«, sagte sie mit kleiner Stimme.

»Nein, nicht gleich, aber es ist das Profitabelste, was ich je gemacht habe.«

»Das Profitabelste?« Diesmal richtete sich ihr Entsetzen gegen ihn. »Es kostet Menschenleben!«

»Begreifst du nicht, warum ich es tue?« fragte er.

»Nein. Und es spielt auch keine Rolle – es ist unrecht.«

»Vielleicht.« Er seufzte innerlich. Wenn er ihr nur die Wahrheit sagen könnte... aber dadurch würde zu vieles gefährdet. »Du wirst mich nicht bekehren, Mädchen. Dich mir hinzugeben, berechtigt dich nicht dazu, dich in mein Leben einzumischen.«

»Oh, du bist ein Scheusal!« rief sie und warf sich auf die andere Seite. »Das war nicht der Grund...«

»Ich weiß. Komm wieder zu mir.« Er umfaßte ihre Taille und zog sie zu sich heran, doch sie blieb unnachgiebig. »Du hast das falsch verstanden, Rebecca, es hat mir sehr viel bedeutet.«

»Wirklich?« fragte sie unsicher. »Ja, mein Mädchen, wirklich.«

»Aber es hat keine Zukunft«, flüsterte sie.

Er starrte wieder an die Decke. Nein – eine Zukunft konnte es für einen Piraten und eine respektable Lady nicht geben.

»Das soll uns nicht daran hindern, das Hier und Jetzt zu genießen«, meinte er. »Bist du dazu bereit?«

Sie drehte sich zu ihm um, richtete sich auf, und als er ihrem Blick begegnete, las er Traurigkeit aber auch Entschlossenheit darin. »Ja«, antwortete sie und senkte ihren Mund auf den seinen herab.

Später, in ihrer Erinnerung, sollte Rebecca die folgenden drei Wochen als die glücklichsten ihres Lebens betrachten. Seltsam, wenn man bedachte, daß sie als Gefangene auf einem Piratenschiff festsaß – aber sie empfand es nicht so, denn ihre Liebe zu Brendan hatte einen Teil von ihr freigesetzt, von dessen Existenz sie nicht einmal etwas geahnt hatte, und dieser Teil akzeptierte, daß es keine gemeinsame Zukunft für sie geben konnte, und konzentrierte sich auf die Gegenwart.

Er verbrachte viel Zeit mit ihr, und das nicht nur nachts. Das Wetter war schön, nicht ein Schiff ließ sich sehen, und die Mannschaft hielt die *Raven* auf Kurs, und so gab es für ihn nur wenig zu tun. Sie lasen einander Gedichte vor, lieferten sich endlose Schachgefechte, er weihte sie in die Grundzüge der Navigation ein, erklärte ihr die Sterne, und sie unterhielten sich. Das war das schönste für sie. Er erzählte ihr von seiner Kindheit in Irland, wo er in Armut auf einem Hof mit kargem Boden aufgewachsen war, vom frühen Tod seines Vaters und den Freuden, die das Leben trotz allem für ihn bereithielt. Sie erzählte von zu Hause, von der Mutter, die sie schon als Kind verloren und der Stiefmutter, die sie vergöttert hatte, und einmal, nur einmal, sprach sie über Robbie. Es fehlte Rebecca nur noch eines zum vollkommenen Glück: Die Gewißheit, daß Brendan sie liebte. Das hatte er ihr bisher nicht gesagt.

Als Rebecca eines Nachts aufwachte, fand sie ihn über sich gebeugt. Sein Gesicht drückte Besorgnis aus. »Wach auf, Rebecca! Ah du bist wach. Das ist gut.«

Sie schaute ihn verwirrt an. Der Tag brach an, und blasses Licht strömte in die Kabine. »Ja? Was ist denn?«

»Du hast schlecht geträumt, *leannan.*« Er strich mit den Fingern über ihre Wangen, und sie merkte plötzlich, daß sie tränennaß waren und erinnerte sich ebenso plötzlich an ihren Traum. »Wieder von deinem Sohn?«

»Ja«, nickte sie, schmiegte sich in seine schützenden Arme und barg den Kopf an seiner Schulter. O, ja, sie hatte von Robbie geträumt, und es hatte weh getan, doch davor war es um etwas gegangen, was sie ihm bislang nicht erzählt hatte – um Robbies Vater, der ihr eiskalt erklärte, er sei verlobt und habe sie lediglich als Zeitvertreib betrachtet. Nur war es in ihrem Traum Brendan gewesen, der diese grausamen Worte sprach.

Er bedeutete ihr mehr als ihr Leben, aber sie war für ihn wahrscheinlich nur eine Episode.

»Das ist doch Vergangenheit.« Er streichelte ihren Arm.

»Du träumst manchmal auch schlecht«, erwiderte sie. Allerdings hatte er sie noch nicht daran teilhaben lassen. »Hast du denn mit der Vergangenheit abgeschlossen?«

»Nein«, gestand er nach kurzem Zögern.

»Ich träumte, ich hörte ihn weinen. Das ist der schlimmste Traum von allen.«

»Warum?«

»Weil ich nicht weiß, ob er in jener Nacht tatsächlich geweint hat. Vielleicht habe ich es nur nicht gehört, und dieser Gedanke ...«

»Schsch!« Er legte den Finger auf ihre Lippen, und sie küßte ihn. Es tat ihr so gut, Brendan bei sich zu haben.

»Ein Baby kann sehr anstrengend sein«, fuhr sie in dem Drang, sich zu bestrafen, fort. »Ich war immer müde, und manchmal wünschte ich mir nichts sehnlicher, als einmal eine

Nacht durchschlafen zu können. Weißt du, was ich an jenem Morgen dachte?«

»Nein, *leannan*. Was denn?«

»Wie schön es gewesen war, in dieser Nacht nicht gestört worden zu sein.«

»Das war ganz normal, würde ich denken.«

»Ja, schon, aber was, wenn er nach mir schrie und ich es nicht hörte? Diese Vorstellung peinigt mich noch immer.«

»Rebecca.« Wieder legte er den Finger auf ihre Lippen. »Du kannst nichts mehr daran ändern.«

»Das weiß ich, das weiß ich ja. Aber vergessen kann ich es trotzdem nicht.«

»Ich wüßte auch nicht, wie das gehen sollte.« Er schaute sie nachdenklich an. »Aber vielleicht ist es an der Zeit, daß du dir verzeihst.«

»Ich soll mir verzeihen?« fragte sie entgeistert.

»Ja, mein Mädchen. Verzeihen. Vielleicht denkst du einmal darüber nach.« Er gähnte und rieb sich mit der Hand die Augenklappe.

»Tut es weh?« fragte sie, augenblicklich von ihrem Kummer abgelenkt.

»Nein. Es juckt nur manchmal. Auch etwas, das nicht zu ändern ist. Wir sollten die wenige Zeit, die uns bleibt, nicht mit fruchtlosen Grübeleien vergeuden.«

»Du hast recht«, nickte sie und schlang die Arme um seinen Hals.

Nachdem sie sich geliebt hatten, schlief Brendan auf ihr ein. Als sein Gewicht ihr zu schwer wurde, schob sie ihn beiseite, wand sich unter ihm heraus und schmiegte sich mit dem Rükken an seine Brust. Das Feuer ihrer Liebe hatte die Kümmernisse der Nacht verzehrt. Ja, dachte sie, während sie beobachtete, wie der Himmel draußen immer heller wurde – er hatte wirklich recht: Es zählte nur das Heute.

Vorsichtig drehte sie sich um und betrachtete ihn, um sich jeden seiner Züge unauslöschlich einzuprägen und wieder blieb ihr Blick an der Augenklappe hängen. Sie runzelte die Stirn. Das war das einzige, das er ihr von sich bisher nicht offenbart hatte. Einerseits konnte sie verstehen, daß er diesen Makel verbergen wollte, denn sie wäre am liebsten vollkommen für ihn gewesen, aber andererseits war es unnötig, ihn vor ihr zu verstecken. Sie würde sich nicht angeekelt abwenden oder – noch schlimmer ihn bemitleiden. Womit er seinen Lebensunterhalt verdiente, war ein viel größerer Makel, und sie liebte ihn trotzdem. Wie sollte da, was immer sich unter dieser Klappe verbarg, etwas daran ändern?

Sie streckte die Hände aus, um die an seinem Hinterkopf verknoteten Bänder zu lösen, doch dann hielt sie mitten in der Bewegung inne. Natürlich wollte sie ihm beweisen, daß nichts sie in ihrer Liebe zu ihm beirren könnte, doch dieser Überfall im Schlaf war nicht die richtige Methode. Sie sollte ihn herausfordern, wenn er wach wäre, denn wie sie ihn kennengelernt hatte, konnte er einer Herausforderung nicht widerstehen.

Aber dieser würde er sich vielleicht doch nicht stellen, dachte sie, und ihre Finger krochen weiter auf den Knoten zu. Diesmal ließ sie sie gewähren, und sie lösten ihn mit geduldiger Behutsamkeit, denn sie wollte unbedingt vermeiden, daß er aufwachte, während sie ... Da! Es war geschafft! Jetzt mußte sie die Klappe nur noch wegheben.

Und wieder zögerte sie. Es war nicht recht von ihr, es war nicht fair. Doch etwas Stärkeres als ihre Skrupel trieb sie dazu, ihr Vorhaben zu Ende zu führen. Sie griff nach der Klappe und schnappte nach Luft, als ihr Handgelenk wie von einer Eisenklammer umschlossen wurde.

12

»Was, zum Teufel, tust du da?« fragte Brendan mit gefährlich leiser, eiskalter Stimme.

»Ich ... ich ... bitte, laß mich los.« Rebecca entriß ihm ihre Hand, als er seinen Griff eine Spur lockerte, und vermied es, ihn anzusehen. Was hatte sie sich nur dabei gedacht? »Es tut mir leid.«

»Das will ich stark hoffen.« Brendan wandte ihr den Rükken zu und verknotete die Bänder mit geübten Fingern wieder. »Das geht dich nichts an, Rebecca.«

»Ich weiß. Ich ...« Sie brach ab, zwang sich, den Blick zu heben, und beobachtete, wie er zu dem Stuhl hinüberging, auf dem seine Kleider lagen, mit angespannten Schultermuskeln, schmalen Hüften, alles in allem hinreißend maskulin. Der Situation zum Trotz stieg Bewunderung in ihr auf und Stolz darauf, daß sie einem solchen Mann gehörte, wenn auch nur für kurze Zeit. »Ich führte nichts Böses im Schilde, Brendan«, beteuerte sie. »Es ist nur ... manchmal habe ich das Gefühl, daß du dich hinter der Klappe versteckst.«

Er hatte seine Hosen angezogen und warf ihr einen Blick zu, während er sie zuknöpfte. »Glaubst du, ich würde sie tragen, wenn es nicht nötig wäre?«

»Nein. Nein, natürlich glaube ich das nicht. Aber du brauchst nichts vor mir zu verbergen«, sagte sie, sich in ihrem Bedürfnis, sich ihm verständlich zu machen, vorbeugend. »Ich würde dich deshalb doch niemals verschmähen.«

»Das habe ich auch nicht angenommen.« Er zog sein Hemd an. »Aber mich bemitleiden, vielleicht. Ja, ich denke, das tätest du.«

»Selbst wenn, würde ich es dich nicht merken lassen.«

»Ich wüßte es trotzdem, und ich bin kein Mann, der Mitleid verträgt.«

»Es tut mir leid«, sagte sie noch einmal und senkte den Blick. Er kam zu ihr herüber, kniete sich mit einem Bein aufs Bett, legte den Finger unter ihr Kinn und hob es so weit an, daß sie schließlich nicht mehr anders konnte, als ihn anzusehen. »Vertrau mir, mein Mädchen. Was es da zu sehen gibt, würde dir nicht gefallen.«

Sie musterte ihn forschend. »Ich vertraue dir, Brendan, aber vertraust du mir?«

Er stieß ein kurzes, bitteres Lachen aus. »Du vergißt etwas: Wir sind Feinde, du und ich.«

»Wie kannst du das sagen, nachdem wir uns so nahegekommen sind?«

»Ich habe dich gefangengenommen – weißt du noch?«

Rebecca zuckte zusammen wie unter einem Schlag. »Wie könnte ich das vergessen?« sagte sie leise. »Dann war also alles, was wir in den vergangenen Tagen füreinander waren, nur Teil des Handels zwischen uns, ja?«

»Zum Teufel, nein, Rebecca!« Er starrte sie einen Moment lang hilflos an und wandte sich dann ab. »Ich weiß nicht, was es ist.«

Obwohl sie das hätte erwarten müssen, schmerzte es sie zutiefst. Wenn er das Lösegeld für sie kassiert hätte, würde er seiner Wege gehen und sie vergessen, während sie … nun, sie würde leiden. Das war das Schicksal der Frauen. »Du bist nicht der Mann, der zu sein du vorgibst.«

Er drehte sich wieder zu ihr herum. »O doch, Rebecca, das bin ich.«

»Nein.« Sie schaute zu ihm auf, versuchte zu dem Mann vorzudringen, der sich hinter dieser verwegenen Fassade verbarg, dem Mann, der sie gelehrt hatte, was Liebe war. »Du hast für Amelias und meine Sicherheit und unsere Bequemlichkeit gesorgt. Du hast versprochen, es würde uns kein Leid geschehen, und so ist es auch. Ich glaube« – ihre Stimme wurde weich – »du bist ein viel besserer Mensch als der, den du der Welt präsentierst.«

Wieder lachte er bitter auf. »Ein gemeiner Pirat, aber ein guter Mensch, ja?«

»Genauso ist es.« Sie hüllte sich in die Decke, stand auf und ging zu ihm. »Aber du versteckst ihn hinter der Augenklappe. Bitte nimm sie ab!« Sie legte die Hand auf seine Schulter. »Du brauchst keine Geheimnisse vor mir zu haben.«

Er stand stocksteif da, und sie spürte, wie er innerlich mit sich rang, doch dann verhärteten sich seine Züge. »Du hast mich gefragt, ob ich dir vertraue, Rebecca. Die Wahrheit ist, ich tue es nicht.«

»Oh, Brendan...«

»Denn irgendwann wirst du in dein normales Leben zurückkehren.«

»Aber ich würde niemals etwas verraten!«

»Nein?« Er legte den Kopf schief. »Vielleicht nicht von dir aus, ja, das glaube ich dir sogar. Aber wenn du mit Fragen bedrängt würdest...« Er schüttelte den Kopf. »Nein, Rebecca – es ist besser, wenn du nicht alles weißt. Für dich ebenso wie für mich.«

Rebecca runzelte die Stirn. Wenn sie unter die Klappe blickte, was könnte sie über ihn erzählen, außer, daß ihm ein Auge fehlte? »Was würde denn geschehen, wenn ich etwas erzählte?«

»Es würde meinen Tod bedeuten.«

Rebecca stockte der Atem. Sie würden ihn hängen? Aber wie könnte etwas, das sie über ihn sagte, dazu führen? Er verbarg mehr vor ihr als seine leere Augenhöhle, dessen war sie jetzt ganz sicher. Aber was? »Oh, Brendan!« Sie schlang die Arme um seinen Hals, und die Decke rutschte herunter und bauschte sich bunt um ihre Füße. »Ich werde nichts verraten! Ich schwöre es! Weißt du nicht, daß ich niemals etwas tun würde, das dir schaden könnte?«

»Ich bin überzeugt, daß du davon überzeugt bist«, erwiderte er und senkte seine Lippen auf die ihren herab. Es war ein harter, fordernder, drängender Kuß, und Rebecca ließ sich davon mitreißen. Sie griff in seine blauschwarz schimmernde Lockenmähne und schmiegte sich an ihn, während seine Hände über ihren nackten Körper glitten. Sie hatten einander in den vergangenen Wochen gut kennengelernt, und so waren sie sich diesmal ohne Worte darüber einig, daß jetzt nicht der Zeitpunkt für ein ausgedehntes Vorspiel war.

Sie bedeckte sein Kinn und seinen Hals mit Küssen, während er sie durch die Kabine trug und aufs Bett legte, und dann stützte sie sich auf die Ellbogen und schaute zu, wie er sich seiner Hose entledigte. Die Zeiten der Schüchternheit waren vorüber. Sie streckte die Hand aus und umfaßte seine harte Männlichkeit, als er zu ihr kam und sie nach hinten drückte. Aufstöhnend nahm er erneut ihre Lippen in Besitz, und als er sie endlich freigab und sich aufrichtete, zog sie seinen Kopf mit der freien Hand wieder herunter und küßte ihn auf sein Auge und die Klappe. Sie liebte ihn, oh, wie sie ihn liebte, ob er nun makellos war oder nicht, und als spüre er es, stöhnte er neuerlich und riß sie an sich. »Schling deine Beine um mich!« befahl er, und Sekunden später stieß er in sie hinein. Diesmal war keine Rede von Zärtlichkeit oder Langsamkeit. Rebecca paßte sich seinem schnellen Rhythmus an, konnte nicht mehr unterscheiden, wo er aufhörte und sie begann, so eins war sie mit ihm. Sie schrie auf, als sie zum Höhepunkt kam, und hielt ihn umklammert, als auch er seine Erfüllung fand. In diesem Augenblick, das wußte sie, war auch er eins mit ihr.

Brendan richtete sich auf und starrte auf Rebecca hinunter. »Großer Gott! Habe ich dir weh getan?«

Lächelnd zeichnete sie mit der Fingerspitze die Konturen seiner Lippen nach. »Mußt du mich das wirklich fragen?«

»Nicht nur ich spiele der Welt etwas vor«, sagte er und rollte sich mit ihr im Arm auf die Seite. »Auch du bist nicht, was du vorgibst zu sein.«

Sie runzelte die Stirn, obwohl sie ihn zu ihrer Verblüffung und ihrer Freude schon wieder in sich hart werden spürte. Es war erstaunlich, welche Wirkung sie, die unscheinbare Rebecca Talbot, auf ihn hatte, und es gab ihr ein nie gekanntes Gefühl der Macht.

»Was meinst du damit?«

»Daß ich glaube, in diesem Moment die wahre Rebecca Talbot zu erleben.«

»O nein!« rief sie entsetzt. »Ich ... ich habe mich noch nie in meinem Leben so benommen!«

Sein Auge blitzte.

»Das freut mich zu hören.« Er stützte sich auf einen Ellbogen und ließ seinen Zeigefinger träge um ihre Brustwarze kreisen. »Aber trotzdem glaube ich, daß du nicht so bist, wie du dich gibst. Vielleicht bist du dir ja selbst gar nicht klar darüber.«

»Ich weiß überhaupt nicht mehr, wer ich eigentlich bin«, antwortete sie hilflos. »Wenn mir jemand vor einem Monat gesagt hätte, daß ich mich zu so etwas hinreißen lassen würde ...«

»... dann hättest du ihn für verrückt gehalten«, beendete er ihren Satz grinsend.

»Weiß Gott! Es ist unfaßbar!«

»Aber nein. Ich habe schon auf St. Thomas einen Blick auf die wahre Rebecca Talbot erhascht.«

»Wann soll das gewesen sein?«

»Als du dem Matrosen das Bein stelltest. Da bist du – wenn auch in anderer Weise als gerade eben – deinem Gefühl gefolgt, nicht deinem Verstand.«

»Du hast recht«, nickte sie langsam. »Wenn ich nachgedacht hätte, hätte ich mich bestimmt nicht eingemischt.«

»Und als du dich mir hingabst, geschah das nicht wegen unseres Handels«, sagte er heiser. »Schau mich nicht so entsetzt an – so schlimm ist das nicht.«

»Doch!« widersprach sie heftig. »Eine anständige Lady würde sich niemals so benehmen!«

Zu ihrer Befremdung lachte er auf. »Dafür hältst du dich? Für eine anständige Lady?«

»Ja, und das bin ich auch!«

»Nein, mein Mädchen.« Auch seine Augen lachten, doch sie las noch etwas anderes darin. Zuneigung? »Du bist eine Frau, und das ist viel besser.«

»Von einem Piraten kann man wohl keine andere Ansicht erwarten.«

Er lachte wieder. »Rebecca, Rebecca. Weißt du, wie schön die wahre Rebecca ist? Jeder Mann würde dich begehren. Sogar jeder Gentleman.«

Ihre Wangen glühten. Das genau war das Problem, aber sie erwartete nicht, daß er das verstand. »Es ist ... schwierig für Frauen«, versuchte sie, es zu erklären. »Wenn wir uns so benehmen, werden wir mit Schimpfnamen bedacht.«

»Wer hat dich mit Schimpfnamen bedacht?«

Sie schüttelte den Kopf. »Wir müssen ständig darauf achten, uns wie Ladys zu benehmen. Ein Zwischending gibt es nicht. Sogar du« – sie schaute ihn anklagend an – »warst befremdet, als du hörtest, daß ich ein Kind hatte.«

»Das stimmt«, gab er zu, »aber nur, weil ich das bei dir nicht erwartet hatte. Ich mag dich, wie du bist.« Er strich ihr eine Locke aus dem Gesicht.

Rebecca stockte der Atem. »Wirklich?«

»Ja«, nickte er, und dann bewegte er sich in ihr, und sie schnappte unwillkürlich nach Luft. »Das gefällt dir, nicht wahr?« – »Brendan ...« – »Ah, ja – und das gefällt dir auch.« Er senkte seinen Mund auf ihre Brust, und die Welle der Erregung, die sie erfaßte, schwemmte alles andere weg. Es war nicht mehr von Bedeutung, daß sie beide in einer Art Verkleidung auftraten. Nur er zählte noch für sie, nur dies, dachte sie, als er sie in seinen Armen auf den Rücken rollte und sie sich dem Rhythmus seiner Stöße anpaßte, und ihre Liebe zu ihm, ihre Liebe. Sie klammerte sich an seine Schultern, schloß die Augen und überließ sich ihm und ihren Gefühlen.

Brendan hockte unter der sengenden Sonne auf der Vormastsegelrah und starrte auf die leere See hinaus. Jederzeit konnte – vorausgesetzt, es war nicht durch schlechtes Wetter oder andere Umstände aufgehalten worden – das Schiff mit Ezra Talbot an Bord in Sicht kommen. Man hatte ihm befohlen, Geiseln zu nehmen, und er hatte es getan, doch es gefiel ihm nicht. Und jetzt, da er Rebecca so gut kennengelernt hatte, gefiel es ihm noch weniger. Würde er es über sich bringen, das Lösegeld für sie zu kassieren?

Sein Blick löste sich von der See und wanderte zum Deck hinunter, wo er auf ein ungewohntes Bild traf: Amelia und Rebecca saßen, von Tyner bewacht, im Gespräch mit Starkey, seinem Ersten Maat, auf aufgestellten Fässern. Die Mannschaft gab sich den Anschein, ihren Pflichten nachzugehen, doch Brendan sah sogar von hier oben, wie oft verstohlene Blicke zu den beiden jungen Frauen huschten. Wahrscheinlich war es kein so guter Einfall gewesen, sie an Deck kommen zu lassen – er wurde ja selbst immer wieder durch sie abgelenkt.

Warum, fragte er sich und lehnte sich zurück an den Mast, quälte ihn ein Gefühl drohenden Unheils? Lag es daran, daß er Rebecca soviel von sich offenbart hatte? Daß sie Macht über ihn hatte?

Etwas Weißes blitzte am westlichen Horizont auf, doch als Brendan genau hinschaute, war nichts mehr zu sehen. Doch – da war es wieder. Er hob das Fernrohr ans Auge, und seine Lippen wurden schmal. Ein Segel. Es konnte zu einem Handelsschiff gehören oder zu einem der britischen Marine – aber Brendan befürchtete, daß Ezra Talbot auf dem Weg war, seine Töchter abzuholen.

Auf dem Deck unten wandte Rebecca das Gesicht der Sonne zu, genoß die ihr nach den Wochen in der Kabine unendlich wohltuende Wärme und Helligkeit. Neben ihr schnatterte Amelia, zu Mr. Starkey hinauflächelnd, unaufhörlich auf den armen Mann ein, der, wie die meisten Männer, die in ihren Bannkreis gerieten, in Bewunderung dahinschmolz. Rebecca hatte nichts dagegen. Nach allem, was sie durchgemacht hatte, stand ihrer kleinen Schwester ein wenig Vergnügen zu. Rebecca für ihren Teil legte keinen Wert auf Bewunderung von allen Seiten. Ihr Blick glitt zu dem Mast hinauf, wo Brendan hockte, obwohl die Höhe sie schwindeln machte. Sie war nur an einem Mann interessiert.

Amelia folgte ihrem Blick. »Meine Güte – so hoch oben!« rief sie. »Ist das nicht gefährlich?«

»Für unseren Cap'n nicht«, antwortete Starkey. »Ich habe nie einen besseren Seemann kennengelernt, und ich habe schon unter vielen gedient.« Er spitzte die Lippen, als wolle er spucken, überlegte es sich dann jedoch anders. »Wann immer ich höre, daß er eine Mannschaft zusammenstellt, heuere ich bei ihm an.«

»Ich hatte gedacht, er segle immer mit derselben«, sagte Rebecca, aufmerksam geworden. Wie Sam und Tyner machte auch Starkey einen netten Eindruck. Was hatte ihn dazu getrieben, Pirat zu werden?

»Nein, tut er nicht.« Er spitzte erneut die Lippen, und diesmal zog er ein zerknittertes, fleckiges Taschentuch heraus. »Entschuldigt«, sagte er und putzte sich lautstark die Nase. »Dazu ist er zu selten unterwegs. Seine Prisen reichen immer für eine ganze Weile. Und wenn eine Reise vorbei ist, fliegt er davon wie der Rabe, nach dem sie ihn benannt haben.«

Rebecca fröstelte, trotz der Wärme. Sie hatte Brendan in den letzten Wochen ganz gut kennengelernt, doch vieles in seinem Leben war noch ein Geheimnis für sie.

»Ihr seid Engländer, nicht wahr, Mr. Starkey«, sagte sie. »Habt Ihr bei der Marine gedient?«

Sein Gesicht verfinsterte sich. »Ja, das habe ich und es war die schlimmste Zeit, die ich je erlebt habe. Harte Arbeit und miserable Verpflegung. Ich war Kanonier auf einem Schiff der zweiten Klasse, und dann entließen sie mich ohne einen Farthing, nachdem das hier passiert war.« Er hob den linken

Arm, und Rebecca sah zum erstenmal, daß ihm der größte Teil seiner Hand fehlte. »Wenn der Cap'n nicht wäre, hätte ich keine Arbeit.«

Amelias Augen schwammen in Mitgefühl. »Das muß ja schrecklich gewesen sein, Mr. Starkey«, sagte sie mit einer solchen Inbrunst, daß er errötete. »Aber Ihr hättet doch bestimmt noch eine andere Möglichkeit gehabt, als Pirat zu werden.«

»Nun, Miß, es ist so: Ich liebe die Seefahrt, und der Cap'n gab mir eine Chance. Er hat vielen Männern eine Chance gegeben. Sam zum Beispiel. Ich werde Euch nicht erzählen, was ihm widerfahren ist – es wäre eine Zumutung für Eure zarten Ohren –, aber wer sonst hätte ihn eingestellt, frage ich Euch? Oder Ramshead da drüben mit seinem Holzbein? Und er hat auch Deserteure von der verfluchten – Verzeihung, Ladys – Marine Seiner Majestät in der Mannschaft, gute Seeleute allesamt, aber kein anderer als der Cap'n wollte das Risiko auf sich nehmen.«

»Darum also sind ihm alle so treu ergeben«, murmelte Rebecca.

»Ja, Miß. Er behandelt uns gut, wir müssen nicht Hunger leiden, und Arbeit haben wir auch. Was kann ein Mann sich mehr wünschen?«

»Starkey!« kam eine Stimme von oben, und Rebecca zuckte unwillkürlich zusammen. Sie hatte Brendan nicht herunterklettern sehen. »Du redest zuviel, weißt du das?«

»Ich unterhalte die Ladys nur ein bißchen«, erwiderte Starkey, nicht im mindesten durch den Tadel eingeschüchtert.

»Soso. Zeit für den Wachwechsel«, fügte Brendan hinzu, als die Schiffsglocke achtmal schlug, und Starkey eilte, vor sich hin murmelnd, davon.

»Er ist sehr nett«, richtete Amelia zögernd das Wort an Brendan, denn sie hatte noch immer Vorbehalte gegen ihn.

»Nett?« Brendans Augenfältchen zogen sich zusammen, obwohl er nicht lächelte. »Das würde ich nicht unbedingt sagen, aber er ist außerordentlich pflichtbewußt. Fühlt Ihr Euch wohl, Ladys?«

»O ja, es ist herrlich, wieder im Freien zu sein – ich hatte schon ganz vergessen, wie das ist.« Brendan ließ sie eine Weile lächelnd weiterschnattern, und dann wanderte sein Blick zu Rebecca, und sie erwiderte ihn.

»Schiff in Sicht!« rief der Ausguck hoch über ihren Köpfen.

»Ich weiß«, rief Brendan zurück. »Ich habe es schon vor zehn Minuten gesehen.«

»Ein Schiff?« fragte Amelia alarmiert. »Das bedeutet doch nicht etwa ein neuerliches Seegefecht?«

»Ich weiß es nicht. Wenn Ihr mich jetzt entschuldigen wollt, Ladys, ich muß die Mittagssichtungen vornehmen.« Nach einer formvollendeten Verbeugung drehte er sich um und ging in Richtung Heck davon.

Amelia runzelte die Stirn. »Die Sichtungen? Was bedeutet das?«

»Es hat mit der Navigation zu tun«, antwortete Rebecca, ihm nachsehend. »Er ist ein Betrüger.«

»Becky!« Amelia starrte sie entsetzt an. »Was meinst du damit?«

»Oh, nichts!« wiegelte Rebecca hastig ab, als sie begriff, daß sie ihren Gedanken ausgesprochen hatte, und beschäftigte sich angelegentlich damit, ihren Rock in ordentliche Falten zu legen. Wer war Brendan Fitzpatrick? Sie hatte sich diese Frage schon sooft gestellt, war der Antwort jedoch keinen Schritt nähergekommen. Ein Pirat, der sich nicht wie einer benahm. Ein Ire, der manchmal englisch klang. Ein harter Mann, der sein Schiff mit Seeleuten bemannte, die andere ablehnten. Und dann war da noch etwas anderes, etwas, das sie spürte, das sie seiner gelegentlichen Schweigsamkeit entnahm, einem bestimmten Ausdruck seines Auges. Etwas, das er sorgfältig geheimhielt. Sie mußte das Rätsel lösen. Wenn ihr das gelänge, gäbe es vielleicht doch noch eine gemeinsame Zukunft für sie.

»Becky«, sagte Amelia in ihre Gedanken hinein. »Vergib mir meine Neugier, aber ... ist er nett zu dir?«

Brendan erschien ungebeten vor Rebeccas geistigem Auge – wie er ernst und zärtlich auf sie herunterschaute, während sie sich liebten. Sie fühlte sich erröten. »Er behandelt mich gut«, antwortete sie vage. »Du brauchst dir keine Sorgen um mich zu machen.«

»Aber das tue ich! Es gefällt mir nicht, Becky.« Amelia schürzte mit vorgeschobenem Kinn die Lippen. »Wie, glaubst du, empfinde ich es, daß du ... das ... für mich tust?«

»Ich tue es für uns beide«, gab Rebecca in scharfem Ton zurück. Wenn Amelia doch nie von dem Handel hätte erfahren müssen! Ein Glück, daß sie wenigstens keine Ahnung hatte, wie die Dinge in Wahrheit lagen. »Du mußt dir wirklich keine Gedanken machen.«

»Aber du bist meine Schwester!«

»Und ich tue, was das beste für uns ist.«

»Cap'n!« rief der Ausguck von oben, und Brendan, der eben den Sextanten in den Mahagonikasten zurückgelegt hatte, begab sich in die Mitte des Schiffes und schaute mit in die Seiten gestemmten Händen nach oben.

»Kannst du es schon ausmachen?« fragte er.

»Noch nicht genau. Jedenfalls ist es vollgetakelt. Könnte von der R. N. sein.«

»R. N.?« flüsterte Amelia.

»Royal Navy«, erwiderte Rebecca ebenfalls flüsternd und wurde von dem gleichen Gefühl drohenden Unheils erfaßt wie bei der Sichtung des Schiffes davor.

»Unter welcher Flagge segelt es?« wollte Brendan wissen.

»Kann ich nicht sehen, Cap'n ... he, einen Moment.« Der Ausguck beugte sich vor. »Da – am Hauptmast! Eine Hausflagge vielleicht. Muß ganz schön groß sein, daß man sie aus der Entfernung so gut erkennen kann.«

»Wie sieht sie aus?«

»Ein schwarzer Kreis mit irgendwas Rotem in der Mitte,

und das Ganze auf weißem Grund. Hab' ich noch nie gesehen.«

Ein schwarzer Kreis mit einem roten Symbol in der Mitte? Großer Gott, das hörte sich an, als ob... Rebecca sprang von dem Faß. »Captain«, sagte sie, und Brendan wandte sich ihr zu. Seine Züge waren aufs Äußerste angespannt. »Ist das...«

»Ja«, bestätigte er mit bedeutungsschwerer Stimme. »Es sieht so aus, als sei es eines der Schiffe Eures Vaters.«

Rebecca und Amelia waren auf Brendans Geheiß unter Deck eingesperrt worden, und er ging neben dem Ruderhaus auf und ab, wobei er dem Steuermann gelegentlich leise Befehle erteilte. Seine Mannschaft traf bereits Gefechtsvorbereitungen, zerrte die schweren Kanonen heraus und postierte sich dann in Erwartung seines Kommandos zum Feuern daneben. Und währenddessen kam das andere Schiff immer näher.

Der Tag neigte sich dem Ende zu, und Brendan schätzte, daß es am nächsten Morgen nahe genug sein würde, um den Austausch vornehmen zu können. Wenn es dazu käme! Obwohl er die Hausflagge inzwischen einwandfrei als Ezra Talbots erkennen konnte, war er von Unbehagen erfüllt. Der Mann war dafür bekannt, daß er sich nicht leicht von Geld trennte – soviel seine Töchter ihm auch bedeuteten. Es konnte eine Falle sein: Vielleicht war er nur auf die Lösegeldforderung eingegangen, um die *Raven* zu den Fischen schicken zu können. Nein, verwarf er diese Idee – nicht mit den beiden Mädchen an Bord.

»Weiter so!« murmelte er dem Steuermann zu, ohne den Blick von dem näher kommenden Schiff zu lösen. Die Mannschaft verharrte in angespanntem Schweigen. »Sam«, sagte er, als der große Mann zu ihm trat, »gib Befehl zum Signalschuß.«

Sam nickte, drehte sich um und klatschte zweimal kurz in die Hände, woraufhin die Männer an der Backbordkanone diese eiligst feuerbereit machten. Die Kanone donnerte, und die Kugel landete klatschend im Ozean. Kurz darauf wurde die Hausflagge auf dem anderen Schiff eingeholt. Brendans Lippen wurden schmal: Das war das Zeichen, das er in seiner Lösegeldforderung zur Bedingung gemacht hatte.

»Fünf Grad Nord-Nordost«, wies er den Steuermann an. »Sam, hol die Signalflaggen. Wenn sie näher gekommen sind, frage nach dem Namen des Schiffes.«

Sam nickte, verschwand in einer Luke und kam Sekunden später mit fest aufgewickelten Flaggen unter dem Arm zurück. Jede trug ein anderes Symbol und hatte ihre eigene Bedeutung, war Teil eines Codes, den Seeleute auf der ganzen Welt kannten.

»Fang an, Sam.«

Sam nickte und machte sich daran, die Flaggen an einer Fallleine des Hauptmastes zu hissen. Es war eine langwierige Prozedur, doch schließlich war formuliert, worauf es Brendan ankam: die Frage nach dem Namen des anderen Schiffes und seinem Begehr. Das Fernrohr an sein Auge pressend, wartete Brendan gespannt auf die Antwort. Schließlich kam sie: *Commonweal,* Eigner Talbot, Abholung der Talbot-Schwestern.

Brendan nickte. »Signalisiere ›verstanden‹, Sam, und sie sollen Abstand halten.«

Verstanden, kam die Antwort.

»Wenn sie die Instruktionen nicht strikt befolgen, werden die Schwestern es büßen müssen. Na, mach schon!« drängte er, als Sam zögerte, und hob wieder das Fernrohr ans Auge. Diesmal ließ die Antwort länger auf sich warten, und als sie erfolgte, beschränkte sie sich auf ein knappes »Verstanden«.

Brendan wies Sam an, die Austauschbedingungen durchzugeben: Die beiden Schiffe würden über Nacht auf Abstand bleiben, Ezra Talbot solle am Morgen allein und mit dem Lösegeld herüberkommen, und dann würden die Schwestern seiner Obhut übergeben.

Verstanden.

»Acht Glasen morgen früh, Sam«, sagte er und wandte sich

von der Reling ab. Er fühlte sich miserabel, doch er ließ es sich nicht anmerken. Jetzt wurde es also ernst. Er hatte diesen Auftrag angenommen und mußte ihn um seiner selbst und seiner Mission willen zu Ende führen, doch es war ihm zutiefst zuwider. Wenn alles glattginge, würde er Rebecca morgen verlieren.

»Halte den Abstand«, sagte er zu seinem Steuermann.

»Aye, aye, Cap'n.«

»Übernimm du jetzt, Sam«, wandte er sich an den stummen Riesen. »Ich mache für heute Schluß.« Mit schleppenden Schritten ging er auf die Kajüttreppe zu.

Vor seiner Tür angekommen, zögerte er einen Moment. Dann straffte er sich und schloß sie auf. »Rebecca!«

Sie schaute ihm von der Bank unter dem Heckfenster entgegen. »Es ist mein Vater, nicht wahr?«

Er blieb irritiert in der Tür stehen und spielte mit dem Schlüsselbund in seiner Tasche. Er hatte Jubel oder Zorn erwartet, aber nicht diese Ruhe, und nun wußte er nicht, wie er reagieren sollte. »Ja.«

»Dann werden wir also gegen Lösegeld freigelassen?«

»Ja. Morgen früh.«

»Einfach so?« Sie sprang auf, und er erkannte, daß sein erster Eindruck falsch gewesen war: Sie war noch zorniger als erwartet. »Du verkaufst mich – uns – einfach so?«

Er kam sich unsagbar schäbig vor. »Du wußtest doch, daß das passieren würde, Rebecca«, hielt er ihr mit sanfter, geduldiger Stimme vor Augen.

»Es hat dir nichts bedeutet, nicht wahr?« klagte sie ihn mit unnatürlich hoher Stimme an. »Die vergangenen Wochen haben dir nichts bedeutet…«

»Du weißt, daß es nicht so ist, *leannan.*«

»Nenn mich nicht so! Ich bin nicht deine *leannan* – nicht, wenn du mich so behandelst.«

»Glaubst du, ich habe eine Wahl?«

»Hast du die etwa nicht?« gab sie zurück.

O doch, bei Gott! Er hatte schon lange immer wieder mit diesem Gedanken gespielt, ihn jedoch jedesmal als nicht praktikabel verworfen. Aber jetzt erschien ihm die Idee, so kühn sie auch war, als die einzig richtige Lösung. Er durchmaß mit großen Schritten die Kabine und packte Rebecca bei den Schultern.

»Es gibt tatsächlich eine andere Möglichkeit, aber die Entscheidung liegt nicht bei mir.«

Er schaute ihr tief in die Augen.

»Willst du bei mir bleiben?«

13

Rebeccas Augen weiteten sich. »W-was?«

»Bleib bei mir!« beschwor er sie. »Geh morgen nicht!«

»Aber das Lösegeld ...«

»Zum Teufel damit, ich verzichte darauf.«

»Und was ist mit Amelia?«

»An deiner Schwester liegt mir nichts.«

»Du meinst ...«

»Ich meine, daß ich sie gehen lasse.« Er zog sie in seine Arme. »Ich bitte dich, verlaß mich nicht. Es erwartet dich kein schlechtes Leben. Ich habe ein Heim, und du wirst nichts entbehren müssen, das verspreche ich dir. Bleib bei mir, mein Mädchen!«

Der Gedanke war verführerisch. O ja, er war verführerisch. Sie spürte den rauhen Stoff seines Hemdes unter ihren Fingerspitzen und schloß die Augen. Für immer mit ihm zusammen ... Aber wäre es denn für immer? Er hatte nichts von Heirat gesagt, und ohne diese Bindung könnte er sie jederzeit verlassen. Und wo wäre sie dann? Aber, oh, so lange es dauerte, wäre es der Himmel auf Erden! Noch nie hatte sie sich so lebendig, so gebraucht und so begehrt gefühlt, und kein anderer Mann würde ihr dieses Gefühl jemals geben können. »Wenn ich es tue – wirst du dann die Augenklappe abnehmen?« fragte sie.

Er wich ihrem Blick aus. »Tut mir leid, Rebecca, das kann ich nicht tun.«

»Ich verstehe.« Sie machte sich los und ging zu dem Sprossenfenster hinüber. »Du vertraust mir tatsächlich nicht.«

»Das ist nicht der Grund, *leannan.*«

»Was dann?« Sie wirbelte zu ihm herum. »Was sollte das

für ein Leben sein – an der Seite eines Mannes, der etwas zweifellos Wichtiges vor mir verbirgt?«

»Nicht nur vor dir, mein Mädchen«, erwiderte er mit undurchdringlicher Miene.

»Begreifst du das denn nicht?« Sie war nahe daran, zu verzweifeln. »Du kannst mich doch nicht bitten, dein Leben mit dir zu teilen, und mir gleichzeitig etwas verheimlichen! Ach, es ist hoffnungslos!« Sie wandte ihm den Rücken zu, schlang die Arme um sich und blinzelte energisch die aufsteigenden Tränen zurück. »Du wirst es nie verstehen.«

»Ich verstehe es ja«, sagte er mit rauher Stimme, als er zu ihr trat und die Hand auf ihre Schulter legte. »Aber mir sind die Hände gebunden.«

Sie schaute zu ihm auf. »Würdest du es mir denn sagen, wenn du könntest?«

»Ja«, nickte er. Nachdenklich auf ihrer Unterlippe herumkauend, ließ Rebecca ihren Blick zu dem Sprossenfenster wandern, und in diesem Moment kam das andere Schiff in Sicht. Rebecca stockte der Atem. Dort drüben war ihr Vater!

»Wenn ich mit dir gehe – wo werde ich dann leben? In der Karibik?« Er antwortete nicht, und sie nahm sein Schweigen als Bestätigung. Was hatte er ihr damit angetan, daß er sie vor diese Wahl stellte! Sie wollte mit ihm zusammensein, aber genausostark zog es sie zu ihrem Vater und ihrer Schwester hin. Sie hatte Amelia von klein auf betreut – wie sollte sie es über sich bringen, sie schutzlos dem Skandal auszuliefern, den es zu Hause geben würde? Und ihr Vater … Wieder kaute sie auf ihrer Unterlippe herum. Wenn sie mit Brendan ginge, würde sie ihren Vater nie wiedersehen. »Nein«, sagte sie und entfernte sich aus seiner Reichweite. »Ich kann es nicht.«

»Verlaß mich nicht!« flehte er und breitete die Arme aus. »Bitte tu das nicht. Was kann ich sagen, um dich umzustimmen?«

Du könntest sagen, daß du mich liebst, dachte sie, aber selbst das würde nicht genügen. Er brauchte sie nicht so nötig wie Amelia oder ihr Vater. Nicht so sehr, wie sie ihn brauchte.

»Nein!« sagte sie, und die Endgültigkeit ihrer Entscheidung trieb ihr die Tränen in die Augen. »Ich kann es nicht.«

»*Leannan*...«

»Ich kann es nicht!« rief sie und warf sich in seine Arme. »Ich möchte es, aber ich kann es nicht, o Gott, Brendan...«

Seine Hände glitten hungrig über ihren Rücken, ihre Brüste, ihre Hüften. »Ich weiß, daß du einmal verletzt worden bist, aber ich würde dich niemals verlassen...«

Sie griff in seine Haare und zog seinen Kopf zu sich herunter, und er senkte seinen Mund auf den ihren und nahm ihn mit schnellen, harten Stößen seiner Zunge in Besitz, wie er sonst ihren Körper in Besitz nahm. Sie preßte ihren Unterleib an den seinen, spürte seine vor Erregung pulsierende Männlichkeit, und während sie sein Hemd aus der Hose zerrte, zog er so ungeduldig an den Knöpfen ihres Kleides, daß sie abrissen. Es kümmerte sie nicht. In diesem Augenblick zählte einzig und allein er für sie.

Mit einem tief aus seiner Brust aufsteigenden Knurren hob er sie hoch, trug sie zum Bett und ließ sie darauffallen, so daß ihre Beine über die Kante hingen. Dann beugte er sich, sich mit der einen Hand abstützend, über sie, während die andere sich an den Knöpfen seiner Hose zu schaffen machte.

»Laß mich das tun«, bat sie und strich mit der Hand über die harte Schwellung.

»Rebecca...«

»Ich will es.« Ihre Hände zitterten nicht, als sie die Knöpfe öffnete, obwohl ihr Herzschlag in ihren Ohren dröhnte, und ihr Unterleib sich vor Verlangen verkrampfte. Seine Augen waren fest geschlossen, seine Halsmuskeln traten wie Stricke hervor, und als sie ihn mit ihren Fingern umschloß wie eine samtene Scheide einen heißen Dolch, stieg erneut das tiefe Grollen aus seiner Brust empor, und ehe sie es sich versah, hatte er sich zwischen ihre Beine gestellt, schob ihre Röcke bis zur Taille hoch und die Spitze seines Speers berührte sie. Rebecca mußte alle Beherrschung aufbieten, um sich nicht von ihren Gefühlen hinreißen zu lassen. Sie wollte einen letzten Versuch unternehmen. »Nimm sie ab«, befahl sie.

Er schaute verdutzt auf sie herunter. »Was?«

»Die verdammte Augenklappe! Ich möchte ein einziges Mal mit dir zusammensein, ohne daß du dich dahinter versteckst.«

»Laß es gut sein, Rebecca.« Er senkte den Kopf und bedeckte ihre Kehle mit kleinen Zupfküssen.

»Brendan ...«

»Morgen früh trennen sich unsere Wege – verdirb uns unsere letzte Nacht nicht. Ich bitte dich.«

Sie wollte etwas erwidern, doch in diesem Augenblick packte er sie bei den Hüften und zog sie an sich, und sie vergaß, was sie hatte sagen wollen, harrte nur in atemlosem Verlangen darauf, daß er in sie hineinstieße.

Als er es tat, waren seine Stöße schnell und heftig, und sie begegnete jedem mit der gleichen Schnelligkeit und Heftigkeit, ohne seinen Blick jemals loszulassen, bis die Erregung sie überwältigte. Sie schloß die Augen, bog den Kopf zurück und schrie in Ekstase auf, als sie zu einem Höhepunkt kam, der nicht nur ihren Körper, sondern auch ihre Seele erzittern ließ. Sie gehörte ihm, o ja, Gott helfe ihr, sie gehörte ihm. In tiefer Verzweiflung brach sie in Tränen aus.

»Rebecca!« drang seine Stimme rauh und bestürzt zu ihr durch. »Es tut mir leid, mein Mädchen. Ich weiß, daß ich zu heftig war. Habe ich dir weh getan? Das würde ich mir nie ver ...«

»N-nein«, brachte sie mit tränenblinden Augen mühsam hervor. Er war noch immer über ihr, in ihr, und, o Gott, sie wünschte, es würde auf ewig so bleiben. »Ich ... ich will dich nicht verlassen. O Brendan!« schluchzte sie. »Ich will nicht gehen!«

»Oh, mein Mädchen.« Er glitt aus ihr heraus, und sie fühlte

sich plötzlich unsagbar leer, doch in der nächsten Sekunde nahm er sie in die Arme, zog sie mit sich aufs Bett und tätschelte unbeholfen ihren Rücken. »Du hattest recht. Das Leben, das ich dir zu bieten hätte, wäre nichts für dich.«

»Doch!« widersprach sie, denn sie konnte sich plötzlich nichts Schöneres vorstellen als ein Leben in Unsicherheit und Gefahr an der Seite des Raben.

»Es war falsch von mir, dieses Ansinnen an dich zu stellen, dich in die Fremde verschleppen zu wollen, fort von deiner Familie.« Er wiegte sie sanft. »Du würdest nicht glücklich.«

»Ich käme schon zurecht.«

»Das weiß ich.« Er küßte sie auf die Stirn. »Aber du sollst nicht dazu gezwungen sein. Du verdienst etwas Besseres. Das Beste. Wenn ich frei wäre...«

Sie stemmte die Hände gegen seine Brust und starrte ihn entgeistert an: »Du bist verheiratet?«

»Nein.« Das Entsetzen in ihrer Stimme ließ ihn lächeln, obwohl die Situation bei Gott nicht erheiternd war. »Nein, mein Mädchen. Es gibt keine andere Frau – nur dich.«

»Was hindert dich dann?«

Er runzelte die Stirn. Die Versuchung, ihr die Wahrheit zu sagen und sich an ihrer Überraschung zu weiden, war groß – aber sie würde ihn morgen verlassen. Es wäre besser für sie, nichts zu wissen. »Laß es gut sein, *leannan*«, sagte er und strich ihr mit dem Zeigefinger über die Lippen. »Laß es gut sein.«

Ihre Augen füllten sich erneut mit Tränen. Sie umfaßte seinen Nacken und zog seinen Kopf zu sich herunter. »Dann tu mir wenigstens den Gefallen und liebe mich, Brendan. Liebe mich.«

Und, Gott helfe ihm, das tat er.

Die Morgensonne ging über einer scheinbar friedlichen Szenerie auf: Ein Rahschiff, dessen Segel eingeholt waren, damit es seine Position hielt, und eine schnittige Brigg mit locker aufgerollten Segeln wiegten sich sanft im Rhythmus der Dünung, während ein Boot mit nur einem Passagier an Bord von dem einen zum anderen gerudert wurde: Ezra Talbot war auf dem Weg, seine Töchter abzuholen.

Brendan stand neben dem Ruderhaus und schaute dem sich nähernden Boot äußerlich ungerührt entgegen. Seine Leute waren in Alarmbereitschaft, bei den Kanonen, in der Takelage und auf den Nocken der Segel, Pistolen und Messer für alle Fälle kampfbereit, und in der Mitte des Decks standen, von Sam bewacht, die Talbot-Schwestern.

Brendan vermied es tunlichst, hinzusehen, denn er fürchtete, daß er dann schwach werden und den Befehl geben würde, der Rebecca auf ewig an ihn fesseln würde. Er hätte sie am liebsten in die Arme genommen und nie wieder losgelassen.

Das große Beiboot des amerikanischen Handelsschiffes stieß an den Rumpf der *Raven*, und eine Strickleiter wurde hinuntergelassen. Amelia, die Rebeccas Arm umklammert hielt, packte noch fester zu und rief: »Er ist da! Er ist wirklich da!«

»Ja«, nickte Rebecca, die zu dem anderen Schiff hinüberschaute, zu der Reling, wo ihr Vater jeden Moment erscheinen würde, sogar zu Sam – überall hin, nur nicht zu Brendan, der in seinen schwarzen Hosen und dem strahlend weißen Hemd einfach überwältigend aussah. Er hatte sie, seit sie an Deck gekommen war, keines Blickes gewürdigt, und das war ihr sehr recht, denn wenn er es täte, würde sie wahrscheinlich zu ihm laufen und ihn anflehen, bei ihm bleiben zu dürfen. Und das, das wußte sie, war nicht möglich.

Eine kräftige Hand schloß sich um die Reling, und einen Augenblick später zog sich Ezra Talbot herauf. »Du da!« bellte er einen Seemann an. »Hilf mir an Bord!«

Der Matrose warf einen fragenden Blick zu Brendan, der ihm mit einem Nicken die Erlaubnis erteilte, und streckte dem Besucher, eine Tücke witternd, zögernd die Hand hin. Wie sich herausstellte, war Ezra jedoch lediglich durch einen großen schwarzen Koffer behindert. Als der Seemann danach griff, schnauzte er: »Hände weg, oder du wirst es bereuen!«

»Was ereifert Ihr Euch so – Ihr werdet Euch ohnehin gleich davon trennen müssen«, sagte Brendan gefährlich liebenswürdig. »Starkey?« Er winkte seinen Zweiten Maat heran. »Untersuche ihn auf Waffen.«

Ezra starrte Brendan feindselig an, während Starkey ihn abtastete. »Es liegen mir einige wenig schmeichelhafte Bezeichnungen für Euch auf der Zunge, Sir.«

Unglaublicherweise zuckte ein Lächeln um Brendans Mundwinkel. »Davon bin ich überzeugt. Das Geld, Sir.«

»Erst, wenn ich mich vergewissert habe, daß meinen Töchtern nichts geschehen ist.«

»Eure Töchter stehen dort drüben«, antwortete Brendan mit einer lässigen Geste in die Richtung der Mädchen. »Sie sind gut behandelt worden.«

»Und das soll ich glauben?«

»Glaubt, was Ihr wollt.« Brendan streckte die Hand aus.

»Das Geld, Sir. Sobald es gezählt ist, bekommt Ihr Eure Töchter zurück.«

Mit Mord im Blick händigte Ezra ihm, eine Verwünschung zumurmelnd, den Koffer aus. Brendan gab ihn an Tyner weiter. »Zähl nach.«

»Aye, aye, Cap'n.« Tyner legte den Koffer auf den Boden und spitzte die Lippen zu einem lautlosen Pfiff, als er den Dekkel anhob und den Inhalt sah. »Laßt mich das unten in der Kabine tun. Aber ich kann schon jetzt sagen, daß es gut aussieht.« Er lachte keckernd. »Haufenweise Goldmünzen.«

Ein Raunen ging durch die Mannschaft. Brendan brachte sie mit einem strengen Blick zum Schweigen und begegnete Rebeccas Augen. Einen Moment lang starrten sie einander an, versank die Welt um sie, dann riß er sich los. »Möchtet Ihr etwas trinken, während wir auf Tyner warten?« wandte er sich an ihren Vater.

»Nein!« knurrte Ezra. »Ich will nur meine Töchter und

dann dieses gottverfluchte Schiff so schnell wie möglich verlassen.«

»Ich bin sicher, Tyner wird sich beeilen«, erwiderte Brendan, sich mit den Händen in den Taschen ans Ruderhaus lehnend.

»Ich werde dafür sorgen, daß man Euch dafür hängt!« verkündete Ezra mit geballten Fäusten. Obwohl er kleiner war als Brendan, wirkte er nicht im mindesten eingeschüchtert.

»Versucht es nur. Ja, Tyner?« richtete er das Wort an seinen Steward, der in diesem Augenblick den Kopf aus der Luke streckte, die nach unten führte.

»Es ist die geforderte Summe, Cap'n«, erklärte er.

»Selbstverständlich«, fuhr Ezra auf. »Ich bin ein Mann, der zu seinem Wort steht.«

»Ich ebenfalls«, gab Brendan zurück. »Sam – bring unsere Gäste her.«

Amelia war nicht mehr zu halten. »Papa!« rief sie, lief mit wehenden Röcken auf Ezra zu und stürzte sich in seine Arme. »Oh, Papa! Ich habe dich so vermißt!«

»Ich dich auch.« Er hielt sie ein Stück von sich weg und musterte sie prüfend, und Brendan empfand in diesem Moment fast so etwas wie Sympathie für ihn. »Hat dieser Barbar dir auch wirklich nichts angetan?«

»Nein, Papa! Rebecca hat mich beschützt.« Amelia drehte sich strahlend lächelnd zu ihrer Schwester um. »Willst du sie nicht auch umarmen?«

»Sie hat dich beschützt?« brüllte Ezra zum Erschrecken aller an Bord und ließ Rebecca zurückzucken, die ihn gerade auf die Wange hatte küssen wollen. »Wenn sie dich beschützt hat, warum bist du dann hier?«

Rebeccas Schultern sanken herab. »Das ist ungerecht. Ich konnte doch nicht verhindern, was geschah.«

»Ich hatte dir befohlen, auf deine Schwester aufzupassen!«

»Das ist wirklich ungerecht, Papa!« Amelia packte ihren Vater am Arm. »Du weißt ja nicht, was für Opfer sie für mich gebracht hat! Sie hat sich mir zuliebe bereit erklärt, die Kabine mit dem Raben zu teilen, und ...«

»Amelia!« fiel Rebecca ihr ins Wort. »Wir reden später darüber.«

»Sie hat was?« Ezra richtete einen vernichtenden Blick auf Rebecca. »Ist das wahr, Mädchen? Hast du mir diese Schande tatsächlich bereitet? Antworte!«

Rebecca war leichenblaß geworden. »Ich habe es zum Schutz von Amelia getan.«

»Du kleine Hure!« brüllte er und holte aus.

Rebecca fuhr zurück und hob den Arm, um sich gegen den Schlag zu schützen, eine auf langjähriger Erfahrung basierende Reflexhandlung. Als nichts geschah, wagte sie schließlich, den Blick zu heben, und sah, daß eine große braune Hand den Arm ihres Vaters gepackt hatte.

»Auf meinem Schiff werden keine Frauen geschlagen«, erklärte Brendan Ezra in trügerisch sanftem Ton.

Ezra versuchte, sich mit zornloderndem Blick loszureißen, doch Brendan hielt ihn fest. Nur seine weiß werdenden Fingerknöchel kündeten von einer Anstrengung, während die beiden Männer in verbissenem Schweigen ihre Kräfte maßen. Und dann kam Ezra durch eine ruckartige Bewegung plötzlich frei – oder hatte Brendan ihn losgelassen? Rebecca konnte es nicht beurteilen.

»Denkt an meine Worte!« warnte Brendan ihn.

»Was bildet Ihr Euch ein!« zischte Ezra. »Ich bestrafe meine Töchter, wie es mir paßt!«

»Aber nicht hier!« gab Brendan scharf zurück. »Und wenn Ihr nicht riskieren wollt, daß ich die Beherrschung verliere, solltet Ihr jetzt gehen.«

»Dafür werdet Ihr bezahlen, verdammter Pirat! Das schwöre ich Euch!«

»Ihr macht mir ja richtig angst«, spottete Brendan mit einem kurzen Blick zu Rebecca. »Und jetzt seht zu, daß Ihr von Bord kommt.«

»Nichts lieber als das.« Ezra bedachte ihn mit einem letzten, vielsagenden Blick und wandte sich dann seinen Töchtern zu. »Amelia! Rebecca! Wir verlassen dieses gottverfluchte Schiff!«

»Ja, Papa.« Brendan einen Abschiedsblick zuwerfend, hängte Amelia sich bei ihrem Vater ein und ging mit ihm auf die Reling zu. Rebecca hingegen brachte es nicht über sich, Brendan anzusehen. Mit gesenktem Kopf folgte sie Ezra und ihrer Schwester und wartete gottergeben, während er Amelia auf die Strickleiter hinaushalf. Es herrschte eine tiefe, angespannte Stille. Sie war wieder mit ihrem Vater vereint und würde bald wieder zu Hause sein, und doch war sie niemals unglücklicher gewesen.

»Rebecca!« ließ Brendans Stimme sie mitten in der Bewegung innehalten, als sie eben über die Reling auf die Strickleiter hinaussteigen wollte. Sie schaute auf und begegnete seinem Blick. »Du mußt nicht gehen.«

Sie nahm sich die Zeit, sich seine Erscheinung einzuprägen, seine windzerzausten Haare, die klaren, energischen Züge, das leuchtendblaue Auge, in dem jetzt ein Sturm der Gefühle tobte, und sie erinnerte sich daran, wie es sich anfühlte, wenn er sie in den Armen hielt, und an die Heftigkeit und die Zärtlichkeit, mit der er sie geliebt hatte. Das alles war Vergangenheit, doch in ihrem Gedächtnis würde es bis ans Ende ihrer Tage gegenwärtig bleiben.

»Komm endlich, Mädchen«, riß Ezras Knurren sie aus ihrer Träumerei. Sie drehte sich um, stieg auf die Strickleiter und machte sich auf den langen, mühsamen Weg zu dem wartenden Boot hinunter. Ihre Zeit auf der *Raven* war zu Ende.

Brendan stand, die Fäuste in die Seiten gestemmt, äußerlich unbewegt regungslos da, doch in seinem Innern breitete sich eine quälende Leere aus. Aber warum hätte sie bleiben sollen? Er hatte ihr nichts zu bieten, was sie wirklich dafür entschädigt hätte, auf ihre Familie und ihre vertraute Umgebung zu verzichten wenn er auch nicht verstehen konnte, warum sie diesen tückischen Mistkerl ihm vorzog. Talbot war gewalttätig, und er war ihr nicht wohlgesonnen.

Hol sie zurück! beschwor ihn eine innere Stimme. Natürlich könnte er das – er hatte die Männer und die Waffen dazu –, aber sie würde es ihm nicht danken. Er hatte ihr die Entscheidung überlassen, und nun mußte er sich damit abfinden. »Segel setzen!« rief er Sam zu, und die bereitstehenden Männer machten sich daran, seinen Befehl auszuführen. Segel öffneten sich an den Rahnocken und dem Hauptmast und blähten sich im Wind. Brendan beobachtete es unbeteiligt. Die Schönheit seines Schiffes vermochte ihn nicht mehr zu bewegen.

»Das Boot ist weg, Cap'n«, rief ein Seemann von der Reling herüber.

»Das sind wir auch gleich«, erwiderte Brendan. »Steuerbordhalse!« Die Nocken und der Fockmast wurden gebrasst, der Fock- und Hauptbaum schwang herüber. Die Segel knatterten kurz, als das Schiff wendete, und dann fingen sie wieder den Wind ein, und er sang im Gleichklang mit dem Rauschen des Wassers darin, das am Bug vorbeischäumte. Das große Beiboot der *Commonweal* hatte noch nicht einmal den halben Rückweg bewältigt, als die *Raven* in voller Fahrt davonflog. Rebecca war fort.

14

Brendan trat, in Georgetown angekommen, von der Laufplanke des Schoners auf die Pier hinunter. Vor ihm erstreckte sich die Water Street mit Molen auf der Potomac-Seite, wo Schiffe aller Arten vertäut lagen. Links von ihm befanden sich Lagerhäuser, Läden und dazwischen vereinzelte Wohnhäuser, obwohl dies das Arbeitsviertel der Stadt war, wo Tabak, Getreide und andere Güter gelöscht, geladen und gehandelt wurden. Regierungsbeamte und Privatleute, die es sich leisten konnten, wohnten auf der Anhöhe über dem Fluß. So auch der Mann, der Brendans Besuch erwartete, und die Familie Talbot.

Brendan preßte die Lippen aufeinander. Es war kaum mehr als einen Monat her, daß Rebecca die *Raven* verlassen hatte, aber es erschien ihm wie eine Ewigkeit. Inzwischen hatte er sein Äußeres zwangsweise so verändert, daß er sich selbst kaum wiedererkannte. Seine kurzen Haare und sein eleganter blauer Rock, die auf Hochglanz polierten Schuhe und der Rosenholzspazierstock ließen die Passanten nicht ahnen, daß hier der als Rabe bekannte, berüchtigte Pirat des Weges kam. Niemand würdigte ihn eines zweiten Blickes, und genau so sollte es sein.

Seinen Spazierstock schwingend, stieg Brendan vom Wasser den Hügel hinauf, bis er zu einer Straße mit von Ulmen beschatteten, hübschen Ziegelhäusern kam. Jenseits des Rock Creek war die Hauptstadt im Entstehen. Eines Tages würde Washington City vielleicht die Träume seiner Gründer wahrmachen, doch im Augenblick wirkte die inmitten von Schlammlöchern und tief zerfurchten, ungepflasterten Straßen aufragenden Gebäude, das zugegebenermaßen imposante Capitol und das Haus des Präsidenten, wie achtlos von einem Riesenkind dort fallengelassen. Dahinter lagen Wohnhäuser, zahlreiche Pensionen und Geschäfte. Es war kein Wunder, daß so viele Regierungsbeamte Georgetown als Wohnort wählten.

Das Haus des Mannes, zu dem Brendan wollte, war unauffällig hübsch, aus den gleichen lachsfarbenen Ziegeln wie der Bürgersteig, mit weißem Holzwerk und grünen Fensterläden. Als Brendan, die Hand auf dem schmiedeeisernen Geländer, die Steinstufen hinaufstieg, wurde oben bereits die Haustür geöffnet.

»Kommt herein, mein Junge, kommt herein«, forderte George Abbott ihn lächelnd auf, aber Brendan brauchte gar nicht genau hinzusehen – er wußte auch so, daß das Lächeln die Augen nicht erreichte, denn das tat es nie. »Hattet Ihr eine gute Reise?«

»Es ging.« Brendan nahm seinen Zylinder ab und sah sich suchend nach einem Platz dafür um, da kein Bediensteter sich sehen ließ, dem er ihn hätte überantworten können.

»Gebt ihn mir.« Abbott streckte die Hand nach dem Hut aus. »Ich habe meinem Butler heute freigegeben«, erklärte er über seine Schulter, als er Brendan in ein unordentliches, von Bücherregalen gesäumtes Zimmer führte, und Brendan begriff sofort: Abbott wollte das Risiko ausschließen, daß ihre Unterhaltung belauscht werden könnte, denn obwohl er in der Regierung kein offizielles Amt bekleidete, war er doch von großer Wichtigkeit. Angesichts der wachsenden Spannungen zwischen den Vereinigten Staaten und Europa war seine Aufgabe eine delikate: Das Sammeln von Informationen, Menschen zu finden, die bereit waren, als Spione zu agieren. Brendan hatte als »der Rabe« bereits einige Jahre für ihn gearbeitet.

Brendan entfernte einen Bücherstapel von einem mit burgunderrotem Leder bezogenen Ohrensessel, setzte sich und ließ den Blick durch den Raum wandern. Auf dem staubigen Mahagonischreibtisch, auf Stühlen und sogar auf dem Fußboden lagen beschriebene Seiten herum, Zeugen eines entstehenden Manuskripts, und wo kein Papier lag, da lagen Bücher. Außer auf einem kleinen Tisch. Dort stand ein Schachspiel aus schwarzweißem Marmor. Rebecca würde dieses Zimmer gefallen, dachte er, zwang seine Gedanken jedoch augenblicklich zu einer Richtungsänderung.

»Nun denn.« Wie Abbott ihm da mit seinem zerknitterten Hausmantel über dem zerknitterten Hemd und dem weißen Haarkranz gegenübersaß, wirkte er wie die Verkörperung liebenswürdiger Harmlosigkeit, doch seine Augen straften diesen Eindruck Lügen. Sie waren wachsam und kalt. Wie die Augen eines Hais, dachte Brendan. Sein Gastgeber machte sich daran, seine Pfeife zu stopfen, ohne sich darum zu kümmern, daß Tabak auf seinen Schoß krümelte. »Es hat Euretwegen einen ganz schönen Wirbel gegeben, mein Junge.« Brendan lehnte sich zurück. »Das dachte ich mir schon.«

»Ich hatte nicht damit gerechnet, daß Talbot eine solche Hexenjagd veranstalten würde. Wußtet Ihr, daß er Steckbriefe in Umlauf gebracht hat, auf denen er eine Belohnung für Eure Ergreifung aussetzte?«

»Teufel auch!« Brendan war erschrocken. »Wo denn?«

»Auf allen auslaufenden Schiffen und in der ganzen Stadt. Ich habe einen hier.« Brendan nahm das Plakat, das Abbott ihm herüberreichte, und starrte stirnrunzelnd darauf hinunter. In großen Lettern wurden demjenigen, der Talbot den Raben tot oder lebendig brächte, tausend Dollar geboten. Über dem Text prangte die in groben Strichen ausgeführte Zeichnung eines tückisch aussehenden Schurken. Brendan atmete auf: Die einzige Ähnlichkeit mit ihm bestand in der Augenklappe, und die war im Zuge seiner Verwandlung verschwunden. »Nicht zu fassen!«

»Ihr sagt es.« Abbott zündete sein Pfeife an. »Es war unklug, seine Töchter als Geiseln zu nehmen.«

»Es standen keine anderen zur Wahl«, erwiderte Brendan

ärgerlich. »Und Ihr hattet mir dieses Ablenkungsmanöver befohlen.«

»Schon gut, schon gut.« Abbott zog an seiner Pfeife und stieß ein weißes Rauchwölkchen aus. »Es war ja auch wirklich wichtig, zu verschleiern, daß es uns in Wahrheit auf Neville ankam.«

»Waren seine Unterlagen das Ganze denn wert, Sir?«

Abbott ließ seine Pfeife sinken. »Ihr habt sie Euch nicht angesehen?«

»Nein, Sir.«

»Gut. Neville ist übrigens kurz nach seiner Rückkehr deportiert worden.« Die Pfeife war ausgegangen, und Abbott starrte wütend darauf hinunter. »Das verdammte Ding zieht einfach nicht richtig. Ja, die Papiere waren von großem Wert«, fuhr er fort. Er zündete seine Pfeife wieder an, zog daran und stieß einen Laut der Befriedigung aus. »Es wird Euch vielleicht interessieren, daß sie eine Liste von Leuten enthielten, die mit den Briten sympathisieren. Im Falle eines Krieges recht praktisch – dann wissen wir gleich, wo wir die Verräter suchen müssen.« Er paffte ein paarmal. »Talbot stand auch darauf.«

»Teufel auch!« rief Brendan überrascht.

»Nun ja – wir wissen schon seit Jahren über ihn Bescheid. Der große Wirbel hier rührt nicht zuletzt daher, daß er sich nach der Geiselnahme seiner Töchter hilfesuchend an die britische Gesandtschaft wandte.« Wieder stieß er ein weißes Wölkchen aus. »Woraufhin die sich natürlich an uns wandten. Eine heikle Situation.«

»Das kann ich mir vorstellen.«

»Beide Seiten verlangen den Kopf des Raben. Es wäre vielleicht das beste, Ihr würdet für eine Weile verschwinden, mein Junge, aber vorher müßt Ihr mir noch genau berichten, was sich zugetragen hat.«

Als Brendan geendet hatte – wobei er bei der Schilderung seiner Beziehung zu Rebecca tunlichst auf die gewünschte Genauigkeit verzichtete –, betrachtete Abbott ihn sinnend. Seine Pfeife war schon wieder erloschen. »Wißt Ihr, was von den Talbot-Schwestern behauptet wird?«

»Nein, Sir.«

»Daß sie an Bord Eures Schiffes beide wiederholt vergewaltigt worden seien.«

»Das ist eine Lüge!« brauste Brendan auf.

Abbott hob besänftigend die Hand. »Das ist mir doch klar«, sagte er. »Und es gibt nur wenige, die es wirklich glauben. Die jüngere Schwester wird allenthalben bemitleidet.«

Brendan war aufgesprungen und zum Fenster gegangen. Nun fuhr er herum. »Und Rebecca?« verlangte er zu wissen.

Abbott konzentrierte sich darauf, seine Pfeife wieder anzuzünden. »Nun – um sie hat es schon früher einmal Gerede gegeben, und wie ich hörte, hat ihr Vater sie in ihrem Zimmer eingeschlossen.« Abbott paffte ein paarmal. »Talbot ist ein nachtragender Mensch.«

Brendan stieß einen Fluch aus. »Wenn der verdammte Kerl ihr etwas angetan hat …«

»Aber, aber«, wunderte sich Abbott. »Entdecke ich da eine Schwäche für die ältere Miß Talbot bei Euch? Ich hoffe, Ihr habt nicht etwa vor, dort Eure Aufwartung zu machen. Ezra Talbot würde Euch auf der Stelle festnehmen lassen, und wir könnten nichts für Euch tun, denn sonst käme heraus, daß unsere Regierung den Einsatz von Piraten gegen ein Land genehmigt hat, das genau genommen nicht unser Feind ist.« Er ließ seine Pfeife sinken. »Und was würde das für unsere anderen Agenten bedeuten!«

Brendan kam zurück und ließ sich in den Sessel fallen. So sehr es ihm auch widerstrebte, er mußte zugeben, daß Abbott recht hatte. Es ging um Wichtigeres als seine Gefühle für Rebecca. Wenn seine Spionagetätigkeit bekannt würde, würden die anderen Agenten, die für Abbott arbeiteten, vielleicht ebenfalls enttarnt, und damit ginge eine wirksame Waffe gegen England verloren. »Aber ich kann das doch nicht einfach auf sich beruhen lassen!«

»Das müßt Ihr sogar«, erwiderte Abbott in beinahe sanftem Ton. »Diese Angelegenheit muß ohne Euer Zutun geklärt werden.«

»Aber, verdammt noch mal...«

»Laßt uns lieber überlegen, was wir mit Euch machen.« Abbott lehnte sich paffend zurück. »Ich glaube, der Rabe hat ausgedient, mein Junge.«

Rebecca saß in ihrem Zimmer auf einem hochlehnigen Stuhl und schaute sehnsüchtig auf die belebte Prospect Street hinaus und zu dem jenseits davon am Fuß des Hügels gemächlich dahinfließenden Potomac hinunter. Seit drei Wochen war sie nun bereits in diesem heißen, stickigen Raum eingesperrt. Allerdings hatte es auch einen Vorteil: Auf diese Weise mußte sie keine anzüglichen Blicke und kein Getuschel über sich ergehen lassen wie damals, als auch niemand etwas wußte, aber alle Welt über sie geklatscht hatte.

In anderer Weise jedoch war es die schiere Folter. Nicht nur, weil sie sich hier mehr als Gefangene fühlte, als sie es jemals auf der *Raven* getan hatte, und auch nicht nur, weil sie keinerlei Kontakt zu Amelia hatte – was für sie am schlimmsten war, war ihre erzwungene Untätigkeit. Die einzige Ablenkung bot die Lektüre der Bibel, und die zog sie heran, sobald ihre Gedanken zu Brendan abwanderten. Als sie in das Beiboot der *Commonweal* hinuntergeklettert war, hatte sie beschlossen, dieses Kapitel ihres Lebens abzuschließen, und seitdem erstickte sie jede aufkeimende Erinnerung an die Zeit auf der *Raven* mit Frömmigkeit.

Nachts jedoch hatte sie keine Macht darüber. In ihren Träumen sah sie sich wieder in der gemütlichen Kabine, hörte die Schritte und Stimmen der Seeleute und spürte das sanfte Rollen des Schiffes, blickte in ein leuchtendblaues Auge, fühlte rabenschwingenschwarze Haare zwischen ihren Fingern und starke Arme, die sie an einen muskulösen Körper preßten, roch die Salzluft und Brendans charakteristischen Geruch und lauschte seiner Stimme, die ihr Zärtlichkeiten ins Ohr flüsterte. In ihren Träumen war alles wieder lebendig, und wenn sie daraus erwachte, wurde sie von einem Gram erfaßt, der sich wie ein Abgrund vor ihr auftat, in dem sie sich zu Tode zu stürzen drohte.

Wenn ihr Vater sie nur herausließe – dann würde sie die Leere in ihrem Innern nicht mehr so sehr quälen. Sie könnte sich im Haushalt nützlich machen und Amelia betreuen, doch ihr Vater wollte erst sicher sein, daß sie nicht schwanger war. Sie hatte ihm zwar schon an Bord der *Commonweal* erklärt, daß das nicht der Fall sei, und nach ihrer Heimkehr wieder, aber er schien es ihr nicht zu glauben, ebenso wenig wie ihre Beteuerung, daß sie froh darüber sei. Nun – das zumindest war ja auch eine Lüge. Ein Kind von Brendan zu bekommen, hätte zwar einen Skandal verursacht, doch den hätte sie für einen lebendigen Beweis ihrer Liebe gern in Kauf genommen. Daß er ihr nicht vergönnt war, grämte sie zutiefst.

Ein Schlüssel wurde im Schloß herumgedreht, und dankbar für jegliche Ablenkung wandte sie sich der Tür zu. Wahrscheinlich war es Martha, die ihr das Abendessen brachte, dünnen Tee und Haferschleim. Ihr Vater hoffte offenbar, sie durch Hunger gefügig zu machen. Zu ihrer Überraschung sah sie Ezra hereinkommen, der die Tür sofort nach seinem Eintreten wieder abschloß.

»Vater?« Furcht kroch in ihr hoch, als sie sich mit zitternden Knien erhob. »Ist etwas passiert?«

»Nein.« Er scheuchte sie mit einer Handbewegung beiseite und nahm auf ihrem Stuhl Platz, wodurch sie gezwungen war, stehenzubleiben: Im Hause Talbot war es nicht gestattet, auf dem Bett zu sitzen. »Bereust du endlich, Mädchen?«

Rebecca preßte die Lippen aufeinander. Diese Frage stellte er ihr jeden Tag, seit er sie von der *Raven* geholt hatte. Für gewöhnlich besuchte er sie allerdings abends. »Es gibt nichts zu bereuen, Vater«, antwortete sie wie jedesmal. »Ich habe getan, was ich tun mußte.«

»Was du tun wolltest«, höhnte er. »Du bist eine kleine Hure – wie deine Mutter,«

»Laß Mutter aus dem Spiel!«

Ezra sprang auf. »Du wagst es, in diesem Ton mit mir zu sprechen?«

»Ja«, erwiderte Rebecca mit trotzig vorgeschobenem Kinn. »Du weißt, warum ich es getan habe.«

»Weil du mannstoll bist«, knurrte er, doch er setzte sich wieder hin und wischte sich mit einem Taschentuch den Schweiß von der Stirn. »Wenn du weiter so störrisch bist, kommst du hier gar nicht mehr heraus.«

»Du kannst mich doch nicht ewig einsperren!« fuhr sie auf. »Wer soll sich denn um Amelia kümmern?«

»Ich bin mir nicht sicher, ob ich sie noch einmal deinem Einfluß aussetzen soll. Lord Blame ist nicht mehr bereit, sie zu heiraten.«

»Dafür kannst du mich doch nicht verantwortlich machen!«

»Kann ich nicht?« Er musterte sie sinnend. »Es wäre das beste gewesen, ich hätte dich nach dem Tod deines Bastards gezwungen, auf dem Land zu bleiben – aber ich bin nicht heraufgekommen, um darüber zu reden.« Er lehnte sich mit über dem Bauch gefalteten Händen und einem seltsamen Glitzern in den Augen zurück. »Ich habe entschieden, daß du dein Zimmer verlassen darfst.«

»Oh, Vater! Ich danke dir.«

»Gib dich keinen Illusionen hin, Mädchen ich habe dir nicht verziehen.«

Sie schlug die Augen nieder. »Nein, Vater.«

»Was du getan hast, ist unverzeihlich, aber da es offenbar keine Folgen gezeitigt hat, besteht keine Notwendigkeit, dich noch länger versteckt zu halten. Du hast Glück, daß niemand weiß, daß du dich mit dem Raben eingelassen hattest.«

»Ja, Vater.«

»Die Leute vermuten es allerdings, und ich hätte nicht übel Lust, sie aufzuklären und dich dem Skandal auszusetzen.« Rebecca ballte die Hände zu Fäusten. »Ja, Vater.«

»Aber dadurch würde Amelias Ruf geschädigt, und darum werde ich davon absehen. Doch wenn du dich in Zukunft nicht anständig benimmst, setze ich dich vor die Tür. Hast du mich verstanden?«

»Ja, Vater.«

»Gut.« Er stand auf. »Ich erwarte dich unten. Du wirst wieder die Führung des Haushalts übernehmen.«

»Ja, Vater.«

»Ach ja, da ist noch etwas.« Er blieb an der Tür stehen, und seine Augen glitzerten wieder. »Eine Neuigkeit.«

»Ja?«

»Sie betrifft den Raben.«

»Was ist mit ihm?« fragte sie bang.

»Die Marine hat ihn vor zwei Wochen erwischt. Nicht die britische, sondern die amerikanische.« Er schnitt eine Grimasse. »Gleichviel – sie haben ihre Pflicht getan.«

Eine kalte Hand schloß sich um Rebeccas Herz. »Was ... was ist geschehen?«

»Sie haben die *Raven* versenkt.«

»Nein!«

»Mit Mann und Maus«, fuhr er erbarmungslos fort. »Papa.« Das Wort kam ihr nur mühsam über die plötzlich trockenen Lippen. »Bedeutet das ...«

»Ja.« Jetzt lächelte er zum erstenmal, und der Anblick ließ ihr das Blut in den Adern gefrieren. »Der Rabe ist tot.«

Zweiter Teil

15

WASHINGTON CITY,
MAI 1812

Der sehnlichst erwartete Tag des alljährlichen Pferderennens war endlich gekommen, und die Einwohner von Washington City waren nahezu vollzählig auf dem ein paar Meilen nördlich des Capitols gelegenen National Race Course versammelt. Mrs. Madison und ihre illustren Freundinnen, Mrs. Smith und Mrs. Thornton, saßen in ihren Kutschen, während Mrs. Law sich, stolz auf ihre Reitkünste, hoch zu Roß präsentierte. Präsident Madison war, obwohl er nichts für Sport übrig hatte, ebenfalls anwesend. Er saß auf einem edlen Wallach. Auf der anderen Seite der Rennstrecke befanden sich die normalen Sterblichen, Händler und Kaufleute und dergleichen, während sich weiter unten Sklaven und Freigelassene tummelten, und alle schlossen lautstark Wetten über den Ausgang der heutigen Rennen ab. Auch auf den großen Flachdächern der Erfrischungsbuden auf dem Gelände standen Leute. Trotz der wachsenden Spannungen zwischen den Vereinigten Staaten und England, die unweigerlich zu einem Krieg zu führen schienen, waren sogar die Angehörigen der britischen Gesandtschaft, Sir August Foster, der britische Minister, und sein Stab, erschienen. Für diesen einen Tag war alle Feindschaft vergessen. Washington City befand sich im Rennfieber.

Amelia stieg aus der Talbotschen Reisekutsche und nahm Rebeccas Hand. »Oh, schau dir das an! Ich war seit den Empfängen bei Mrs. Madison nicht mehr so aufgeregt!«

»Wir haben gut daran getan, nicht mehr dorthin zu gehen.«

Ezra nahm Amelias Arm, und Rebecca mußte wohl oder übel hinterdrein trotten. »Ich habe diesen Demokraten nie über den Weg getraut. Jemmy Madison wird einen Krieg anzetteln, ehe wir es uns versehen. Denk an meine Worte.«

»O Papa!« protestierte Amelia, wenn auch nicht mit Nachdruck, denn heute klangen Ezras Klagen ausnahmsweise nicht grimmig, sondern eher gewohnheitsmäßig. »Wenn man dich reden hört, könnte man glauben, das Ende der Welt stehe bevor. Rebecca?« Sie schaute über ihre Schulter. »Ah, da bist du ja. Ich hatte schon befürchtet, wir hätten dich verloren.«

»Keine Chance«, murmelte Rebecca und raffte die Röcke ihres grauen Seidenkleides, als sie einigen Pferdeäpfeln auswich. Oh, sie hätte viel dafür gegeben, heute nicht hiersein zu müssen. Im Gegensatz zu Amelia war sie erleichtert gewesen, als ihr Vater, ein eingefleischter Föderalist, entschieden hatte, nicht mehr zu den jeden Mittwoch abend im Haus des Präsidenten stattfindenden Gesellschaften von Mrs. Madison zu gehen. Nicht, daß sie Amelia, die in ihrem neuen himmelblauen Empirekleid hinreißend aussah, ihr Vergnügen mißgönnte – aber ihr, Rebecca, waren gesellschaftliche Ereignisse ein Greuel. Niemand wußte genau, was sich an Bord der *Raven* zugetragen hatte, aber das hinderte niemanden daran, Spekulationen anzustellen, und hinzu kamen die unbestätigten Gerüchte über Rebeccas früheren Sündenfall. Sie wurde zwar nicht geächtet, aber nur mit Vorbehalt akzeptiert. Rebecca folgte ihrem Vater und Amelia durch die Menge, vorbei an Limonadenverkäufern, die an diesem warmen Tag ein gutes Geschäft machten, und grüßte im Vorübergehen mit einem stereotypen Lächeln allerlei Bekannte. Niemand brüskierte sie offen, einige erwiderten das Lächeln sogar, aber dennoch spürte sie deutlich die Kühle, die ihr wie ein kalter Hauch entgegenschlug. Ihre Verfehlungen waren weder vergeben noch vergessen. Es versprach, kein angenehmer Nachmittag zu werden.

Als sie bei dem Rundkurs ankamen, verrenkte Amelia sich in

dem Versuch, an einem hochgewachsenen Mann vorbeizusehen, der vor ihr stand, beinahe den Hals. »Ich möchte wissen, welcher der Anwesenden Mr. Brand ist. Papa? Siehst du ihn?«

»Nein – und du wirst dich gefälligst benehmen, Fräulein«, knurrte Ezra und bedachte Rebecca mit einem feindseligen Blick. »Sorge dafür, daß deine Schwester nicht unangenehm auffällt.«

»Sei doch nicht so streng mit mir, Papa«, umschmeichelte Amelia ihn. »Du hast mich eben neugierig gemacht.« Sie hakte ihn unter und lächelte zu ihm auf. »Schließlich hast du gesagt, du habest einen passenden Mann für mich gefunden.«

»Ich habe nichts dergleichen gesagt«, protestierte Ezra, doch seine Züge waren weicher geworden. »Er erscheint mir lediglich akzeptabel, und er wohnt nicht weit entfernt. In Baltimore.«

»Im Gegensatz zu dem Viscount«, murmelte Amelia mit einem Anflug von Bedauern. Rebecca runzelte die Stirn. Der Viscount Blaine, mit dem Amelia im letzten Jahr verlobt gewesen war, hatte sich, wie befürchtet, eine Braut mit einem untadeligen Ruf gewünscht, und keine, die sich wochenlang in der Gewalt eines Piraten befand. Rebecca kannte ihn zwar nicht, aber sie würde ihm nie verzeihen.

»Dann muß ich nicht soweit fort ziehen, wenn ...«

»Ich dachte, du wolltest einen echten englischen Mann für sie, Vater«, meinte Rebecca.

»Hüte deine vorlaute Zunge, Mädchen. Ich möchte nicht bedauern müssen, daß ich dir gestattet habe, diesem gesellschaftlichen Ereignis beizuwohnen.«

»Ja, Vater«, erwiderte Rebecca unterwürfig, doch in ihren Augen blitzte Aufbegehren.

»Oh, seht nur!« beendete ein Ausruf Amelias den heiklen Augenblick. »Da ist Mr. Collins. Laß uns hingehen und ihn begrüßen, ja, Papa?«

»Wenn es sein muß«, meinte Ezra unwillig. »Aber wir werden uns nicht lange bei ihm aufhalten.«

Amelia warf Rebecca über ihre Schulter einen beredten Blick zu, als Ezra sie durch die Menge geleitete, und Rebecca verbiß sich ein Lächeln. Ihre Schwester, die dank der Bewunderung anderer junger Männer schnell über den Verlust ihres Verlobten hinweggekommen war, hatte ein Auge auf James Collins geworfen, der für Mr. Monroe, den Außenminister, arbeitete, doch bisher hatte sie nichts bei ihm erreicht. Er war zum einen älter als ihre üblichen Verehrer und behandelte sie zum anderen mit amüsierter Nachsicht, wie er vielleicht eine Schwester behandeln würde. Das stachelte natürlich Amelias Ehrgeiz an. Sie würden nicht schlecht zusammenpassen, dachte Rebecca. Collins entstammte einer angesehenen Familie aus Maryland, und seine Aufstiegschancen innerhalb der Regierung wurden allgemein als exzellent beurteilt. Im Moment stand er mit einer Gruppe zusammen, bei der sich auch Mr. Monroe und Mr. Abbott, ein bekannter Gelehrter, befanden, keine Leute, die ihr Vater schätzte, und das war ein weiterer Grund für Amelias Interesse an Collins. Sie wurde allmählich erwachsen und begann, wenn auch in sanfter Form, zu rebellieren.

Sich hinter den beiden durch das Gedränge schiebend, wobei sie gelegentlich die Finger verschränkte, um den Sitz ihrer Handschuhe zu korrigieren, ließ Rebecca ihre Gedanken wandern. Nicht zu weit, denn das wäre zu gefährlich, sondern nur zu naheliegenden, unverfänglichen Dingen. Wie zu diesem Mr. Brand aus Baltimore, den ihr Vater Amelia unbedingt vorstellen wollte, einen verwitweten Reeder, der nach Washington City gekommen war, um den Versuch zu machen, die Erlaubnis der Briten für den Handel mit den Franzosen zu bekommen. Seltsamerweise war er selbst Engländer. Oh, er hatte die amerikanische Staatsbürgerschaft erworben, aber das zählte für ihren Vater nicht. Einmal Engländer, immer Engländer, sagte er, und Rebecca vermutete, daß das allein Mr. Brand zu einem erstrebenswerten Schwiegersohn für ihn machte. Auch wenn er, wie Rebecca annahm, eigentlich zu alt für Amelia wäre. Sie stellte ihn sich als beleibt und mit beginnender Glatze vor.

Unvermittelt lichtete sich das Gedränge, und Rebecca, die geradeaus geschaut hatte, ohne wirklich etwas zu sehen, nahm plötzlich etwas wahr: Nahe des Geländers stand, mit dem Rücken zu ihr, ein hochgewachsener, breitschultriger Mann in einem burgunderroten Rock und mit einem Zylinder auf dem Kopf. Die Form der Schultern und seine Körperhaltung waren ihr so schmerzlich vertraut, daß Rebecca der Atem stockte. Brendan. Natürlich war er es nicht. Brendan war tot, auch wenn sie es noch immer nicht glauben wollte. Es passierte ihr nicht zum erstenmal, daß sie ihn zu sehen, seinen Gang, seine Haarfarbe, seine Gestalt zu erkennen glaubte. Die muskulösen Arme, mit denen er sich aufgestützt hatte, während er sie in Besitz nahm…

Nein! Rebecca wandte sich entschlossen ab. Sie durfte diesen Träumereien nicht nachhängen – es tat zu weh.

Nachdem es Ezra endlich gelungen war, Amelia von Mr. Collins wegzuziehen, führte er sie zu den in einer Gruppe beieinanderstehenden Angehörigen der britischen Gesandtschaft hinüber. Sir Augustus und die übrigen begrüßten sie zwar freundlich, aber distanziert. Rebecca war schon bei früheren Gelegenheiten aufgefallen, daß die Briten trotz seiner bekannten Vorliebe für England und alles Englische nicht geneigt waren, ihren Vater als einen der Ihren anzuerkennen. »Vater«, sie beugte sich vor, um es ihm ins Ohr sagen zu können, »findest du es klug, hier zu sein?«

»Selbstverständlich.« Ezra starrte sie wütend an. »Alle sind hier.«

»Meinst du nicht, daß wir uns nach Lage der Dinge unter Feinden befinden?«

»Unsinn, Mädchen. Ich bin immer ein Freund Englands gewesen und werde es immer sein. Und jetzt paß auf deine Schwester auf, während ich Mr. Brand holen gehe.«

Amelia hakte Rebecca unter, als sie ein wenig abseits der

Briten auf Ezras Rückkehr warteten. »Das war nicht sehr geschickt, Becky. Du weißt doch, wie Vater zu England steht.«

Rebecca seufzte. »Sicher weiß ich das, aber angesichts der Kongreßmitglieder, die nach Krieg schreien, und all dem Ärger auf See fühle ich mich fast wie eine Verräterin.«

»Ach, sei still!« Amelia schnippte einen unsichtbaren Fussel von ihrem Handschuh. »Ich habe heute keine Lust auf dieses Thema. Was mich interessiert« – ein Lächeln blitzte in ihren Augen – »sind einige ungewöhnlich anziehende Männer.«

»Amelia!« schalt Rebecca.

Ihre Schwester ließ sich nicht beirren. »Ich wünschte, du hättest ein hübscheres Kleid, Becky. Ein buntes, fröhliches.«

»Unsinn. Ich bin nur als deine Begleiterin hier.«

»Ich finde, du solltest dir auch einen Mann suchen – oder willst du den Rest deines Lebens damit zubringen, Papa jeden Wunsch von den Augen abzulesen? Er wird es dir nicht danken.«

»Wie kannst du das sagen?« protestierte Rebecca. »Vater ist mir für alles dankbar, was ich für ihn tue.«

»Wenn du weiter deine Zeit damit vergeudest, ihn zu verhätscheln, wirst du nie jemanden für dich finden. Er schert sich keinen Deut um dich, Becky, und das weißt du auch.«

»Amelia!« entsetzte sich Rebecca, und in diesem Augenblick grub ihre Schwester die Finger in ihren Arm.

»Still! Papa kommt zurück – und das hinter ihm muß Mr. Brand sein. Schau doch, Becky!«

»Nein!« erwiderte Rebecca mit finsterer Miene. »Ich bin empört über das, was du gerade gesagt hast. Vater liebt mich.«

»Hör jetzt auf damit, Becky, sie sind gleich hier.«

Rebecca folgte ihrem Blick, und ihr Herzschlag setzte aus. Ihr Vater verdeckte zwar einen Teil des Mannes in seinem Schlepptau, doch sie sah dunkle Haare und einen burgunderroten Rock. Der Mann, der sie an Brendan erinnert hatte! Sie wollte fliehen, doch es war zu spät.

»Mr. Marcus Brand – ich möchte Euch meine Töchter vorstellen. Rebecca und Amelia.«

Amelia war bereits in einem Knicks niedergesunken, und Rebecca beeilte sich, es ihr gleichzutun. Es war töricht, sich wegen eines Mannes, der Brendan in Wirklichkeit wahrscheinlich gar nicht ähnelte, so verrückt zu machen. Durch diesen Gedanken gestärkt erhob sich Rebecca, schaute auf – und blickte direkt in die leuchtendblauen Augen von Brendan Fitzpatrick.

16

Amelia fand als erste die Sprache wieder. »Nein, so etwas!« rief sie. »Ihr seht aus wie jemand, den wir mal kannten. Findest du nicht, Becky?«

Markus hob eine Braue. »Tatsächlich?« Seine kühle, fast schroffe Sprechweise, so ganz anders als Brendans wohlklingender Singsang, brachte Rebecca mit einem Schlag zu sich. Natürlich war er nicht Brendan. Dieser Mann hatte zwei gesunde Augen, und außerdem, rief sie sich zum zweitenmal an diesem Tag ins Gedächtnis, war Brendan tot. Die Erinnerung daran hatte sie nie so geschmerzt wie in diesem Augenblick.

»Ja, aber...« Amelia wandte sich flehend an Rebecca. »Siehst du es nicht auch, Becky?«

»Ich glaube nicht, daß Mr. Brand dieser Vergleich gefallen wird, Melia«, erwiderte sie mit einem warnenden Blick. Die Ähnlichkeit der Gesichtszüge und der Statur war wirklich groß, doch als sie ihn jetzt genauer betrachtete, entdeckte sie Unterschiede. Die Haare dieses Mannes waren zwar ebenfalls schwarz, doch, und das vor allem an den Schläfen, von silbernen Fäden durchzogen, die Augen waren zwar ebenfalls leuchtend blau, doch sie strahlten Kälte aus. Auch seine Körperhaltung war anders, er stand ziemlich steif da, die Arme dicht am Körper. Sie konnte ihn sich nicht lässig an einem Ruderhaus lehnend vorstellen. »Aber vielleicht hat man Euch schon einmal gesagt, daß Ihr Brendan Fitzpatrick ähnelt, Sir. Er war als der Rabe bekannt.«

Marcus verzog angewidert den Mund, wie Brendan es nie getan hätte. »Ein übler Bursche. Die Welt kann sich glücklich schätzen, von ihm befreit zu sein.«

»Genau meine Rede!« warf Ezra mit dröhnender Stimme

ein und schlug ihm auf die Schulter. Marcus zuckte zusammen und wich Ezras Hand taktvoll unauffällig aus. »Er war der ruchloseste Unhold, den ich je kennengelernt habe. Ich muß Euch für meine Töchter um Verzeihung bitten. Seid versichert, daß sie Euch kein zweites Mal beleidigen werden.«

»Ich verlasse mich darauf. Wie kam es denn, daß zwei so anständige, junge Ladies die Bekanntschaft eines solchen Schurken machten?«

Amelia lächelte zu ihm auf. »Meine Schwester und ich waren eine Zeitlang seine Gäste.«

Marcus warf einen kurzen, ausdruckslosen Blick zu Rebecca. »Wirklich? Wie schrecklich für Euch. Ich hoffe, er hat Euch nichts angetan.«

»O nein. Um die Wahrheit zu sagen, er hat uns sogar recht gut behandelt. Aber als Geiseln gefangengehalten zu werden, war natürlich trotzdem schlimm.«

Endlich wurden seine Züge ein wenig weicher. »Das kann ich mir vorstellen. Es ist sehr warm heute. Möchtet Ihr etwas trinken, Miß Talbot?«

Amelia schenkte ihm einen koketten Blick und legte die Hand auf seinen Arm. »Sehr gerne. Ich hörte, Ihr seid aus Baltimore«, begann sie ein Gespräch mit ihm, als sie sich entfernten.

»Seltsam.« Ezra sah den beiden mit zusammengekniffenen Augen nach. »Mir war die Ähnlichkeit nicht aufgefallen, aber jetzt, da ihr es gesagt habt, sehe ich auch, daß da etwas ist. Der Schnitt des Gesichtes vielleicht.«

»Sein Gang ist ganz anders als der des Raben«, platzte Rebecca heraus.

Ezra bedachte sie mit einem strafenden Blick. »Wir wollen uns nicht bei diesem Thema aufhalten, Mädchen.«

»Ich habe doch nicht davon angefangen!« verteidigte sie sich. Sie beobachtete, wie Marcus an einer Bude ein Glas Limonade für Amelia kaufte und sich mit ihr unterhielt, wobei er mit einem Ausdruck auf sie hinunterschaute, den man nur mit viel Phantasie als Lächeln erkennen konnte. Wenn sie da an Brendans dachte! Komisch – einen Moment lang hatte sie gedacht, er würde sie auffordern, ihn zu begleiten, und nicht Amelia. »Ich frage mich, ob er irgendwie mit ihm verwandt ist.« Ezra schnaubte. »Ich werde Erkundigungen einziehen. Falls es so ist, wird Amelia ihn selbstverständlich nicht wiedersehen.«

»Wer ist er, Vater?«

»Ich weiß nur, was ich dir erzählt habe. Er ist aus Baltimore und besitzt, wie ich, mehrere Schiffe. Wurde in England geboren, kam aber vor einigen Jahren hierher. Der Tod seiner Frau liegt schon eine Weile zurück. Sie starb an Gelbfieber, glaube ich. Es heißt, er sei sehr wohlhabend.« Nach einem prüfenden Blick meinte er: »Er sieht auch so aus.«

Rebecca nahm den Schnitt und die Qualität seiner Kleidung in Augenschein, das feine Tuch, aus dem sein burgunderroter, modischer Rock geschneidert war, die sorgfältig gebundene Krawatte, die naturfarbene, enganliegende Büffellederhose. Wohlgeformte, muskulöse Beine, dachte sie. Hastig lenkte sie ihre Gedanken in sachlichere Bahnen. »Baltimore ist nicht weit weg.«

»Nein, aber Amelia kennt dort keine Menschenseele.«

»Sie hätte doch ihren Mann«, hielt Rebecca Ezra vor Augen. »Und wenn sie mit ihm glücklich ist...«

»Du wirst ihr dieses Glück nicht verderben, hörst du!« fiel Ezra ihr ins Wort.

Sie schaute ihn entgeistert an. »Warum sollte ich das tun?«

»Ich kenne dich, Mädchen! Es ist nur zu hoffen, daß er sich nicht von ihr abwendet, wenn er von deiner Vergangenheit erfährt.«

Das schmerzte. Der kostbare, weil so seltene Augenblick der Harmonie zwischen ihrem Vater und ihr war vorüber. Rebecca biß sich auf die Unterlippe, schaute weg und begegnete dem Blick von Marcus. Sie glaubte, etwas darin aufflakkern zu sehen, doch ehe sie sich vergewissern konnte, hatte

Marcus seine Aufmerksamkeit schon wieder Amelia zugewandt.

»Wer ist denn der Bursche bei Miß Amelia?« fragte eine Stimme hinter ihr, und als sie sich umdrehte, sah sie sich einem Mann in der leuchtendroten Uniform eines britischen Soldaten gegenüber.

»Lieutenant Dee«, sagte sie mit erzwungener Herzlichkeit. »Was für eine Überraschung. Müßtet Ihr nicht Dienst in der Gesandtschaft tun?«

»Heute nicht. Gehorsamster Diener, Miß Talbot.« Er verbeugte sich nacheinander militärisch knapp vor beiden und meinte dann: »Er kommt mir bekannt vor.«

»Ein Mr. Marcus Brand aus Baltimore.«

»Marcus Brand? Seid Ihr sicher?« Eine senkrechte Falte erschien zwischen Dees Brauen. »Was macht er hier?«

»Sieht Rebecca heute nicht ganz besonders reizend aus?« wechselte Ezra mit dröhnender Stimme das Thema, und Rebecca wand sich innerlich – sowohl wegen der Taktlosigkeit ihres Vaters als auch des Blickes, mit dem Dee sie musterte. Ihr Kleid war zwar hochgeschlossen und langärmelig, doch es erschien ihr plötzlich durchsichtig. Sie wäre am liebsten im Boden versunken.

»Miß Talbot sieht immer reizend aus«, erwiderte der Brite.

»Ich danke Euch«, sagte Rebecca äußerlich gelassen. »Ihr seid zu liebenswürdig.«

»Meine Rebecca ist eine gute Frau«, setzte Ezra seine ebenso überraschende wie peinliche Anpreisung fort. »Sie wird einmal einem glücklichen Mann eine gute Frau sein.«

»Das bezweifle ich nicht. Jeder Mann könnte sich glücklich schätzen, sie zu bekommen.«

Die beiden sprachen über sie, als sei sie überhaupt nicht da, und Rebecca wollte eben den Mund aufmachen, um dagegen zu protestieren, als Amelia mit Marcus zurückkehrte und der Qual ein Ende bereitete.

»Sieh da, sieh da! Du kamst mir doch gleich so bekannt vor,

Cousin!« rief Dee und verbeugte sich förmlich vor Brand, der daraufhin ein Monokel ans Auge hob und den britischen Soldat prüfend musterte. Rebecca starrte wie gebannt auf die Hand, die das Einglas hielt. Sie war sonnengebräunt und schwielig, paßte so gar nicht zu dem restlichen Erscheinungsbild dieses stutzerhaft wirkenden Mannes. Aber zu einem anderen ... Rebecca mußte alle Beherrschung aufbieten, um des Schwindels Herr zu werden, der sich ihrer bemächtigte.

»Ihr seid Cousins?« drang Amelias fröhliche Stimme wie von weither an ihr Ohr.

»Entfernte«, erklärte Dee. »Wir haben uns seit Jahren nicht gesehen. Obwohl ...«

»So ist es«, bestätigte Marcus. »Nicht, seit ich England verließ. Fühlt Ihr Euch nicht wohl, Miß Talbot?«

Rebecca riß sich gewaltsam aus ihrer Träumerei und schaute in seine Augen hinauf, in denen sie einen Ausdruck sah, den sie nicht deuten konnte, der sie jedoch nichtsdestoweniger fesselte, denn genau diesen hatte sie oft bei Brendan gesehen.

»Miß Talbot?«

»Ich ... entschuldigt. Es ist nur die Hitze.«

»Du bist ja leichenblaß, Becky!« stellte Amelia mit besorgter Miene fest. »Bist du sicher, daß dir nichts fehlt?«

»Vielleicht würde Euch eine kühle Limonade guttun, Miß Talbot«, mischte Dee sich ein. »Ich werde Euch ein Glas holen.«

»Das ist nicht nötig – es geht mir schon wieder gut«, beteuerte Rebecca, doch Dee ließ sich nicht aufhalten.

»So siehst du aber nicht aus«, widersprach Amelia in dem erwachsenen Ton, den sie seit einem Jahr immer häufiger anschlug. »Papa, ich glaube, wir sollten nach Hause fahren.«

»Aber nein ...«

»Nach Hause? Das Rennen hat ja noch nicht einmal angefangen!« protestierte Ezra. »Und ich habe auch noch nicht mit Sir Augustus über meine Lizenz gesprochen.«

»Das könnt Ihr Euch sparen«, warf Marcus ein. »Ich habe ihn schon selbst vergeblich darauf angesprochen.«

Zu Rebeccas Erleichterung wandte ihr Vater seine Aufmerksamkeit Marcus zu. »Das habt Ihr, Sir?«

»In der Tat. Die Briten sind nicht bereit, uns Lizenzen für den freien Handel zu erteilen oder die Kabinettsbeschlüsse aufzuheben. Die Marine Seiner Majestät wird auch weiterhin gegen neutrale Schiffe vorgehen.«

Ezras Augen verengten sich. »Aber Ihr seid doch Brite, Sir.«

»Nein, Sir, Amerikaner.« Er schnippte ein Stäubchen von seinem Ärmel. »Wenn ich das sagen darf, Sir, Miß Talbot ist wirklich sehr blaß, und ich würde sie nicht zwingen, noch länger zu stehen, Sir.«

Ezra überlegte einen Moment und nickte dann. »Vielleicht habt Ihr recht. Rebecca, dort drüben stehen Bäume. Du kannst dich ja darunter in den Schatten setzen.«

»Ich begleite Euch«, erbot sich Marcus, als sie sich zum Gehen wandte.

»O nein, das braucht Ihr nicht«, widersprach sie mit die anderen befremdender Heftigkeit. Sie befürchtete, aus der Rolle zu fallen, wenn sie sich noch länger in seiner Gesellschaft befände.

»Aber ich tue es gerne. Madam?« Er bot ihr den Arm, und es blieb ihr nichts anderes übrig, als ihre Fingerspitzen daraufzulegen und sich von ihm durch die Menge führen zu lassen. Obwohl sie ihn kaum berührte, spürte sie die bei einem so modisch gekleideten und ungelenk wirkenden Mann überraschend muskulöse Kraft seines Armes. Unangenehm deutlich und unangenehm warm. Sie war unendlich erleichtert, als sie das Gedränge hinter sich gelassen und auf einer kleinen Anhöhe über der Rennstrecke den Schatten einer großen Buche erreicht hatten.

Sofort zog sie ihre Hand weg. »Ich danke Euch, Sir.« Sie hoffte inständig, daß er gehen würde. »Es war sehr freundlich von Euch, mich hierherzubegleiten, aber jetzt komme ich allein zurecht.«

»Es würde mir nicht einfallen, Euch zu verlassen.« Nach einem mißbilligenden Blick auf die Erde unter dem Baum zog er ein blütenweißes Taschentuch hervor und breitete es auf dem Boden aus. »Setzt Euch, Miß Talbot.«

»Aber ...«

»Es wird Euch guttun«, sagte er mit einem so befehlenden Unterton, daß sie verdutzt gehorchte. Nach einem erneuten mißbilligenden Blick setzte er sich in verkrampfter Haltung neben sie. Brendan hätte sich entspannt ausgestreckt.

Rebecca suchte verzweifelt nach einem Gesprächsthema mit diesem rätselhaften Mann, der sie in mehr als einer Hinsicht irritierte. »Ihr seid also geschäftlich in Washington City, Sir?« fragte sie schließlich lahm.

»Ich bin hier, weil ich es nicht mehr aushielt.«

Rebecca blinzelte verwirrt. »Wie bitte?«

»Wie Euer Vater brauche auch ich eine Freihandelslizenz«, antwortete er mit seiner brüsken Stimme. Sie hatte sich den Singsang und den eindringlichen Unterton also nur eingebildet. »Aber ich habe sie nicht bekommen.«

»O ja – das sagtet Ihr vorhin«, plapperte sie. »Und wie gefällt Euch die Stadt, Sir?«

»Die Stadt der prächtigen Moraste?« Sie sah Belustigung in seinen Augen aufblitzen, nur andeutungsweise, aber immerhin, und seine Mundwinkel zuckten. »Hat l'Enfant sie nicht so genannt, als er sie plante?«

»Ich glaube, er sprach von ›prächtigen Bauwerken‹, Sir.«

»Ah«, Marcus nickte. »Aber die fünf Meilen, die man zwischen diesen Bauwerken zurücklegen muß, ließ er unerwähnt.«

Ein Lächeln stahl sich auf Rebeccas Lippen. Die Entfernungen, die man in Washington City zu bewältigen hatte, standen auf der Liste der Klagen seitens der Bewohner der Stadt weit oben. »Ganz so schlimm ist es nicht, Sir.«

»Drei Meilen?« fragte er nach kurzem Überlegen.

Ihr Lachen klang so ungewohnt in ihren Ohren, daß sie unwillkürlich zusammenzuckte. Wann hatte sie das letztemal gelacht?

»Ihr wagt es, so abfällig über meine Heimatstadt zu sprechen?« Es sollte tadelnd klingen, was jedoch gründlich mißlang.

»Ja, ich wage es.« Jetzt lächelte er unverhohlen. »Es ist heiß hier, sumpfig, pestilenziös – alles in allem ungemein reizvoll.« Rebecca konnte nicht anders – sie erwiderte sein Lächeln.

»O ja, besonders, wenn der Kanal in der Nähe der Pennsylvania Avenue über die Ufer tritt.«

Das Blitzen in seinen Augen wurde deutlicher. »Diese Sehenswürdigkeit ist mir noch nicht vergönnt gewesen – ich habe nur die britische Gesandtschaft und das Haus des Präsidenten besucht.«

»Die sind dagegen armselig«, verkündete Rebecca, die, zu ihrem Erstaunen feststellte, daß sie sich königlich amüsierte.

»Ich hoffe, diese Bildungslücke baldmöglichst schließen zu können«, antwortete er, und in diesem Moment schrie die Menge unten wie aus einem Munde auf. Rebecca und Marcus konnten von ihrem erhöhten Aussichtspunkt die Pferde die Bahn entlanggaloppieren sehen: Das erste Rennen hatte begonnen.

»Ich halte Euch von den Rennen ab – das tut mir leid.« Sie wandte sich ihm wieder zu und sah, daß er sie prüfend musterte.

»Es war meine eigene Entscheidung, Euch zu begleiten«, gab er zurück. Sein Blick glitt nach oben, und sie streckte unwillkürlich die Hand nach ihrem Hut aus. »Was ist?«

»Ihr habt ungewöhnliches Haar, Miß Talbot, wenn ich so persönlich werden darf.«

»Ungern.« Rebecca hatte die Hand wieder sinken lassen und zupfte an den Fingerspitzen ihrer grauen Ziegenlederhandschuhe herum. Sie wünschte, er hätte keinen Humor, er sähe nicht so gut aus und wäre nicht so charmant, wenn er es darauf anlegte, denn sie begann wieder etwas zu empfinden, und es schmerzte.

»Ich mußte es einfach sagen.« Nach einem Moment des Schweigens konstatierte er: »Ihr fühlt Euch unwohl in meiner Gegenwart. Warum?«

Rebecca hob ertappt den Blick. »Aber das stimmt doch gar nicht!«

»Wenn Ihr so weitermacht, sind Eure Handschuhe bald zerfetzt«, meinte er in sanftem Ton. »Liegt es daran, daß ich diesem Schurken ähnle?«

Sie preßte die Lippen aufeinander und schaute auf ihre Hände hinunter. »Ja«, gestand sie schließlich. »Zum Teil.« Sie konnte ihm unmöglich erklären, welchen Aufruhr diese Ähnlichkeit in ihr ausgelöst hatte. »Es geht mir wieder gut, Sir«, wechselte sie das Thema. »Würdet Ihr mich bitte zu meinem Vater zurückbegleiten?«

Er schien etwas einwenden zu wollen, doch dann nickte er. »Selbstverständlich.« Er stand auf und streckte ihr die Hand hin, um ihr hochzuhelfen, und sie ergriff sie. Die Berührung brannte sogar durch ihren Handschuh auf ihrer Haut, und als sie erschrocken aufschaute, sah sie seinen leuchtendblauen Blick mit einer Eindringlichkeit auf sich ruhen, die es ihr unmöglich machte, den ihren abzuwenden. Doch ein neuerlicher Aufschrei der Menge lenkte Brand gottlob ab. Der Bann war gebrochen, und sie hatte Gelegenheit, diesen ihr so vertrauten Fremden zu mustern. Wie ähnlich er Brendan war und doch auch wieder nicht.

Langsam entzog sie ihm ihre Hand. »Ich danke Euch, Sir.«

Er nickte, hob sein Taschentuch auf, umfaßte ihren Ellbogen und führte sie den Abhang hinunter auf das Gedränge an der Rennbahn zu. Oh, sie wünschte, er würde sie loslassen! Seine Berührung weckte Gefühle in ihr, deren sie sich für nicht mehr fähig gehalten hatte, unerwünschte Gefühle, denn sie wußte aus Erfahrung, daß sie stets im Desaster endeten.

Als sie unten ankamen, begann gerade das zweite Rennen,

und Marcus verabschiedete sich zu ihrer Erleichterung, nachdem er sie bei ihrem Vater abgeliefert hatte, mit einer Verbeugung und entfernte sich, um mit Mr. St. John zu sprechen, einem Angehörigen der britischen Gesandtschaft. Rebecca stand wie betäubt inmitten der Menge. Warum tat das Schicksal ihr das an? Wenn sie ihn wenigstens niemals wiedersehen müßte! Aber das käme unausweichlich auf sie zu, denn ihr Vater hatte ihn als Freier für Amelia ausgesucht, und das steigerte ihren Schmerz noch. Nie zuvor war sie eifersüchtig auf ihre Schwester gewesen, hatte ihr noch nie etwas mißgönnt. Aber jetzt tat sie es. Marcus Brand würde Amelia den Hof machen. Wie sollte sie das ertragen?

»Entschuldigt die Störung, Mr. St. John«, sagte eine Stimme hinter Marcus, und als er sich mit seinem Gesprächspartner umdrehte, sah er sich Dee gegenüber. »Sir Augustus bittet Sie auf ein Wort zu sich, Sir«, sagte der Lieutenant zu St. John.

»Danke, Lieutenant, ich werde sofort zu ihm gehen. Wenn Ihr mich entschuldigen wollt«, wandte Hillary St. John sich an Marcus. »Auch an einem Tag wie heute muß man dem Ruf der Pflicht Folge leisten.«

Marcus nickte. »Ich werde mir die Rennen ansehen – mich erwarten keine Verpflichtungen.«

St. John entfernte sich, und Marcus richtete seine Aufmerksamkeit wieder auf die Rennstrecke, wo eben die Pferde für den nächsten Durchgang Aufstellung nahmen.

»Ich hoffe, ich gewinne heute ein paar Kröten«, sagte Dee.

Marcus bedachte ihn mit einem gelangweilten Blick. »Wir hatten uns nie viel zu sagen, Jeremiah. Wollen wir es nicht dabei belassen?«

»Du bist immer noch der gleiche überhebliche Mistkerl.« Der Lieutenant starrte ihn feindselig an.

Marcus ließ sein Monokel an der dünnen Silberkette vor- und zurückschwingen. »Ich würde dir empfehlen, deine Zunge zu hüten«, meinte er in mildem Ton. »Wenn ich mich recht entsinne, habe ich dir im Laufe unserer gemeinsamen Kindheit mehr als einmal die Nase blutig geschlagen.«

»Wofür unser Onkel dich nie bestraft hat«, fügte Dee mit finsterer Miene an, »während er bei mir da keinerlei Zurückhaltung übte.«

»Vielleicht verdientest du es.«

»Verfluchter Kerl!« zischte Dee und machte einen Schritt auf ihn zu. »Ich sollte …«

»Beruhige dich.« Marcus schnippte einen Fussel von seinem Ärmel. »Schließlich haben wir seinen Adelstitel beide nicht geerbt.«

»Das ist richtig, aber du warst sein Liebling. Leugne es nicht. Und er hätte dich als Erben eingesetzt, wenn du dir nicht seine Sympathie damit verscherzt hättest, daß du deine Mutter im Stich ließest.« Dees Züge drückten Genugtuung aus.

»Ich habe sie nicht im Stich gelassen«, widersprach Marcus in scharfem Ton. »Ich wurde für die Marine zwangsrekrutiert. Und ich habe mich immer gefragt«, sein stählerner Blick bohrte sich in Dees, »woher die Bande wußte, wo ich zu finden war.«

Dee zuckte mit den Schultern. »Tja, das wird wohl ewig ein Rätsel bleiben.«

»So sieht es aus.« Marcus' Stimme war seidenweich. »Aber ich habe es nicht vergessen, Jeremiah, und auch nicht, daß sie allein starb.«

»Du hast es offenbar weit gebracht«, wechselte Dee, Marcus' elegante Kleidung mit einem verächtlichen Blick musternd, das Thema. »In Baltimore?«

»Größtenteils.«

Dee betrachtete ihn stirnrunzelnd. »Wenn ich es nicht besser wüßte …«

»Kennst du die Talbots schon lange?« fiel Marcus ihm ins Wort. Dee nickte. »Ich habe die Absicht, mich der älteren der beiden Töchter anzunehmen, wenn du verstehst, was ich meine«, erklärte er mit einem lüsternen Blick.

Er begann eines seiner ernsten Werke zu rezitieren, und eine tiefe Enttäuschung ergriff von ihr Besitz, während sie seiner Stimme lauschte, die, obwohl in der Klangfärbung ähnlich, seelenlos die Zeilen herunterleierte. »Wir müssen hier abbiegen, Sir«, sagte sie unwillkürlich frostig.

Als sie den Hügel hinauffuhren, warf Marcus ihr einen prüfenden Blick zu. »Ich habe Euch verstimmt.«

Sie blickte stur geradeaus. »Nein.«

Er hielt die Kutsche an, legte die Hand auf ihren Arm und sagte: »Ihr seid eine schlechte Lügnerin. Was immer ich getan habe – ich bitte Euch, vergebt mir, Mädchen.«

»Wie kommt Ihr dazu, mich so zu nennen?« fuhr sie auf.

»Ich muß Euch schon wieder um Verzeihung bitten. Es ist mir herausgerutscht – ich sage das immer zu meiner Schwester, wißt Ihr.«

»Oh.« Rebecca war schon wieder enttäuscht. Sie wollte nicht, daß er sie mit seiner Schwester auf eine Stufe stellte. »Ich wohne gleich da vorn – Ihr könnt mich hier aussteigen lassen.«

»Ihr könnt zwar hier aussteigen, aber ich werde Euch begleiten«, erklärte er.

»Das braucht Ihr nicht«, protestierte sie.

»Ich möchte es aber.« Er schlang die Zügel um einen Pfosten und half ihr aus der Gig, gab ihren Arm jedoch auch nicht frei, als sie festen Boden unter den Füßen hatte. Die Gefühle, die seine Berührung in ihr weckten, waren zuviel für Rebecca. Sie riß sich los. »Was wollt Ihr von mir, Mr. Brand?«

Er schaute sie überrascht an. »Ich bin gerne mit Euch zusammen, das ist alles, Madam. Es freut mich, Euch und Eure Schwester kennengelernt zu haben.«

»Ihr braucht mir nichts vorzumachen – mein Vater hat mich eingeweiht. Ihr habt die Absicht, um die Hand meiner Schwester anzuhalten.«

»Wie bitte? Nein.« Er schüttelte den Kopf. »Ich kann Euch versichern, daß ich diese Absicht nicht habe.«

Sie zerrte, verwirrt über den Gefühlssturm, den diese Erklärung in ihr auslöste, an ihren Handschuhen.

»Dann schlage ich vor, daß Ihr nicht mit ihrer Zuneigung spielt.«

»Das werde ich nicht. Die Wahrheit ist, daß ich mich für eine andere interessiere.« Rebecca starrte ins Leere. »Möchtet Ihr nicht wissen, wer die Auserwählte ist?«

»Nein.«

»Das ist schade, aber ich verrate es Euch trotzdem. Ihr, Rebecca. Ihr seid meine Auserwählte.«

17

Einen Moment lang war Rebecca so verblüfft, daß sie nicht atmen konnte, und dann begann sie Marcus die Päckchen aus den Armen zu reißen. »Ooh! Ihr ... ihr Männer!«

»Was habe ich denn Schlimmes gesagt, Mädchen?« fragte er verwirrt.

»Wagt es nicht, mich so zu nennen!« Sie ließ die Päckchen achtlos fallen und starrte ihn, die Hände in die Seiten gestemmt, feindselig an. »Ihr habt Geschichten über mich gehört, nicht wahr? Ihr habt gehört, was die Leute über meine Vergangenheit erzählen, und daraus folgert Ihr, daß ich ... daß ich leicht zu haben bin.« Mit tränenblinden Augen ging sie in die Knie, um die Päckchen aufzuheben. »Aber da irrt Ihr Euch gewaltig!«

»Ich denke nichts dergleichen, Mädchen«, sagte er sanft und ging ihr gegenüber in die Hocke. »Schaut mich an. Schaut mich an, Rebecca.«

Ihre Hände verharrten auf den Päckchen, doch sie hielt den Kopf gesenkt. »Ich habe Euch nicht gestattet, mich beim Vornamen zu nennen.«

»Nein, das habt Ihr nicht. Kommt, laßt Euch helfen.« Er sammelte die Päckchen ein und stand auf, und es blieb ihr nichts anderes übrig, als es ihm gleichzutun. »Ich muß mich ein weiteres Mal entschuldigen, Miß Talbot. Es ist nur ... ich habe das Gefühl, Euch schon eine Ewigkeit zu kennen.«

Sie schaute zu ihm auf. »Ihr seid ihm wirklich sehr ähnlich«, sagte sie leise.

»Wem?«

»Bren ... dem Raben.«

»Ist das ein Kompliment?«

»Und doch wieder nicht.« Stirnrunzelnd hielt sie sich zum wiederholten Male die Unterschiede vor Augen. Sie konnte sich einen Gentleman wie Marcus Brand nicht als Piratenkapitän vorstellen. Oder doch? Vielleicht. Denn wie Brendan strahlte auch er Autorität und Selbstvertrauen aus. Sie wurde immer unsicherer. »Es ist höchst seltsam«, murmelte sie.

»Möglicherweise gibt es eine Erklärung. Nein – die Päckchen trage jetzt ich. Ihr laßt sie ja doch wieder fallen.«

»Wie kommt Ihr dazu, mich zu bevormunden!?«

»Es heißt – ob es wahr ist, weiß ich allerdings nicht –, daß die Brands von Piraten abstammen. Vielleicht Ist Euer Rabe… Fitzpatrick, habt Ihr gesagt?«

»Ja. Brendan Fitzpatrick – und er ist nicht *mein* Rabe.«

»Vielleicht ist er ja ein entfernter Verwandter. Brendan? Hm.«

»Was?« fragte sie, als er nicht fortfuhr.

»Hm? Ach, nichts.« Er verzog den Mund zu seinem charakteristischen, kaum als solches erkennbaren Lächeln. »Es ist nur komisch. ›Brendan‹ ist eine andere Form von ›Brand‹ – und beides bedeutet das gleiche.«

»Nämlich?«

»Rabe.«

»Ihr scherzt!«

»Nein.« Seine Miene war ernst. »Ihr habt recht, Miß Talbot, ich habe von Euch gehört.«

Rebecca zuckte zusammen und drehte sich weg. »Ich verstehe.«

»Nein, das tut Ihr nicht.« Er umfaßte ihren Arm und drehte sie wieder zu sich herum. Sie hielt die Augen gesenkt. »Es muß schlimm für Euch gewesen sein.«

Sie spürte Tränen aufsteigen. »Ja, das war es.«

»Es tut mir leid.«

Das Mitgefühl in seiner Stimme ließ sie wagen, den Blick zu heben. »Warum? Ihr seid doch nicht schuld an dem, was geschah, oder daran, daß ich seit damals als leichtes Mädchen gelte.«

»Nein, aber es tut mir trotzdem leid, daß Ihr solche Qualen erdulden mußtet.«

»Ich danke Euch.« Sie war froh, daß ihre Stimme nicht zitterte und verriet, wie nahe sie den Tränen war. Sie hatte es immer mit äußerlicher Fassung getragen, daß sie gesellschaftlich geächtet und hinter ihrem Rücken getuschelt wurde, hatte niemandem die Befriedigung bereitet, zusammenzubrechen – und nun drohte ein nettes Wort von diesem Mann sie aus der Fassung zu bringen. Und das lag nicht daran, daß er Brendan ähnelte. Nicht nur, jedenfalls. Es hatte keinen Sinn, sich etwas vorzumachen: Sie fühlte sich zu Marcus Brand hingezogen, was auch immer daraus erwachsen mochte.

Vor ihrem Haus angekommen, überlegte Rebecca, ob sie ihn hereinbitten sollte. Ihr Vater wäre sicherlich erfreut, aber Amelia auch – und das war ein Problem. Sie glaubte nicht, ertragen zu können, ihre Schwester mit ihm flirten zu sehen. »Ich danke Euch für Eure Begleitung...«

»Dankt mir nicht«, fiel er ihr so brüsk ins Wort, daß sie ihn erschrocken anstarrte. Sein Gesicht war plötzlich streng, stand in krassem Gegensatz zu dem Wohlwollen, das er ansonsten zur Schau trug. Zur Schau trug? dachte sie, hatte jedoch keine Zeit, sich ausführlicher mit diesem Gedanken zu befassen. »Ich habe es gerne getan. Rebecca«, er ergriff ihre Hand und umschloß sie fest, »ich bin nicht aufrichtig zu Euch gewesen. Es gibt etwas, das ich Euch sagen muß...«

»Sieh da, sieh da«, dröhnte eine Stimme hinter ihnen, und als sie erschrocken herumfuhren, sahen sie Ezra in der Tür stehen. »Was für eine nette Überraschung. Es freut mich, Euch wiederzusehen, Sir. Wir konnten unser Gespräch über das Embargo neulich ja gar nicht zu Ende führen.«

»Nein, Sir.« Marcus ließ widerstrebend Rebeccas Hand los. Was hatte er ihr sagen wollen? fragte sie sich bang. »Das konnten wir nicht.«

»Nun kommt doch schon herein! Rebecca! Was hast du dir dabei gedacht, unseren Gast draußen stehenzulassen? Lauf und hol ihm etwas Kühles zu trinken.«

Rebecca zuckte unter seinem Tadel zusammen wie unter einem Schlag. »Ja, Vater.« Sie hastete die geschwungene Treppe hinauf. Marcus folgte ihr langsameren Schrittes. »Und dann hilf Martha in der Küche, Mädchen.« Rebecca war oben angekommen und blieb stehen. »Ja, Vater.«

»Wo wollt Ihr die Pakete haben, Miß Talbot?« fragte Marcus. »Darum kann Rebecca sich selbst kümmern«, mischte Ezra sich ein. »Sie tut ohnehin den ganzen Tag so gut wie nichts im Haus.«

»Ja, natürlich.« Mit vor Verlegenheit glühenden Wangen streckte sie die Hände nach den Päckchen aus, wobei sie es vermied, Marcus' Blick zu begegnen.

»Es macht mir nichts aus, sie hineinzutragen, Sir«, sagte er mit freundlicher Stimme, obwohl er innerlich vor Zorn kochte. Rebecca war in Gegenwart ihres Vaters ein völlig anderer Mensch, und das gefiel ihm nicht. »Es ist doch einfacher, wenn ich sie gleich dorthin bringe, wo sie gebraucht werden.«

»Na schön«, gab Ezra widerstrebend nach. »Rebecca wird es Euch zeigen.«

Marcus nickte. »Miß Talbot?«

»Hier entlang.« Rebecca führte ihn durch einen Türbogen und eine Treppe hinunter. Wie bei den meisten Häusern in Georgetown lag die Küche im Tiefparterre. Eine Wand wurde fast zur Gänze von einer riesigen Feuerstelle eingenommen, die trotz der offenstehenden, ins Freie führenden Tür eine erstickende Hitze verbreitete. »Martha ist unser Dienstmädchen. Vater ist gegen die Sklaverei, und in diesem Punkt bin ich seiner Meinung. Es ist äußerst liebenswürdig von Euch, daß Ihr meine Einkäufe hier heruntergetragen habt – ich glaube nicht, daß Ihr ein Mann seid, den man häufig in Küchen antrifft«, plapperte sie daher. »Legt die Sachen einfach dort auf den Tisch. Danke, Mr. Brand.«

Marcus tat wie geheißen. »Spricht er immer so mit Euch«, fragte er stirnrunzelnd.

»Wie meint Ihr das?«

»Da seid Ihr ja, Miß«, erklang eine fröhliche Stimme von der Hintertür her, und eine schlanke Schwarze kam herein. »Es sind schöne Erbsen im Garten, Miß. Habt Ihr die Lammkeule bekommen?«

»Ja, Martha.« Rebecca strich ungeduldig eine Strähne nach hinten, die sich aus ihrem Nackenknoten gelöst hatte. In ihren Augen stand ein so gehetzter Ausdruck, daß Marcus sie am liebsten in den Arm genommen und getröstet hätte. Aber natürlich war daran nicht zu denken. Er durfte nicht noch länger verweilen, denn ihr Vater erwartete ihn, und der würde sie sonst vielleicht beschuldigen, ihn aufgehalten zu haben. »Ich danke Euch nochmals, Sir.«

Er verbeugte sich. »Es war mir ein Vergnügen, Madam«, erwiderte er und ging wieder ins Erdgeschoß hinauf.

Ezra erwartete ihn in der Tür zu einem luxuriös ausgestatteten Arbeitszimmer, das von der Halle ab und auf den Seitengarten hinaus ging. Den Boden zierte ein Orientteppich, und auf dem massiven Mahagonischreibtisch standen ein silbernes Tintenfaß und ein lederner Briefpapierkasten. Rebecca mußte mit nur einer Bediensteten auskommen, aber sich selbst gegenüber war Talbot offenbar nicht knausrig. »Ich wollte Euch schon holen kommen«, sagte Ezra ungehalten. »Sie hat Euch doch nicht etwa schöne Augen gemacht?«

Marcus, der sich in einem bequemen, lederbezogenen Ohrensessel niederließ, schaute auf. »Wer?« fragte er und schlug in einer Pose kühler Gleichgültigkeit die Beine übereinander.

»Meine Tochter.« Ezra schnitt eine Grimasse. »Manchmal kommt sie mir allerdings eher wie Satans Tochter vor.«

»Sir!« Marcus war schockiert. »Miß Talbot scheint mir eine reizende junge Lady zu sein.«

»Ja, ja, sie versteht es, die Tugendhafte zu spielen.« Ezra nahm Marcus gegenüber Platz und faltete die Hände über seinem imposanten Bauch. »Aber Ihr habt doch sicherlich schon von ihrem Abenteuer gehört.«

»Mit dem Piraten? Ja, aber das könnt Ihr ihr kaum zur Last legen. Schließlich weiß jeder, wie gefährlich der Rabe war.«

Ezra schnaubte. »Ihr Benehmen war schamlos, wobei ich ihr in Anbetracht der Umstände vergeben könnte, wenn es das erstemal geschehen wäre, aber...« Er schüttelte den Kopf. »Das Mädchen ist verderbt.«

»Wollt Ihr damit sagen, daß so etwas schon früher vorgekommen ist?«

»Nun ja, es gab da vor ein paar Jahren eine Geschichte mit einem Mann... Wenn ich sie nicht zu Amelias Betreuung brauchte, hätte ich sie damals aus dem Haus geworfen.«

Marcus hob bedächtig sein Monokel ans Auge und musterte Ezra durch das Einglas. »Eine erstaunliche Aussage.«

»Vielleicht. Verurteilt Ihr mich dafür? Aber Ihr wart nicht hier, als sie mich zum Gespött machte, Sir. Ich hatte ihr gleich gesagt, daß er sie niemals heiraten würde.«

»Wer?«

»Lord Everett. Er war seinerzeit zu Besuch hier. Ein Baronet, Erbe eines Grafentitels. Der gesunde Menschenverstand sagte mir, daß ein solcher Mann sich nie an eine Amerikanerin binden würde. Aber hörte sie auf mich? Nein! Ich sage Euch, sie hat verdient, was ihr geschehen ist.«

Marcus steckte sein Monokel bedächtig wieder ein. »Ihren guten Ruf zu verlieren, war Strafe genug, denke ich.«

»Nein, Sir«, widersprach Ezra grimmig. »Wenn es so wäre, hätte sie sich nicht mit diesem Seeräuber eingelassen. Sie ist leichtfertig wie ihre Mutter.«

»Wie darf ich das verstehen, Sir?«

Ezra machte eine wegwerfende Handbewegung. »Eine alte Geschichte. Ich bezweifle, daß Rebecca sich noch ändern wird. Ich dachte, sie habe ihre Lektion gelernt, als Everett nach England zurückkehrte...«

»Er ist nicht tot?«

»Doch.« Ezra sah ihn stirnrunzelnd an. »Warum fragt Ihr?«

»Nun – ich nahm an, daß Ihr ansonsten dafür gesorgt hättet, daß er sie heiratete.«

Ezra schob das Kinn vor. »Ich habe es versucht, aber er war nicht bereit dazu. Er hatte eine Verlobte. Gestorben ist er erst später.« Er zuckte die Schultern. »Es ist unwichtig. Sie hat gezeigt, daß ihr nicht zu trauen ist, und darum muß ich Strenge bei ihr walten lassen.«

»Sie hat gezeigt, daß sie zu vertrauensselig ist«, entgegnete Marcus mit gepreßter Stimme.

Ezra bedachte ihn mit einem neuerlichen Stirnrunzeln. »Ich hoffe, diese Angelegenheit hat Euch nicht gegen meine Familie eingenommen. Amelia ist ganz anders geartet, das versichere ich Euch. Ihre Mutter war nicht wie Rebeccas, und sie ist behütet aufgewachsen.«

»Ich würde Miß Amelia niemals anlasten, was Ihr mir erzählt habt.«

Angewidert von dem Gespräch stand Marcus auf. »Ich muß gehen.«

»Jetzt schon? Aber Ihr seid doch eben erst gekommen.«

»Ich bedaure – es erwarten mich dringende Geschäfte.« Er trat in dem Moment in die Halle hinaus, als Rebecca mit einem Tablett erschien.

»Aber für ein kühles Getränk habt Ihr bestimmt noch Zeit«, versuchte Ezra, der ihm gefolgt war, ihn, zurückzuhalten.

»Tut mir leid nein. Miß Talbot«, Marcus nickte ihr zu, »ich freue mich, Euch wiederzusehen.«

»Ganz meinerseits, Sir«, erwiderte Rebecca, und eine Hand legte sich um ihr Herz. Sein Gesicht war abweisend, sein Blick kalt. Oh, was hatte ihr Vater ihm erzählt, daß er sie so ansah? »Ihr geht schon?«

»Ja«, erwiderte er kurz angebunden, doch dann besann er sich und fügte lächelnd hinzu: »Ich hoffe, Euch bald wiederzusehen.«

Rebecca stellte das Tablett auf den Tisch in der Halle und knickste. »Ganz meinerseits, Sir.«

»Guten Tag.« Er verbeugte sich vor beiden, ging zur Tür hinaus und schloß sie sehr behutsam hinter sich.

»Nun«, sagte Rebecca, bestürzt über Marcus' frühen Aufbruch, »dann trage ich die Limonade eben wieder in die Küche.«

»Schau mich an, Mädchen.«

Erschrocken über Ezras scharfen Ton drehte Rebecca sich um. »Ja, Vater?«

»Was hast du zu ihm gesagt?« brüllte er und schlug sie mit aller Kraft ins Gesicht.

Nachdem er die Gig in den Mietstall zurückgebracht hatte, steuerte Marcus auf sein Quartier am Fluß zu. Nur die schnellen, zackigen Schwünge seines Spazierstocks verrieten seinen Zorn. Er hätte Ezra Talbot erwürgen können. Wie kam dieser Mann dazu, über Rebecca zu reden, als sei sie eine Hure? Was spielte ihre Vergangenheit für eine Rolle? Ihm warf die seine doch auch niemand vor! Er wünschte, er wäre früher nach Washington City zurückgekommen.

Er hatte die Tür des hohen Ziegelhauses noch gar nicht ganz erreicht, als Mrs. Sally, seine Vermieterin, sie bereits öffnete. »Oh, Mr. Brand!« Ihre Apfelbäckchen leuchteten vor Aufregung. »Da seid Ihr ja endlich!«

Marcus verbiß sich ein Lächeln. Mrs. Sally war eine Witwe vorgerückten Alters, die Geldnot gezwungen hatte, einige Zimmer ihres Hauses zu vermieten. Sie hatte einen Hang zum Dramatischen und war von einer Neugier, die ihm, wie er vermutete, bald sehr lästig werden würde. Doch er brachte es nicht über sich, sie in ihre Schranken zu weisen. »Ist etwas passiert?« fragte er, als er das Haus betrat, und legte seinen Hut ab.

»Vor nicht ganz zehn Minuten kam eine Nachricht für Euch, Sir«, flüsterte sie verschwörerisch und reichte sie ihm.

»Sie wurde von einem höchst überheblichen Mann abgegeben. Ich kann die Engländer nicht ausstehen. Ihr?«

»Hat er Euch denn beleidigt?« fragte Marcus, den Blick auf den Brief in seiner Hand geheftet. Er kannte die Schrift. Das wächserne Siegel war unversehrt. Soviel Marcus wußte, konnte Mrs. Sally nicht lesen, was einer der Gründe dafür war, daß er sich entschieden hatte, bei ihr abzusteigen, aber seine Tätigkeit hatte ihn schon vor langer Zeit gelehrt, daß man niemandem gänzlich vertrauen konnte.

»Allein sein Blick war schon beleidigend.« Mrs. Sallys Doppelkinn zitterte vor Empörung. »Ich hoffe, daß Ihr ihn nicht in dieses Haus einladet, Sir.«

Marcus hatte das Siegel erbrochen und überflog die Mitteilung. »Ich werde versuchen, es zu vermeiden. Ich muß noch einmal weg, Ma'am.«

Jetzt zitterte ihr Kinn vor Bestürzung. »Aber ich habe Limonade gemacht und für uns kühlgestellt...«

»Es tut mir leid«, erwiderte er sanft. Es schien ihm heute nicht vergönnt zu sein, etwas Kühles zu trinken, dachte er mit einem Anflug von Belustigung. »Ich verspreche Euch, wenn ich zurückkomme, setze ich mich zu Euch, und wir unterhalten uns ausführlich.«

»Das ist schön. Aber bitte hetzt Euch nicht, Sir. Mr. Sally wurde mir an einem Tag wie heute genommen. Sein Herz, wißt Ihr.«

Er öffnete die Tür und drehte sich um. »Seid Ihr mit Rebecca Talbot bekannt?«

Mrs. Sallys Gesicht legte sich in Kummerfalten. »Ach, das arme Mädchen!«

»Ma'am?«

»Dieser Engländer hat sie in gemeinster Weise an der Nase herumgeführt! Und so was nannte sich Lord! Und dann ist da noch die Geschichte mit dem Piraten...«

»Das war doch nicht ihre Schuld.«

»Nein, selbstverständlich nicht, aber wie ihr Vater sich darüber ausgelassen hat...« Nach einer kurzen Pause fuhr sie fort: »Ich spreche nicht gerne schlecht über jemanden, aber ich muß Euch sagen, daß mein Joshua Ezra Talbot nicht leiden konnte.«

»Was Ihr nicht sagt.« Marcus' Miene war ernst, doch in Wahrheit hätte er sie am liebsten dafür geküßt, daß sie Rebeccas Partei ergriff.

»O ja. Mr. Sally sagte immer, bei Mrs. Talbots Tod sei es nicht mit rechten Dingen zugegangen. Ich meine die erste Mrs. Talbot.«

Marcus horchte auf. »In welcher Hinsicht?«

»Nun... ich bin beileibe keine Schwatzbase, Sir, aber es gab damals einen schrecklichen Skandal. Sie lief mit einem Schauspieler davon, stellt Euch das vor! Und die arme Rebecca war noch ganz klein! Aber vielleicht wäre die Frau ja später zurückgekommen – wenn sie nicht gestorben wäre. Beide starben, genauer gesagt.«

»Wie?« fragte Marcus gespannt.

Mrs. Sally runzelte die Stirn. »Das hat Mr. Sally besonders mißtrauisch gemacht – daß Mr. Talbot zu der fraglichen Zeit nicht zu Hause war.«

»Wollt Ihr damit sagen, daß er sie umbrachte?« fragte Marcus in scharfem Ton.

»Gütiger Himmel, nein! Zumindest deutete nichts darauf hin. Nein, nein, das wäre ja eine furchtbare Anschuldigung.« Sie trat einen Schritt zurück. »Ich darf Euch nicht aufhalten, Ihr habt etwas zu erledigen.«

»So ist es«, bestätigte er in grimmigem Ton. »Wartet nicht mit dem Essen auf mich – ich weiß nicht, wie lange ich wegsein werde«, sagte er und verließ aufgebracht das Haus. Daß Talbot eine Heimsuchung war, hatte er schon vor dem Gespräch mit Mrs. Sally gewußt, doch es hatte ihn in seiner Meinung bestärkt, etwas unternehmen zu müssen. Auch wenn es seine Mission gefährdete – er mußte etwas für Rebecca tun.

»Becky«, sagte Amelia an diesem Nachmittag vor der Tür zu Rebeccas Zimmer. »Lieutenant Dee ist gekommen, um dir seine Aufwartung zu machen.«

»Sage ihm, ich sei unpäßlich«, antwortete ihre Schwester.

»Ich werde nichts dergleichen tun.« Amelia trat ein. »Dich hier zu verstecken, ist nicht die richtige Methode.«

Rebecca ließ das kalte, feuchte Tuch sinken, das sie in der Hoffnung, die Schwellung und den brennenden Schmerz zu lindern, an ihre Wange gedrückt hatte. »Kannst du nicht verstehen, daß ich mich so nicht unter Menschen wage?«

Amelia ließ sich nicht beirren. »Sie sollen ruhig sehen, wie Papa dich behandelt.«

»Bei meinem Ruf würden sie sich nur fragen, was ich getan habe, um diese Strafe zu verdienen«, erwiderte sie traurig.

»Ich finde trotzdem, daß du hinuntergehen solltest. Es ist doch schön, daß sich endlich einmal ein Mann für dich interessiert. Wenn Papa seinen Kopf durchsetzt, dann heirate ich Mr. Brand.« Sie rümpfte die Nase. »Und es wäre mir viel wohler, wenn ich wüßte, daß ich dich nicht allein zurücklasse.«

»Magst du ihn nicht?«

»Oh, er ist ganz passabel, denke ich.« Sie zuckte die Schultern. »Aber mir ist er viel zu alt. Oh, Becky, komm doch bitte mit runter!«

»Also schön«, gab Rebecca nach. Daß Amelia nichts für Mr. Brand übrig hatte, weckte ihre Lebensgeister in irritierender Weise. Sie stand auf und folgte ihrer Schwester ins Parterre. »Lieutenant Dee«, lächelte sie, als sie den Salon betrat, und ihr Besucher verbeugte sich. Er war ein recht gutaussehender Mann, dachte sie, als sie einander gegenübersaßen und Artigkeiten austauschten, nicht besonders groß, aber proportioniert, mit ebenmäßigen Zügen. Auf einer Wange hatte er eine Narbe, und die hellbraunen Haare, die er immer wieder mit einer schnellen, ungeduldigen Bewegung nach hinten strich, lichteten sich trotz seiner Jugend bereits, doch das waren unbedeutende Makel. Sie fragte sich, warum sie keinen Gefallen an ihm finden konnte.

»Was ist mit Eurem Gesicht geschehen?« erkundigte er sich, als sie ihm Tee einschenkte.

»Ich bin gegen eine Tür gerannt. Schrecklich ungeschickt von mir.« Ihre Finger streiften seine, als sie ihm die Tasse reichte, und sie zog sie hastig zurück und mußte sich beherrschen, um nicht zu schaudern.

»Ihr solltet in Zukunft achtsamer sein.« Sein dunkler Blick schien sie zu durchbohren, und sie rückte angelegentlich Tassen und Teller auf dem Tischchen zurecht. Warum mußte er sie so ansehen? »Bei Eurem hübschen Gesicht! Ihr seid eine anziehende Frau. Es wundert mich, daß ich der einzige Besucher bin.«

»Oh, es waren schon welche da«, berichtete Amelia eifrig. »Mr. Harrison kam heute früh vorbei und Mr. Brand – aber der wollte zu Papa. Und für den späten Nachmittag hat sich Mr. Collins angesagt.«

»Brand?« Bei der Nennung dieses Namens hatte Dee abrupt von seiner Tasse aufgeblickt. »Was wollte er?«

»Das weiß ich nicht.« Sie runzelte die Stirn. »Ist das denn wichtig?«

»Möglicherweise.« Er stellte seine Tasse auf das Tischchen mit den Schnitzereien an den erhöhten Kanten. »Ich muß Euch gestehen, daß ich den Mann nicht mag.«

»Aber er ist Euer Cousin, Sir.«

»Und das bedeutet, daß ich ihn kenne. Es gefällt mir nicht, wie er Euch ansieht, Miß Talbot.«

»Mich?« fragte Rebecca überrascht und spürte sich erröten, denn sie wußte sehr wohl, wie Mr. Brand sie ansah, und sogar die Erinnerung daran sandte einen wohligen Schauer durch ihren Körper.

»Ja. Ich traue ihm nicht, und das nicht nur, weil ich ihn

kenne. Da ist noch etwas anderes.« Er beugte sich vor. »Was wißt Ihr über ihn?«

»Nicht viel – nur daß er Witwer ist und in Baltimore Schiffe besitzt. Noch Tee?«

»Nein. Nein.« Er stand auf und begann, mit den Fingern schnalzend, steifbeinig auf und ab zu gehen. »Er erinnert mich an jemanden, aber ich komme nicht darauf, an... großer Gott!« Er blieb wie angewurzelt stehen. »Der Rabe!«

Rebecca hätte sich um ein Haar an ihrem Tee verschluckt. »Aber natürlich«, brachte sie mühsam heraus. »War Euch das denn nicht klar?«

»Nein. Wie sollte es?«

»Ich dachte, Ihr sagtet, Ihr wäret ihm in der Vergangenheit einmal begegnet.«

Dee hob die Hand, berührte kurz seine Narbe und ließ sie wieder sinken. »Damals war es dunkel, und es ging alles sehr schnell«, erwiderte er steif.

»Oh.« Rebecca nahm ihre Stickarbeit zur Hand.

»Ich schwor mir damals, ihn zu fangen.« Seine Fäuste öffneten und ballten sich unablässig, und sein Blick war in die Ferne gerichtet. »Und ich sah mich schon am Ziel, doch dann setzte er das Kriegsschiff, auf dem ich mich befand, außer Gefecht. Ihr müßtet Euch daran erinnern – es war zu der Zeit, als der Schurke Euch gefangenhielt.«

Sie blickte überrascht auf. Natürlich erinnerte sie sich an die Auseinandersetzung der *Raven* mit einem Schiff der britischen Marine – und auch an ihr Gefühl drohenden Unheils und an ihre Freude darüber, daß der Rabe mit heiler Haut davonkam. Sie war froh, daß Brendan diesem Mann nicht in die Hände gefallen war. »Ihr befandet Euch auf jenem Schiff, Sir?«

»Ja, und wenn ich Euch hätte retten können, hätte ich es getan.« Seine Augen starrten noch immer in die Ferne. Ein beängstigendes Feuer loderte darin. »Er soll für das bezahlen, was er getan hat.«

»Er ist tot, Sir«, sagte sie leise, und der Kummer darüber,

lange Zeit entschlossen verdrängt, brach sich mit neuerlicher Intensität Bahn.

»Ist er das?«

»Was meint Ihr damit?« fragte Amelia.

»Es steht außer Frage«, warf Rebecca ein. »Wir erhielten die Nachricht von dem Seegefecht kurz nach unserer Heimkehr.«

»Aber seine Leiche wurde nie gefunden – wußtet Ihr das?«

Rebecca beugte sich scheinbar konzentriert über ihre Handarbeit. O ja, und ob sie das wußte. Es hatte ihr viele Alpträume beschert. Man nahm an, daß Brendan ertrunken war, seine letzte Ruhestätte in einem nassen Grab gefunden hatte. »Ich verstehe Eure Beunruhigung nicht, Sir.«

»Wollt Ihr etwa sagen, Mr. Brand sei der Rabe?« fragte Amelia.

»Er ist es nicht!« rief Rebecca.

»Er könnte es sein. Und wenn es so wäre, dann wüßtet Ihr es!« Er fuhr zu ihr herum. »Ihr könntet ihn identifizieren.«

»Komisch«, sagte Amelia in die darauffolgende Stille hinein, »ich finde inzwischen gar nicht mehr, daß er dem Raben besonders ähnlich ist. Zu Anfang, ja, da glaubte ich es, doch je öfter ich ihn sehe, um so klarer wird mir, daß es nur eine oberflächliche Ähnlichkeit ist.«

»Er ist wirklich ganz anders als der Rabe«, sagte Rebecca mit ruhiger Stimme, steckte ihre Nadel in den Stoff und stand auf. »Wenn Ihr mich jetzt entschuldigen wollt – ich muß mich um das Abendessen kümmern.«

»Was? Oh, natürlich.« Dee griff nach seinem Hut. »Aber keine Angst, geschätzte Ladys – wenn er der Rabe ist, werde ich kurzen Prozeß mit ihm machen.« Er verbeugte sich militärisch knapp und ging.

»Oh, Becky, es tut mir leid, daß ich dich genötigt habe, herunterzukommen«, sagte Amelia bestürzt. »Es ist doch nur … ich wünsche mir so sehr, du würdest jemand Passenden finden.«

»Ich bin ganz zufrieden«, lächelte Rebecca tapfer. Mr. Brand war nicht der Rabe. Natürlich nicht. Abgesehen von der äußeren Ähnlichkeit sprach zu vieles dagegen. Aber ... Angst kroch in ihr hoch, und sie fröstelte plötzlich. Lieutenant Dee war ein seltsamer Mann, und nach dem zu urteilen, was er gerade gesagt hatte, auch ein nachtragender. Ob Mr. Brand der Rabe war oder nicht – er war in Gefahr, und sie mußte ihn warnen.

Marcus entledigte sich der Krawatte, die er Stunden zuvor so sorgfältig gebunden hatte, und warf sie auf einen Stuhl. Es war ein aufregender Tag gewesen, dachte er, als er, sich die Brust kratzend, ans Fenster trat. Unten auf der Straße machte der Laternenanzünder seine Runde, und das Licht der Lampen leuchtete in der beginnenden Dunkelheit wie Honig. Eine in ein Cape gehüllte Frau – seltsam bei dieser Wärme! – huschte vorbei. Irgend etwas an ihr erinnerte ihn an Rebecca. Mit einer Grimasse wandte er dem Fenster den Rücken zu. Diesmal entledigte er sich seines elegant geschnittenen Rokkes. Es war schlimm um ihn bestellt, wenn er in jeder Frau Rebecca zu erkennen glaubte. Er hatte ihr zwar heute morgen aufgelauert, und der Zorn auf ihren Vater brannte unvermindert in seiner Brust, doch er war heute nachmittag sehr energisch darauf hingewiesen worden, daß es andere Dinge gab, die seine Aufmerksamkeit verlangten, und er seine Anliegen nicht gefährden durfte. Aber Rebecca war eines von Marcus' Anliegen. Es klopfte. »Ja, bitte?« Mrs. Sally trat mit einem mißbilligenden Stirnrunzeln ein. »Es ist eine junge Person gekommen, die zu Euch will, Mr. Brand.«
»Eine junge Person?«

»Daß sie jung ist, habe ich nur aus ihrer Stimme geschlossen. Sie hat die Kapuze ihres Capes tief ins Gesicht gezogen und ist nicht bereit, mir ihren Namen zu nennen.« Mrs. Sallys blaßblaue Augen blickten bekümmert drein. »Ihr seid wirklich ein netter Mann, Mr. Brand, aber ich kann derlei in meinem Haus nicht gutheißen. Wenn Mr. Sally noch lebte ...«

Marcus legte ihr die Hand auf die Schulter. »Bitte regt Euch nicht auf, Ma'am. Ich versichere Euch, daß ich niemals etwas tun würde, das Mr. Sally mißfiele.« Der arme Mr. Sally mußte ein schrecklich langweiliges Leben geführt haben.

Mrs. Sallys umwölkte Miene klärte sich auf. »Natürlich. Ihr seid ein Gentleman, Sir, aber es gefällt mir nicht, daß eine junge Frau hier einfach so hereinspaziert. So fordernd.«

»Ich werde kurz mit ihr sprechen und sie dann verabschieden.« Er tätschelte beruhigend ihre Schulter. »Wo ist sie?«

»Im Salon. Und Ihr werdet ihr nicht mehr gestatten, hierher zu kommen, ja?«

»Ich verspreche es Euch, Mrs. Sally.« Sein Leben war auch so schon kompliziert genug. Er griff nach seinem Rock, hängte ihn nach kurzem Überlegen jedoch wieder über den Stuhl.

Wer immer die Besucherin war, er hatte sie nicht eingeladen und nicht die Absicht, ihretwegen irgendwelchen Aufwand zu treiben.

Wie Marcus feststellte, als er leise die Tür öffnete, erhellte nur eine einzige Kerze Mrs. Sallys Salon, und ihr schwacher Schein ließ Schatten über die holzgetäfelten Wände, das kleine Rosenholzsofa und die Sesselchen zucken und reichte kaum bis zu der Frau, die neben dem offenen Kamin stand. Es war die Frau, die er draußen hatte vorbeihuschen sehen. »Ihr wolltet mich sprechen?« fragte er kühl.

Die Fremde streifte ihre Kapuze ab.

»Rebecca!« Mit zwei großen Schritten war er bei ihr. »Was, in aller Welt, tut Ihr hier?«

»Ich mußte kommen. Bitte seid nicht böse.«

»Das bin ich nicht – aber wenn Euch jemand gesehen hat ...«

»Darum habe ich das Cape angezogen.« Sie lachte selbstironisch auf. »Wahrscheinlich habe ich damit erst recht Aufmerksamkeit erregt.«

»Was führt Euch her?« wollte er wissen. Er hatte sich ihrer Hände bemächtigt.

»Ich mußte Euch sehen«, antwortete sie. »Euch warnen.«

»Wovor?«

»Ihr schwebt möglicherweise in Gefahr. Erinnert Ihr Euch an Lieutenant Dee?«

»Unglücklicherweise, ja. Was ist mit ihm?«

»Er vermutet, daß Ihr der Rabe seid.«

Marcus lachte. »Ich? Wie ist er denn auf die Idee gekommen?«

»Es ist nicht komisch!« Sie entzog ihm ihre Hände und trat einen Schritt zurück. »Er sinnt auf Rache. Es war der Rabe, dem er die Narbe auf seiner Wange verdankt, und letztes Jahr hätte er ihn beinahe gestellt, als meine Schwester und ich auf der *Raven* gefangensaßen.«

»Tatsächlich?«

»Ja. Er war auf dem britischen Kriegsschiff, das sie angriff. Versteht Ihr nicht? Wenn er zu der Überzeugung gelangt, daß Ihr der Rabe seid, wird er vor nichts haltmachen...«

»Was ist das?« unterbrach Marcus sie.

»Was?«

»Das da.« Er streckte die Hand aus und berührte den dunklen Fleck auf ihrer Wange, den er bis eben für einen Schatten gehalten hatte. Sie zuckte unwillkürlich zurück.

»Mein Gott! Wer hat Euch das angetan?« Seine Stimme war ruhig. Gefährlich ruhig. So hatte sie auch Brendan sprechen hören.

»Das spielt keine Rolle...«

»Und ob es eine Rolle spielt!« Seine in dem Dämmerlicht fast schwarzen Augen sprühten Funken. »War es Dee?«

»Großer Gott, nein!« Sie starrte ihn entgeistert an. »Warum sollte er das tun?«

»Weil er... ach, vergeßt es. Wer hat es getan?«

»Niemand. Ich bin gegen eine Tür gerannt.«

»Das seid Ihr nicht.« Er packte sie bei den Schultern. »Sagt mir die Wahrheit, Rebecca, damit ich mir den Mistkerl vornehmen kann…«

»Das würdet Ihr tun?«

»Teufel auch! Natürlich würde ich das«, brüllte er. »Wer immer Euch das angetan hat, sollte gekielholt werden.«

»Es ist wirklich nicht schlimm.« Sie schaute zu ihm auf und fühlte, wie der Eispanzer, der ihr Herz ein Jahr lang umschlossen hatte, zu schmelzen begann. »Und es ist auch nicht das erstemal geschehen.«

»Es war Euer Vater. Mein Gott. Ich habe recht, nicht wahr?«

»Ja.« Verlegen errötend senkte sie den Blick, doch das machte alles noch schlimmer, denn er blieb an seiner sonnengebräunten Brust hängen, die sein halboffenes Hemd enthüllte. In dieser Aufmachung, ohne Krawatte und Rock, sah er Brendan ähnlicher denn je.

»Kümmert Euch nicht um das, was mir widerfahren ist«, sagte sie ungeduldig. »Was unternehmen wir wegen Lieutenant Dee?«

»Wegen Dee? Gar nichts.«

»Aber er glaubt…«

»Dee und ich sind zusammen aufgewachsen«, unterbrach er sie. »Ich weiß, wie ich ihn nehmen muß.«

»Wenn das so ist«, sagte sie, ihn forschend musternd, »wie kann er dann so etwas von Euch annehmen?«

Marcus zuckte die Schultern. »Wir mochten uns nie. Es würde mich gar nicht überraschen, wenn es eine irgendwie geartete Verwandtschaft zwischen dem Raben und uns gäbe. Mein Großvater hatte Besitzungen in Irland.«

»Oh.« Ihre Wangen röteten sich zart, als sie den Sinn seiner Worte erfaßte. »Oh.«

»Dee kümmert mich nicht«, sagte er und umfaßte ihren Arm, als sie sich wegdrehte. »Warum hat Euer Vater Euch das angetan?«

»Das ist nicht wichtig«, antwortete sie tonlos.

»Es ist wichtig«, widersprach er. »Schaut mich an, Rebecca. Schaut mich an.«

Er drehte ihren Kopf zu sich herum. »Euer Vater und ich haben uns heute unterhalten.«

»Oh.«

Gut, daß er jetzt schon über sie Bescheid wußte, bevor sie ernsthafte Gefühle für ihn entwickeln konnte. So würde es weniger schmerzen. »Ich kann mir denken, was er Euch erzählt hat.«

»Einen Haufen Unsinn. Der Mann weiß nicht, was für einen Schatz er besitzt.«

Sie starrte ihn verblüfft an. »Mich?«

»Ja, Mädchen – Euch.« Er küßte sie auf die Stirn.

Erschrocken wich sie zurück. »Warum habt Ihr das getan?«

Er lächelte. Es war ein herzliches, sanftes Lächeln, das ihre Seele wärmte, und sie bemerkte zum erstenmal, daß er ein Grübchen hatte. »Weil mir danach zumute war.«

»Ooh!« Sie wandte ihm den Rücken zu. »Ihr habt jedes Wort geglaubt, das er sagte, nicht wahr? Alles, was ihr irgendwo gehört habt daß ich verderbt bin, zügellos, ein gefallenes Mädchen…«

»Nein, Rebecca.« Er legte die Hand auf ihre Schulter. Sie blieb stocksteif stehen. »Ich pflege mir meine eigene Meinung über Menschen zu bilden.«

Seine Finger streichelten die Seite ihres Halses, und sie neigte instinktiv reagierend den Kopf.

»Ich vertraue auf meine Urteilskraft, und was Euch betrifft, so sagt sie mir…«

»Ja?« drängte sie mit trockenen Lippen.

»Daß Ihr eine außerordentlich gefühlvolle, durch und durch anständige Frau seid. Eure Vergangenheit interessiert mich nicht.«

»Ihr seid sehr großmütig.«

»Nein, Mädchen, ich bin sehr selbstsüchtig.«

Damit drehte er sie, ihre Schulter umfassend, mit sanfter

Gewalt zu sich herum. Sein Gesicht war ernst und angespannt, und seine Augen … O Gott! Sie wußte nur zu gut, was dieser Ausdruck in den Augen eines Mannes bedeutete. Trotzdem brachte sie es nicht fertig, sich loszumachen.

Er beugte sich zu ihr hinunter.

»Oh, *leannan!*« hörte sie ihn dicht an ihrem Mund flüstern.

Rebecca fuhr zurück. Das war Brendans Name für sie gewesen!

Aber Brendan war tot! Und doch …

»Wie habt Ihr mich genannt?« fragte sie atemlos.

18

Marcus schaute sie verständnislos an. »Was meint Ihr?«

Rebecca schlug verlegen die Augen nieder. Ihre Phantasie hatte ihren Ohren offenbar einen Streich gespielt. »Nichts, Sir entschuldigt. Ihr erinnert mich nur manchmal so sehr an ihn.«

»An wen?«

»Den Raben.«

»Ihr habt ihn geliebt.«

»Nein! Er war ein Pirat. Allerdings nicht so unmenschlich, wie er geschildert wird, und …«

»Ihr habt ihn geliebt.«

»Das spielt keine Rolle«, sagte sie mit tonloser Stimme.

»Ihr habt recht – es spielt keine Rolle.«

Sie hob den Blick, und Marcus hatte Mühe, sich nicht in ihren meergrünen Augen zu verlieren. »Es ist spät, Mädchen«, mahnte er in unnötig strengem Ton. »Ihr solltet längst zu Hause sein.«

»Ja, Ihr habt recht.« Sie setzte ihre Kapuze wieder auf und beraubte ihn damit des Anblicks ihrer herrlichen Haare. »Und ich werde auch nicht mehr herkommen.«

»Mrs. Sally wird sich freuen, das zu hören«, meinte er mit ernster Miene. »Gehen wir.«

»Ihr dürft mich nicht begleiten!« widersprach sie heftig. »Wenn man uns zusammen sieht …«

»Es ist dunkel – niemand wird uns erkennen. Was ist denn, Mädchen?« fragte er, als er sie auf ihrer Unterlippe herumkauen sah.

»Ich begreife das nicht«, antwortete sie hilflos. »Ihr seid ihm so unglaublich ähnlich.«

»Aber einen wesentlichen Unterschied gibt es zwischen dem Raben und mir«, erwiderte Marcus. »Er ist tot.«

Rebecca zuckte zusammen wie unter einem Schlag. »Ihr braucht Euch wirklich keine Mühe zu machen«, sagte sie frostig. »Ich bin allein gekommen und kann auch allein wieder gehen. Verzeiht, daß ich Euch gestört habe.«

»Vergebt mir«, bat er, sie am Arm festhaltend. »Es lag nicht in meiner Absicht, Euch zu verletzen. Bitte scheidet nicht im Groll. Laßt mich Euch heimbringen.«

»Nun ...«

»Ich hole nur schnell meinen Rock.«

»Also gut«, gab sie plötzlich nach.

»Wartet hier, ich bin gleich wieder da.« Er tippte ihr mit der Fingerspitze an die Wange, ging eiligen Schrittes hinaus und lief die Treppe hinauf, um Rock und Hut zu holen, denn ein Gentleman wie Marcus Brand verließ das Haus grundsätzlich nur vorschriftsmäßig gekleidet. Als er wieder herunterkam, sah er die Salontür offenstehen und Mrs. Sally die Eingangstür zuschließen.

»Mr. Brand!« rief sie verwundert. »Ich dachte, Ihr wärt mit der jungen Dame ausgegangen.«

Er blieb auf der untersten Treppenstufe stehen. »Sie ist fort?«

»Ja. Als ich die Tür klappen hörte, kam ich heraus, um sie abzusperren. Stimmt etwas nicht, Mr. Brand?« fragte sie besorgt. »Seid Ihr in irgendwelchen Schwierigkeiten?«

»Nein, Ma'am.«

»Nachrichten von Engländern, Damenbesuche zu später Stunde ...« Sie hob die Hände. »Ich weiß nicht, was Mr. Sally dazu sagen würde.«

Marcus unterdrückte ein Lächeln. »Beunruhigt Euch nicht, Ma'am, ich bin nicht in Schwierigkeiten.« Zumindest in keinen, die er ihr hätte erläutern können. »Ich wünsche Euch eine gute Nacht«, sagte er und beugte sich über ihre Hand. Das Ergebnis war das erwünschte: Ihre Miene glättete sich, und sie lächelte kokett wie ein junges Mädchen zu ihm auf, was wiederum ihn lächeln machte.

Als er kurz darauf in seinem Zimmer am Fenster stand, war sein Ausdruck jedoch grimmig. Er war tatsächlich in Schwierigkeiten. Aber was dagegen tun? Im Augenblick gar nichts. Mit einem Schulterzucken wandte er dem Fenster den Rücken zu. Was geschehen würde, würde geschehen.

Auf der gegenüberliegenden Straßenseite trat ein Mann aus dem Schatten und starrte lange regungslos zu Marcus' Zimmer hinauf.

Die Stadt summte vor Aktivität. Das Schiff *Hornet* war aus England gekommen und mit ihm wichtige Post für Sir Augustus Foster. Vor dem Haus des Präsidenten und auf der anderen Seite des President's Square, wo die britische Gesandtschaft untergebracht war, standen diskutierende Männer beieinander. Alle wußten um die Bedeutung der eingegangenen Nachricht. Wenn sie besagte, daß die britische Regierung den Vereinigten Staaten in Zukunft den uneingeschränkten Seehandel gestattete, wäre alles gut. Wenn nicht, könnte es Krieg geben.

Marcus ging, seinen Spazierstock schwingend, mit großen Schritten auf dem gepflasterten Bürgersteig zur Gesandtschaft, wobei er einmal, in sich hineinfluchend, einer Kuh ausweichen mußte, denn Vieh durfte sich in der Hauptstadt frei bewegen. Auch er war gespannt auf den Regierungsbeschluß, denn es hing nicht weniger als seine Zukunft davon ab. Als er zu dem Tor einbog, wurde er von einem rotberockten Soldaten aufgehalten, der ihm seine Muskete quer vor die Brust hielt. »Du!« Der Mann spuckte ihm das Wort förmlich ins Gesicht.

»Jeremiah.« Marcus trat einen Schritt zurück, stützte sich auf den goldenen Knauf seines Stockes und musterte den anderen Mann kühl. »Wie ich sehe, tust du endlich mal deine Pflicht.«

Dees Miene wurde noch finsterer. »Ich tue immer meine Pflicht! Und wenn diese Pflicht mich zwingt, gegen dich vorzugehen …«

Marcus hatte sein Monokel herausgezogen und betrachtete Dee durch das Einglas. »Du meinst, es ist deine Pflicht, einen friedlichen Gentleman anzugreifen? Unsere Länder befinden sich noch nicht im Krieg miteinander.«

»Das spielt keine Rolle. Es ist meine Pflicht, die Gesandtschaft zu schützen und du und ich sind seit jeher Feinde.«

»Da hast du allerdings nicht unrecht«, nickte Marcus, beschloß jedoch, Ruhe zu bewahren, denn wenn dieses fanatische Leuchten in Dees Augen glomm, war er unberechenbar. »Ich bin hier verabredet.«

»Ach, ja? Mit wem?« verlangte Dee zu wissen.

»Mit Mr. St. John. Wenn du nachfragen läßt, wirst du es bestätigt bekommen.«

Dee bedachte ihn mit einem feindseligen Blick, drehte sich zackig um und erteilte einem anderen Soldaten in schroffem Ton einen Befehl, woraufhin dieser nickte, salutierte und in dem Gebäude verschwand.

Während er auf seine Rückkehr wartete, ließ Marcus äußerlich gelassen den Blick schweifen, doch innerlich war er aufs höchste angespannt. Dee stellte eine Bedrohung dar, und dieses Wissen um eine Herausforderung, der es irgendwann zu begegnen gelten würde, bewirkte, daß er sich so lebendig fühlte wie lange nicht mehr.

Der Soldat kam wieder und machte Dee im Flüsterton Meldung, woraufhin dieser mit einem neuerlichen, feindseligen Blick widerstrebend seine Muskete senkte und den Weg freigab. »Mr. St. John läßt bitten«, knurrte er.

»Ich danke dir.« Marcus tippte mit seinem Spazierstock an seine Hutkrempe, doch als er glühenden Haß in den Augen seines Cousins auflodern sah, kribbelte es ihn zwischen seinen Schulterblättern, als er an ihm vorbeiging, denn er rechnete jede Sekunde mit einem Angriff. Als er die Gesandtschaft betrat, schob er den Gedanken an seinen Widersacher jedoch beiseite – es gab wichtigere Dinge.

Um die britische Gesandtschaft unterzubringen, hatte man durch das Einreißen einer Mauer aus zwei Häusern ein Gebäude gemacht, aber obwohl es dadurch sehr geräumig geworden war, wirkte es heute wegen der vielen Menschen, die sich in den Empfangsräumen und auf den Fluren drängten, qualvoll eng. Marcus, der dank seiner Größe über die Köpfe hinwegschauen konnte, entdeckte St. John im Kreise einer Gruppe in lebhafter Diskussion, und winkte ihm mit seinem Stock zu. Es kostete St. John einige Mühe, sich zu ihm durchzukämpfen. »Mr. Brand«, sagte er. »Ich muß Euch um Entschuldigung bitten. Unsere heutige Verabredung war mir gänzlich entfallen. Ihr seht ja, daß hier die Hölle los ist.«

Marcus nickte. »Und, was gibt es für Neuigkeiten?«

St. John schüttelte bekümmert den Kopf. »Keine guten. Die Regierung hält an ihrem Beschluß fest.«

»Tatsächlich.« Einen Moment lang standen die beiden Männer schweigend beieinander. Die von den Amerikanern gehaßten Gesetze, die ihren Handel behinderten und die britische Marine dazu anhielten, amerikanische Seeleute von ihren eigenen Schiffen zu entführen, blieben nach all den Jahren vorsichtigen Verhandelns und Taktierens in Kraft, und das konnte nur eines bedeuten. »Dann gibt es Krieg.«

»Ich befürchte es.« St. John rieb sich den Nasenrücken. »Kommt, da hinten können wir uns ungestörter unterhalten.« Er deutete mit einer Kopfbewegung auf einen relativ wenig bevölkerten Korridor, der zur Rückseite des Hauses führte. »Was Euer Ersuchen angeht, Mr. Brand, so können wir ihm derzeit nicht stattgeben.«

»Das ist ohne Bedeutung.« Marcus musterte sein Gegenüber, auf seinen Spazierstock gestützt, abschätzend. »Ich finde es unverantwortlich von meinem Land, das Eure in einer Zeit zu einem Krieg zu zwingen, da Ihr alle Hände voll mit Napoleon zu tun habt.«

»Das ist wahr!« bestätigte St. John heftig. »Wir kämpfen für die Freiheit der Welt, und daß die Amerikaner uns gerade jetzt in diese Situation bringen, ist eine Zumutung... verzeiht mir, Sir, ich habe mich vergessen.«

»Ich mag amerikanischer Staatsbürger sein, Sir, aber ich wurde in England geboren, und es soll mich der Teufel holen, wenn ich es gegen Bonaparte verlieren sehen möchte.« Was auch passieren würde. »Ich bin hier, um meine Hilfe anzubieten.«

St. John beugte sich stirnrunzelnd zu ihm vor. »Welche Art von Hilfe?«

Marcus beugte sich seinerseits vor und antwortete mit gedämpfter Stimme: »Ich möchte Eurem Land meine Dienste antragen.«

St. John vergewisserte sich mit einem hastigen Blick, daß niemand in Hörweite war, und stieß dann den angehaltenen Atem aus. »Ein erstaunlicher Vorschlag. Kommt hier herein.« Er deutete auf einen langen, schmalen Raum, der von der Halle abging. »In der Anrichtekammer sind wir ungestört.«

Rebecca saß wie erstarrt in der Nische unter der Treppe. Sie konnte nicht fassen, was sie da eben mit angehört hatte. Niemand bemerkte sie dort, und genau darum hatte sie diesen Platz gewählt. Es war nicht ihre Idee gewesen, heute die Gesandtschaft aufzusuchen, sondern die ihres Vaters, und da ihn seine Gicht plagte, hatte sie ihn begleiten müssen. Sie hatte erwartet, sich zu langweilen oder sich über Äußerungen zu ärgern, die sie hören würde, aber niemals, niemals das. Marcus Brand war ein Landesverräter.

Sie schloß die Augen und legte den Kopf auf die Hände. Sollte sie lachen oder weinen? Was Männer betraf, war ihr Geschmack wirklich bodenlos. Zuerst Robbies Vater, dann Brendan und nun dieser Herr. Und dabei konnte sie sich nicht einmal damit entschuldigen, daß sie sich nur zu Marcus hingezogen fühlte, weil er Brendan so ähnlich war. Nein – er übte darüber hinaus einen ganz eigenen Reiz auf sie aus. Aber daß er sein Land verriet...

Brendan hätte das nie getan, dachte sie, und wie immer ging die Erinnerung an ihn mit einem bittersüßen Schmerz einher. Er hatte die Briten gehaßt. Er war ein Pirat gewesen, aber er hatte zumindest nie einen Hehl daraus gemacht. Ein Spion hingegen log und betrog. Marcus war zwar gebürtiger Engländer, aber auch Bürger des Landes, das er jetzt verriet. Sie mußte etwas unternehmen!

Aber wie sollte sie es über sich bringen, ihm in den Rücken zu fallen? dachte sie verzweifelt, denn so würde sie es empfinden. Andererseits durfte sie in einem Moment, da ihr Land sich an der Schwelle zu einem Krieg befand, den es wahrscheinlich nicht gewinnen könnte, keinen Verräter schützen. Oh, wenn er nur ein Fremder wäre! Wenn er sie nur nicht so an Brendan erinnerte!

»Rebecca!« dröhnte Ezras Stimme durch das Getümmel in der Halle, und der Roman, den sie sich für alle Fälle zur Unterhaltung mitgebracht hatte, fiel auf den Boden, als sie erschrocken hochfuhr. Hastig hob sie ihn auf und steckte ihn in ihre Tasche. »Verdammt! Wo steckt das Mädchen?«

»Hier, Vater.« Rebecca kam unter der Treppe hervor und strich ihre Röcke glatt. »Möchtest du nach Hause gehen?«

»Das will ich allerdings!« Er stützte sich schwer auf den Arm, den sie ihm gereicht hatte, und hinkte mit seinem bandagierten Fuß neben ihr her. »Diese Narren sind taub für vernünftige Argumente!«

»Welche?«

»Davon verstehst du nichts. Aber ich werde nicht lockerlassen, dessen kannst du sicher sein.« Er blieb auf der obersten Treppenstufe stehen. »Verdammt! Wo ist unsere Kutsche? Ich kann mit meinen Schmerzen unmöglich so weit zu Fuß gehen!«

»Ich werde sie holen lassen.« Rebecca wandte sich an den wachhabenden Soldaten. Unten, nahe dem Tor, stand Lieutenant Dee und beobachtete sie mit einem seltsamen Blick, der sie bis ins Mark frösteln ließ.

»Heute abend kommen Gäste, Mädchen«, knurrte Ezra, als sie zu ihm zurückkam. »Sorge dafür, daß etwas Eßbares auf den Tisch kommt.«

»Da kannst du ganz beruhigt sein, Vater.«

»Was fällt dir ein, in diesem Ton mit mir zu sprechen, Mädchen?« schnauzte er sie an. »Du wirst deiner Mutter immer ähnlicher.«

In Augenblicken wie diesem konnte sie verstehen, daß ihre Mutter gegangen war. »Die Kutsche ist da, Vater«, sagte sie und machte sich an die schwierige, zeitraubende Aufgabe, ihn die Treppe hinunterzugeleiten. Der Umgang mit ihm war kein Problem, solange sie ihre eigenen Wünsche, Meinungen und Impulse unterdrückte – es wäre ihr nur lieb gewesen, wenn er ihr hin und wieder ein wenig Zuneigung oder ein Lob hätte zukommen lassen.

Ein großes Problem hingegen war die Frage, wie sie sich bezüglich der Erkenntnis verhalten sollte, die sie unfreiwillig über Marcus Brand gewonnen hatte. Nicht weniger niederschmetternd war die Folgerung, die sich für sie daraus ergab: Da es sie offenbar immer zu den falschen Männern hinzog, würde sie dieses Kapitel abschließen und ihr restliches Leben in enthaltsamer Einsamkeit verbringen müssen.

Marcus stieg die geschwungene Treppe zum Haus der Talbots in der Prospect Street hinauf und klopfte mit dem Knauf seines Spazierstockes an die Tür. Er sah diesem Treffen mit Ezra und dessen Kohorten nicht freudig entgegen, aber man war der Ansicht, daß es von Nutzen sein könnte, zu wissen, was hier vorging. Talbots Sympathie für die Briten war bekannt und sein Einfluß auf die Gemeinde der Seehändler groß. Zu erfahren, was er plante, könnte in der Tat sehr nützlich sein.

Die Tür öffnete sich. »Oh!« rief Rebecca und schlug die Hand vor den Mund. Ihre Wangen waren gerötet, und ein paar Löckchen ringelten sich unter ihrer Haube hervor. Sie sah bezaubernd aus. »Mr. Brand! Was für eine Überraschung!« Sie trat beiseite, um ihn einzulassen. »Nehmt Ihr auch an dem heutigen Treffen teil?«

»Ich wurde eingeladen, ja«, erwiderte er und reichte Hut und Stock dem Dienstmädchen, das lautlos in der Halle erschienen war. »Ihr seht heute abend ganz reizend aus, Rebecca.«

Rebecca errötete noch tiefer. »Ich... ich danke Euch. Kommt. Sie sind im Salon.« Sie drehte sich um und ging mit schwingenden Röcken vor ihm her den Flur hinunter. Er beobachtete mit wachsendem Genuß den Schwung ihrer Hüften. Vielleicht würde der Abend ja doch erfreulich.

»Wartet.« Er hielt sie am Arm fest, als sie die Tür zum Salon öffnen wollte. »Gesellt Ihr Euch zu uns?«

»O nein. Das ist eine reine Männerrunde. Es geht um Politik und...«

»Und Ihr als Frau versteht davon natürlich nichts.«

»Und ob ich das tue!« Sie schaute zu ihm auf, und ihre Augen schossen grüne Blitze.

Er konnte sich ein Grinsen nicht verkneifen. »Ihr seid leicht zu reizen, Rebecca.«

»Und Ihr, Sir, seid kein Gentleman.« Sie machte die Tür auf. »Ich würde es begrüßen, wenn Ihr jetzt hineingingt.«

»Und wenn ich Euch in Ruhe ließe, ja?« murmelte er und trat an ihr vorbei in den Salon.

Talbot kam, schwer auf seinen Stock gestützt, quer durch den Raum auf ihn zu. »Ich freue mich, Euch zu sehen«, dröhnte er. »Rebecca!«

»Ja, Vater?«

»Du solltest doch Wein und Käse bringen, Mädchen!«

»Sofort, Vater.«

»Ich hoffe, du beeilst dich. Du strapazierst wirklich meine Geduld, Mädchen.«

»Es tut mir leid, Vater«, murmelte sie und zog die Tür zu.

Marcus preßte die Lippen aufeinander. Die anderen Männer im Raum schien Ezras Verhalten nicht im mindesten zu überraschen, was bedeutete, daß es nicht ungewöhnlich war. Verdammt, wie konnte der Mann es wagen, seine Tochter in Gegenwart von Gästen wie eine Dienstmagd zu behandeln!

Es blieb ihm keine Zeit, sich länger darüber aufzuregen, denn Ezra forderte ihn auf, mit ihm die Runde zu machen. Den Namen Robert Swift kannte er – der Mann besaß ein Vermögen in Schiffen, während Bryan Powell in den letzten Jahren des landwirtschaftlichen Niedergangs mit seinem Tabakexport Verluste hatte hinnehmen müssen. Es waren noch andere Kaufleute da und Farmer und sogar ein Geistlicher. Genau die Leute, die er vorzufinden erwartet hatte, dachte Marcus, als er von einem Ohrensessel aus den Gesprächen um ihn herum lauschte.

»Mr. Brand kommt aus Baltimore«, erklärte Ezra der Allgemeinheit. »Er besitzt Schiffe, und ich habe ihn heute abend dazugebeten, weil unser Plan auch für ihn von Interesse ist.«

»Habt Ihr Eure Schiffe wegschaffen können, bevor das Embargo in Kraft trat?« fragte Swift, sich zu ihm vorbeugend.

»Nein, das war mir leider nicht vergönnt«, antwortete Marcus, der sich fragte, wie der angesprochene Plan wohl aussehen mochte.

»Was für ein Jammer.« Swift lehnte sich wieder zurück. »Hier wußte jeder schon vor Jimmy Madison Bescheid. Ich konnte meine Schiffe noch rechtzeitig auf den Weg und nach England bringen.«

»Ihr treibt Handel mit England, Sir?«

»Selbstverständlich. Glaubt Ihr etwa, ich würde den verdammten Franzmännern helfen?« Er schnaubte. »Ich mache ebenso gerne Profit wie jeder andere, aber ich will verdammt sein, wenn ich ihnen helfe, England zu bekämpfen.«

»Wenn Ihr mich fragt, ist es Frankreich, gegen das wir kämpfen sollten«, meinte ein anderer Mann, und Zustimmung und Ablehnung wurden laut. In dem allgemeinen Durcheinander bemerkte Marcus als einziger, daß Rebecca mit einer Kristallkaraffe und Cheddar hereinkam. Sie stellte das Tablett auf ein Tischchen, murmelte: »Ich schicke Martha zum Kerzenanzünden«, und floh.

Marcus machte Anstalten aufzustehen, ließ sich jedoch wieder zurücksinken. Er war nicht gekommen, um ihr seine Aufmerksamkeit zu widmen, so gerne er es auch getan hätte. »Ich denke, aufgrund der heutigen Neuigkeit ist uns allen klar, gegen wen wir kämpfen müssen«, sagte er ruhig, aber mit einem scharfen Unterton, der ihm Gehör verschaffte. Seine Äußerung löste ein weiteres Stimmengewirr aus, und Marcus lehnte sich zurück und lauschte. Diese Männer waren dafür bekannt, daß sie mit den Briten sympathisierten und keine Bewunderer von James Madison waren, doch sogar sie schienen über die Sturheit der Regierung verärgert.

»Warum wollen sie nicht auf uns hören«, erhob sich die Stimme eines Mannes über die anderen. »Wir haben weiß Gott oft genug gegen diese Politik protestiert, und die Regierung ebenfalls. Aber sie lassen sich nicht beirren.«

»Sie befinden sich im Krieg, Sir«, sagte Ezra, und sein rundes Gesicht wirkte plötzlich spitz.

»Das stimmt schon, aber die Royal Navy hat meine Schiffe mehr als einmal angehalten und Männer heruntergeholt.«

»Wenn es Deserteure sind, dann geschieht es ihnen recht«, warf Marcus ein. Entsetztes Schweigen folgte seinen Worten.

»Offenbar hattet Ihr unter derlei Übergriffen nicht zu leiden«, meinte Swift in deutlich kühlerem Ton.

Marcus betrachtete angelegentlich seine Fingernägel. »Seid Ihr für England, Sir?«

»Natürlich bin ich das – sonst wäre ich nicht hier. Aber Tatsachen sind Tatsachen, guter Mann, und die Wahrheit ist, daß sie ebenso viele Amerikaner wie Engländer weggeholt – und damit unseren Handel beeinträchtigt haben.«

»Das hat größtenteils unser eigenes Land getan.« Marcus

blickte auf. »Aber Euch scheint es ja wenig zu kümmern, ob der Handel mit England gestattet ist oder nicht.«

»Das verdammte Embargo ist doch eine Idiotie«, sagte Powell, dessen Gesicht sich zusehends rötete. »Jedermann weiß, daß Madison einem Krieg zustimmen wird, um wiedergewählt zu werden. Wir werden von Schwachköpfen regiert.«

»Und darum habe ich Euch alle heute abend hierhergebeten«, erklärte Ezra mit einer weichen Stimme, die Marcus bei ihm noch nie gehört hatte. »Damit wir über die heutige Neuigkeit sprechen und entscheiden, was wir dagegen tun wollen.«

»Was können wir tun?« fragte einer der Farmer säuerlich. »England wird den Kabinettsbeschluß nicht aufheben.«

»Verdammt! Man sollte meinen, sie hätten etwas gelernt. Es ist wie bei dem Stempelgesetz vor vierzig Jahren«, spielte Powell auf das Besteuerungsgesetz an, das einer der Gründe für die Revolution gewesen war. »Damals wollten sie auch nicht hören. Und wohin hat es geführt?«

»Eine gute Idee«, sagte Ezra. »Heute so gut wie damals.«

Marcus starrte ihn an, hatte er das richtig verstanden? »Was meint Ihr damit, Sir?« fragte er sicherheitshalber.

»Ich meine damit«, Ezra beugte sich mit auf den Knien geballten Fäusten vor, »daß das, was damals geklappt hat, vielleicht auch heute klappen wird. Ich meine damit, Gentlemen, daß wir die Dummheit der Regierung nicht länger dulden dürfen. Es ist an der Zeit, eine neuerliche Revolution auszurufen.«

Jetzt starrte Swift ihn an. »Wollt Ihr damit sagen …«

»Ich will damit sagen, Gentlemen, daß unsere Regierung sich als unfähig erwiesen hat.« Sein Blick umfaßte die Runde, und in seinen Augen loderte ein Feuer. Das Feuer des Fanatismus, erkannte Marcus, des Wahnsinns. »Kurz gesagt: Es ist höchste Zeit für uns, sie zu stürzen.«

Draußen auf dem Flur schlug Rebecca die Hand vor den Mund, um einen Protestschrei zu ersticken, und sank gegen die Wand. Wenn ihr Vater entdeckte, daß sie lauschte, wäre der Teufel los, aber sie hatte einfach wissen wollen, was er ausheckte. Dies allerdings hatte sie nicht erwartet. Das war Hochverrat, und Marcus war mit ihm dort drin. Oh, lieber Gott – es gab zwei Männer in ihrem Leben, und beide waren Verräter.

Nein, korrigierte sie sich, Marcus gab es nicht in ihrem Leben. War das nicht ein Segen! Jetzt könnte er ihr nicht weh tun. Irgend jemand sollte die Wahrheit über ihn erfahren, aber wenn sie etwas sagte, würde es sich auch auf ihren Vater auswirken. Was sollte sie tun?

Martha kam mit Zunder und Feuerschwamm den dämmrigen Flur herunter. »Miß?« sagte sie besorgt, als sie Rebecca an der Wand lehnen sah. »Geht es Euch gut?«

»Ja.« Rebecca richtete sich hastig auf und trat einen Schritt von der Tür weg. »Ja, ich bin ... klopfe an, bevor du hineingehst, Martha.«

»Aber es wird mich gar niemand bemerken ...«

»Klopf trotzdem vorher an.« Sie wollte verhindern, daß Martha etwas von den finsteren Plänen aufschnappte, die im Salon mit Sicherheit inzwischen geschmiedet wurden. »Ich gehe in den Garten«, sagte sie und floh.

Dort fand Marcus sie kurze Zeit später. Sie saß unter dem Apfelbaum und starrte im schwindenden Tageslicht ins Leere. »Rebecca?« sagte er, und sie zuckte zusammen. »Verzeiht mir, ich wollte Euch nicht erschrecken.«

Die Hand auf ihr Herz gedrückt, schaute sie zu der Silhouette auf, die sich gegen den Abendhimmel abzeichnete und der Brendans so sehr glich. »Die Besprechung ist doch bestimmt noch nicht zu Ende.«

»Seit ein paar Minuten.« Er klang grimmig. »Darf ich mich zu Euch setzen?«

»Natürlich«, erwiderte sie wenig begeistert und rückte ein Stück zur Seite, um ihm Platz auf der Bank zu machen. Er war eine Gefahr, dieser Mann, für ihr Herz und für die Grundfesten ihres Lebens. »Ich habe den Vorschlag meines Vaters gehört.«

»Ach, ja? Ihr habt am Schlüsselloch gelauscht?«

Sie errötete, hielt seinem Blick aber stand. »Nein. Ich hatte die Tür einen Spalt geöffnet.«

»Noch besser.«

»Bitte macht Euch nicht über mich lustig. Sein Vorschlag hat mich entsetzt.«

»Ich bin Eurer Meinung, Rebecca«, erklärte er.

»Wirklich?« Sie lehnte sich zurück und musterte ihn. »Und warum das? Ist der Plan Euch nicht extrem genug? Oder meint Ihr, wir hätten uns gar nicht erst von England separieren sollen?«

»Rebecca!« Er legte seine Hand auf die ihre. »Ich bin nicht Euer Feind.«

Sie stieß ein hartes Lachen aus. »Was Ihr nicht sagt!«

»Ich teile die Meinung Eures Vaters nicht«, sagte er, sich zu Geduld zwingend. »Eine Revolution ist keine Lösung. Aber ein Krieg auch nicht.«

»Welche Möglichkeit gibt es denn sonst noch, Sir?«

»Das weiß Gott allein.« Er schaute über den Garten hinweg, in dem es nach Magnolien duftete. »Ich leugne nicht, daß ich in vielen Dingen mit den Briten übereinstimme, aber ihre Sturheit verursacht ernsthafte Probleme.«

Sie betrachtete sein Profil. Er mißbilligte die Idee ihres Vaters – das sprach für ihn. Aber sein Besuch in der britischen Gesandtschaft heute nachmittag… »Teilen die anderen Herren die Ansicht meines Vaters?«

»Nein. Sie waren ebenso fassungslos wie ich. Niemand wußte so recht, was er sagen sollte – und dann verabschiedeten sich alle ziemlich schnell. Aber ich« – er wandte sich ihr zu – »wollte noch mit Euch sprechen. Euer Vater hat mich übrigens zu dem geplanten Ausflug nach Mount Vernon eingeladen. Nehmt Ihr auch daran teil?«

»Das habe ich vor.«

»Ich habe die Einladung angenommen.« – »Oh.« – »Eine faire Warnung, Rebecca. Jetzt habt Ihr Gelegenheit abzusagen. Aber« – er streckte die Hand aus und nahm eine der unter ihrer Haube hervorlugenden Locken zwischen die Finger – »ich hoffe, Ihr tut es nicht.«

Rebecca riß sich los. »Ihr nehmt Euch eine Menge heraus, Sir.«

»Tue ich das? Nun ja – Ihr seid eben eine schöne Frau.«

»Ach, Unsinn.« Sie rückte weiter von ihm ab. Zwar hielt sie sich nicht mehr für reizlos – das hatte sie Brendan zu verdanken –, aber sie traute diesem Mann nicht. »Ich wünschte, Ihr würdet aufhören, solche Sachen zu sagen.«

»Warum?« Er rückte nach. »Ich finde Euch anziehend, Rebecca, und ich glaube, es ergeht Euch mit mir ebenso.«

»Nein.«

»Ich glaube doch.« Er hatte sich wieder der Locke bemächtigt und spielte damit, indem er sie spannte und dann hochschnellen ließ. »Und ich glaube, wir würden gut zusammenpassen.«

Sie saß stocksteif da. »Ich habe es Euch bereits gesagt, Sir: Allem, was Ihr über mich gehört haben mögt, zum Trotz, bin ich nicht leicht zu haben.«

»Das glaube ich ja gar nicht, Rebecca«, sagte er ärgerlich. »Und darum geht es mir auch nicht.«

Das veranlaßte sie, ihn anzusehen. »Was wollt Ihr denn dann von mir?«

Sein Blick bohrte sich in den ihren. »Oh, zum Teufel, ich weiß nicht, was ich will«, stieß er hervor, und damit beugte er sich vor und küßte sie.

19

Rebecca war augenblicklich verloren, wurde von einer Woge von Gefühlen mitgerissen, die sie so lange nicht empfunden hatte. Marcus' Lippen spielten mit den ihren, liebkosten sie, zupften daran, und als seine Zunge vorschnellte und den Saum ihrer geschlossenen Lippen nachzeichnete, ergab sie sich ihrem Sehnen, öffnete den Mund und klammerte sich an seine Schultern. Oh, wie sie es vermißt hatte, umarmt zu werden, begehrt. Es war so schön, daß es sie den Kummer des vergangenen Jahres beinahe vergessen ließ. »Brendan«, murmelte sie entrückt.

Marcus fuhr zurück. »Was hast du gesagt?« verlangte er zu wissen.

Sie schaute ihn mit verschleiertem Blick an, fragte sich, warum er aufgehört hatte, wünschte, er würde sie wieder küssen. »Marcus.«

Er zog ihr die Kappe vom Kopf. »Du bist so schön, Rebecca. So schön und begehrenswert.« Er beugte sich wieder über sie, doch die Atempause hatte sie zur Vernunft gebracht.

»Nein«, sagte sie und stieß ihn weg. Sie war überrascht, als er sie losließ – und tief enttäuscht. »Das darf nicht geschehen.«

»Es ist geschehen«, hielt er ihr vor Augen.

Sie stand auf und schlang die Arme um sich. »Aber es wird nicht wieder geschehen.«

Auch er erhob sich. »Du fühlst dich zu mir hingezogen, Rebecca, das kannst du nicht leugnen.«

»Nein, das kann ich nicht«, gab sie zu. Sie fühlte sich zu ihm hingezogen, aber nicht aus Lüsternheit. Wenn sie so zügellos wäre, wie ihr Vater behauptete, hätte sie das letzte Jahr wohl kaum allein verbracht. »Ich fühle mich zu Euch hingezogen, aber mehr als dieses Geständnis habt Ihr von mir nicht zu erwarten.«

»Aber warum denn nicht, um Himmels willen?« Er fuhr sich mit den Fingern durch die Haare. »Es spricht doch nichts dagegen.«

O doch! Er war ein Verräter. Sie würde nicht noch einmal eine unglückliche Wahl treffen! »Wie auch immer – es wird keine Fortsetzung geben. Ich bin verpflichtet, bei meinem Vater zu bleiben.«

Er starrte sie an. »Wie bitte?«

»Ich sagte …«

»Ich habe gehört, was du sagtest. Um Gottes willen, Rebecca!« Sie wollte gehen, doch er packte sie bei den Armen und zog sie an sich. »Warum willst du bei dem alten Mann bleiben?«

»Er liebt mich.«

Sein lästerlicher Fluch ließ sie zusammenzucken. »Das ist nicht dein Ernst! Mein Gott, Rebecca, bist du blind?«

»Er liebt mich«, wiederholte sie und machte sich los. »Er braucht mich. Ich kann ihn nicht verlassen.«

»Rebecca …«

»Ich habe ihm übel mitgespielt, und darum zeigt er seine wahren Gefühle für mich nicht.«

Marcus starrte sie an. »Daß ich das richtig verstehe – er straft dich noch immer für deine Vergangenheit, aber du behauptest trotzdem, daß er dich liebt.«

»Ja.«

»Nein. Das ist keine Liebe, Rebecca. Ich weiß nicht, was es ist, aber Liebe ist es nicht.«

»Ist denn das, was Ihr für mich empfindet, Liebe, Mr. Brand?«

»Eben hast du mich noch Marcus genannt.«

»Ihr habt meine Frage nicht beantwortet, Sir.« Sie wartete, doch es kam keine Antwort. »Eure Aufmerksamkeit schmeichelt mir, Sir«, sagte sie schließlich, »aber …«

Er packte sie wieder und preßte seine Lippen zu einem kurzen Kuß auf ihren Mund. »Das ist nicht das Ende, Rebecca«, erklärte er, gab sie frei, machte auf dem Absatz kehrt und ging davon.

Rebeccas Knie gaben nach, und sie sank auf die Bank. Ihre Lippen prickelten von seinem Kuß, und sie spürte noch immer seinen Körper an dem ihren, seine breite Brust, die muskulösen Schenkel, und – heiße Röte stieg ihr ins Gesicht – den Beweis für sein Verlangen nach ihr. Das Verlangen eines Verräters.

Der Gedanke brachte sie mit einem Ruck auf die Erde zurück.

Er mochte nicht mit dem aberwitzigen Plan ihres Vaters einverstanden sein, aber er war nichtsdestoweniger ein Verräter. Das durfte sie nicht vergessen, so sehr sie sich auch nach ihm sehnte. Was sie auch für ihn empfand, sie würde sich keinem Mann hingeben, der sein Land verriet. Aber, o Gott, was sollte sie jetzt tun?

Marcus ging mit weitausholenden Schritten in der milden Frühlingsdunkelheit dahin. In seinem Innern herrschte ein wildes Durcheinander aus Zorn, Enttäuschung und Verlangen. Ja, er begehrte Rebecca, doch es war gut, daß sie ihn nicht hatte gewähren lassen, sonst hätte sie geglaubt, auch er wolle nur das eine von ihr, und das hatte sie nicht verdient.

Aber was, zum Teufel, sollte diese Geschichte mit ihrem Vater? Der Mann behandelte sie in einer himmelschreienden Weise, und trotzdem klammerte sie sich an ihn. So etwas hatte Marcus noch nie erlebt. Unter normalen Umständen wäre er die Sache langsam angegangen, hätte Rebecca ganz allmählich von Ezra gelöst, doch angesichts der Lage und Talbots verstiegener Ideen war dazu keine Zeit.

Er hörte einen Schritt hinter sich und wirbelte herum. Ein Klicken, und er hielt den in seinem Spazierstock versteckten Degen in der Hand. »Wer da?« rief er in scharfem Ton, denn Straßenräuber waren in Washington City ein Problem und in Georgetown nicht unbekannt. »Zeig er sich!«

»Ich bin es.« Ein Mann in militärischer Haltung trat aus dem Schatten. »Guten Abend, Marcus.«

»Jeremiah.« Marcus senkte den Degen, steckte ihn jedoch noch nicht wieder weg. »Was machst du hier?«

»Das gleiche wie du – ich genieße einen schönen Abend.«

»So weit von der Gesandtschaft entfernt?«

»Das ist meine Sache.«

»Wenn du etwas auf dem Herzen hast, dann sag es«, forderte Marcus ihn gereizt auf. »Es paßt mir nicht, daß du mich verfolgst.«

»Ich soll dir sagen, was ich auf dem Herzen habe? Aber mit Vergnügen.« Dee beugte sich zu ihm vor, und Marcus packte seinen Degen fester. »Halte dich von Rebecca fern! Sie gehört mir.«

»Nein, mein Bester, das tut sie nicht«, erwiderte Marcus frostig. »Nicht, solange ich etwas mitzureden habe.«

»Das hast du aber nicht.« Dees sanfter Ton verhieß nichts Gutes. »Ich war zuerst da, und ich werde nicht zulassen, daß du sie mir wegnimmst.«

»Dann mußt du dich auf einen Kampf gefaßt machen.«

»Den ich gewinnen werde. So wie England gewinnen wird, falls es zum Krieg kommt.«

»Das bezweifle ich.«

»O doch, wir werden siegen. Auch wenn ihr neue Schiffe baut.«

Marcus sah ihn scharf an. »Das tun wir tatsächlich. Bei der Marine.«

»Das habe ich schon läuten hören.« Dee runzelte die Stirn, wodurch seine Brauen sich zu einem geraden Strich vereinigten. »Wenn du weiter in die Gesandtschaft kommst, wirst du es bereuen.«

»Tatsächlich?«

»Tatsächlich. Ich werde dafür sorgen. Wir gehen nicht zimperlich mit amerikanischen Spionen um.«

Marcus lachte ehrlich amüsiert. »Du solltest dich irgendwann entscheiden. Zuerst hältst du mich für einen Toten und nun für einen Spion.«

»Vielleicht bist du ja beides.«

»Deine Phantasie ist haarsträubend«, sagte Marcus, nicht mehr amüsiert. »Ich möchte diese Unterhaltung nicht fortsetzen. Gute Nacht.« Er wandte sich zum Gehen, hielt jedoch mitten in der Bewegung inne. »Und laß dich warnen: Wenn du mich weiter verfolgst, bekommst du zu spüren, daß ich gut hiermit umgehen kann.« Er hob den Spazierstock, und der Degen glitt wieder heraus. »Und ich werde keine Gnade walten lassen.« Als keine Antwort kam, vollendete er seine Drehung und ging äußerlich gelassen davon, während die Haut zwischen seinen Schulterblättern kribbelte. Dee hätte keine Skrupel, ihn von hinten anzugreifen. Erst als er ein Stück gegangen war, ohne daß er Schritte hinter sich gehört hatte, entspannte er sich.

Dee war eine Gefahr, dachte er, als er die Treppe zu seiner Pension hinaufstieg und die Tür öffnete. Eine Gefahr für ihn und seine Aufgabe – und nicht zuletzt auch für Rebecca. Er begrüßte Mrs. Sally und ließ ihren Bericht über ihre heutigen Erlebnisse mit einen Lächeln an sich vorbeirauschen, während er über das Problem Dee nachdachte. Es mußte irgendwie gelöst werden.

»Oh, Mr. Collins, findet Ihr nicht auch, daß wir uns keinen schöneren Tag für unsere Exkursion wünschen könnten?« schwärmte Amelia, zu Gilbert Collins auflächelnd, neben dem sie auf der Mole stand und auf das Boot wartete, das sie flußabwärts nach Mount Vernon bringen würde. »Es wird eine Erholung sein, einmal für ein Weilchen aus der Stadt herauszukommen.«

»In der Tat«, sagte Marcus sehr leise in Rebeccas Ohr.

Sie fuhr erschrocken herum. »Oh, Mr. Brand! Ich habe Euch gar nicht kommen hören«, sagte sie mit großen Augen.

»Es tut mir leid, ich wollte Euch nicht erschrecken.« Er verbeugte sich korrekt, doch was sie, als er aufblickte, in seinen Augen las – Wärme und Eindringlichkeit –, beunruhigte sie. Plötzlich war ihr selbst ziemlich warm. Verlegen schaute sie weg. »Es tut mir leid, daß mein Vater Euch hierzu überredet hat.«

Jetzt war es an ihm, erschrocken dreinzuschauen. »Warum? Wollt Ihr nicht, daß ich mitfahre?«

»Das habe ich nicht... es hat nichts mit mir zu tun. Ich meine – Ihr müßt das alles doch schrecklich langweilig finden. All diese jungen Leute.« Sie deutete auf die Gruppe, die plaudernd beieinanderstand. Sie kannte sie alle, betrachtete manche von ihnen sogar als Freunde, und doch hatte sie das Gefühl, als sei eine Wand zwischen ihr und ihnen. Nur dem Mann neben ihr fühlte sie sich näher. »Es war nett von Euch zu kommen.«

»Ich freue mich auf den Ausflug. Ich habe Mount Vernon noch nie gesehen, wißt Ihr – außer vom Fluß aus.« Etwas blitzte in seinen Augen. Ein Lächeln vielleicht? »Und ich bin noch nicht alt.«

»So habe ich das nicht gemeint...«

»Ich bin sogar mit einigen der Herren bekannt. Mit Mr. Collins, zum Beispiel.«

»Oh.« Rebecca drehte den Kopf weg. Drei Tage waren vergangen, und sie war noch immer unschlüssig. Wenn Marcus ein Spion war, müßte man ihm das Handwerk legen. Ein leises Wort zu Mr. Collins, der für den Außenminister arbeitete, würde wahrscheinlich genügen. Wenn sie sich nur nicht so zu Marcus hingezogen fühlte.

»Ist er der Anwärter auf die Hand Eurer Schwester?« fuhr er, ihr Unbehagen offenbar nicht bemerkend, fort.

»Mr. Collins? Guter Gott, nein. Vater hat entschieden...«

Er hob die Brauen. »Was? Daß ich der ideale Partner für sie wäre? Ja, das weiß ich. Euer Vater ist kein taktvoller Mann.«

»O Gott, ist das peinlich.« Rebecca preßte die Hände an ihre glühenden Wangen.

Zu ihrer Überraschung lachte er leise. »Euer Vater hatte schon die richtige Idee, Rebecca, nur bezüglich der falschen Tochter.«

»Mr. Brand…«

»Marcus.« Seine kräftige Hand schloß sich erstaunlich sanft um ihren Arm. »Mein Name ist Marcus. Sagt es.«

Mein Name ist Brendan, klang es in bittersüßer Erinnerung an ihr Ohr. »Das kann ich nicht.« Sie entzog sich würdevoll seinem Griff. »Es wäre nicht höflich.«

»Zum Teufel mit der Höflichkeit«, knurrte er. »Rebecca…«

»Becky?« Das war Amelias Stimme, hoch und fragend. »Es ist Zeit, an Bord zu gehen.«

»Ich komme sofort«, antwortete Rebecca gleichermaßen erleichtert und bedauernd. »Laß mich nur noch schnell nach dem Essen sehen. Bitte laßt mich in Ruhe«, zischte sie Marcus zu, der ihr über die Mole folgte.

Er ließ sich nicht abschütteln. »Warum müßt immer Ihr alle Arbeit tun?« fragte er.

»Weil sie sonst niemand tut.«

»Habt Ihr keinen Anspruch auf ein eigenes Leben?«

»Ist alles bereit, Martha?« erkundigte sie sich munter.

»Ja, Miß.« Martha begrüßte Marcus mit einem schnellen Knicks. »Ich und Jacob werden die Sachen auf das Boot bringen.«

»Danke.«

»Schiff«, murmelte Marcus und ergriff ihren Arm, als sie sich wegdrehte. »Es ist ein Schiff.«

Sie schaute zu ihm auf und versuchte erfolglos, sich zu befreien. »Was ist der Unterschied?«

»Ein Schiff ist groß genug, um Boote mitzuführen. Paßt auf!« Er half ihr so behutsam auf die Laufplanke, daß sie sich fast zerbrechlich fühlte – eine völlig neue Erfahrung für eine Frau wie sie. »Nicht gerade eine ausführliche Erklärung«, meinte sie spöttisch und sah wieder das Lächeln in seinen Augen blitzen. Er ließ den Blick über die schlanken Masten, den vorspringenden Bugspriet, die ordentlich aufgerollten Taue und sauberen Decks des Flußschoners gleiten. »Es ist sehr gepflegt«, lobte er und führte sie, mit der Hand locker ihren Ellbogen umschließend, zu einem Lukendeckel, auf dem sie Platz nahm, und noch immer fühlte sie sich dank seiner Fürsorge zierlich und umhegt. »Ihr mögt Schiffe, Sir?«

»Seit jeher.« Er stützte sich mit einer Hand an den Mast, während die Leinen, mit denen der Schoner am Kai vertäut war, losgemacht wurden und die Strömung ihn mit flußabwärts nahm. »Ich wuchs in der Nähe von Bristol auf und sah sie immer den Avon heraufkommen. Als Kind kletterte ich oft auf den höchsten Baum und stellte mir vor, im Krähennest zu sitzen.«

Sie folgte seinem Blick zur Spitze des Mastes und schauderte in der Erinnerung daran, in welch luftiger Höhe Brendan zu hocken pflegte, und wie sie um ihn gezittert hatte. Doch am Ende war ihm kein Sturz zum Verhängnis geworden. »Habt Ihr noch Familie in England, Sir?«

»Nein.« Sein Blick umwölkte sich. »Meine Mutter war dortgeblieben, aber sie ist schon lange tot.«

»Und Eure Schwester?«

»Wer? O ja, sie auch. Ich habe sie so lange nicht gesehen, daß sie mir gar nicht eingefallen ist.«

Rebecca runzelte die Stirn. Er schien ein einsames Leben zu führen, sehr ähnlich wie Brendan. »Ich bin neugierig, Sir. Warum lebt Ihr hier, wenn Ihr England noch immer liebt?«

Ein wachsamer Ausdruck trat in seine Augen. »Ich habe England vor langer Zeit verlassen, und jetzt ist dies meine Heimat«, erwiderte er ausweichend.

»Aber Ihr sprecht noch voller Zuneigung davon, Sir.«

»Mag sein, aber es gehört der Vergangenheit an.« Er streckte ihr die Hand hin, und als habe sie einen eigenen Willen, legte die ihre sich hinein. »Die Vergangenheit ist vergangen, Rebecca.« Genauso wie eben ihre Hand, wurde nun ihr Blick magisch angezogen, und plötzlich spürte sie, wie sich in ihrem Innern ein fester, kleiner Knoten löste und sie sich leichter fühlte, jünger, zum erstenmal seit Jahren voller Hoffnung. Sie hätte ihn schon vor langer Zeit lösen können, erkannte sie, aber sie hatte es nicht gewagt. Nicht, bis dieser Mann des Weges kam. »Ja«, nickte sie und winkelte kaum merklich die Finger der Hand an, die er mit den seinen umschlossen hielt. »Die Vergangenheit ist vergangen.«

Die Fahrt verging dank der frischen Brise und der starken Strömung wie im Fluge. Sie fuhren an Washington City vorbei und sahen das Haus des Präsidenten am Ufer. Hinter Alexandria, wie Georgetown eine florierende Hafenstadt, wurde es ländlich, wechselten auf beiden Seiten Wälder und weites, sanft hügeliges Land einander ab. Gelegentlich erhaschten sie einen Blick auf ein auf einer Anhöhe thronendes, prächtiges Haus eines Plantagenbesitzers und auf Landarbeiter, die sich auf Feldern abplagten. Rebecca war seit ihrer schmachvollen Heimkehr vor einem Jahr nicht mehr in dieser Gegend gewesen, und sie sah sie jetzt mit anderen Augen. Zu ihrer Überraschung stellte sie fest, daß sie den Ausflug genoß. Am späten Vormittag erreichten sie Mount Vernon und gingen an Land. »Sie ist sehr beliebt«, stellte Marcus fest, als er mit Rebecca hinter der von ihren Freunden umringten Amelia den zwischen hohen, baumbestandenen Böschungen entlangführenden Pfad hinaufstieg. »Besonders bei den jungen Herren.«

Rebecca sah Amelias gelbes Hütchen in dem Gewimmel aufleuchten und lächelte. »Auch bei den jungen Damen«, sagte sie. »Sie ist ein liebes Mädchen. Ich bin stolz auf sie.«

»Eine seltsame Äußerung.«

»Warum?«

»Ihr redet, als wärt Ihr ihre Mutter und nicht ihre Schwester.«

»Ich bin seit vielen Jahren für sie verantwortlich, Sir.«

»Und werdet es immer sein«, murmelte er.

Rebecca starrte ihn an. »Wie bitte?«

»Wann seid Ihr endlich an der Reihe, zu leben, Rebecca? Wann werdet Ihr endlich einmal tun können, was Euch beliebt?«

Rebecca senkte den Blick. Sie hatte schon zweimal getan, was ihr beliebte – und wo hatte das hingeführt?

»Ich bin ganz zufrieden.«

»Tatsächlich?«

Er blieb stehen, und da er ihren Ellbogen umfaßt hielt, blieb ihr nichts anderes übrig, als ebenfalls anzuhalten. Vor ihnen verschwanden die anderen um eine Biegung. »Schaut mich an.«

»Ich bitte Euch, Mr. Brand …«

»Schaut mich an.« Er drehte sie zu sich herum. »Ihr verdient mehr, Rebecca. Ihr verdient es, ein eigenes Leben zu führen anstatt eines Schattendaseins.«

»Ich führe kein …«

»Wann werdet Ihr aufhören, Euch zu bestrafen?«

»Wovon, in aller Welt, redet Ihr?«

Er machte eine Handbewegung, die sie so sehr an Brendan erinnerte, daß ihr der Atem stockte. Aber Brendans Haar war schwarz gewesen, von keinem Silberfaden durchzogen, er hatte in einem irischen Singsang gesprochen … Sie waren so verschieden, die beiden, und ihre Ähnlichkeiten machten die Unterschiede nur noch deutlicher. »Ihr wißt sehr gut, wovon ich rede: Von Eurer Vergangenheit. Ihr bestraft Euch dafür, nicht wahr?«

»Nein.«

»Ihr versteckt Euch, laßt Euch von Eurem Vater tyrannisieren, gestattet Euch nicht, jung zu sein oder jemals ein normales Leben zu führen. Um Himmels willen, Rebecca, laßt es doch endlich gut sein!« Beschwörend packte er sie bei den Schultern.

Seltsamerweise wirkte seine Heftigkeit beruhigend auf sie. »Ihr wißt nichts von mir, Sir.«

»Ich weiß, was ich gesehen habe.«

»Was ich tue, tue ich, weil ich es will. Es hat mir einmal jemand gesagt, ich solle mir verzeihen«, fuhr sie fort, ehe er sie unterbrechen konnte, »und das habe ich getan.«

»Wirklich?« Sein Blick war nicht zu deuten. »Und Ihr bereut nichts?«

»Nun, es gibt einige Dinge, die ich ändern würde, wenn ich könnte. Ich hätte gerne meinen Sohn wieder.« Sie schaute ihn in Erwartung seiner Reaktion mit trotzig vorgeschobenem Kinn an, doch sein Augenausdruck veränderte sich nicht. Er wußte also, daß sie ein Kind gehabt hatte. »Aber ich bereue nichts.«

»Warum lebt Ihr dann so? Es muß doch andere Möglichkeiten für Euch geben...«

»Möglichkeiten? Welche Möglichkeiten hat eine alleinstehende Frau? Ich hätte kein Heim mehr. Nein, Sir, ich habe keine andere Möglichkeit.«

»Doch«, widersprach er. »Ich biete Euch eine.«

Der Gedanke war verführerisch. Sie liebte ihn nicht – die Liebe war mit Brendan gestorben –, aber sie fühlte sich zu ihm hingezogen, und sie wünschte sich ein eigenes Heim und eine eigene Familie. Wenn sie ihn nur nicht in der britischen Gesandtschaft gehört hätte! »Dann sind wir also wieder dort angelangt.«

»Ja.« Seine Hände öffneten sich, glitten an ihren Armen herunter und ergriffen die ihren. »Ich meinte, was ich sagte, Rebecca: Ich fühle mich zu Euch hingezogen.«

»Warum?« fragte sie geradeheraus.

»Weil Ihr stark und tapfer und schön seid.«

»Und Ihr glaubt, Euer Angebot vermag mich umzustimmen?«

»Tut es das nicht?« Sein Blick wurde durchdringend. »Ich begehre Euch, Rebecca, und ich habe den Verdacht, daß Ihr mich ebenfalls begehrt.«

Sie kaute auf ihrer Unterlippe herum. Sie wurde also begehrt.

Warum nicht gebraucht? Warum nicht geliebt? Warum wollten die Männer nur ihren Körper? »Meine Antwort bleibt nein, Mr. Brand.« Sie entzog ihm ihre Hände und ging weiter. »Ich werde nicht aufgeben«, sagte er hinter ihr.

»Meine Antwort wird sich nicht ändern«, rief sie über ihre Schulter und hastete den sonnenlichtgesprenkelten Weg hinauf, ohne die sich über ihr wölbenden Baumkronen zu bemerken oder die Veilchen und Maiglöckchen im Unterholz. Als sie die Hügelkuppe und die wartende Gruppe endlich erreichte, musterte Amelia sie neugierig. »Ist etwas?« fragte sie.

»Nein, nichts«, antwortete Rebecca in dem Bemühen um einen neutralen Tonfall.

»Mr. Brand und ich haben uns nur so angeregt unterhalten, daß wir unwillkürlich stehenblieben.«

Amelias Blick huschte an ihr vorbei zu Marcus, der in diesem Augenblick in Sicht kam. »Willst du mir erzählen« – Amelia senkte die Stimme – »daß er nicht versucht hat, dich zu küssen?«

»Amelia!« rief Rebecca so laut, daß einige Köpfe zu ihr herumfuhren.

»Wenn es tatsächlich so ist, dann ist er aber außergewöhnlich langsam.«

»Ich bitte dich, wir kennen uns doch kaum«, zischte Rebecca.

»Aber er ist hinter dir her, seit wir ihn kennengelernt haben.«

Sie lachte leise. »Was würde Papa wohl sagen, wenn du dich mit Mr. Brand zusammentätest und ich mich mit Mr. Collins?«

»Großer Gott! Es würde ihn der Schlag treffen.« Etwas in Amelias Tonfall hatte sie aufhorchen lassen. Mr. Collins würde gut zu ihrer Schwester passen. Er war ehrgeizig und aus guter Familie... »Amelia – sind Mr. Collins und du...«

»Papa hat heute etwas Merkwürdiges gesagt«, unterbrach

Amelia sie, plötzlich ernst geworden. »Er fragte mich, ob ich gerne im Haus des Präsidenten wohnen würde.«

»Das war ein Scherz, Melia.«

»Nein, ganz bestimmt nicht. Er hatte einen ganz seltsamen Augenausdruck dabei, Becky. Ich kann ihn nicht beschreiben, aber er machte mir angst.«

Obwohl noch von dem Aufstieg erhitzt, fröstelte Rebecca. Etwas zu sagen, blieb ihr keine Zeit, denn in diesem Augenblick gesellte sich Marcus zu ihnen. »Ladys – ich glaube, wir sollen uns zu der Besichtigung sammeln.«

»Oh. Ja, Ihr habt recht.« Rebecca schaute Amelia noch einmal an und drehte sich dann mit einem entschlossenen Lächeln um. Sie würde den heutigen Tag durchstehen, doch danach wollte sie nichts mehr mit Marcus Brand zu tun haben. Das war sie ihrem Herzen schuldig.

Mount Vernon war keine Gedenkstätte für den verstorbenen General Washington, sondern ein landwirtschaftlicher Betrieb. Sein derzeitiger Besitzer, Bushrod Washington, war Richter am Obersten Bundesgericht und lebte in Washington City. Hinter dem Wohnhaus gab es ein Eishaus, eine Spinnerei, Ställe und eingezäunte Weiden, einen Blumengarten, einen Gemüsegarten und sogar einen Rasenplatz für das Bowlingspiel. Die Besichtigung des Hauses erwies sich als unergiebig, denn von dem Privatbesitz des Generals waren nur noch sein Globus und der Schlüssel zur Bastille übrig, den er von Lafayette bekommen hatte. Das Mobiliar war bunt zusammengewürfelt, und im Arbeitszimmer des Generals gähnten ihnen leere Regale entgegen, denn die handverlesene Bibliothek war ausgerechnet vom Boston Atheneum aufgekauft worden. Die letzte Station der Besichtigung war das Familiengrab hoch über dem Potomac. Nachdem sie einen Moment lang in respektvollem Schweigen davor verharrt hatten, wandten sie sich ab und verfielen in ein so hektisches Geschnatter, als müßten sie die Zeit der Stille wettmachen.

Martha und Jacob hatten unter einer Baumgruppe das Picknick gerichtet, und sie ließen sich zum Essen nieder, Rebecca bei den älteren, Marcus zu ihrer Überraschung bei den jüngeren Leuten, genau gesagt, neben Miß Fairfax, dem nach Amelia hübschesten Mädchen in der Gruppe. Während sie Schinken und Hähnchen und anschließend frisches Obst und ein Biskuitdessert aß und Limonade trank, die für die Männer unauffällig mit Alkohol aufbereitet wurde, konnte sie es nicht lassen, die beiden zu beobachten. Sie sah, wie sich Miß Fairfax nach anfänglicher Schüchternheit zunächst dazu bereitfand, zu lächeln, und schließlich zu flirten. Rebecca preßte die Lippen aufeinander, als Marcus sichtlich Gefallen daran fand, und es schnürte ihr das Herz ab, als er sich zu dem Mädchen hinüberbeugte und etwas sagte, das Miß Fairfax zu einem affektiert-verlegenen Lachen veranlaßte. Entschlossen wandte sie den Blick ab und begann eine Unterhaltung mit ihrer Nachbarin. Marcus war ihr nicht wichtig. Sie würde sich nicht von seinem Benehmen den Tag verderben lassen.

Nach dem Essen saß die Gesellschaft träge unter den Bäumen.

Gilbert Collins schnitzte an einem Holzstück herum. »Das ist aber ein schönes Messer«, sagte Marcus, und der Klang seiner Stimme ließ Rebecca aufblicken.

Das Lob schmeichelte Gilbert sichtlich, doch er gab das Messer nicht zur Begutachtung aus der Hand. »Es gehörte ursprünglich meinem Vater. Er hat es mir vor langer Zeit geschenkt, hätte es mir kurz darauf jedoch beinah wieder weggenommen.«

»Erzähl ihm, warum«, drängte ihn Mr. Parke, und Kichern wurde laut. »Erinnerst du dich? Du hattest es trotz seines Verbotes zum Messerwerfen benutzt.«

»Du auch. Wie alt waren wir damals? Zehn? Zwölf?«

»Ja, aber ich habe meine Tante nicht in den … in einen empfindlichen Teil ihrer Anatomie getroffen.«

»Sie hätte eben nicht in den Garten gehen sollen«, erwiderte Gilbert hitzig, während die Männer schallend lachten und die Damen in gespielter Verlegenheit die Blicke senkten und ein Lächeln unterdrückten.

»Wurde sie verletzt?« erkundigte sich Marcus.

»Bei den vielen Unterröcken, die sie trug? Nein, Sir, aber ich«, sagte Gilbert kummervoll und tastete nach seinem verlängerten Rücken. »Nachdem mein Vater dahintergekommen war, konnte ich eine Woche lang nicht sitzen.«

Gilbert klappte das Messer zu und warf es in die Luft. »Wie lange ist es her, daß du zum letztenmal geworfen hast?« fragte er Parke.

»Forderst du mich heraus?« antwortete der mit einer Gegenfrage.

»Es heißt, daß ich auch ganz gut mit einem Messer umgehen kann«, sagte Marcus und stand auf. »Was haltet Ihr von einem Wettstreit?«

»Oje, da gehen sie hin«, seufzte Rebeccas Nachbarin, als ihr Mann sich den Dreien anschloß. »Männer können solche Kinder sein.«

Die Herren legten die Röcke ab und lockerten die Krawatten. Beim Anblick von Marcus' Schultermuskeln zuckte tief unten in Rebeccas Leib eine Flamme auf. Nach ihrem Besuch in Mrs. Sallys Haus – die Erinnerung daran, wie er mit dem halboffenen Hemd ausgesehen hatte, ließ die Flamme hoch auflodern – war es heute das zweitemal, daß sie ihn ohne Rock erlebte, und sie hatte Mühe, die Fassung zu bewahren.

Die Regeln waren schnell festgelegt. Jeder würde sein Messer werfen, und die mit den weitesten Würfen würden jeweils gegeneinander antreten. Marcus zog sein Messer heraus. Rebecca richtete geistesabwesend den Blick darauf – und dann weiteten sich ihre Augen plötzlich. Der Griff war aus Perlmutt, die Klinge und das obere Ende des Griffes zierten Ornamente. Sie hatte genau dieses Messer in der Karibik in der Sonne blitzen sehen. Es war Brendans Messer. Es konnte nicht sein, aber es war so.

»Geht es Euch nicht gut, meine Liebe?« erkundigte sich ihre Nachbarin.

»Wie? O doch, doch bestens.«

»Ihr seht ein wenig blaß aus.«

»Das ist nur die Hitze. Bitte sorgt Euch nicht. Es geht mir gut.« Brendans Messer! Wie war das möglich? Die *Raven* war doch mit Mann und Maus gesunken. Ihr Herz klopfte bis zum Hals. Brendans Messer – in der Hand eines Mannes, der ihm so qualvoll ähnlich sah. Großer Gott im Himmel. Brendans Leiche war nie gefunden worden. Das war nicht ungewöhnlich auf See – doch was, wenn... Nein, es war unmöglich. Aber...

Gedankenverloren verfolgte sie den Wettstreit, wirklich aufmerksam nur dann, wenn Marcus an die Reihe kam. Er warf sein Messer mit geübtem Schwung und sichtlicher Freude am Spiel.

Und er gewann jede Runde. Nachdem er am Ende offiziell zum Sieger erklärt worden war und man ihm das Versprechen einer baldigen Gelegenheit zur Revanche abgenötigt hatte, zwängten sich die Verlierer widerstrebend in ihre Röcke und ließen sich von ihren Damen, die sie umringten, trösten. Rebecca, die sich im Hintergrund hielt, sah zu, wie Marcus ebenfalls sein korrektes Erscheinungsbild wiederherstellte. Als er seine Krawatte zurechtrückte, begegnete sein Blick dem ihren, und er kam zu ihr herüber.

»Habe ich mir ein Lob verdient?« fragte er lächelnd.

»O ja.« Entschlossen faßte sie sich ein Herz. Sie mußte endlich Gewißheit haben. »Es war sehr beachtlich, Brendan.«

»Danke.« Er deutete eine Verbeugung an – und erstarrte. Rebecca stockte der Atem. Bei allen Heiligen – ihr Verdacht hatte sich bestätigt! Marcus Brand war Brendan Fitzpatrick, der Rabe.

20

Marcus brauchte nur eine Sekunde, um sich zu fassen. »Wie habt Ihr mich genannt?« fragte er kühl.

»Ihr habt mich schon verstanden.« Herr des Himmels – gerade hatte sie sich dazu durchgerungen, mit der Vergangenheit abzuschließen und der Zukunft ins Gesicht zu sehen, und nun stand die Vergangenheit leibhaftig vor ihr!

»Ja«, nickte er scheinbar gekränkt. »Es ist Euch ein Fehler unterlaufen. Ein wenig schmeichelhafter für mich.«

»Es war kein Fehler.« Sie zwang sich zur Ruhe, obwohl sie das Gefühl hatte, jeden Augenblick in Ohnmacht zu sinken. »Ihr seid Brendan Fitzpatrick.«

»Laß dir erklären...« Plötzlich sprach er wieder in dem ihr so vertrauten Singsang.

Das war zuviel für Rebecca. Sie wirbelte herum und rannte blindlings los. Es war ihr gleichgültig, wohin, sie wollte nur weg, als könnte sie dem Schmerz darüber, so schrecklich belogen worden zu sein, auf diese Weise entfliehen.

»Hol's der Teufel!« fluchte Marcus.

»Rebecca?« rief Amelia, aufmerksam geworden, im gleichen Moment und schaute entsetzt ihrer Schwester nach, die den Hügel hinunterstürmte. »Was ist denn in sie gefahren?« erkundigte sie sich bei Marcus.

»Keine Ahnung«, log er. »Aber ich werde es gleich herausfinden.«

»Ich komme mit.«

»Nein«, lehnte er ab. »Ich gehe allein.«

»Wenn Ihr meint...«

Marcus zwang sich zu einem gemäßigten Laufschritt – er durfte sich die Panik nicht anmerken lassen, die ihn ergriffen hatte. Verdammt! Verdammt! fluchte er in sich hinein. Er hatte natürlich gewußt, daß sie irgendwann die Wahrheit erfahren müßte, aber er hatte sie ihr schonend beibringen wollen. Als er bei ihr ankam, stand sie mit zuckenden Schultern am Fluß. Er trat hinter sie und legte die Hand auf ihre Schulter. »Rebecca ...«

Sie fuhr zu ihm herum. »Faßt mich nicht an!« zischte sie mit einem gequälten Ausdruck in den Augen, der ihn bis ins Mark traf. »Haltet Euch von mir fern, Ihr ... Lügner!«

»Wenn du mir die Gelegenheit gibst, erkläre ich dir ...«

»Es war alles Lüge!« fauchte sie. »Von Anfang an. Die Augenklappe, unter die ich nicht schauen durfte ... alles Lüge, auf der *Raven* und hier ...«

»Nein, *leannan* ...«

»Nennt mich nicht so! Nie wieder! O Gott!« Sie schlang die Arme um sich und blickte hilfesuchend gen Himmel. »O Gott!«

»Es tut mir leid«, sagte er lahm. Er hatte keine Möglichkeit, sich zu rechtfertigen, denn er war noch immer gezwungen, sie anzulügen. »Wenn ich es ungeschehen machen könnte, würde ich es tun, aber ...«

»Alles?« Sie starrte ihn durchdringend an.

»Nein. Nicht alles.« Er hielt ihrem Blick stand. »Ich hatte dich gebeten, bei mir zu bleiben, Rebecca«, erinnerte er sie.

»Ja – als Piratenliebchen. Jedenfalls dachte ich das damals«, erwiderte sie bitter. »Wie ist Euer Name? Ich weiß ja nicht einmal, wie ich Euch ansprechen soll.«

»Marcus Brand.«

»Dann hat Brendan Fitzpatrick also nie wirklich existiert.«

»O doch, das hat er durchaus.«

»Ich habe um Euch getrauert!« rief sie anklagend. Tränen glänzten in ihren Augen. »Als alle Welt sich freute, daß der Rabe tot war, trauerte ich um Euch! Das vergangene Jahr war die Hölle für mich.«

»Es tut mir leid«, sagte er noch einmal.

»Wie reizend!« höhnte sie. »Ich habe ein Jahr meines Lebens damit vergeudet, mich um Euch zu grämen, und Ihr habt mir nicht mehr zu sagen, als daß es Euch leid tut. Ich habe Euch geliebt!« schrie sie ihn voller Seelenpein an, und jetzt liefen die Tränen. »Einen Mann, den es gar nicht gab!«

»Es gibt mich, Rebecca!« widersprach er heftig. »Ich stehe vor dir!«

»Aber wer seid Ihr? Brendan oder Marcus?«

»Beide«, erwiderte er. »Du mußt mir glauben, Rebecca es lag nie in meiner Absicht, dir Kummer zu bereiten.

»Wo seid Ihr dieses letzte Jahr gewesen?«

»In Baltimore«, gestand er widerstrebend.

»In Baltimore!« echote sie. »Während ich Euch in einem nassen Grab wähnte, als Futter für die Fische...« Ihre Stimme brach.

»Bitte...«

»Baltimore!« Sie spuckte ihm das Wort förmlich ins Gesicht. »Hättet Ihr mich nicht wenigstens wissen lassen können, daß Ihr wohlauf wart?«

»Nein. Aber ich kam immer wieder nach Georgetown, um einen Blick auf dich zu erhaschen, mich zu vergewissern, daß es dir gutging...«

»Wirklich rührend! Aber was kann man von einem Spion schon erwarten...«

»Wer hat dir erzählt, daß ich ein Spion bin?« fragte er mit gepreßter Stimme.

»Niemand. Ich habe es selbst gehört. In der britischen Gesandtschaft. Als Ihr Mr. St. John Eure Dienste antrugt.«

Erleichterung durchflutete ihn. »Das kann ich erklären...«

»Das auch? Ich bin aber nicht interessiert an Euren Erklärungen, denn ich bezweifle, daß sie der Wahrheit entsprächen.« Damit raffte sie die Röcke und ließ ihn stehen.

Marcus schlug dem Butler, der ihn zu George Abbotts Arbeitszimmer geleitet hatte, die Tür vor der Nase zu und starrte feindselig auf den alten Mann hinunter, der hinter seinem Schreibtisch saß. »Ich muß Rebecca reinen Wein einschenken.«

»Was Ihr nicht sagt.« Abbott nahm seine Brille ab und legte gelassen die Feder aus der Hand, als seien derlei abendliche Störungen für ihn nichts Ungewöhnliches. »Es ist gut, Peter«, beruhigte er seinen livrierten Diener, der besorgt den Kopf zur Tür hereinstreckte. »Mr. Brand ist mir willkommen. Schließ die Tür.« Er faltete die Hände auf den vor ihm ausgebreiteten Papieren und schaute Marcus fragend an. »Vielleicht habt Ihr die Güte, mir zu erklären, worum es geht.«

Marcus begann auf und ab zu gehen. »Sie ist mir auf die Schliche gekommen.«

Abbott horchte auf. »Wie?«

Marcus schnitt eine Grimasse. »Durch eine Unachtsamkeit meinerseits.« In knappen Worten berichtete er Abbott, was sich zugetragen hatte. »Ich muß ihr die Wahrheit sagen«, wiederholte er am Ende.

»Hm.« Abbott lehnte sich zurück und schlug sich mit seiner zusammengeklappten Brille rhythmisch an die Lippen. »Es könnte schlimmer sein. Sie glaubt, Ihr spioniert für die Briten.«

»Schlimmer?« Marcus blieb abrupt stehen und starrte Abbott an. »Ich habe ihr das Leben zur Hölle gemacht. Wenn ich doch nur letztes Jahr zu ihr gegangen wäre...«

»Man hätte Euch festgenommen und gehängt«, erinnerte Abbott ihn. »Ihr wißt, daß wir das Gerücht vom Tod des Raben zu Eurem Schutz verbreitet haben.«

»Nicht nur zu meinem.«

»Und Ihr wißt auch, daß ich wollte, daß Ihr in Baltimore bleibt.«

»Ich habe es nicht mehr ausgehalten, verdammt noch mal!« brauste Marcus auf. Hatte dieser Mann kein Herz? Floß Eiswasser in seinen Adern? Für ihn zählte nur die Sache, Menschen interessierten ihn nicht. »Ich konnte mich nicht länger von ihr fernhalten.«

»Das habt Ihr ja von Anfang an nicht konsequent getan«, erwiderte Abbott. »Wenn ich daran denke, wie oft Ihr nach Georgetown gekommen seid – entgegen meiner ausdrücklichen Befehle …«

»Es hat mich niemand erkannt.«

»Außer den Talbot-Mädchen«, meinte Abbott trocken.

»Sie wird mich nicht verraten«, sagte Marcus mit einer Überzeugung, die ihn selbst überraschte. Trotz ihres Ausbruchs heute konnte er nicht glauben, daß die Frau, als die er sie auf der *Raven* kennengelernt hatte, ihn einem Ende am Galgen ausliefern würde.

»Ich denke trotzdem, Ihr solltet untertauchen.«

»Nein.« Er hatte es satt, sich von Abbott Vorschriften machen zu lassen. »Nicht in der derzeitigen Situation. Außerdem vertrauen die Briten mir. Ich habe ihnen glaubhaft gemacht, daß wir eine Kriegsflotte bauen.«

Abbott schüttelte den Kopf. »Sie werden bald dahinterkommen, daß das nicht stimmt. Nein, mein Junge, Ihr wart nützlich, doch jetzt ist es an der Zeit für Euch, zu gehen.«

»Nein.« Marcus ließ sich nicht beirren. »Ich denke nicht daran.«

Abbott seufzte. »Wir haben das doch schon besprochen. Wenn ruchbar wird, daß wir Spione in der britischen Gesandtschaft haben …«

»Der Krieg ist unausweichlich«, fiel Marcus ihm ins Wort. »Das wißt Ihr ebensogut wie ich. Ich hörte heute, daß der Präsident dem Kongreß seinen Wunsch nach einer Kriegserklärung vortragen wird.«

Abbott seufzte wieder und setzte seine Brille auf. »Ich sehe, daß ich Euch nicht überreden kann. Nun gut, aber beschützen kann ich Euch auch nicht.« Er blickte auf und schaute Marcus mit seinen Hai-Augen kalt an. »Spionage ist eine Sache, Piraterie eine andere. Wenn Ihr erwischt werdet, kann ich nichts für Euch tun.«

»Das ist mir klar.« Marcus griff nach seinem Hut. »Ergebenster Diener, Abbott.« Er nickte dem alten Mann zu und ging. Jetzt war er auf sich selbst gestellt, dachte er, als er mit großen Schritten die Straße hinunter marschierte. Auf sich selbst gestellt und ohne Schutz. Doch diesmal würde er sich nicht in Baltimore verkriechen und sich für seine Feigheit verachten. Er hatte noch wichtige Aufgaben zu erledigen, die Briten mit falschen Informationen zu füttern und im Gegenzug soviel wie irgend möglich in Erfahrung zu bringen. Darüber hinaus wollte er Ezra Talbot im Auge behalten, in dessen Kopf wilde Revolutionspläne herumgeisterten. Doch all das verblaßte gegenüber seinen Gefühlen für Rebecca. Letztendlich war sie der ausschlaggebende Grund für sein Bleiben, ob er sich damit nun in Gefahr brachte oder nicht. Er würde sie kein zweites Mal verlassen – wenn es nach ihm ging. Nach ihrem heutigen Gespräch hegte er allerdings Zweifel daran, daß sie ihm noch einmal eine Chance gäbe.

Rebecca trat einen Schritt zurück und vergewisserte sich, daß der Tisch korrekt gedeckt war. Wie Ezra ihr mitgeteilt hatte, erwartete er einen Gast zum Abendessen. Genauer hatte er sich nicht geäußert.

Amelia streckte den Kopf zur Tür herein. »Ah, Becky! Wie hübsch du das gemacht hast! Aber du willst doch nicht etwa dieses Kleid anbehalten?«

»Warum denn nicht?« Rebecca ging im Geiste noch einmal die von ihr festgelegte Speisenfolge durch.

»Möchtest du dich denn nicht schön machen für Mr. Brand?«

»Mr. Brand?« Rebecca klammerte sich so fest an die Rükkenlehne eines Stuhls, daß ihre Fingerknöchel weiß hervortraten. »Er ist der erwartete Gast?«

»Hast du das denn nicht gewußt?« wunderte sich Amelia.

»Nein.« Rebecca hatte Mühe, den Impuls zu unterdrücken, das Porzellan ihrer Mutter, das gute Silber und das Blumenarrangement in der Kristallschale vom Tisch zu fegen und zu fliehen. Sie wollte diesen Mann nicht wiedersehen, der ihr den Glauben geraubt hatte, daß es doch noch gute, ehrliche Menschen auf der Welt gab, der sich als der Schurke erwiesen hatte, den sie zu Anfang in ihm gesehen hatte.

Amelia musterte sie neugierig. »Was ist in Mount Vernon zwischen euch vorgefallen?«

»Nichts.«

»Das kannst du mir nicht weismachen. Du warst sehr blaß, als du vom Fluß heraufkamst, und er sprach den Rest des Ausflugs kaum ein Wort... hat er dir einen unzüchtigen Antrag gemacht?«

»Gütiger Himmel, nein!«

»Es besteht kein Anlaß zu solcher Heftigkeit.«

»Hör mir zu, Amelia: Es ist nichts zwischen diesem Mann und mir, und es wird nie etwas zwischen uns sein. Und ich werde nicht zulassen, daß du ihn heiratest.«

»Das habe ich doch gar nicht vor«, erwiderte ihre Schwester. »Ich habe beschlossen, mich gegenüber Papa zu behaupten. Marcus ist viel zu alt für mich, und dann ist da noch seine Ähnlichkeit mit dem Raben. Ich glaube, die würde mich immer stören. Zwischendurch fiel sie mir nicht so auf, aber jetzt empfinde ich sie wieder deutlicher. Oh, Becky, ist das dein Problem?«

»Was?«

»Du hast ihn geliebt, nicht wahr?«

»Wen? Marcus?«

»Nein, Dummchen, den Raben.«

Der Schmerz war so stark, daß Rebecca unwillkürlich die Augen schloß. Sie wandte sich ab. »Ich glaubte es«, antwortete sie leise. »Aber jetzt weiß ich nicht mehr, was ich glauben soll.«

Amelia runzelte die Stirn. »Du sprichst in Rätseln, Becky. Wie auch immer – es ist an der Zeit, daß du aufhörst, so traurig zu sein.«

»Traurig?« Rebecca wirbelte herum. »Ich bin nicht traurig! Ich bin zornig, und ich danke Gott dafür!« Zorn war ein reinigendes Gefühl, das die Lebensgeister weckte, anstatt sie, wie die Trauer, zu lähmen. Zornig zu sein, hatte eine seltsame Heilkraft. Es hatte sie aus dem Käfig ihres Kummers befreit, in dem sie so lange getrauert hatte – nicht nur um Brendan, sondern auch um das, was sie verloren hatte.

Amelia zog die Nase kraus. »Wie du meinst. Aber das sollte dich nicht daran hindern, wenigstens dein graues Seidenkleid anzuziehen. Du hast noch Zeit, da …« Von draußen war das Donnern des Türklopfers zu hören. »Oje, glaubst du, das ist er schon?«

»Höchstwahrscheinlich.« Jetzt, da der Augenblick der Konfrontation bevorstand, war sie plötzlich völlig ruhig, und so setzte sie, als Marcus' Stimme in der Halle laut wurde, gelassen hinzu: »Komm – laß uns ihn begrüßen.«

»Du bist leichenblaß, Becky«, stellte Amelia besorgt fest. »Fehlt dir etwas?«

»Nein. Ich fühle mich sogar besser als das ganze letzte Jahr.« Sie wußte, daß sie die Kraft haben würde, sich Marcus und ihrer wie auch immer gearteten Zukunft zu stellen.

»Ah, da seid ihr ja«, sagte Ezra, ganz der liebenswürdige Gastgeber, als Amelia und Rebecca den Salon betraten. »Amelia, du siehst heute abend besonders reizend aus.«

»Danke, Papa. Mr. Brand.« Sie lächelte ihn an, doch ohne ihre sonst übliche Koketterie.

»Miß Amelia. Miß Talbot.« Marcus verbeugte sich vor ihnen, und Rebecca verlor sich in der Betrachtung der Erscheinung in dem modischen burgunderroten Rock und der rehbraunen Hose. Ein Teil von ihr wünschte sich, sie hätte sich tatsächlich umgezogen, der andere sann über die Verwandlung nach, die dieser Mann durchgemacht hatte. Brendan hätte sich niemals so gekleidet oder sich so steif gebärdet. Und wann waren seine Haare so grau geworden? Er spielte seine Rolle gut, dieser Marcus Brand. Oder hatte er als der

Rabe eine Rolle gespielt? Diese Frage genügte, um ihr Kopfschmerzen zu bereiten.

»Rebecca!« schnitt Ezras scharfe Stimme wie ein Messer in ihre Grübelei. »Antworte, wenn du etwas gefragt wirst, Mädchen.«

»Es tut mir leid«, entschuldigte sich Rebecca, der erst jetzt bewußt wurde, daß Marcus das Wort an sie gerichtet hatte. »Was habt Ihr gesagt?«

»Ich habe mich nur nach Eurem Befinden erkundigt, Ma'am. Habt Ihr Euch von neulich erholt?«

Sie blickte ihm geradewegs in die Augen. »Nicht so weit, wie es mir lieb wäre.«

»Ich bedauere, das zu hören.«

»Was ist das?« mischte Ezra sich ein. »Bist du krank, Mädchen?«

»Miß Talbot hatte etwas Unrechtes gegessen«, kam Marcus Rebecca zuvor, und sie starrte ihn feindselig an. Sie war durchaus in der Lage, für sich selbst zu sprechen.

»Ah, das also ist die Erklärung.« Ezra lehnte sich zurück. »Ich wußte doch, daß etwas mit ihr nicht stimmte. Ja, was gibt es?« fragte er, als Jacob, der Diener, in der Tür erschien.

»Es ist angerichtet, Sir.«

»Sehr gut.« Ezra kam grunzend auf die Füße.

Marcus trat beiseite, um Rebecca den Vortritt zu lassen, und sie spürte seinen Blick fast wie eine Liebkosung, als sie ihrem Vater zum Speisezimmer folgte. Sie hatte Mühe, den Impuls zu unterdrücken, sich mit der Hand das Gesicht abzuwischen. Beim Essen hielt sie die ganze Zeit den Blick gesenkt, bis Ezra am Ende der Mahlzeit etwas sagte, das sie aufhorchen ließ. »Ihr kehrt also nach Baltimore zurück, Sir?«

Er reiste ab. Sie sollte froh darüber sein. »Ist das wahr?« platzte sie heraus.

»Es wird sich vielleicht nicht umgehen lassen.« Marcus nahm eine Orange aus der Silberschüssel, die Jacob auf den Tisch gestellt hatte, und begann sie mit Hilfe seines Daumennagels zu schälen. Wie gebannt starrte Rebecca auf seine Hände. Brendans Hände, dachte sie und riß sich gewaltsam davon los. »Meine Chancen, eine Freihandelslizenz zu erhalten, sind gering, und ich muß meine Schiffe inspizieren und Mannschaften anheuern, damit alles bereit ist, falls ...«

»Falls was, Sir?« fragte Amelia, die Rebecca gegenübersaß.

»Falls es Krieg gibt. Aber wir brauchen das jetzt nicht zu erörtern.«

»Meine Töchter sind über die politische Entwicklung informiert«, warf Ezra ein. »Ich habe mir selbst auch schon Gedanken über dieses Thema gemacht. Was habt Ihr vor, wenn der Krieg tatsächlich ausbrechen sollte?«

»Sie zu bewaffnen, natürlich, und, falls nötig, ihre Dienste anzubieten.«

»Genau, was ich dachte.« Ezra nickte. »Der Marine – auch wenn die eigentlich über genügend Schiffe verfügt.«

»Ich dachte, wir hätten nur wenige«, wunderte sich Rebecca.

»Benutze deinen Verstand, Mädchen. Ich spreche nicht von der amerikanischen Marine.«

Rebecca schnappte nach Luft. »Vater! Du wirst sie der britischen anbieten? Und« – sie wandte sich Marcus zu – »Ihr wollt das ebenfalls tun?«

Er zuckte die Schultern. »Ich kann es mir nicht leisten, sie ungenutzt zu lassen. Wenn sie auf diese Weise Profit bringen ...«

»Profit!« Rebecca ließ alle gute Erziehung fahren und sprang auf. Brendan hatte die Briten gehaßt und jetzt, da die Amerikaner jede Hilfe bitter nötig hatten, war er bereit, sich mit seinen Erzfeinden zu verbünden! »Das ist Hochverrat.«

Das brachte auch Ezra auf die Beine. »Du wagst es, meine Entscheidung zu verurteilen, Mädchen?« dröhnte er.

»Ja.« Sie hielt seinem Blick unerschrocken stand. »Sie ist unrecht, Vater, und das weißt du auch.«

»Unrecht?« echote er donnergrollend. »Du hast die Stirn,

mir unrechtes Verhalten vorzuwerfen – ein Frauenzimmer, das sich jedem Mann an den Hals wirft?«

»Papa!« entsetzte sich Amelia.

»Das ist eine Lüge!« schrie Rebecca außer sich.

»Ich bin kein Lügner!« brüllte Ezra und holte aus. Wie der Blitz war Marcus auf den Füßen und fing seinen Arm in der Luft ab. »Bezähmt Euch, Sir«, sagte er mit einem stählernen Unterton in der samtweichen Stimme. »Das ziemt sich doch nicht vor einem Gast.«

»Gebt mich frei!« Ezra riß sich mit einem Ruck los und dann sank er plötzlich auf seinen Stuhl zurück.

Amelia beugte sich zu ihm herüber. »Geht es dir gut, Papa?«

»Was? Oh, jaja.« Er straffte sich und besann sich auf seine Gastgeberrolle. »Ich entschuldige mich für meine Tochter, Sir. Manchmal reizt sie mich einfach über Gebühr.«

»Wolltet Ihr nicht etwas mit mir besprechen, Sir?« wechselte Marcus, der ebenfalls wieder Platz genommen hatte, das Thema.

»Das hat Zeit«, erklärte Ezra zu seiner Überraschung und stand auf. »Ich muß nachdenken. Ausführlich nachdenken.« Damit eilte er hinaus.

»Es tut mir leid, daß der Abend eine solche Entwicklung genommen hat, Sir«, sagte Rebecca zu Marcus, und zu Amelia: »Bitte geh nach Vater schauen, vielleicht kannst du etwas für ihn tun.«

Ihre Schwester nickte und verschwand.

Marcus schaute Rebecca eindringlich an. »Du kannst doch nichts dafür …«

»O doch, Sir.« Sie stieß ein bitteres Lachen aus. »Ich hätte meinen Mund halten sollen, aber ich konnte das einfach nicht unwidersprochen lassen.«

»Ist er oft so jähzornig?« fragte Marcus.

»Nun ja – in letzter Zeit häuft es sich. Schon der kleinste Anlaß genügt.«

»Rebecca.« Marcus stützte sich mit beiden Händen auf den Tisch und beugte sich vor.

»Du weißt ganz genau, daß er nicht in Ordnung ist, nicht wahr?«

»Wie könnt Ihr so etwas behaupten!? Er ist ein wenig reizbar, aber …«

»Das sehe ich anders. Sein Vorschlag neulich abends, eine Revolution auszurufen, war der schiere Unsinn. Es überrascht mich schon sehr, daß ihn keiner der Anwesenden hat verhaften lassen.«

Rebecca erbleichte. »Meint Ihr, das könnte noch immer geschehen?«

»Ich denke nicht. Aber dich mit ihm unter einem Dach zu wissen, beunruhigt mich.«

»Das braucht es nicht, Sir.« Sie straffte ihre Schultern, drehte sich um und ging vor ihm her in die Halle hinaus. »Ich bin ganz gut zurechtgekommen, bevor Ihr auftauchtet.«

Er nahm seinen Hut von dem Tischchen. »Es tut mir leid, dein Leben kompliziert zu haben, Rebecca. Darf ich es wiedergutmachen, indem ich dich im Kriegsfall in Sicherheit bringe?«

»Ich soll die Hilfe eines Mannes annehmen, der mit den Briten kollaboriert? Nein, danke.«

»Es ist nicht so, wie es aussieht …«

»Bitte erspart mir weitere Lügen. Ich wünschte, Ihr würdet aus meinem Leben verschwinden. Ihr habt mir nichts als Kummer und Sorgen beschert.«

»Nichts?« fragte er mit weicher Stimme. »Hast du die Nächte auf See vergessen, *leannan?*«

»Ja.«

»Ich nicht.« Er griff sich seinen Spazierstock. »Und ich habe die Absicht, sie dir wieder in Erinnerung zu rufen. Gute Nacht, Rebecca.«

»Wie soll ich das verstehen?« rief sie nach einem Moment der Verblüffung, doch er war bereits die Stufen hinuntergeeilt.

Sie blickte ihm nach, als er sich mit großen Schritten entfernte. Wer war er wirklich, dieser Mann mit den zwei so grundverschiedenen Gesichtern?

Nun – heute abend würde sie keine Antwort mehr auf diese Frage finden, sagte sie sich, schloß die Tür und machte sich auf den Weg ins Speisezimmer, um nachzusehen, ob Martha den Tisch abgedeckt hatte.

Ezra Talbot saß in seinem Arbeitszimmer und grübelte über die Offenbarung nach, die ihm heute abend zuteil geworden war.

21

»Es ist schon wieder eine Nachricht für Euch abgegeben worden, Mr. Brand«, sagte Mrs. Sally später an diesem Abend, als Marcus auf ihr Klopfen hin seine Zimmertür öffnete. »Wieder von diesem schrecklichen Engländer.«

»Danke, Ma'am.« Mit einer einzigen fließenden Bewegung nahm er ihr den Brief aus der Hand und machte ihr sanft aber nachdrücklich die Tür vor der Nase zu. Abbott hatte den Boten klug ausgewählt – er trug zur Glaubwürdigkeit der Geschichte über Marcus, den Hochverräter, bei, einer Geschichte, die sogar Rebecca glaubte! Das hätte er nie für möglich gehalten.

Er trat ans Fenster und schaute in die weiche Frühlingsdunkelheit hinaus. Unten vom Fluß blinzelten die Lichter der Schiffe zu ihm herauf. Was war das für eine verfahrene Situation mit Rebecca! Wie er sie begehrte! In dieser Hinsicht war er nicht besser als ihr ehemaliger Liebhaber oder Lieutenant Dee, aber seine Sehnsucht ging weit über die körperliche Begierde hinaus. Er wollte mit ihr leben, Kinder mit ihr haben. Gott helfe ihm – er wollte sie heiraten.

Die Erkenntnis traf ihn wie ein Schlag. Er hatte stets seine Unabhängigkeit geschätzt, niemals ernsthaft eine Heirat in Betracht gezogen, doch jetzt gab es eine Frau, für die er mit Freuden auf seine Freiheit verzichten würde. Die Ironie war, daß sie nichts mit ihm zu tun haben wollte.

Er drehte sich um, und sein Blick fiel auf den Brief, den er im Vorbeigehen achtlos auf den Tisch gelegt hatte. Kurz darauf blickte er mit hochgezogenen Brauen von seiner Lektüre auf, und dann hielt er eine Ecke des Papiers in die Kerzenflamme. Als es Feuer gefangen hatte, legte er es in den kalten, offenen Kamin und sah zu, wie es verbrannte. Abbott war offenbar zu dem Schluß gekommen, daß er ihm hier doch von größerem Nutzen sein konnte als in Baltimore. Nun, das sollte ihm recht sein. Er wäre ohnedies nicht dorthin zurückgekehrt. Was Rebecca betraf, würde er sich von Abbott nichts mehr vorschreiben lassen. Sie war sein Leben. Als er seinen Rock wieder anzog, um Abbott bezüglich genauer Informationen zu seinem neuen Auftrag aufzusuchen, traf er eine Entscheidung: Irgendwann und irgendwie würde er Rebecca zu der Seinen machen. Alle Fenster im Parterre der britischen Gesandtschaft waren hell erleuchtet. Da an diesem Abend ein anderer Soldat Wachdienst hatte, wurde Marcus ohne großes Federlesen eingelassen. Sir Augustus hatte zu einem Empfang geladen, und alle, die Präsident Madison und seine Politik mißbilligten, waren gekommen, Mitglieder der föderalistischen Partei ebenso wie bekannte England-Sympathisanten. Einen Augenblick lang glaubte Marcus Ezra Talbot zu sehen, doch als der fragliche Mann sich umdrehte, erkannte er, daß er sich geirrt hatte.

Hillary St. John schaute Marcus überrascht an, als dieser den Salon betrat, um Sir Augustus seine Aufwartung zu machen. »Ich hatte nicht erwartet, Euch heute hier zu sehen«, sagte St. John.

»Das erstaunt mich. Ich war doch eingeladen.«

»Das schon, aber wir hörten, daß Ihr nach Baltimore zurückgekehrt wäret.«

»Ich wollte vorher noch einen letzten Versuch machen, eine Freihandelslizenz zu bekommen.«

St. John schürzte die Lippen. »Ich glaube nicht, daß Ihr da etwas erreichen werdet. Es heißt, Euer Präsident strebt eine Kriegserklärung an.«

»Ich bin kein politisch engagierter Mensch«, erwiderte Marcus, während er den Blick durch den Salon und den angrenzenden Raum schweifen ließ, in dem Erfrischungen warteten. Ein Teil von ihm hoffte, Rebecca zu sehen, der andere, daß sie nicht gekommen war. »Es interessiert mich nicht, was der Präsident tut.«

»Aber wird es sich denn nicht auf Euer Geschäft auswirken?« Marcus zuckte die Schultern und schnippte ein Stäubchen von dem Ärmel seines Rockes aus teurem schwarzem Tuch. »Ich bin bereit, meine Firma nach Canada zu verlegen, wenn es sein muß.«

»Ach, tatsächlich.« St. John musterte ihn nachdenklich. »Nun, ich werde mich bei Sir Augustus noch einmal für Euch verwenden, aber macht Euch keine allzugroßen Hoffnungen.«

»Mein Dank ist Euch auf jeden Fall gewiß.« Marcus deutete eine Verbeugung an und entfernte sich, mit dem Verlauf des Abends bis jetzt hochzufrieden.

Nachdem er Sir Augustus begrüßt hatte, schlenderte er, auf dem Weg immer wieder innehaltend, um ein paar Worte mit Leuten zu wechseln, die er kannte, in das andere Zimmer hinüber, um sich etwas zu trinken zu holen, und dann mit seinem Glas Punsch wieder zurück und in die relative Kühle der Halle hinaus, wo sich kaum Gäste aufhielten, und diese schenkten ihm keine Beachtung. Marcus stellte sein Henkelglas auf ein Tischchen und warf einen Blick in die Anrichtekammer. Leer. Jetzt oder nie.

Schnell und lautlos schlich er durch den langen Raum zur Hintertreppe, verhielt an ihrem Fuß kurz, um zu lauschen, und stieg, als er keinen Laut von oben hörte, für den Fall, daß eine der Stufen knarzte, dicht an der Wand entlang, in den ersten Stock hinauf.

Oben angekommen blieb er stehen, bis seine Augen sich an die Dunkelheit gewöhnt hatten und er sich orientieren konnte. Hier befanden sich die Privaträume des Gesandten und weitere Büros.

Dritte Tür links. Der Türknauf klemmte, und als er schließlich nachgab, drehte er sich mit einem Klicken, das Marcus wie ein Schuß in den Ohren dröhnte, und er hielt unwillkürlich den Atem an, doch es war niemand da, der es hätte hören können. Trotzdem waren seine Schultermuskeln angespannt, als er das Zimmer betrat und die Tür hinter sich schloß, was wiederum mit einem ohrenbetäubenden Klicken einherging. Gottlob steckte der Schlüssel. Er ließ sich leicht herumdrehen und gab ihm ein Gefühl der Sicherheit: Falls er entdeckt werden sollte, bliebe ihm noch Zeit zu fliehen.

Er wußte nicht, was er suchen sollte, und auch nicht, wo er es finden konnte. Das bleiche Mondlicht genügte nicht, um den Raum zu erhellen, und so zündete er eine Kerze an. Auf dem Schreibtisch befanden sich lediglich ein Tintenfaß, mehrere Federkiele, eine Streusandbüchse und eine Schreibunterlage. Eine Wand säumte ein Bücherregal, und vor und hinter dem Schreibtisch stand jeweils ein grüner Ledersessel. Marcus nahm in letzterem Platz und machte sich an die Arbeit. Die Schubladen erwiesen sich zu seiner Erleichterung als unverschlossen. Welch sträflicher Leichtsinn. Andererseits rechnete natürlich keiner damit, daß jemand hier herumschnüffelte, während das Haus voller Leute war.

»Wenn Ihr es findet, werdet Ihr wissen, was Ihr gesucht habt«, hatte Abbotts Erklärung am Abend zuvor gelautet. Marcus konnte nur hoffen, daß er recht hatte. Die oberste Schubladenreihe war unergiebig. In der darunter fand er einen Plan für eine Blockade der amerikanischen Küste, falls es Krieg geben sollte, und eine Einschätzung der Truppenstärke in Canada. Wichtig, aber nicht von entscheidender Bedeutung, dachte Marcus, als er die Schublade enttäuscht zuschob. Es mußte noch etwas anderes dasein, etwas wirklich Brisantes. Er fand es in der untersten Schublade, als er gerade aufgeben wollte. Zuerst konnte er mit der primitiv gezeichneten Landkarte, die das Deckblatt der zu einem Heft zusammengefalteten Seiten bildete, nichts anfangen, doch dann erkannte er plötzlich den bei Washington City und Georgetown schmaler werdenden Potomac. Und die Kreuzchen hier und dort … großer Gott! Das Haus des Präsidenten. Das Capitol.

Das Marine-Gelände. Es sah aus wie … Er zog scharf die Luft ein, als er umblätterte und die Worte auf der nächsten Seite las. »Pläne für eine Invasion in Washington City, District of Columbia.«

Gütiger Himmel. Er blätterte erneut um und las fieberhaft, wobei ihm sein lange Jahre geschultes Gedächtnis ermöglichte, sich die Einzelheiten einzuprägen, und diese gab es reichlich.

Gütiger Himmel, dachte Marcus wieder, als ihm schließlich klar wurde, daß es hier nicht nur darum ging, einen Krieg zu gewinnen, sondern die Vereinigten Staaten wieder zur Kronkolonie zu machen – und in diesem Moment hörte er Stimmen laut werden. Draußen? Nein, auf dem Korridor! Er löschte die Kerze, stand auf und schlich zum Fenster. »Wenn ich es Euch doch sage«, hörte er Dees Stimme. »Ich habe Kerzenlicht in diesem Zimmer gesehen.«

»Das war wahrscheinlich Reed, der irgendeinen Auftrag von Sir Augustus ausführte.« St. Johns Stimme. Ärgerlich. »Ich sehe kein Licht unter der Tür, Lieutenant.«

»Aber ich habe mich ganz sicher nicht getäuscht. Verdammt! Sie ist abgeschlossen.«

»Ach was, der Knauf klemmt nur. Nein, sie ist tatsächlich abgeschlossen.«

»Ich schaue mal durchs Schlüsselloch. Verdammt! Der Schlüssel steckt!«

Faustschläge trafen die Tür. »Reed? Seid Ihr da drin?«

Marcus warf einen prüfenden Blick aus dem Fenster. Die Seitenmauer war mit Efeu berankt. Sehr schön. Er zog seinen Rock aus, band ihn sich um die Mitte und wollte das Fenster öffnen. Es klemmte.

Zum erstenmal verspürte er einen Anflug von Panik. Zwischen seinen Schulterblättern bildeten sich Schweißtropfen und rannen seinen Rücken hinunter. Ohne sich länger darum zu scheren, ob er von draußen gehört wurde, schlug er so lange auf das Fenster ein, bis es sich protestierend knarzend öffnete. Die Faustschläge an die Tür wurden nachdrücklicher. Jetzt werden sie sich gleich daran machen, sie einzutreten, dachte er, als er auf das Sims hinauskletterte. Bis zum Boden waren es etwa neun Meter – keine nennenswerte Höhe für einen Mann, der früher mit Vorliebe hoch oben auf einem Mast gehockt hatte. Er griff sich eine Ranke und ließ sich mit der Geschicklichkeit eines langjährigen Seefahrers daran herabgleiten. Er war schon fast unten, als oben krachend die Bürotür aufflog.

Marcus sprang. Er landete in der Hocke, und in diesem Augenblick rief über ihm eine Stimme: »Da ist er!« Er schaute unwillkürlich hoch, sah jedoch nur einen verschwommenen, hellen Fleck, und dann besann er sich und rannte los. Es knallte, und gleich darauf spürte er seinen Arm heiß werden. Verdammt! Er war angeschossen. Noch ein Knall, und er lief geduckt weiter, während er verzweifelt an seinem Rock zerrte. Sein weißes Hemd machte ihn zu einer regelrechten Zielscheibe. Als er die Bäume erreichte, war es ihm endlich gelungen, sich in seinen schwarzen Rock zu hüllen, den er eigens für den Fall gewählt hatte, daß er flüchten müßte, und er verschmolz mit den Schatten. Für den Augenblick war er in Sicherheit, doch die Verfolger würden nicht lange auf sich warten lassen. Er befand sich noch immer auf dem Grundstück der britischen Gesandtschaft, das von hohen Ziegelmauern umgeben war, und sein Arm war verletzt. Wie, zum Teufel, sollte er hier herauskommen?

»Piper, O'Neill!« hörte er Dees angespannte Stimme. »Seht nach, ob er da drüben über die Mauer geklettert ist. Und der Rest schwärmt aus. Achtet auf zerbrochene Äste, Stiefelspuren und dergleichen. Und haltet Eure Waffen im Anschlag. Wir wissen nicht, ob er bewaffnet ist.« Er ließ den Blick in die Runde wandern. Die Büsche und Bäume an der Mauer warfen im Mondschein wabernde, zuckende Schatten, die es unmöglich machten, zu erkennen, ob sich dort irgendwo ein Mann versteckte, aber Dee war entschlossen, den Eindringling zu fangen. »Hart, Taylor! Ihr kommt mit mir. Und pflanzt die Bajonette auf!«

»Zu Befehl, Lieutenant«, sagte Hart. »Wohin?«

»Dort hinüber.« Gebückt, als erwarte er jeden Moment einen Angriff aus dem Hinterhalt, huschte Dee zu dem Geräteschuppen. Auf sein Nicken hin trat Hart die Tür ein, und beide Soldaten stürmten mit gezückten Waffen hinein.

»Leer, Lieutenant«, berichtete Hart gleich darauf.

Dee stieß einen Grunzlaut aus. »Versuchen wir's da drüben«, entschied er und steuerte auf eine kleine Holzhütte zu. Gerade als sie dort ankamen, wurde langsam die Tür geöffnet. Dee gestikulierte hektisch, und dann sprangen alle drei mit aufgerichteten Bajonetten vor.

»Was, zum Teufel, soll das?« fragte Marcus ungehalten, der noch dabei war, seine Hose wieder zu schließen. »Ist es neuerdings strafbar, seinen natürlichen Regungen zu folgen, Lieutenant.«

Hart machte Anstalten, seine Muskete zu senken, woraufhin Dee ihm einen Befehl zubellte. »Mr. Brand! Seid Ihr lange dort drin gewesen?«

»Eine reichlich ungewöhnliche Frage, Lieutenant«, antwortete Marcus kühl. »Gibt es Probleme? Ich glaubte, einen Schuß zu hören.«

»Wir verfolgen einen Einbrecher.«

»Tatsächlich?« Marcus zog seine Manschetten zurecht. »Aber es ist Euch doch hoffentlich klar, daß ich nicht der Gesuchte bin.«

»Bewegt Eure Arme, Sir.«

»Wie bitte?«

»Ihr sollt Eure Arme bewegen.«

»Soll ich vielleicht riskieren, die Nähte meines Rockes zu sprengen? Er war nicht billig.«

»Bewegt Eure Arme!« widerholte Dee mit zusammengebissenen Zähnen. Er hatte den Eindringling am Arm oder an der Schulter getroffen, dessen war er sicher, und es kümmerte ihn nicht, ob Brand einen Anlaß gehabt hatte, in den Garten zu gehen. Er traute seinem Cousin nicht über den Weg. »Ich warte!«

»Was für ein Unsinn«, schimpfte Marcus, doch er gehorchte, bewegte die Arme auf und nieder. »Soll ich das jetzt machen, bis ich mich wie ein Vogel in die Lüfte erhebe, Lieutenant?« spottete er.

Dee trat einen Schritt zurück und gab widerstrebend den Befehl, die Waffen zu senken. Mit einem feindseligen Blick gestattete er Marcus, das Toilettenhäuschen zu verlassen. Er schätzte es nicht, vor seinen Leuten lächerlich gemacht zu werden. »Mr. Brand…!« Er brach ab, als vom anderen Ende des Gartens her ein Ruf erscholl. »Lieutenant! Hier drüben! Es sieht so aus, als wäre er über die Mauer geklettert.«

Dee fixierte Marcus noch einen Moment, drehte sich dann auf dem Absatz um und stolzierte steifbeinig davon. Marcus sah ihm kurz nach, ehe er erneut seine Manschetten geradezog und gemächlich zum Haus zurückschlenderte. Das war knapp gewesen. Nur gut, daß er eine falsche Spur gelegt hatte und ein Glück, daß das Toilettenhäuschen da gestanden hatte. Er hatte seinen Arm mit einem Taschentuch verbunden, und die Wunde pochte. Wahrscheinlich war die Blutung wieder stärker geworden, doch auf seinem dunklen Rock wäre sicher noch kein Fleck zu sehen. Für den Augenblick war er außer Gefahr.

Als er mit seinen üblichen, forschen Schritten in die Gesandtschaft zurückkam, standen überall aufgeregt tuschelnde Grüppchen beieinander, und am Fuß der Freitreppe sprachen St. John und Sir Augustus mit besorgten Mienen miteinander. Pack den Stier bei den Hörnern, dachte Marcus, als St. John sich zum Gehen wandte. »Was ist los?« fragte er. »Ich hörte, es habe jemand eingebrochen.«

»So ist es. Ich habe zu tun, Mr. Brand, wenn Ihr mich also entschuldigen wollt…« Plötzlich blieb er stehen. »Wo wart Ihr?«

Marcus seufzte. »Eure Soldaten haben mich bereits verhört. Sie stellten mich, als ich aus der Toilette kam. Ihr glaubt doch nicht etwa, daß ich etwas mit diesem Vorfall zu tun habe?«

»Nein, natürlich nicht. Verzeiht mir. Dieser Einbruch hat große Aufregung verursacht. Ich muß mich vergewissern, daß die Gäste noch vollzählig anwesend sind.«

Marcus hob eine Braue. »Ich hatte mich schon gefragt, wie ein Einbrecher an den Wachtposten vorbeigekommen sein sollte. Haltet Ihr es für möglich, daß es einer Eurer Gäste war?«

»Möglich ist alles. Aber Ihr müßt mich jetzt wirklich entschuldigen, Mr. Brand.«

»Selbstverständlich.« Marcus spielte angelegentlich mit der Kette seines Monokels und verwickelte dann einen neben ihm stehenden Herrn in ein Gespräch. Nach einer Weile stellte er fest, daß die Reihen der Gäste sich lichteten. Also konnte auch er sich verabschieden, ohne Verdacht zu erregen, und es wurde allmählich auch höchste Zeit, denn die höllischen Schmerzen in seinem Arm trieben ihm den Schweiß auf die Stirn, was ihm bereits prüfende Blicke eingebracht hatte. Wenn Dee ihn jetzt aufforderte, die Arme zu bewegen, könnte er ihm wahrscheinlich nur mit einem dienen.

Er trat in den warmen Frühlingsabend hinaus, wurde kurz von einem Soldaten angehalten und durfte dann gehen. Seinen Spazierstock schwingend, ging er in einstudierter Unbekümmertheit über den President's Square. Erst als er die Lichter der Gesandtschaft hinter sich gelassen hatte und in die Pennsylvania Avenue eingebogen war, wo die Blätter der die Straße säumenden Pappeln hoch über seinen Kopf miteinander tuschelten, beschleunigte er seine Schritte. Wenn er in seine Pension ginge, würde Mrs. Sally sein blutiges Hemd sehen, und das konnte er nicht brauchen. Seine Vermieterin war eine herzensgute Person, aber auch eine Schwatzbase, und wenn Lieutenant Dee etwas davon zu Ohren käme, würde er rasch den richtigen Schluß ziehen, und dann müßte er, Marcus, Washington City und Rebecca verlassen. Es gab nur einen Menschen, an den er sich wenden konnte, einen Menschen, dem er vertrauen konnte. Mit zusammengebissenen Zähnen machte er sich auf den Weg nach Georgetown.

Etwas prasselte leise an Rebeccas Fenster. Sie hob erschrokken den Blick von dem Roman, mit dem sie es sich im Bett gemütlich gemacht hatte. Was war das für ein Geräusch gewesen? Da war es wieder! Sie blies die Kerze aus, glitt aus dem Bett, schlich zum Fenster und schaute auf die Straße hinunter. Sie konnte in dem fahlen Mondlicht zwar nur die Silhouette des Mannes sehen, der dort stand, doch seine Gestalt war unverkennbar. Was, in aller Welt, wollte Marcus um diese Zeit hier? Sie schlang sich ein Umschlagtuch um die Schultern und tapste im Dunkeln barfuß die Treppe hinunter. An der Haustür angekommen, zögerte sie. Ihr Vater schlief direkt darüber, und wenn sie den Riegel zurückzöge, würde er es vielleicht hören. Sie huschte in den Salon, öffnete eines der Fenster und streckte den Kopf hinaus. »Marcus!« zischte sie und sah, daß er sich ihr zuwandte. »Was hat das zu bedeuten?«

Er kam lautlos zu ihr herübergeschlichen. »Ich brauche deine Hilfe«, antwortete er im Flüsterton. »Läßt du mich rein?«

Sie überlegte. »Kommt zur Hintertür«, sagte sie schließlich und schloß das Fenster. Als sie ihm gleich darauf die Tür aufmachte, die von der Küche ins Freie führte, stand er bereits davor. Eine unerwünschte Erregung erfaßte sie.

»Danke!« Er sank auf einen der Stühle an dem großen Tisch. »Ich hatte schon befürchtet, ich würde es nicht bis hierher schaffen.«

»Bitte, sprecht leise. Martha und Jacob schlafen ganz in der Nähe, und es wäre wohl auch nicht in Eurem Sinn, wenn sie aufwachten und Euch entdeckten. Woher kommt Ihr überhaupt?«

»Von der britischen Gesandtschaft.«

»Das ist ja mehr als eine Meile entfernt... Großer Gott!«

Er hatte seinen Rock ausgezogen, und sie sah den großen roten Fleck auf seinem Ärmel. »Was ist geschehen, Brendan?«

Er schnitt eine Grimasse. »Ein kleines Mißgeschick. Ich habe zwar mein Taschentuch darumgewickelt, aber wie du siehst, genügte das nicht.« Sie beugte sich vor, um die Ursache der Blutung zu ergründen. »Wenn du mich in Gegenwart anderer mit diesem Namen ansprichst, ist mein Leben keinen Farthing mehr wert.«

»Ich werde daran denken.« Stirnrunzelnd betrachtete sie den Riß in seinem Ärmel. »Wie ist das passiert?«

»Ich wurde angeschossen.«

»Angeschossen!« echote sie entsetzt. Sie hatte unwillkürlich die Stimme erhoben, und er legte ihr mahnend den Finger auf die Lippen. Die Berührung tat ihr gut. Zu gut. Sie zuckte zurück. »Wie ist es dazu gekommen?«

»Ich habe mich in der britischen Gesandtschaft in einem Zimmer umgesehen, in dem ich nichts zu suchen hatte.«

»Ihr habt bei den Briten spioniert? Jetzt verstehe ich gar nichts mehr!«

Als er nicht darauf einging, sagte sie: »Zieht Euer Hemd aus – es ist höchste Zeit, die Wunde zu reinigen, damit sie sich nicht entzündet.«

»Darf ich deiner Fürsorge entnehmen, daß dir noch etwas an mir liegt?« fragte er grinsend.

»Verschont mich mit Euren Albernheiten«, gab sie schroff zurück. »Ich sagte, Ihr sollt Euer Hemd ausziehen.«

Er zog den rechten Arm aus dem Ärmel, mühte sich einen Moment lang mit dem anderen ab und gab auf. »Du mußt mir helfen«, appellierte er an sie.

»Marcus...«

»Ich schaffe es nicht allein.«

Sie beschloß, ihn als Patienten zu sehen – dann konnte er ihr nicht gefährlich werden.

»Na schön«, gab sie nach. Beherzt trat sie zwischen seine Beine und beugte sich vor, um ihm das Hemd über den Kopf zu ziehen. Die Wärme, die von seinem Körper ausging, machte es ihr schwer, an ihrem Vorsatz festzuhalten. »Der Stoff ist an der Wunde festgeklebt«, stellte sie mit zittriger Stimme fest, als sie den verletzten Arm vorsichtig von dem Ärmel befreien wollte.

»Dann mußt du ihn eben abreißen.« Seine Stimme war heiser, und als sie auf ihn hinunterschaute, sah sie einen ebenso vertrauten wie eindeutigen Ausdruck in seinen Augen. Für einen Moment war all der Kummer des letzten Jahres und der Zorn der letzten Tage vergessen. Er begehrte sie. Rebecca spürte Hitze in sich aufwallen. Unbehaglich senkte sie den Blick, und er fiel auf einen noch deutlicheren Beweis seines Verlangens. Zu ihrem Entsetzen drohten ihre Knie nachzugeben, und ein Ziehen in ihrem Unterleib kündete unmißverständlich davon, daß auch sie ihn begehrte. Bis ins Mark aufgewühlt, kam sie seiner Aufforderung heftiger als beabsichtigt nach, und er stieß einen unterdrückten Schmerzenslaut aus.

»Es tut mir leid«, murmelte sie und bemerkte zu ihrem Schrecken, daß die Wunde wieder zu bluten angefangen hatte. »Ich hole Verbandszeug.« Sie wollte sich entfernen, aber er fing ihre Hand ein und hielt sie fest. »Wir müssen reden.«

»Nicht jetzt.« Sie machte sich los und holte eine Schüssel Wasser und saubere Lappen. O nein, nicht jetzt. Sie würde seine Verletzung versorgen und ihn fortschicken, und sie würde sich nicht gestatten, sich nach ihm zu sehnen!

»Doch – jetzt«, insistierte er. Sie vermied es, ihn anzusehen, und konzentrierte sich darauf, Wasser in die Schüssel zu pumpen. »Du vertraust mir nicht?«

Sie stellte die Schüssel auf den Tisch und legte die Tücher daneben. »Könnt Ihr mir das verdenken?«

Er seufzte. »Nein, Mädchen, aber ich bitte dich, mir wenigstens zu glauben, daß es niemals in meiner Absicht lag, dir weh zu tun.«

Sie bedachte ihn mit einem kurzen, kühlen Blick und machte sich daran, die Wunde zu reinigen.

Marcus ertrug die Schmerzen, ohne zu murren. »Ich bin schuld daran, daß du dich ein Jahr lang grundlos gegrämt hast, und du bist zornig ...«

»Natürlich bin ich zornig!« Sie warf den Lappen in die Schussel, und sie wurden beide naßgespritzt. »Ihr habt mich ein Jahr lang in dem Glauben gelassen, daß Ihr tot seid – und dann wart Ihr plötzlich wieder da. Aber nicht etwa als Brendan Fitzpatrick! O nein, Ihr mußtet mich ja noch weiter an der Nase herumführen.« Sie ging, die Arme vor den Brüsten verschränkt, wütend vor ihm auf und ab.

»Es ist mir nicht leichtgefallen, Rebecca«, sagte er. »Aber es war unumgänglich.«

Rebecca fiel etwas ein. »Es heißt, Ihr seid verwitwet. Demnach wart Ihr verheiratet.«

»Nein, ich war nie verheiratet, Mädchen, das ist nur ein Gerücht. In diesem Punkt habe ich dir die Wahrheit gesagt.«

Sie wollte ihm so gerne glauben. »Wißt Ihr bei all Euren Lügen überhaupt noch, was wahr ist?«

»Durchaus«, nickte er.

»Dann erzählt es mir!« forderte sie. »Ich bin die Märchen leid.«

»Also gut.« Er berührte mit der Fingerspitze ihre Wange. Sie zuckte zurück. »Die Wahrheit ist ...«

»Gebt Euren Arm her«, kommandierte sie. »Ich kann auch zuhören, während ich Euch verbinde.«

Bemüht, die muskulöse Kraft seines Armes zu ignorieren, wickelte sie ein Tuch darum. »Also?«

»Ich stamme nicht aus Irland, sondern aus Bristol. Der Mädchenname meiner Mutter war Fitzpatrick, und wir waren arme Verwandte des Earls of Brand. Du siehst, es war nicht alles gelogen. Auch daß sie starb, während ich zwangsweise bei der Marine diente, stimmt.«

Sie schaute ihn überrascht an. »Aber jetzt arbeitet Ihr freiwillig für …«

»Du weißt nicht, für wen ich arbeite«, fiel er ihr ins Wort und legte wieder den Finger auf ihre Lippen. Zum Teufel mit Abbott, dachte er. Wenn er sie jetzt nicht überzeugte, würde er sie nie wieder in den Armen halten dürfen! Er mußte ihr reinen Wein einschenken.

»Ich bin damals tatsächlich gemeinsam mit Tyner desertiert«, fuhr er fort. »Ich heuerte auf amerikanischen Schiffen an, erwarb die amerikanische Staatsbürgerschaft und arbeitete mich zum Kapitän hoch, und schließlich hatte ich genug gespart, um mich mit einem Schiff selbständig zu machen.«

Sie verknotete die Enden des Verbandes. »Das müßte halten«, meinte sie.

»Ich danke dir, mein Mädchen. Willst du wissen, was für ein Schiff das war?«

Sie hatte sich von ihm entfernt und an die Wand gelehnt.

»Selbstverständlich«, antwortete sie. »Ich will alles wissen.«

»Natürlich – wie dumm von mir. Nun, es war die *Raven.*«

»Dann wart Ihr also schon seit damals Pirat.«

»Nein, das kam erst später. Ich hatte mich für die *Raven* entschieden, weil sie ein schönes Schiff war und weil ihr Name dem meinen entsprach. Ich glaube, ich habe dir einmal erzählt, daß ›Brand‹ ein anderes Wort für ›Rabe‹ ist.«

»Ja. Und Brendan ebenfalls.«

Er nickte. »So ist es. Mein Schiff wurde einmal auf See von den Briten angehalten. Ich war damals schon Amerikaner, also konnten sie mir nichts anhaben, aber einige Mitglieder meiner Mannschaft hatten dieses Glück nicht und wurden mitgenommen.« Nach einer kleinen Pause fügte er hinzu: »Damals beschloß ich, Spion zu werden. Für die amerikanische Regierung.«

Rebecca starrte ihn entgeistert an. »Aber ich habe doch gehört, wie Ihr Mr. St. John Eure Dienste anbotet!«

»Das war eine Finte. Genau wie mein Dialekt und meine elegante Kleidung. Ich mußte einen vertrauenswürdigen Eindruck auf die Briten machen.«

»Warum denn das?«

»Um sie mit falschen Informationen versorgen zu können, und wenn möglich, Informationen von ihnen zu bekommen.«

»Dann wart Ihr auch heute abend in dieser Mission in der Gesandtschaft, ja? Worum ging es denn?«

»Frag mich nicht, ich habe dir ohnehin mehr erzählt als ich sollte, aber ich mußte es tun.« Er hielt ihren Blick fest und glaubte, Vertrauen darin aufkeimen zu sehen. »Du weißt, warum, nicht wahr?«

Sie schüttelte den Kopf. »Ich weiß überhaupt nichts mehr. Damals auf der *Raven* – wart Ihr da auch als Spion unterwegs?«

»In gewisser Weise. Manchmal mußten Papiere oder Leute daran gehindert werden, England zu erreichen, und in diesen Fällen wurde die *Raven* eingesetzt. Aber nur dann. Ich war niemals wirklich Pirat, Rebecca, das hatte man mir nur zur Tarnung angedichtet. Ich habe kein einziges Schiff geplündert, und ich bedauerte es zutiefst, wenn Unbeteiligte durch meine Schuld zu Schaden kamen. Es tut mir noch heute leid.«

Sie betrachtete ihn nachdenklich. »Dann gehörte die Augenklappe wohl auch zu der Rolle des verwegenen Seeräubers.«

Er nickte.

»Und warum habt Ihr Amelia und mich daran gehindert, England zu erreichen?«

»Das war reiner Zufall. Es ging um jemand anderen, und um das zu verschleiern, wurde ich angewiesen, Geiseln zu nehmen.«

Rebecca schlang die Arme um sich und senkte den Blick.

»Wurdet Ihr auch angewiesen, mich in Euer Bett zu holen?« fragte sie mit tonloser Stimme.

»Nein!« Er sprang auf, eilte zu ihr und packte sie bei der Schulter. »Nein, *leannan!* Sonst hätte ich wohl kaum so lange gezögert.«

Sie schaute mit ihren großen grünen Augen zu ihm auf und ließ ihre Zungenspitze vorschnellen, um ihre Oberlippe zu befeuchten. Eine Flamme des Verlangens loderte in ihm auf. »Ihr habt mir nie gesagt, was dieses Wort bedeutet.«

»Liebling.« Er schaute auf ihre vollen, verlockenden Lippen hinunter und erinnerte sich daran, wie süß sie geschmeckt hatten. »Geliebte.« Unfähig, sich noch länger zu beherrschen, legte er seinen gesunden Arm um ihre Taille, zog sie an sich und senkte seinen Mund auf den ihren.

22

Er stürzte sich auf ihre Lippen wie ein Verhungernder und Verdurstender auf den ersten Schluck Wasser, und sie schlang wie eine Ertrinkende die Arme um seinen Hals und ließ ihrer lange verleumdeten Leidenschaft freien Lauf, preßte ihren Körper an den seinen und legte bereitwillig den Kopf in den Nacken, als sein Mund ihre Kehle mit heißen Küssen bedeckte, bevor er wieder zu dem ihren zurückkehrte. Hier gehörte sie hin: In die Arme ihres Piraten.

»Brendan!« keuchte sie, als er endlich von ihr abließ. »Oh, Brendan! Ich habe dich so vermißt ...«

»Zum Teufel noch mal!« knurrte er und hielt sie auf Armeslänge von sich weg.

Sie schaute erschrocken zu ihm auf. »Was ...«

»Mein Name ist Marcus!« sagte er barsch. »Nicht Brendan. Brendan Fitzpatrick hat nie existiert.«

»Doch, das hat er, und er wird es immer tun. Hier.« Sie legte die Hand auf sein Herz, fühlte zum erstenmal seit einer Ewigkeit die Wärme seiner Haut unter ihren Fingern. »Er ist ein Teil von dir, Marcus«, sagte sie und wurde damit belohnt, daß er sie wieder an sich zog.

Doch als sie gleich darauf leises Lachen schüttelte, hielt er sie erneut von sich weg. »Was ist los?« verlangte er zu wissen.

»Ich ... ich dachte, ich liebte einen Piraten«, antwortete sie, immer wieder von Kichern unterbrochen. »Und jetzt stellt sich heraus, daß er ein Spion ist.«

»Das ist nicht komisch«, schalt er sie, doch sie sah seine Mundwinkel zucken.

»Ich habe wirklich einen ausgefallenen Geschmack, was Männer betrifft.« Sie konnte noch immer nicht ernst bleiben.

»In Zukunft wird es keine Männer mehr für dich geben, nur noch einen Mann! Sag es!«

»Nur noch einen Mann«, wiederholte sie glücklich. »Nur noch dich. O Marcus!« Sie warf sich an seine Brust und schlang die Arme um seinen Hals. Als er einen Schmerzenslaut ausstieß, ließ sie erschrocken von ihm ab. »Ich habe dir weh getan! Entschuldige. Ich hatte deinen Arm völlig vergessen.«

Seine Augen blitzten. »Wenn du mich noch einmal küßt, verzeihe ich dir.«

Sie hauchte einen Kuß auf seinen Mund. »Das muß genügen, ich möchte dir nicht noch einmal durch meinen Überschwang Schmerzen bereiten.«

Er schaute liebevoll auf sie hinunter. »Mein Gott, warum habe ich dir nur dieses Theater vorgespielt? Ich hätte doch wissen müssen, daß ich dir vertrauen kann.«

»Du hättest mir ein Jahr Kummer und viel Kopfzerbrechen erspart.«

»Wir wollen nicht riskieren, daß doch noch jemand im Haus aufwacht und wir ertappt werden. Gib mir mein Hemd.«

»Das kannst du auf keinen Fall mehr anziehen, oder willst du, daß Mrs. Sally es findet? Ich hole dir eines von Vater.«

»Du willst in sein Zimmer hinaufgehen?« fragte Marcus entsetzt.

»Aber nein. Es liegt ein frischgewaschenes hier unten.« Sie verschwand im Nebenraum und kehrte gleich darauf damit zurück. »Du brauchst auch eine Schlinge für deinen Arm«, meinte sie.

»Auf keinen Fall!« protestierte er. »Wenn Cousin Dee mich damit sähe, wüßte er sofort, daß er auf mich geschossen hatte.«

»Dein Cousin war das?«

Er nickte. »Er hatte mich ohnehin in Verdacht, doch dann gelang es mir gottlob, ihn auf eine falsche Fährte zu locken.«

»Der arme Lieutenant«, sagte sie mit einem boshaften Lächeln. »Komm, hilf mir in meinen Rock«, bat er. »Je länger ich bleibe, um so gefährlicher wird es. In mehr als einer Hinsicht«, fügte er grinsend hinzu.

»Ja, es wird wirklich Zeit, du hast meine Nachtruhe jetzt lange genug gestört«, tadelte sie ihn scherzhaft.

»Wenn du möchtest, störe ich sie morgen wieder«, grinste er so dicht an ihrem Ohr, daß er es mit den Lippen streifte.

Sie schob ihn weg. »Schluß jetzt. Du mußt gehen.«

Er schlang den gesunden Arm um ihre Taille. »Aber diesmal ist es kein Abschied für lange, *leannan.*« Er senkte ein letztes Mal seinen Mund auf den ihren. Es war ein langer Kuß, ein wortloses Versprechen. »Ich werde dich nie mehr verlassen.« Sie klammerte sich an ihn, hätte ihn am liebsten nicht fortgelassen. »Paß auf dich auf«, flüsterte sie.

»Das werde ich.« Er löste sich von ihr. »Gute Nacht, mein Mädchen.«

»Gute Nacht, mein Geliebter«, flüsterte sie, und dann schloß sich die Tür hinter ihm.

Die Kerzenflamme flackerte kurz und beruhigte sich wieder. Marcus war gegangen, und plötzlich erschien die Küche Rebecca riesengroß, kalt und leer. Sie blies die Kerze aus und schlich im Dunkeln in ihr Zimmer zurück. Er war gegangen, aber er würde wiederkommen – das wußte sie jetzt. Und wenn sie ihm seine Geschichte auch noch immer nicht ganz glaubte, wenn sie ihm auch noch immer nicht ganz traute, sie fühlte sich wieder lebendig, und nur das zählte. Oben angekommen, tapste sie zum Fenster und schaute sehnsüchtig auf die Straße hinunter, aber Marcus war natürlich nicht mehr zu sehen. Sie hatte sich in ihn verliebt, als sie ihn für einen Piraten hielt, und nun liebte sie ihn, obwohl er ein Spion war, und sie hätte ihn nicht anders haben wollen.

In der britischen Gesandtschaft herrschte helle Aufregung. Wie, zum Teufel, wollte Sir Augustus wissen, hatte ein Unbefugter Zutritt zu dem Gebäude und dann auch noch zu dem fraglichen Büro erlangen können? Und was hatte der Eindringling gesucht und wer war er gewesen?

»Ich weiß, wer es war«, erklärte Lieutenant Dee, der für die Sicherheit der Gesandtschaft verantwortliche Offizier. »Marcus Brand.«

»Habt Ihr einen Beweis dafür?« fragte Sir Augustus den vor seinem Schreibtisch strammstehenden Soldaten in scharfem Ton. »Mr. Brand hat sich als ein guter Freund erwiesen.«

»Und als ergiebige Informationsquelle«, fügte St. John hinzu, der in einer Ecke des Büros in einem Sessel saß. »Wir brauchen Männer wie ihn.«

»Mit allem schuldigen Respekt – er ist nicht der, der er zu sein vorgibt.« Dee hatte Mühe, seine Verachtung zu verbergen. Diplomaten waren derart in Ausflüchte und Halbwahrheiten verstrickt, daß sie keinen Blick mehr für die Realität hatten.

Sir Augustus lehnte sich seufzend zurück. »Und wer, bitte, ist er?«

»Der Rabe.«

»Wie bitte?«

»Das habt Ihr schon einmal behauptet«, erinnerte sich St. John. »Aber der Rabe ist tot.«

»Die Leiche wurde nie gefunden«, rief Dee ihm ins Gedächtnis. »Und ich habe Nachforschungen angestellt...«

»Auf wessen Befehl?« verlangte Sir Augustus zu wissen.

»Auf den Euren, Sir«, erwiderte Dee erstaunt über die Frage. »Das tue ich bei jedem Fremden, der in die Gesandtschaft kommt. Es ist meine Pflicht.« Sir Augustus grunzte zustimmend, und Dee fuhr fort: »Er ist in der Vergangenheit mehrmals monatelang aus Baltimore verschwunden.«

»Das ist nicht strafbar.« Sir Augustus stand auf und stützte sich mit den Händen auf den Schreibtisch. »Und ich verstehe nicht, warum Ihr eine solche Beschuldigung gegen einen Mann vorbringt, der uns keinerlei Schaden zugefügt hat und nicht nur mit einem Earl verwandt ist, sondern auch Euer Cousin.« Dee wollte etwas sagen, doch Sir Augustus hob gebieterisch die Hand. »Ich will keine haltlosen Verdächtigungen mehr hören. Bringt mir den Beweis, daß die Amerikaner seinen Tod nur vorgeschützt haben, findet jemanden, der ihn eindeutig identifizieren kann, dann sehen wir weiter. Und bis es soweit ist, werdet Ihr Mr. Brand nicht belästigen.« Er schaute Dee unter seinen buschigen Augenbrauen hervor streng an. »Ich hoffe, ich habe mich klar genug ausgedrückt.«

»Jawohl, Sir.«

»Sehr gut. Ihr seid entlassen.«

»Sir.« Dee salutierte zackig und verließ mit undurchdringlicher Miene den Raum. Nur seine Augen, in denen eine bösartige Vorfreude glomm, verrieten, was in ihm vorging. Er sollte jemanden finden, der den Raben eindeutig identifizieren könnte? Das war kein Problem. Er wußte sogar, wie er den Raben finden könnte. Mit der – wenn auch nicht freiwilligen – Hilfe von Rebecca Talbot.

Die Kunde von dem Zwischenfall in der britischen Gesandtschaft verbreitete sich wie ein Lauffeuer in der Stadt, und die Spekulationen bezüglich der Identität des Eindringlings überschlugen sich ebenso wie die Meinungen. Während einige Amerikaner sich schadenfroh die Hände rieben, verurteilten die mit England Sympathisierenden den Spionageakt wegen der Tatsache, daß die beiden Länder sich nicht im Krieg miteinander befanden, als höchst verwerflich. Sir Augustus hatte den Fall James Monroe, dem Außenminister, vorgetragen, jedoch nichts erreicht. Offiziell wurde der Vorfall zu einem simplen Einbruch bagatellisiert.

Zwei Tage nach Marcus' nächtlichem Besuch bei ihr machte Rebecca sich auf den Weg zum Markt. Bereits nach kurzer Zeit beschlich sie, wie schon tags zuvor, das unangenehme Gefühl, daß ihr jemand folgte, doch wenn sie sich umdrehte, konnte sie nie einen Verdächtigen entdecken. Als sie aus der Metzgerei auf die Straße trat, sah sie, wie sich ein Soldat in roter Uniform hastig von dem Sprossenfenster des Ladens abwandte. Konnte es sein, daß Dee der Verfolger war? Sie beschloß, den Stier bei den Hörnern zu packen. »Lieutenant Dee«, sprach sie ihn an.

Er drehte sich um. »Oh, Miß Talbot.« Er verbeugte sich formvollendet, doch sein Blick glitt wie immer in einer Weise über ihren Körper, der ihre Haut vor Abscheu kribbeln ließ. »Wie ist das werte Befinden heute?«

»Seid Ihr mir nachgegangen?« fragte sie in scharfem Ton.

»Ich?« fragte er scheinheilig. »Warum sollte ich das tun? Andererseits – wenn ich es recht bedenke, hätte ich dann stets einen reizvollen Anblick vor Augen.«

Rebecca richtete sich zu ihrer vollen Größe auf. »Ihr seid unverschämt, Sir.«

»Ich bitte um Vergebung«, entschuldigte er sich mit einer neuerlichen Verbeugung. »So war es nicht gemeint.«

Rebecca musterte ihn voller Abneigung. »Falls Ihr mir gefolgt seid, so unterlaßt das bitte ab sofort.«

»Rebecca, Rebecca.« Er schüttelte lächelnd den Kopf. »Ihr solltet Euch eigentlich geschmeichelt fühlen.«

»Das tue ich ganz und gar nicht, ich fühle mich belästigt, Sir. Und ich wäre Euch dankbar, wenn Ihr mich in Ruhe ließet.«

»Damit Ihr unbehelligt zu dem Raben gehen könnt?«

Sie hatte ihm bereits den Rücken zugewandt, und so konnte er ihr Erschrecken gottlob nicht sehen. »Der Rabe ist tot«, antwortete sie in einem Ton, den er, wie sie hoffte, als kummervoll deuten würde.

»Wir wissen beide, daß es nicht so ist, aber Ihr solltet Euch doch lieber an mich halten, denn er wird Euch nicht heiraten.«

»Wer?«

»Der Rabe – beziehungsweise Marcus Brand, wie er sich derzeit nennt.«

»Ich weiß wirklich nicht, warum Ihr auf der Behauptung

beharrt, daß Mr. Brand der Rabe sei, obwohl jedermann weiß, daß der Rabe tot ist«, antwortete sie frostig. »Und Mr. Brands Interesse an mir geht Euch nicht das Geringste an.«

»O doch, das tut es, Rebecca.« Er stand so dicht hinter ihr, daß sie seinen Atem spürte. »Weil Ihr mir gehört...«

»Das tue ich nicht!«

»... und weil er ein Spion ist.«

Sie fuhr herum, und ihr Entsetzen war nicht gespielt. »Ein Spion?« Woher wußte er das?

»Ja, ein Spion. Er hält sich für schlau, aber ich weiß über ihn Bescheid.« Er grinste, und Rebecca bemerkte nicht zum erstenmal, wie krumm und gelb seine Zähne waren. »Er wird schon bald verhaftet werden – und was wird dann aus Euch? Ihr solltet wirklich mir den Vorzug geben.«

Verhaftet! Ihr Magen krampfte sich zusammen. Marcus sollte verhaftet werden? Wenn er als der Rabe identifiziert würde, wäre ihm der Galgen gewiß. Das durfte sie nicht zulassen! »Ich finde diese Unterhaltung ausgesprochen geschmacklos, Sir. Wenn Ihr mich entschuldigen... Großer Gott!«

Die Kutsche aus Washington City kam in halsbrecherischer Geschwindigkeit über die den Rock Creek überspannende Brücke gerast, bog in beängstigender Schräglage in die Bridge Street ein und hielt vor Suter's Tavern an. Der Kutscher sprang schreiend und wild gestikulierend vom Bock. »Ein Wahnsinniger«, sagte Dee.

»Versteht Ihr, was er ruft?« fragte Rebecca, die ihre Abneigung gegen ihn für einen Moment vergaß.

»Nein, er... horcht!« Er lauschte angestrengt, und nun verstand Rebecca die Worte, mit denen ganz Washington City gerechnet hatte, die aber dennoch überraschend kamen.

Sie entfernte sich von Lieutenant Dee, der nun in mehr als einer Hinsicht ihr Feind war. Der Präsident der Vereinigten Staaten von Amerika hatte den Kongreß ersucht, England den Krieg zu erklären.

Rebecca eilte, trotz des warmen Abends in ein Cape gehüllt, durch die dunklen Straßen zu dem Haus, in dem Marcus logierte. Doch als sie angekommen war, wußte sie nicht weiter. Zu dieser späten Stunde konnte sie Mrs. Sally unmöglich um Einlaß bitten. Aber wie sollte sie Marcus warnen? Während sie noch fieberhaft überlegte, wurden plötzlich Schritte auf dem Pflaster laut. In der stillen Nacht knallten sie wie Pistolenschüsse, und es war nicht festzustellen, aus welcher Richtung sie kamen. Rebecca flüchtete sich in den Schatten eines Raumes und dann sah sie einen Mann des Weges kommen. Sie kannte diesen Gang und diese Silhouette! Vor Erleichterung unvorsichtig, verließ sie ihr Versteck und lief ihm entgegen. »Marcus!« rief sie leise. Er blieb wie angewurzelt stehen. »Rebecca? Was, zum Teufel, tust du hier?« herrschte er sie im Flüsterton an.

»Ich muß dir unbedingt etwas sagen!«

»Pst!« Er blickte prüfend in die Runde. »Nicht hier.«

Sie schmiegte sich an ihn. »Wo dann?«

»Ins Haus können wir nicht, Mrs. Sally würde uns hören.« Nach kurzem Überlegen entschied er: »Wir gehen in den Garten.« Er nahm sie bei der Hand und führte sie am Haus vorbei nach hinten, wo er sie unter einer mit betörend duftenden Rosen berankten Pergola auf eine Bank drückte. »Also, was gibt es denn so Wichtiges?« erkundigte er sich.

»Ich habe heute Lieutenant Dee getroffen und ...«

»Der Kerl soll dich ja in Ruhe lassen! Du gehörst mir!«

»Ich habe ihm unmißverständlich erklärt, daß er für mich nicht in Frage kommt«, erwiderte sie. »Aber um dir das zu erzählen, bin ich nicht hergekommen. Er weiß, daß du ein Spion bist! Er sagte, du würdest bald verhaftet! O Marcus, ich habe solche Angst um dich!«

»Das freut mich zu hören, mein Mädchen, aber es ist unnötig. Er hat nichts gegen mich in der Hand.«

»Er ist besessen davon, dich zu vernichten.«

»Ich werde schon mit ihm fertig.«

»Aber ...« Weiter kam sie nicht, denn er legte plötzlich den Arm um ihre Schulter, drehte sie zu sich herum und verschloß ihr den Mund mit dem seinen, und trotz ihrer Ängste reagierte sie, griff in seine Haare, drängte sich an ihn und konnte ihm gar nicht nahe genug kommen. Als er schließlich den Kopf hob, brannten ihre Lippen, ihr Kleid war verrutscht, und die intimsten Regionen ihres Körpers standen nach seinen fast brutalen Liebkosungen lichterloh in Flammen.

Rebecca hätte am liebsten vor Glück gesungen. »Marcus!« hauchte sie atemlos und bot ihm ihre Lippen dar. »O Marcus!«

»Du gehörst mir!« stieß er hervor, ehe er wieder Besitz von ihrem Mund ergriff und seine Hände neuerlich auf die Reise schickte. »Du bist für die Liebe geschaffen.«

Sie zuckte zurück.

»Ich bin für mehr geschaffen als nur dafür!« protestierte sie und stieß ihn weg. »Wenn du glaubst, ich sei nur dafür gut ...«

»So habe ich das doch nicht gemeint!« beteuerte er.

Sie brachte ihre Kleidung in Ordnung, setzte sich kerzengerade hin und faltete die Hände im Schoß. »Bedeute ich dir überhaupt etwas?« fragte sie.

»Das weißt du doch genau, verdammt noch mal!«

»Ich bitte dich, fluche nicht.«

»Und ich bitte dich, fang nicht plötzlich einen Streit an.«

»Das tue ich nicht. Ich bin nur nicht sicher, ob du es ehrlich mit mir meinst. Kenne ich jetzt wirklich dein wahres Gesicht?«

Es verging eine ganze Weile, bis er sagte: »Du hast mir noch immer nicht verziehen, nicht wahr?«

»Nein«, antwortete sie, »das habe ich wohl nicht.« Wie sollte sie auch? Dazu hatte sie zu viel gelitten. »Ich kann einfach nicht vergessen, wie schrecklich du mich hinters Licht geführt hast.«

Marcus hatte sich abgewandt und murmelte etwas, das sie nicht verstehen konnte. »Was hast du gesagt?« fragte sie.

Er fuhr zu ihr herum. »Daß du wie dein Vater bist.«

»Was? Inwiefern?«

»Kalt und unbarmherzig.«

»Das bin ich nicht!« Sie sprang auf und ballte die Fäuste. »Ich bin nicht wie er!«

»Doch. Du wirst irgendwann unversöhnlich ins Grab sinken.«

»Ich habe guten Grund dazu.«

»Den hat er auch«, gab Marcus zurück. »Seiner Meinung nach zumindest.«

»Ich...« Rebecca brach ab. »Bin ich wirklich wie er?«

»Nein.« Seine Stimme wurde ein wenig weicher. »Aber du wirst es, wenn du so weitermachst. Du kannst dich entscheiden, Rebecca: für ein einsames Leben ohne Liebe und Wärme oder für Vergebung. Denk darüber nach. Und um dir Gelegenheit dazu zu geben, bringe ich dich jetzt nach Hause.«

»Ich möchte lieber hierbleiben«, erwiderte sie leise. Sie sehnte sich danach, wieder in seinen Armen zu liegen.

Sie sah etwas in seinen Augen flackern, doch er blieb hart. »Solange du diesen Groll und dieses Mißtrauen gegen mich hegst, hat das keinen Sinn.«

»Wie kannst du mir das verübeln!« begehrte sie auf. »Du hast mir unsägliches Leid bereitet.«

»Ich weiß, aber ich habe ebenfalls gelitten. Glaubst du, das vergangene Jahr war einfach für mich? Dich in der Nähe zu wissen, mich nach dir zu verzehren, mich jedoch von dir fernhalten zu müssen – das war die Hölle.« Er sah sie durchdringend an. »Ich weiß, daß es unrecht von mir war, mich überhaupt mit dir einzulassen, aber ich konnte nicht widerstehen. Und du wolltest es auch.«

Sie starrte tränenblind auf ihre Hände hinunter. »Das bestreite ich ja gar nicht, aber...«

»Diese Diskussion führt zu nichts.« Er stand auf. »Komm ich bringe dich heim.«

Rebecca schaute zu ihm auf. Seine entschlossene Miene machte ihre Hoffnung, ihn umstimmen zu können, zunichte. »Ich wußte schon, als ich von der *Raven* in das Boot hinunterstieg, daß ich einen Fehler gemacht hatte«, sagte sie mit kleiner Stimme. »Ich wußte, daß ich bei dir hätte bleiben sollen.«

»Da hättest du noch umkehren können, aber du hast es nicht getan.« Er umfaßte ihre Handgelenke und zog sie auf die Füße. »Aber das ist Vergangenheit.«

Rebecca preßte die Lippen aufeinander, um ihre Tränen zurückzuhalten. Ja, es war Vergangenheit. Wenn sie sie nur auch hinter sich lassen könnte so wie er. Sie liebte ihn mit jeder Faser ihres Seins, aber sie konnte ihm nicht vertrauen, und das schmerzte.

Marcus reichte ihr den Arm. »Gehen wir.« Es blieb ihr nichts anderes übrig, als sich von ihm aus dem Garten führen zu lassen.

23

Nachdem der Präsident sich an den Kongreß gewandt hatte, war das, was danach geschah, unausweichlich. Mitte Juni erklärten die Vereinigten Staaten England den Krieg. Sir Augustus ließ die britische Gesandtschaft schärfer bewachen, und die Angestellten begannen für den Tag zu packen, an dem sie in ihre Heimat zurückbeordert würden. Die Amerikaner schmiedeten übermütig Pläne, Canada zu annektieren, und da es um ihre Marine so armselig bestellt war, beantragte jeder, der irgendein Wasserfahrzeug besaß, augenblicklich einen Kaperbrief, um Freibeuter zu werden.

»Hölle und Verdammnis!« tobte Ezra, als er davon erfuhr, und humpelte schweren Schrittes in die Küche, wo Rebecca Kartoffeln für das Mittagessen schälte. Sie hatte die Neuigkeit schon vorher beim Einkaufen gehört. »Unser Präsident ist ein Schwachkopf!« schäumte er. »Ich schwöre, wenn ich nicht so behindert wäre«, er deutete auf seinen geschwollenen und schmerzenden Gichtfuß, »dann würde ich etwas gegen ihn unternehmen.«

Rebecca runzelte die Stirn. »Aber Vater, du wußtest doch, daß es so kommen würde.«

»Hüte deine vorlaute Zunge, Mädchen. Es ist ein Desaster.« Er starrte wütend auf sie hinunter. »Wie soll ich jetzt meine Schiffe auf See bringen?«

Rebecca konzentrierte sich auf die Kartoffel in ihrer Hand. »Mache Kaperschiffe daraus.«

»Hast du den Verstand verloren? Ich werde nicht gegen England kämpfen, solange Leben in diesem Körper ist. Sie brauchen mich als Freund, nicht als Feind.«

Rebecca ließ das Messer sinken. »Das ist Hochverrat.«

»Du übst doch selbst Verrat – an mir!« klagte er sie an. Er hatte sich zu ihr heruntergebeugt, und der Geruch von saurem Wein und Schweiß, der ihr entgegenschlug, verursachte ihr Übelkeit. Unwillkürlich fuhr sie zurück. »Inwiefern?« fragte sie.

»Du sympathisierst mit einem Mann, der sich als Feind erwiesen hat! Ich meine diesen Brand. Ich dachte, ich könne ihm vertrauen, und jetzt höre ich, daß auch er sich eine Kaperlizenz geholt hat.«

Rebecca sprang auf. Ihr Stuhl fiel polternd nach hinten um. »Was sagst du da?« entsetzte sie sich. Marcus würde fortgehen, und er hatte es mit keinem Wort erwähnt!

»Er wird Freibeuter.« Ezra genoß ihren Schrecken. »Und Freibeuterei ist nichts anderes als legalisierte Piraterie. Aber du hast ja eine Schwäche für Männer dieses Gewerbes«, setzte er boshaft hinzu.

»Du wirst mir das nie verzeihen, nicht wahr?«

»Was du getan hast, ist nicht zu verzeihen.«

»Ich tat es, weil...« Sie brach ab. Sie hatte ihm die Beweggründe für ihr Verhalten an Bord der *Raven* wieder und wieder erklärt, doch er glaubte ihr nicht und er blieb unversöhnlich.

So unversöhnlich wie sie gegenüber Marcus. Gedankenverloren stellte sie den Stuhl wieder auf die Beine und ließ sich daraufsinken. Warum hatte sie die Vergangenheit über die Gegenwart gestellt, sich selbst und dem Mann, den sie über alles liebte, keine Chance für eine gemeinsame Zukunft gegeben? »Du hörst mir ja gar nicht zu!« drang die vorwurfsvolle Stimme ihres Vaters in ihr Bewußtsein. »Ich rede mit dir! Was gibt es denn zu lächeln?«

Rebecca stand auf. Sie hatte gar nicht bemerkt, daß sie lächelte – aber sie hatte allen Grund dazu. Plötzlich war ihr alles sonnenklar. »Es ist herrlich, verzeihen zu können«, erklärte sie Ezra und küßte ihn zu seiner Verblüffung auf die Wange. »Du solltest es in Betracht ziehen.« Wie auf Wolken schwebte sie in den Garten hinaus und auf die Straße. Sie fühlte sich, als sei ihr eine schwere Last von den Schultern genommen, und ein köstlicher, innerer Friede erfüllte sie. Verzeihen war doch ganz einfach, dachte sie, einfach und richtig. Sie war so in ihr Glücksgefühl versponnen, daß sie die verwunderten Blicke nicht bemerkte, die sie auf sich zog, da sie weder Hut noch Handschuhe trug, und sie hörte auch die an sie gerichteten Grußworte nicht. Die Vergangenheit war vergangen, es gab nur noch das Heute – und die Zukunft.

Ihr Vertrauen in letztere schwand erst, als ihr Klopfen an Mrs. Sallys Haustür keinen Erfolg zeitigte. War Marcus vielleicht schon fort? Ohne sich zu verabschieden? In Panik hämmerte sie wie wild mit dem Klopfer auf die Tür ein und wäre beinahe vornübergefallen, als sie plötzlich aufgerissen wurde.

»Rebecca!« Marcus stand dort, in Hemdsärmeln und mit zerzausten Haaren. »Was willst du hier?«

»Oh, Marcus!« Sie warf sich ihm so heftig an die Brust, daß er beinahe das Gleichgewicht verloren hätte. Nach einem kurzen Blick auf die Straße, machte er mit ihr einen Schritt rückwärts in die Halle und schloß die Tür. »Ich hatte solche Angst!«

»Warum denn, Mädchen?«

»Weil ich dachte, du wärest nicht mehr da.«

Er schnitt eine Grimasse. Noch etwas, was sie ihm hätte verübeln können. »Du hast also davon gehört.«

»Ja.« Unglaublicherweise las er nicht die Spur eines Vorwurfs in den meergrünen Augen, die zu ihm aufschauten. Nein – sie strahlten regelrecht! »Und ich wollte dich auf keinen Fall ohne Abschied gehen lassen.« Sie stellte sich auf die Zehenspitzen und küßte ihn mit all der Finesse, die er sie gelehrt hatte. Du kleine Hexe, dachte er, doch er konnte nicht anders, als sie in die Arme zu nehmen. Es tat so gut, sie zu spüren! Aber dann nahm er all seine Willenskraft zusammen und schob sie weg. »Meine Meinung hat sich nicht geändert«, sagte er abweisend.

»Meine schon!« Wieder streckte sie sich, um ihn zu küssen. Er umfaßte ihre Oberarme und hielt sie von sich weg. »Wie soll ich das verstehen?«

»Ich habe nachgedacht, Marcus«, antwortete sie, plötzlich ernst. »Und es ist mir klargeworden, daß nicht du es warst, dem ich nicht verzeihen konnte, sondern daß ich selbst es war.«

»Oh, Mädchen...«

»Ich konnte mir nicht vergeben, wie ich mich benommen hatte, was ich meinem Vater damit angetan hatte, daß ich« – sie schluckte – »mich in dich verliebt hatte.«

Jetzt war es um seine Beherrschung geschehen. Ohne sich darum zu scheren, daß jeden Augenblick Mrs. Sally hereinkommen konnte, zog er Rebecca an sich und küßte sie. Sie erwiderte seinen Kuß mit der gleichen Heftigkeit und drängte sich so eng an ihn, daß er nahe daran war, gänzlich den Verstand zu verlieren. Doch als er seine Lippen von den ihren löste, um sie zu ihrer Kehle hinunterwandern zu lassen, erstarrte Rebecca plötzlich. Er hob den Kopf. »Was ist?« fragte er, und dann hörte er die Stimmen vor dem Haus. »Verdammt!« fluchte er unterdrückt. »Mrs. Sally!« Er nahm Rebecca bei der Hand. »Komm mit!«

»Wohin?« wollte sie wissen, als er sie die Treppe hinaufzog. »In mein Zimmer. Sie darf dich doch nicht sehen!«

»Aber...«

»Still!« Er hielt ihr den Mund zu. Sie wagten kaum zu atmen, während sie auf dem Treppenabsatz im ersten Stock zuhörten, wie Mrs. Sally dem Dienstmädchen ihr Leid über die hohen Preise und die Unhöflichkeit der Ladenbesitzer klagte. »Ist denn der nette Mr. Brand da?« erkundigte sie sich, und Rebecca hätte um ein Haar losgekichert: Sie liebte Marcus, er war in ihren Augen ein wunderbarer Mann – aber »nett«? »Das ist, als ob man einen Raben Paradiesvogel nennen würde«, flüsterte sie mit vor Erheiterung bebender Stimme.

Marcus beschwor sie mit einem durchdringenden Blick zu

schweigen, und sie verharrten regungslos, bis sich die Stimmen unten entfernten, bevor sie den Flur hinunterschlichen. »Das war knapp«, meinte er, als er seine Zimmertür hinter ihnen absperrte. »Nicht auszudenken, wenn sie dich entdeckt hätte!«

»Es hätte nur die Meinung bestätigt, die die Leute ohnehin von mir haben«, gab sie mit einem mutwilligen Blitzen in den Augen zurück, und in diesem Moment faßte er einen Entschluß: Er würde sich nie wieder von Rebecca trennen, nie wieder. Komme, was da wolle. Er zog sie in seine Arme, und es war, als sei es das erste Mal, als habe er noch nie ihren Duft gerochen, noch nie ihren Geschmack geschmeckt, noch nie ihren Körper an dem seinen gefühlt. Mit vor Ungeduld zitternden Fingern öffnete er ihr Kleid, und sie wand sich, um ihm zu helfen, als er es ihr von den Schultern und an den Armen herabstreifte. Kurz darauf stand sie in herrlicher Nacktheit vor ihm, und er hob ihre vollen Brüste mit den Händen an und senkte den Kopf, um die harten Spitzen zu küssen, spürte, wie sie in seine Haare griff, hörte ihr unterdrücktes, lustvolles Stöhnen. Seine Rebecca. Seine *leannan.* Sein Leben.

Ein Klopfen riß sie jäh aus ihrer Verzückung. »Mr. Brand? Seid Ihr da?« hörten sie Mrs. Sally fragen.

Rebecca barg den Kopf an Marcus' Schulter, und er merkte, daß ihr ganzer Körper vibrierte. Weinte sie? Als er besorgt hinunterschaute, sah er, daß sie von lautlosem Lachen geschüttelt wurde, und in diesen Moment wurde ihm die Lächerlichkeit ihrer Situation bewußt, und er hatte die größte Mühe, nicht loszuprusten.

Und wieder blitzte Mutwillen in Rebeccas Augen, als sie die Bänder seines Hemdes löste, und dann begann sie mit der Zungenspitze heiße, feuchte Muster auf seine nackte Brust zu zeichnen, und er hielt den Atem an, um nicht aufzustöhnen. »Hexe!« flüsterte er, als Mrs. Sally sich endlich entfernte. Er nahm ihr Gesicht in die Hände und zwang sie, ihn anzusehen. »Ich würde dich am liebsten erwürgen.«

»Das stimmt nicht«, widersprach sie. »Es gibt einige Dinge, die du lieber mit mir machen würdest.«

Er ließ seine Blicke über ihren Körper wandern, heiß und erregend wie eine Berührung. »Ja«, nickte er, hob sie hoch und trug sie zum Bett.

Sie ließ sich zurücksinken und sah zu, wie er Hemd und Hose abstreifte, und dann streckte sie ihm die Arme entgegen. Er legte sich zu ihr, liebkoste ihre Brustwarzen, streichelte ihre Hüften, ihre Schenkel, und sie rang nach Luft, um nur ja keinen Laut von sich zu geben. Als sie seine pulsierende Männlichkeit umfaßte, spürte sie, wie er seine Muskeln anspannte, – auch ihn kostete es Anstrengung, Ruhe zu bewahren. Als er in sie eindrang, grub sie die Zähne in die Unterlippe, als er sich schneller und schneller in ihr bewegte, drückte sie die fest aufeinandergepreßten Lippen an seine Schulter, und als sie den Gipfel in greifbarer Nähe spürte, zog sie Marcus' Kopf zu sich herunter und erstickte ihren Aufschrei mit einem Kuß.

»Großer Gott«, flüsterte Marcus, als er sich eine ganze Weile später aufrichtete und auf sie hinunterschaute. »Was du mit mir machst!«

Sie regte sich unter ihm, froh, ihn immer noch in sich zu fühlen. »Was mache ich denn mit dir?« fragte sie und fuhr spielerisch mit den Fingern durch seine Haare.

Er schüttelte den Kopf. »Wenn du das jetzt noch nicht weißt, weiß ich nicht, wie ich es dir erklären soll.«

Aber sie wußte es. O ja, sie wußte es, und dieses Wissen erfüllte sie mit Stolz. Sie schlang die Arme um seine Schultern.

Draußen auf der Straße herrschte reges Treiben und von irgendwoher im Haus drang schwach Mrs. Sallys Stimme herauf, doch das alles kümmerte sie nicht. Für sie zählte nur dieser Mann.

Er hatte sich wieder auf sie herabsinken lassen und murmelte etwas.

»Was hast du gesagt?« wollte sie wissen.

Er hob den Kopf. »Daß wir uns irgendwie aus dem Haus

stehlen müssen.« Er rollte sich von ihr herunter, und sie hätte beinahe einen Jammerlaut ausgestoßen, als er aus ihr herausglitt obwohl er sie sofort dicht zu sich heranzog.

»Mußt du denn wirklich fort?« fragte sie mit kleiner Stimme. »Ich muß helfen, so gut ich kann«, antwortete er. »Es ist Krieg.«

»Ich weiß«, sie spielte mit den Löckchen auf seiner Brust, »aber kannst du nicht auch von hier aus etwas tun?«

»Das beste, was ich für mich und mein Land tun kann, ist als Freibeuter auf See zu gehen.«

»Gegen England.«

»Ich muß, Rebecca.«

Ihr Herz lag wie ein Stein in ihrer Brust. Natürlich mußte er gehen. Wenn er täte, was sie wollte, wäre er nicht der Mann, den sie liebte. Doch das bedeutete Trennung.

»Aber ich gehe nicht allein.« Sie richtete sich abrupt auf und starrte auf ihn hinunter. »Ich lasse dich nie mehr allein. Du kommst mit mir.«

»O Marcus.« Sie schloß die Augen. »Begreifst du nicht, daß ich das nicht kann?«

»Selbstverständlich kannst du das.« Er umfaßte ihre Schultern und schüttelte sie leicht. »Du bist eine erwachsene Frau. Du kannst tun, was du willst.«

»Nein. Ich habe Verpflichtungen.«

»Ja. Mir gegenüber.«

Sie streichelte seine sonnengebräunte Wange. »Du brauchst mich nicht, Marcus«, sagte sie leise.

»Was für ein Unsinn!« fuhr er auf und stieg über sie hinweg aus dem Bett, herrlich nackt, herrlich männlich. »Weißt du, wie mein Leben ohne dich war?«

»Sprich leiser, Marcus«, ermahnte sie ihn.

»Ich will aber nicht leiser sprechen«, erwiderte er jungenhaft trotzig, jedoch mit merklich gemäßigter Stimme. Er setzte sich auf die Bettkante und senkte den Kopf. »Ich brauche dich, Rebecca. Bevor ich dich kennenlernte, war ich einsam und allein, und das einzig Wichtige für mich war, mich an dem Land zu rächen, das mir so übel mitgespielt hatte. Aber durch dich«, er drehte sich zu ihr um, beugte sich über sie und griff in ihre Haare, »habe ich begriffen, daß das Leben mehr zu bieten hat, als ich jemals ahnte. Laß mich jetzt nicht im Stich, Rebecca.« Sie zeichnete mit den Fingerspitzen die Konturen seiner Lippen nach. »Nein, hör mir zu!« bat sie, als er sich abwandte. »Es kommen schwere Zeiten. Amelia braucht mich jetzt mehr denn je ...«

»Amelia ist erwachsen«, grollte er.

»Ja, aber sie braucht mich trotzdem. Und mein Vater auch.« Sie runzelte die Stirn. »Ich sorge mich um ihn, er ist nicht er selbst.«

Marcus murmelte etwas.

»Wie bitte?« fragte sie.

»Ich sagte, es ist nur gut, wenn er nicht er selbst ist.« Er starrte sie wütend an. »Verdammt, Rebecca, du verschwendest dein ganzes Leben an diesen alten Mann.«

»Er ist mein Vater.«

»Und er behandelt dich wie den letzten Dreck.«

»Er liebt mich!«

»Davon habe ich nichts bemerkt.«

»Aber es ist so. Als ich klein war, hätte ich mir keinen besseren Vater wünschen können. Er mußte ohne Frau zwei Töchter aufziehen, und er war einfach wundervoll.«

»Aber jetzt kann man das beim besten Willen nicht mehr von ihm behaupten.«

»Und darum soll ich ihn verlassen? Nur, weil es ein wenig schwierig ist?«

»Es ist nicht schwierig, er ist untragbar. Es liegt ihm nicht das geringste an dir. Wann wirst du dir das endlich eingestehen?« Sie war zusammengezuckt wie unter einem Schlag. »Du irrst dich!«

»Das tue ich nicht.« Er setzte sich auf. »Wir haben dieses Gespräch schon einmal geführt – auf der *Raven* –, und du hast zugegeben, daß deine Entscheidung damals ein Fehler war.«

Es dauerte eine Weile, bis sie antwortete, und dann sagte sie: »Es zerriß mir das Herz, als ich dich verließ, aber ich weiß nicht, ob ich damit hätte leben können, wenn ich mich gegen meinen Vater entschieden hätte. Und ich weiß nicht, ob ich es heute könnte.«

»Ich würde dich ihn vergessen machen.«

»Vielleicht für eine gewisse Zeit.« Sie hätte gerne seinen Rücken gestreichelt, wagte es jedoch nicht.

»Dann sind wir also wieder einmal soweit. Du stellst ihn über mich«, konstatierte er mit ausdrucksloser Stimme.

»Du hast einmal ein Land über mich gestellt.«

»Das ist etwas anderes.«

»Für mich nicht.«

»Zum Teufel, Rebecca!« Er wandte sich ihr zu, und sie sah Zorn in seinen Augen, Leidenschaft und Furcht. »Ich könnte dich zwingen, mit mir zu kommen.«

Gegen ihren Willen reizte diese Idee sie. »Mich entführen, meinst du?«

»Ja. Das habe ich schließlich schon einmal getan.«

»Ja, das hast du.« Ein Lächeln zuckte um ihre Mundwinkel und erstarb. »Aber es würde dir nichts nützen. Ich würde es dir übelnehmen.«

»Verdammt!« Er schlug mit den Fäusten auf seine Schenkel. »Tu das nicht, Rebecca!«

»Wenn der Krieg zu Ende ist ...«

»Und wann wird das sein? Und welche Ausrede wirst du dann finden? Nein.« Er stand auf. »Jetzt oder nie, Rebecca.«

Sie schluckte trocken. Es war ihm offenbar wirklich ernst. Und das bedeutete das Ende. »Es tut mir leid, Marcus«, flüsterte sie.

»Es tut dir leid? Na, das ist doch wenigstens etwas!« höhnte er und schlüpfte in seine Hose. »Zieh dich an.«

Rebecca gehorchte schweigend, folgte ihm schweigend die

Treppe hinunter und aus dem Haus, ging, die Hand auf seinen angespannten Arm gelegt, schweigend neben ihm her, bis er sich vor ihrem Haus mit einer knappen Verbeugung wortlos verabschiedete und auf dem Absatz kehrtmachte, und sah ihm schweigend nach, obwohl jede Faser ihres Seins nach ihm schrie und sie drängte, ihm nachzulaufen.

Doch sie tat es nicht, blieb wie angewurzelt stehen, bis er um eine Ecke bog und ihrem Blick entzogen war. Trockenen Auges drehte sie sich um und stieg die Stufen hinauf – der Schmerz ging zu tief für Tränen. Marcus war fort. Sie war allein.

Dritter Teil

24

GEORGETOWN,
JULI 1814

Rebecca ging langsam zur Prospect Street hinauf. So leicht ihr Einkaufskorb war, so schwer wog ihr Herz in ihrer Brust. Unten glitzerte der Potomac in der Sonne. Hatte es hier früher nur so von Schiffen gewimmelt, lagen heute nur noch wenige dort vor Anker. Auch die ihres Vaters waren darunter und verrotteten zusehends, nachdem der Plan, seine Firma nach Canada zu verlegen, sich nicht hatte verwirklichen lassen. Die Zeiten waren hart, und Abwechslung in den Speiseplan zu bringen erforderte Rebeccas ganzen Erfindungsreichtum.

Es sah nicht gut aus für die Amerikaner. Nach ihren anfänglichen Siegen über die britische Marine waren die meisten der amerikanischen Fregatten eingeschlossen, und die Invasion in Canada mißglückt. Durch Napoleons Abdankung konnte Wellington seine erfahrenen Truppen für den Kampf gegen Amerika einsetzen. Gerüchten zufolge hatten sie bereits die Bermudas erreicht und bereiteten sich auf die Invasion in Canada vor. Die Blockade erstreckte sich entlang der gesamten Küste, und da die Briten in der Chesapeake Bay ihr Unwesen trieben, kamen keine Waren aus anderen Ländern mehr herein. Zucker und Kaffee waren Mangelware, und der Tabak, ein Exportgut, das früher einmal den Unterhalt vieler Händler gewährleistet hatte, blieb ungeerntet. Im Frühling war die Verteidigung Washingtons geplant worden, und nun machten die auf dem President's Square exerzierenden Soldaten jedermann deutlich, wie nah der Krieg war. Geld war im Hause Talbot ebenso spärlich vorhanden wie

Lebensfreude, und als Rebecca die Stufen zu ihrem einst so geliebten Heim hinaufstieg, hatte sie das Gefühl, gleich ein Mausoleum zu betreten.

Zu ihrer Verblüffung sah sie Amelia in der Halle stehen, die inmitten zahlreicher Gepäckstücke dabei war, ihr Hütchen aufzusetzen. »Was in aller Welt hat das zu bedeuten?« rief Rebecca.

»Ich gehe fort«, erklärte Amelia mit trotzig erhobenem Kinn. »Und es gibt nichts, womit du mich umstimmen könntest.«

Rebecca sank auf ihren Stuhl, der neben dem Tischchen stand. »Das kannst du doch nicht tun!«

»Und ob ich das kann!« sagte ihre Schwester in einem Ton, der sie veranlaßte, sie zum erstenmal seit langer Zeit genau anzusehen. Amelia war erwachsen geworden, kein Mädchen mehr, sondern eine Frau. Die vergangenen zwei Jahre hatten sie stärker verändert, als es Rebecca im täglichen Miteinander aufgefallen war. »Ich habe es mir gründlich überlegt, Becky, und beschlossen, nicht mehr länger in diesem... diesem Grab... zu bleiben.«

Rebecca konnte es ihr nicht verübeln. Wenn schon sie sich wie lebendig begraben vorkam, wie schrecklich mußte die Atmosphäre dann für die quirlige Amelia sein! »Ich kann verstehen, daß es dir hier zu still ist...«

»Still?« Ihre Schwester ging vor ihr in die Hocke. »Man kann gar nicht mehr atmen! Schau dich doch um!« Ihre Geste umfaßte das ganze Haus, die geschlossenen Fenstertüren, die auf Ezras Befehl ständig zugezogenen Vorhänge, die Dunkelheit. »Ich kann so nicht leben. Papa kommt nur noch selten aus seinem Arbeitszimmer heraus, und wenn, dann spricht er kaum ein Wort, und du«, – sie nahm Rebeccas Hände in die ihren – »du wirst allmählich genau wie er.«

Rebecca entzog ihr ihre Hände. »Das ist nicht wahr.«

»Doch. Du lachst nie. Du lächelst nicht einmal mehr. Nicht, seit Marcus fort ist. Ich werde nie begreifen, warum du nicht mit ihm gegangen bist. Ich werde jedenfalls nicht hier versauern.«

»Wo willst du denn hin?« fragte Rebecca. »Zur Familie deiner Mutter?«

»Nein.« Amelia stand auf und knöpfte ihre Handschuhe zu. »Ich habe mich entschieden, Gilbert Collins zu heiraten.«

»Mr. Collins? O Amelia, wie schön für dich. Wann hat er dir denn einen Antrag gemacht?«

»Das liegt schon lange zurück. Er hat ihn seitdem oft erneuert, und ich habe ihn immer abschlägig beantwortet, weil ich glaubte, du brauchtest mich. Aber jetzt weiß ich ...«

»Was?« fragte Rebecca, als sie nicht weitersprach.

»Du bist wie Papa, vergräbst dich in deinem Schmerz, läßt niemanden an dich heran und nimmst nichts um dich herum wirklich wahr.«

»Das ist nicht fair!«

»Nein? Sieh mich an, Rebecca. Ich bin erwachsen geworden, aber du hast es nicht bemerkt.«

»Ich werde mich ändern ...«

»Ich wünschte, du könntest es. O Becky, denkst du, es fällt mir leicht, dich allein zu lassen? Ich wollte dich eigentlich als Trauzeugin haben, aber ich fürchtete, du würdest ablehnen.«

Rebecca schluckte gegen den Kloß an, der sich in ihrem Hals gebildet hatte. »Ich würde deinen Wunsch wirklich gerne erfüllen, aber«, antwortete sie mit einem Blick in die Richtung des Arbeitszimmers, »da er deine Heirat bestimmt mißbilligen wird, hätte ich danach kein Leben mehr hier.«

»Dann komm mit zu uns! Oh, ich höre eine Kutsche.« Amelia eilte zur Tür und schaute aus dem Seitenfenster. »Es ist Gilbert! O Becky!« Sie kam zurück und ergriff erneut Rebeccas Hände. »Komm mit!« beschwor sie sie. »Du kannst bei uns wohnen.«

»Es geht nicht.« Rebecca stand mit zitternden Knien auf. »Ich kann Vater doch nicht sich selbst überlassen.«

»Ach, Becky.« Amelia streichelte ihre Wange. »Warum mußt du dich opfern?«

»Weil niemand anderer da ist, der es täte. O Amelia.« Sie schloß ihre Schwester in die Arme. »Ich freue mich für dich – aber ich werde schrecklich einsam sein.«

Der Türklopfer dröhnte durch die Halle. »Ich muß gehen, Becky.« Amelia machte sich los. »Wenn du doch nur mitkämst!«

»Weiß Vater, daß du gehst?«

»Ja. Ich war bei ihm und habe es ihm gesagt. Er schaute mich nur an, aber ich bin sicher, er hat mich verstanden.«

»O Gott, da kann ich mich ja auf etwas gefaßt machen.«

Es klopfte wieder. »Ich muß jetzt wirklich gehen. Wünsch mir Glück, Becky.«

»Du weißt, daß ich das tue.« Rebecca drückte ihre Schwester noch einmal an sich und ließ sie dann abrupt los. »Viel Glück«, flüsterte sie erstickt und floh die Treppe hinauf. Sie hätte es nicht ertragen, noch einmal einen geliebten Menschen fortgehen zu sehen.

Vor ihrem Zimmer angekommen, blieb sie stehen und lauschte den gedämpft zu ihr heraufdringenden Begrüßungsworten, die ihre Schwester und Gilbert Collins wechselten. Gleich darauf fiel die Tür ins Schloß. Rebecca war allein. Ihr Sohn, Marcus und nun auch noch Amelia – alle hatten sie verlassen. Eine Träne rollte über ihre Wange, und sie wischte sie mit einer zornigen Handbewegung weg. Es bestand kein Anlaß für Selbstmitleid, sie hatte es nicht anders gewollt. Auch wenn sie nachts wachlag und sich nach Marcus verzehrte und die Tage ohne Sinn und Ziel hinter sich brachte – sie wußte nicht, ob sie sich anders entscheiden würde, wenn sie noch einmal die Möglichkeit dazu hätte. Damals hatte sie nicht geglaubt, damit leben zu können, wenn sie ihren Vater und ihre Schwester im Stich gelassen hätte – und ihr Vater brauchte sie noch immer.

Der Gedanke erinnerte sie an ihre Pflichten. Obwohl sie nie

ein anerkennendes Wort darüber hörte, aß ihr Vater doch stets, was sie ihm vorsetzte, und es war bald Essenszeit. Und auch sie mußte bei Kräften bleiben, wenn sie weiterhin für ihn sorgen wollte.

Das schnittige schwarze Schiff, das ein paar Meilen unterhalb von Washington City auf dem Potomac angelegt hatte, löschte eine kostbare Ladung: Kaffee, Orangen und Zucker. Es war ein Schmuggelschiff, und sein Kapitän ein geachteter Mann. Es hatte sich viel geändert seit seinen Tagen als gefürchteter Pirat, dachte Marcus, als er die King Street hinaufging, und doch hätte er sie nicht missen wollen, denn sie hatten ihm Rebecca beschert.

»Werdet Ihr sie diesmal besuchen, Cap'n?« fragte Tyner, der beinahe rennen mußte, um mit Marcus Schritt zu halten.

»Weiß ich noch nicht«, erwiderte Marcus kurz angebunden.

»Ich wäre sehr dafür«, meinte sein Steward. »Es ist kein Honigschlecken mit Euch.«

»Tyner...«

»Nein, Ihr werdet mich nicht daran hindern, Euch meine Meinung dazu zu sagen, Cap'n. Ihr hättet sie schon damals auf der *Raven* nicht gehen lassen dürfen.«

»Sie hatte ihrem Vater den Vorzug gegeben«, erwiderte Marcus schroff.

»Was hattet Ihr ihr denn geboten? Ein Leben auf einem Piratenschiff – oder in der ständigen Angst irgendwo herumzusitzen, daß Ihr nicht zu ihr zurückkommen würdet? Die Frau wollte einen Heiratsantrag hören!«

»Zum Teufel, Tyner, das geht dich nun wirklich nichts an!«

»Da habt Ihr wohl recht«, gab Tyner zu, »aber es tut mir in der Seele weh, Euch so unglücklich zu sehen.« Als keine Antwort kam, fügte er hinzu: »Geht zu ihr, Cap'n. Ihr wollt es doch.«

Marcus starrte blicklos in die Ferne. O ja, er wollte es. Aber er hatte sie zweimal gebeten, bei ihm zu bleiben, und sie hatte es zweimal abgelehnt. Nur ein Narr würde sich einen dritten Korb holen. »Vielleicht«, sagte er langsam.

»Das Flußschiff legt in einer halben Stunde ab, Cap'n. Ihr könntet heute nachmittag in Georgetown sein.«

»Hol dich der Teufel, Tyner«, schimpfte Marcus, jedoch ohne Groll in der Stimme. »Du wirst keine Ruhe geben, bis du deinen Kopf durchgesetzt hast, stimmt's?«

Der kleine, krummbeinige Brite grinste zu ihm auf. »Stimmt, Cap'n. Ja, so ist's richtig!« rief er, als Marcus auf dem Absatz kehrtmachte und zum Fluß zurückging. »Und diesmal bittet Ihr sie um ihre Hand!«

Passanten, die es hörten, grinsten Marcus an, und er antwortete mit einem verlegenen Lächeln. Er sollte heiraten? Ja, vielleicht. Wenn es auch noch eine Weile dauern würde, bis er der Ehemann sein könnte, den eine Frau sich wünschte. Vorläufig würde sein Leben noch abenteuerlich bleiben, denn er wurde dringend gebraucht. Der Schmuggel machte ihn reich, aber das war nicht sein Hauptbeweggrund. Die Freibeuterei war ebenfalls profitabel gewesen, doch nicht annähernd so befriedigend, wie er erwartet hatte. Mit seiner Schmuggelei führte er einen geistigen Krieg gegen die Briten, die die Küste kontrollierten, und bisher hatte er jedesmal gesiegt. Um so seltsamer war es, daß er jetzt drauf und dran war, offenen Auges in eine wenn auch anders geartete Falle zu tappen, dachte er, als er an Bord des Schoners ging, der ihn flußaufwärts nach Georgetown bringen würde.

Rebecca saß mit angezogenen Beinen unter einer alten Eiche und beobachtete den Schwan, der majestätisch über den kleinen See in der Nähe glitt. Es war friedlich hier, nur das Zwitschern der Vögel und das leise Rascheln des Windes in den Blättern über ihr war zu hören. Sie war wieder einmal zum Grab ihrer abgöttisch geliebten Stiefmutter gekommen, der sie in all den Jahren ihr Herz ausgeschüttet und die jeweiligen Neuigkeiten berichtet hatte. So hatte sie ihr natürlich auch von der Hochzeit ihrer Schwester erzählt, die jetzt in einem schmucken Häuschen nicht weit vom President's Square ihr junges Eheglück genoß, während sie, Rebecca, der Trostlosigkeit anheimgegeben war. Ihr Vater verbrachte seine Tage im Arbeitszimmer und beeilte sich, wenn sie ihm das Essen brachte, jedesmal, die Papiere, die vor ihm lagen, zuzudecken. Wenn er überhaupt sprach, dann nur über den Weg und niemals über Amelia. Unversöhnlicher denn je, tat er, Rebeccas inständigen Appellen zum Trotz, als existiere seine jüngere Tochter nicht mehr, und so waren ihre Besuche dort zwar jeweils heimlich und nur kurz, doch sie ließ sie sich nicht nehmen, denn es waren die einzigen Lichtblicke in ihrem Leben. Plötzlich hörte sie Schritte näher kommen und schaute auf, um zu sehen, wen es noch zu einem Besuch auf den Friedhof getrieben hatte. Es war ein Mann in einem staubigen, dunkelblauen Rock, mit halblangen schwarzen Haaren und breiten Schultern... Das konnte nicht sein. Doch, er war es: Marcus. Sie rührte sich nicht, hielt ihn für ein Trugbild, obwohl er auf sie zukam. »Hallo, Rebecca«, sagte er mit sanfter Stimme.

»Marcus.« Sie konnte es noch immer nicht glauben. »Narrt mich ein Spuk?«

»Nein.« Er sank vor ihr auf die Knie. »Ich bin wirklich hier. Als bei dir zu Hause niemand öffnete, fragte ich bei eurer Nachbarin, wo du sein könntest, und sie schickte mich hierher«, erklärte er mit einem Blick auf den Grabstein.

»Wir mußten Martha und Jacob entlassen.« Auch sie warf einen Blick auf den Grabstein. »Ich bin ziemlich oft hier. Es ist so friedlich.«

»Es ist tot, Rebecca.«

Sie zuckte die Schultern. »So komme ich mir auch fast vor.«

»Wie kannst du so etwas sagen!« entsetzte er sich, doch als er sie genauer betrachtete, sah er, daß sie schrecklich dünn geworden war, ihr Gesicht fast hager, und ihre Augen glanzlos waren. Sogar ihr ehemals so herrliches Haar wirkte stumpf. »Du hast dich verändert, Mädchen«, sagte er.

Erst jetzt nahm sie ihn richtig wahr. »Du dich auch. Du siehst wieder aus wie der Rabe.«

Er schüttelte den Kopf. »Ich bin nicht mehr der Rabe und auch nicht mehr der Stutzer – ich bin ich, Rebecca.«

»Endlich.«

»Ja. Du scheinst eine schlimme Zeit durchgemacht zu haben.« Sie blinzelte, und er erkannte, daß seine Bemerkung sie an den Rand der Tränen gebracht hatte. »Es gab schon schlimmere.« Er legte sanft die Hand auf ihre Hände, mit denen sie ihre Knie umfaßt hielt, doch nach ein paar Sekunden schüttelte sie sie ab. »Was tust du hier?« fragte sie.

»Ich habe eine Warenladung nach Alexandria gebracht.«

»Freibeutergut?«

»Nein, Mädchen, reguläre Güter aus Westindien. Ich habe sie durch die Blockade geschmuggelt.« Ein Lächeln erhellte sein Gesicht. »Von St. Thomas. Erinnerst du dich noch, Rebecca…«

»Nicht!« fuhr sie auf. »Ich bitte dich, laß das!«

»Ich muß immer an dich denken«, sagte er leise. »Nein, wende dich nicht ab! Ich höre deine Stimme im Wind. Ich sehe deine Augen im Meer, ich wache nachts auf und wünsche mir, dich bei mir zu haben. Ich habe dich vermißt, *leannan.*« Mehr als Worte auszudrücken vermochten. »Ich hätte dich niemals verlassen dürfen.«

»Nicht!« flehte sie.

Doch er ließ nicht locker, denn er hatte ein Licht in ihren Augen aufglimmen sehen. »Wenn ich könnte, würde ich dich mit mir nehmen und dich vor allen Unbilden dieser Welt beschützen.«

»Das ist alles schön und gut, aber es genügt mir nicht. Du sprichst nicht von einer gemeinsamen Zukunft, und ich weiß auch, warum. Ich bin nicht gut genug. Sogar für einen Piraten und Spion ist meine Vergangenheit unzumutbar…«

»Was redest du da, Rebecca?! Deine Vergangenheit kümmert mich nicht so viel.« Er schnippte mit den Fingern.

»Aber du liebst mich nicht!« klagte sie ihn an.

Einen Moment lang starrte er sie entsetzt an, und dann fragte er: »Wie kommst du denn darauf, mein Mädchen?«

»Du hast es nie gesagt.« Sie legte den Kopf auf die Knie, und die Tränen, die sie so lange zurückgehalten hatte, brachen sich sturzbachartig Bahn.

»Ah, *leannan«*, flüsterte er und zog sie in seine Arme. Entgegen seiner Erwartung wehrte sie sich nicht, sondern ließ sich kraftlos an seine Brust sinken. *»Leanrian, mo cridhe«*, murmelte er, sie in seinen Armen wiegend. »Natürlich liebe ich dich.«

»Nein, das tust du nicht«, schluchzte sie. »Du sagst das jetzt nur so, um mich zu trösten.«

»Rebecca!« Er rückte ein wenig von ihr ab und fragte in strengem Ton: »Haben wir nicht vereinbart, immer aufrichtig zueinander zu sein?«

Sie schaute heftig atmend zu ihm auf, und er sah ein zartes Flämmchen der Hoffnung in ihren Augen aufzucken. »J-ja.«

»Und du glaubst wirklich, daß ich dich anlüge?«

»Es ist komisch«, sagte sie.

»Was ist komisch?« fragte er irritiert.

»Wenn auf der *Raven* die Gefühle mit dir durchgingen, klangst du englisch. Jetzt ist der Singsang wieder da.«

»Tatsächlich? Den bringst du zum Vorschein, *leannan,* die Freude und das Lachen, die Musik...« Er zog ein Taschentuch aus der Hosentasche und wischte ihr lächelnd die Tränen ab. »Die Liebe.«

»Ich glaube«, sagte sie in ebenso strengem Ton wie er gerade, »du bist der Welt größter Flunkerer.«

Er konnte nicht anders und stieß ein bellendes Lachen aus, ein an diesem heiligen Ort nicht oft gehörtes Geräusch. »Rebecca, Rebecca.« Er drückte sie an sich. »Wie konnte ich ohne dich leben?«

»Ich weiß es nicht.« Sie hob die Hand und berührte zaghaft

seine Wange, als könne sie noch immer nicht ganz glauben, daß er keine Ausgeburt ihrer Phantasie war.

»Es war schlimm«, sagte er.

Seufzend senkte sie den Blick. »Für mich auch. Um so mehr, als Amelia geheiratet hat und Vater seitdem so tut, als existiere sie nicht. Für Vater existiert kaum noch etwas«, fügte sie hinzu.

Das brachte Marcus auf einen Gedanken. »Ich habe dir geschrieben, Rebecca. Hast du meine Briefe bekommen?«

»Nein.« Sie starrte ihn an. »Du hast mir geschrieben?«

»Ja. Dachtest du, ich würde einfach so aus deinem Leben verschwinden?«

Wieder senkte sie den Blick. »Ja, das dachte ich.«

»Verdammt! Dein Vater muß die Briefe an sich genommen haben. Hat er dich wieder geschlagen?«

»Nein. Er nimmt mich kaum zur Kenntnis.« Sie schaute zu ihm auf, Tränen in den Augen. »Und das ist noch schwerer zu ertragen als sein Unmut. Ich war so einsam, Marcus.«

»Das ist jetzt vorbei, mein Mädchen.« Behutsam wischte er ihr die Tränen ab. »Heirate mich, Rebecca.«

Ihre Augen weiteten sich. »Ist das ... meinst du das ernst?«

»Ja. Heirate mich. Du wirst mit mir in meinem Heim leben, als meine Frau und die Mutter meiner Kinder, und es wird ebenso dein Heim sein.«

Rebeccas Lider flatterten. Zuviel stürmte auf sie ein. »Ich ... oh, ich möchte schon, Marcus, aber ich kann nicht.«

»Rebecca ...«

»Nicht wegen meines Vaters«, fiel sie ihm ins Wort. »In seinem Zustand braucht er nicht mehr mich, sondern nur noch jemanden, der ihn verpflegt und dafür sorgt, daß er immer etwas Sauberes zum Anziehen hat. Nein, es liegt an mir. Ich weiß nicht, warum, wirklich, Marcus, ich weiß es ehrlich nicht – aber ich kann nicht.« Sie schaute um Verständnis flehend zu ihm auf. »Ich kann einfach nicht.«

»Brauchst du Zeit, Mädchen, ist es das?«

Sie packte ihn am Arm. »Versprichst du mir, daß du zurückkommst?«

»Ich glaube nicht, daß ich dich noch einmal verlasse.«

»Das könnte ein Problem geben«, meinte sie trocken. »Sogar Vater dürfte es merken, wenn du bei uns einzögest.«

»Mach dich nicht über mich lustig«, schalt er sie, doch er lächelte dabei. »Es ist alles ein bißchen zu viel für dich, nicht wahr?«

»Ja.«

»Nun, denn, ich werde dir Zeit geben. Aber nicht zu lange, bedenke das.« Der zärtliche Ausdruck in seinen Augen strafte seinen drohenden Ton Lügen. »Denn du gehörst mir.«

»Aye, aye, Cap'n. Und du« – sie wandte sich ihm zu und legte die Hände auf seine Schultern – »gehörst mir. Was ist, willst du mich denn nicht küssen?«

»Du willst einen Kuß. Ich denke, diesen Wunsch kann ich erfüllen. Komm her.«

Sie schmiegte sich in seine Arme, und es war wie eine Heimkehr. Seine Arme schlossen sich um sie, hießen sie willkommen, beschützten sie, und all das Elend der vergangenen Jahre fiel von ihr ab. Sie küßte ihn mit all der Sehnsucht und Leidenschaft, zu der sie sich jetzt bekannte. Es war nichts schamlos daran, es war Liebe, und auch wenn er vielleicht nicht meinte, was er gesagt hatte, wenn er sie in Wahrheit gar nicht liebte – was sie empfand, war echt, und die Folgen kümmerten sie nicht länger. Sie liebte diesen Mann.

Schließlich löste Marcus sich von ihr. Seine Augen leuchteten.

»Oh, mein Mädchen«, murmelte er und legte die Hand um ihre Brust. Sie erschauerte, als er mit dem Daumennagel Kreise um die harte Spitze zog. »Was machst du nur mit mir?«

»Was mache ich denn mit dir?«

»Ich werde es dir zeigen.« Er lehnte sich, den Arm um ihre Taille gelegt, mit gespreizten Beinen an den Stamm der Eiche nahm ihre Hand und führte sie nach unten, und sie folgte unwillkürlich mit den Augen. »Was machst du mit mir, *leannan*«, flüsterte er und preßte ihre Hand auf die Schwellung.

»Ahhh.« Sie ließ ihre Finger spielen und lächelte, als sich seiner Kehle ein Stöhnen entrang. Es fühlte sich seltsam an, zu lächeln – ungewohnt, aber gut.

»Kleine Hexe«, stieß er hervor, zog sie wieder zu sich heran, und sein brennender Kuß weckte jede Faser ihres Körpers. Es war schmerzhaft, dieses Erwachen, wieder etwas zu fühlen, nachdem sie es sich so lange untersagt hatte, etwas zu empfinden – schmerzhaft, aber gut und richtig. Doch wie er kurz zuvor gesagt hatte, war es zuviel für sie.

Diesmal löste sich Rebecca und drehte den Kopf weg, und so streifte sein Mund ihre Wange. »Nicht hier«, flüsterte sie.

Sie spürte seinen Blick wie eine Berührung. »Nein, nicht hier«, stimmte er nach kurzem Überlegen zu.

»Und nicht jetzt.«

Die Antwort darauf kam schneller. »Aber es ist zwei Jahre her!«

»Ich weiß.« Sie schaute auf ihre Hände hinunter, die auf ihrem Schoß lagen. »Aber ich kann nicht.«

Er wollte neuerlich protestieren, doch dann nickte er. »Nun gut, wenn du nicht kannst, dann kannst du nicht. Schau mich doch nicht so ängstlich an. Ich bin dir nicht böse.«

Sie spielte mit den Bändern seines Hemdes. »Du mußt wieder fort, nicht wahr?«

»Ja, bald, aber das heißt nicht, daß ich dich verlasse. Ich verspreche dir, daß ich zurückkomme.« Er sah sie beschwörend an. »Ganz bestimmt.«

»Wann?«

»Ich weiß es nicht, und das ist die Wahrheit. Aber bald. So schnell ich aus Westindien wieder hiersein kann. Sieh mich an!« Sie gehorchte. »Mein unstetes Leben ist zu Ende.«

»Schade.«

»Was?« fragte er verdutzt. »Ich dachte, du würdest dich freuen.«

»Das tue ich ja.« Sie betrachtete die verwegene Erscheinung mit dem offenen Hemd und den halblangen Haaren. »Aber ich habe den Piraten auch geliebt.«

»Wie du damals sagtest: Er wird immer ein Teil von mir bleiben.« Er legte die Hand auf sein Herz. »Da drin. Ich habe den Verdacht, du hast auch etwas von einem Piraten in dir.«

»Mag sein«, gab sie zu.

»Wir sollten lieber gehen«, meinte er und rappelte sich auf. »Wenn wir bleiben, weiß ich nicht, was passiert.«

Sie spürte sich erröten. Oh, sie wußte genau, was passieren würde, und obwohl sie sich gerade geweigert hatte, bedauerte sie, daß es nun nicht dazu käme. »Es ist ohnehin höchste Zeit, Vaters Abendessen herzurichten«, erinnerte sie sich selbst und streckte Marcus die Hand entgegen. Er half ihr auf.

»Ich sorge mich um dich«, sagte er. »Kannst du nicht woanders wohnen? Bei deiner Schwester vielleicht?«

»Nein.« Sie schüttelte den Kopf. »Nein – ich werde das durchstehen.«

»Ich habe nie verstanden, warum du unbedingt bei dem alten Mann bleiben wolltest«, sagte er.

»Ich weiß, aber lassen wir dieses Thema.« Sie legte einen Finger auf seine Lippen. »Wir haben uns gefunden, und nur das ist wichtig.«

»Du hast recht, aber ich fürchte um deine Sicherheit.«

»Mir geschieht schon nichts. Wo mußt du jetzt hin?«

»Zurück zu meinem Schiff – nach Alexandria. Es tut mir leid, mein Mädchen, aber ich komme wieder.«

»Ich weiß.« Jetzt glaubte sie ihm.

»Komm. Ich bringe dich nach Hause.« Er bot ihr seinen Arm. »Das ist äußerst liebenswürdig von Euch, Sir«, lächelte sie, legte ihre Hand auf seinen Arm und ließ sich von ihm auf die Straße hinausführen. Eine totgeglaubte Hoffnung erwachte in ihr zum Leben, Hoffnung auf eine Zukunft, ein Leben voller Liebe und Fröhlichkeit mit einem Ehemann und Kindern. Er erwiderte ihr Lächeln, und da sie so ineinander versunken waren, bemerkten beide nicht den Mann, der sich aus dem Schatten der Bäume löste und in einigem Abstand gemächlich hinter ihnen herschlenderte.

Jeremiah setzte sich kerzengerade hin und schlug mit der flachen Hand auf den Tisch. »Ihr habt ihn gesehen? Wo?«

»Auf dem Friedhof – mit ihr«, berichtete der kleine Mann, der ihm in den Gastraum der schäbigen Taverne, in der Dee jetzt residierte, mit strähnigen Haaren und fleckigen Kleidern gegenübersaß, grinsend. »Es ist ein heißer Abend. Ein kaltes Bier wäre nicht zu verachten.«

»Alkohol ist von Übel«, sagte Dee, gab aber dennoch dem Wirt ein Zeichen, der daraufhin einen Zinnkrug brachte. »Und jetzt erzählt mir alles, Simms.«

Simms trank einen großen Schluck, atmete zufrieden aus und wischte sich mit dem Arm den Mund ab. »Ah, das war gut! Was bekomme ich für meine Arbeit?«

»Das haben wir doch bereits besprochen.« Dee betrachtete den Mann voller Abscheu. Es widerstrebte ihm zutiefst, sich mit solchem Gesindel abgeben zu müssen, aber es ließ sich nun einmal nicht vermeiden. Er mußte irgendwie beweisen, daß Marcus Brand kein aufrechter Bürger war, sondern der Rabe. Als die Amerikaner England den Krieg erklärt hatten und Spionage unabdingbar wurde, hatte Dee sich erboten, hinter den feindlichen Linien zu dienen. Er hatte im Laufe der letzten zwei Jahre ein Agentennetz aufgebaut und einige wichtige Informationen ergattert. Sein Hauptquartier war dieses Gasthaus im tiefsten Maryland, ein wahrer Glücksfall, denn der Wirt war gebürtiger Brite und hatte für Mr. Madisons Krieg, wie er ihn nannte, nichts übrig. Niemand interessierte sich für Dees Kommen und Gehen, und kaum einer suchte Kontakt zu ihm, und das kam ihm sehr entgegen.

»Ja, schon…« Simms trank einen zweiten Schluck, knallte den Krug auf den Tisch und gab dem Wirt ein Zeichen, der den Krug holte, um ihn neu zu füllen. »Aber für das, was ich

Euch zu bieten habe, verdiene ich, daß Ihr noch was drauflegt.«

»Ihr bekommt, was wir ausgehandelt haben, und nicht mehr«, erwiderte Dee kalt.

Sie fixierten einander feindselig und ließen nicht einmal voneinander ab, als der Wirt das frische Bier brachte, doch schließlich schaute Simms weg. »Also, es war so«, begann er. »Ich habe das Talbot-Mädel beschattet, wie Ihr mir aufgetragen hattet. Die meiste Zeit war sie zu Hause, ging höchstens mal zum Einkaufen, aber heute zur Abwechslung mal auf den Friedhof.« Er trank einen Schluck. »Ist ja nicht viel dran an ihr, aber es ist schon lange her, daß ich eine Frau hatte ...«

»Ihr laßt die Finger von ihr!«

»Wenn Ihr das sagt, Lieutenant.« Seine Miene verfinsterte sich. »Aber ich habe noch eine Rechnung mit ihr zu begleichen.«

Dee grinste in sich hinein. Gott war auf seiner Seite – wie sonst wäre dieser Glücksgriff zu erklären? Als er jemanden gesucht hatte, der Rebecca für den Fall beobachten würde, daß der Rabe zu ihr zurückkehrte, hatte er in einem anderen Gasthaus Simms gefunden, einen britischen Deserteur, der Rebecca und den Raben haßte. »Vergeßt das jetzt mal.« Er zog eine Münze aus der Tasche, und Simms' Augen weiteten sich gierig. »Erzähle weiter.«

»Nun, ich folgte ihr zu dem Friedhof und dachte, es würde langweilig werden. Aber dann tauchte er plötzlich auf.«

»Wer?«

»Er. Der Mann, den Ihr mir beschrieben hattet und ich sage Euch, er ist der Rabe. Ich habe ihn auch ohne die Augenklappe sofort erkannt.« Ingrimm verdunkelte seine Miene. »Immerhin habe ich unter ihm gedient. Und er hat versucht, mich auf St. Thomas beim Kartenspielen zu betrügen. Ich hätte ihn erwischt, wenn dieses Weibsstück mir nicht ein Bein gestellt hätte.« Er starrte wütend in seinen Bierkrug. »Ich dachte, er würde mir die Eier abschneiden.«

Dee hatte sich gelangweilt zurückgelehnt – schließlich hörte er die Geschichte nicht zum erstenmal. »Ihr bekommt Eure Rache, Simms, das verspreche ich Euch. Mit Eurer Information können wir ihn zu Fall bringen.«

»Aber ich will ihn mir als erster vornehmen«, sagte Simms und knallte seinen Krug wieder auf den Tisch.

Nach kurzem Zögern nickte Dee. Warum sollte er ihm nicht zustimmen? Simms brauchte nicht zu wissen, daß er andere Pläne mit ihm hatte. »Einverstanden.« Er zog noch eine Münze aus der Tasche, schob beide über den Tisch und stand auf. »Gute Arbeit, Simms«, lobte er. »Wie Ihr seht, habe ich wirklich etwas draufgelegt.«

Simms lächelte zufrieden. »Höchst großzügig von Euch. Ich weiß das zu schätzen.«

»Ihr habt es Euch verdient. Jetzt kriegen wir ihn.« Dee neigte leicht den Kopf, drehte sich um und stolzierte durch die rauch- und bierdunstgeschwängerte Gaststube nach draußen. Wie er dieses Barbarenland verabscheute, dachte er, als er zu den Sternen hinaufschaute. Aber er würde es nicht mehr lange ertragen müssen. Der Rabe war in Reichweite – der Augenblick der Rache würde bald kommen.

25

»Becky!« schallte Amelias Stimme durch das Haus, und Rebecca ließ im Salon überrascht das Staubtuch sinken. »Wo bist du ... oh, hier!«

»Melia!« Rebecca eilte auf sie zu, um sie zu umarmen, hielt jedoch in letzter Sekunde inne, denn ihre Schwester war in ein empfindliches, hellblaues, mit dunkelblauem Band eingefaßtes Ensemble gekleidet, während sie selbst ... Nun, je weniger Worte über ihre Erscheinung gemacht wurden, um so besser. »Ich komme dir lieber nicht zu nahe!« sagte sie, die zierliche Gestalt mit dem kecken Strohhütchen auf dem Kopf mit einem liebevollen Blick betrachtend. »Du siehst so hübsch aus, Melia.«

»Ich wünschte, ich könnte von dir dasselbe sagen. Was in aller Welt ist denn in dich gefahren?«

»Ach, weißt du, ich dachte, ich mache mal einen gründlichen Hausputz.«

»Was für ein ungewöhnlicher Tatendrang, und noch dazu bei dieser Hitze!«

Amelia neigte den Kopf zur Seite und musterte Rebecca prüfend. »Du hast dich verändert, Becky. Ich kann zwar nicht den Finger drauflegen, aber du bist anders.«

Rebecca zuckte lächelnd die Schultern, eine Angewohnheit, die sie von Marcus übernommen hatte. Sie wußte, was anders an ihr war: Sie war glücklich. Marcus war zwar schon einige Wochen fort, doch dank ihres neugewonnenen Vertrauens in ihn hegte sie nicht den geringsten Zweifel daran, daß er, sobald es ihm möglich wäre, wieder den Fluß zu ihr heraufgesegelt käme. Der Gedanke daran verlieh ihrer Seele Flügel. »Ich habe mich überhaupt nicht verändert. Komm mit in die

Küche. Hier ist es zu ungemütlich, und dort kann ich dir wenigstens einen sauberen Stuhl anbieten.«

Amelia warf einen Blick über ihre Schulter. »Ich kann nicht lange bleiben, Becky. Gilbert wartet draußen, und wenn ich nicht in ein paar Minuten wieder bei ihm bin, stürmt er das Haus.«

»Warum denn das?« wunderte sich Rebecca.

»Weil...«, wieder schaute sie über ihre Schulter, »ich gekommen bin, um Papa zu besuchen.«

»O Melia!« Rebecca umfaßte ihre Hände. »Ich glaube nicht, daß er dich empfangen wird.«

»Ich will ihm aber unbedingt sagen... Oh, Becky, ich kann es nicht länger für mich behalten!« rief sie strahlend. »Ich bin guter Hoffnung!«

»Oh, Schwesterchen!« Staub oder nicht Staub – jetzt schloß Rebecca sie doch in die Arme. »Das ist ja wundervoll!«

»Ja, nicht wahr? Und ich dachte, wenn Papa erfährt, daß er ein Enkelkind bekommt, wird er mir verzeihen.«

Rebecca biß sich auf die Unterlippe. Ihr Vater hatte schon einmal ein Enkelkind bekommen und ihr das nie verziehen.

»Becky? Hörst du mir zu?«

»Was? Oh, entschuldige, Melia.« Sie hatte Marcus gegenüber darauf beharrt, daß ihr Vater sie noch immer liebte, wie er sie als Kind geliebt hatte, obwohl alles dagegen sprach. Hatte sie sich all die Jahre etwas vorgemacht? »Was hast du gesagt?«

»Ich habe dich gebeten, mich anzukündigen. Wenn ich unangemeldet bei ihm erscheine – er ist im Arbeitszimmer, oder? – trifft ihn vielleicht der Schlag.«

»Ich werde tun, was ich kann«, versprach Rebecca, »aber...«

»Du wirst ihn schon überreden«, vertraute Amelia auf ihre Schwester, wie sie es immer getan hatte.

Vor seiner Tür angekommen, band Rebecca die Schürze ab, nahm das Tuch vom Kopf und richtete mit zitternden Fingern ihre Haare. Es war ihr nie wohl dabei, wenn sie zu ihm hineingehen mußte. Sie wußte nicht, was ihr unheimlicher war: der Zustand der Geistesabwesenheit, in dem sie ihn meistens antraf, oder das Feuer, das manchmal in seinen Augen glomm. Gottergeben hob sie die Hand, klopfte und trat auf sein Knurren hin ein.

Ezra starrte ihr von seinem Schreibtisch mit rotgeränderten Augen feindselig entgegen. Überall lag beschriebenes Papier herum, auf dem Schreibtisch, auf dem Boden, auf den Stühlen, manches schon so lange, daß es mit einer dicken Staubschicht bedeckt war, denn er gestattete ihr nicht, hier sauberzumachen. Als Rebecca die Tür hinter sich schloß, sah sie aus dem Augenwinkel, daß er ein Blatt mit einem anderen zudeckte, und fragte sich wieder einmal, was er den ganzen Tag tun mochte. »Nun, was gibt es?« grollte Ezra. »Rede, Mädchen.«

Rebecca hob entschlossen das Kinn und hielt seinem Blick unerschrocken stand. Auch er hatte sich verändert, war nicht länger füllig, und die wenigen Haare, die er noch hatte, waren schlohweiß. Eines jedoch war gleichgeblieben: Seine Unberechenbarkeit. »Es ist Besuch für dich gekommen«, erklärte sie. Ezra stieß einen Grunzlaut aus und wandte sich wieder den vor ihm liegenden Papieren zu. »Schick ihn weg.«

»Es ist Amelia, Vater. Sie …«

»Ich kenne niemanden dieses Namens!« Er stand so abrupt auf, daß sie unwillkürlich einen Schritt zurückwich.

Doch sie war nicht bereit, aufzugeben. »Sie ist und bleibt deine Tochter – auch wenn sie einen Mann geheiratet hat, der dir nicht paßt. Sie ist hier, um dir etwas zu sagen …«

»Ich bin nicht daran interessiert!« brüllte er, und das Tintenfaß, ihm einst heilig, weil er es von Amelias Mutter geschenkt bekommen hatte, schoß durch den Raum, prallte nur Millimeter von Rebeccas Kopf entfernt an die Holztäfelung und bespritzte alles mit schwarzen Tropfen. »Und jetzt mach, daß du hinauskommst, Mädchen, bevor ich mich vergesse!«

Rebecca bedachte ihn mit einem vernichtenden Blick, drehte sich auf dem Absatz um und stolzierte hinaus. Dummer, starrköpfiger, alter Mann! schäumte sie und knallte die Tür hinter sich zu. Und gefährlich war er auch. Nicht auszudenken, wenn er Amelia gegenüber in ihrem Zustand handgreiflich würde!

Ihre Schwester erwartete sie schreckensbleich in der Halle. »O Becky!« sagte sie atemlos. »Was hat er getan?«

»Das Tintenfaß nach mir geworfen.« Mit einer Grimasse schaute sie auf ihr schwarzgesprenkeltes Kleid hinunter. »Die Flecken bekomme ich nie wieder heraus.«

»Dein Gesicht ist auch voll. O Becky!« Amelias Augen füllten sich mit Tränen. »Ich wollte doch nicht, daß dir etwas geschieht!«

Rebecca schüttelte den Kopf. »Es ist ja nichts weiter. Aber ich halte es für das beste, wenn du jetzt gehst und ich noch einmal versuche, mit ihm zu reden. Vielleicht morgen …«

»Wer weiß, was ihm dann einfällt, Becky!« Amelia umfaßte ihre Hände. »Du kannst nicht hierbleiben! Ich habe Angst um dich.«

»Es wird mir schon nichts passieren«, wiegelte Rebecca ab.

»Komm mit zu uns! Ich habe mit Gilbert darüber gesprochen, und er meint auch, daß du es tun solltest.«

»Nein.« Rebecca entzog ihr sanft ihre Hände. »Ich kann nicht. Wer sollte sich denn dann um Vater kümmern?«

»Er ist ein bösartiger, selbstsüchtiger, unbeugsamer, alter Mann, und ich begreife nicht, warum du dich in dieser Weise für ihn opferst.«

»Das tue ich nicht. Glaube mir, das tue ich nicht.« Sie warf einen schnellen Blick zu der geschlossenen Tür des Arbeitszimmers über die Schulter und flüsterte dann: »Ich habe Pläne für die Zukunft. Nein, mehr kann ich dir noch nicht sagen, aber du brauchst dich nicht um mich zu sorgen.«

Die Haustür öffnete sich. »Amelia?« fragte eine männliche Stimme, und Gilbert Collins erschien.

Amelia lief zu ihm. »Oh, bitte überrede Becky, mit uns zu kommen!«

»Mein Entschluß steht fest, Melia«, kam Rebecca ihm zuvor. »Und ihr geht jetzt lieber.« Wieder schaute sie sich zum Arbeitszimmer um. »Wenn Vater dich hört, weiß ich nicht, was er tut – und du möchtest doch bestimmt nicht, daß Amelia ein Leid geschieht, oder?«

Gilbert schüttelte den Kopf. »Nein, natürlich nicht. Aber du weißt, daß du jederzeit zu uns kommen kannst, wenn es nötig sein sollte.«

»Ja, das weiß ich.« Rebecca schob die beiden aus der Tür und machte sie erleichtert hinter ihnen zu.

Ohne einen Gedanken an die möglichen Folgen zu verschwenden, durchquerte sie die Halle, riß die Tür des Arbeitszimmers auf und erklärte: »Ich habe es satt!«

Sie durchmaß mit großen Schritten den Raum, stützte sich mit den flachen Händen auf den Schreibtisch und beugte sich vor. »Du bist ein dummer, starrköpfiger, verbitterter, alter Mann, und ich bin nicht mehr bereit, deine Unbarmherzigkeit zu ertragen. Ich habe all die Jahre zu dir gehalten, aber jetzt ist es genug!«

Ezra lehnte sich zurück und musterte sie mit einem seltsamen Glitzern in den Augen. »All die Jahre«, fuhr sie hitzig fort, als all der Zorn und Kummer hochkochte, der sich in ihr aufgestaut hatte, »wartete ich geduldig darauf, daß du mir irgendwann verzeihen würdest, auf ein winziges Zeichen von Zuneigung. Nun, ich werde nicht mehr warten. Nach heute nicht mehr!« Sie spürte, wie sie jäh die Kraft verließ. »Marcus Brand hat mir einen Heiratsantrag gemacht, und wenn er zurückkommt, werde ich ihn annehmen.«

Damit drehte sie sich um, verließ das Zimmer und zog leise die Tür hinter sich zu. Ezra blieb noch ein paar Sekunden mit unbewegtem Gesicht sitzen, und dann griff er nach einem Briefbogen, öffnete, anstatt das Tintenfaß aufzuheben, eine neue Flasche, tauchte die Feder hinein und begann zu schreiben. Als er fertig war, faltete er das Blatt zusammen, versiegelte es, lehnte sich zurück und betrachtete es mit einem Ausdruck tiefster Befriedigung. Rebecca glaubte, ihm trotzen zu können? Er würde sie eines Besseren belehren. Leise kichernd warf er den Brief auf den Schreibtisch. Er war in deutlichen Buchstaben an ein Gasthaus im tiefsten Maryland adressiert.

Die Nacht war stickig. Rebecca warf sich ruhelos im Bett herum – die Erinnerung an die Ereignisse des Tages und die Hitze ließen sie keinen Schlaf finden. Amelia hatte recht, dachte sie, sie konnte nicht länger hierbleiben. Wenn nur Marcus schon zurück wäre ... Als hätte dieser Gedanke ihn herbeigezaubert, prasselte etwas leise an ihr offenes Fenster. Sie sprang aus dem Bett und lief hinüber und lehnte sich, von einem berauschenden Glücksgefühl beseelt, hinaus. Er stand im Mondlicht auf der Straße, mit einem mahnenden Finger an den Lippen und einem Korb in der anderen Hand. Sie winkte ihm übermütig zu, und er bedeutete ihr, zu ihm herunterzukommen.

Das ließ sie sich nicht zweimal sagen. Sie griff sich im Vorbeihuschen das auf dem Stuhl an ihrem Bettende liegende Umschlagtuch und schlang es sich im Laufen um die Schultern, als sie leichtfüßig die Hintertreppe hinunter und in den Garten hinauseilte. Als er sie sah, ließ er den Korb fallen und breitete die Arme aus, und sie stürzte sich hinein. »O Marcus!« stammelte sie atemlos. »Ich bin so froh, dich zu sehen ...«

»Und ich dich.« Er senkte den Kopf und ergriff mit einem Kuß Besitz von ihrem Mund, dessen Leidenschaftlichkeit sie augenblicklich entflammte. »Mein Gott, Rebecca!« Er preßte sie an sich. »Ich dachte schon, ich würde nie mehr zu dir zurückkommen.«

»Aber du bist hier, du bist hier.« Es war beinahe wie ein Lied, und ihr war tatsächlich zum Singen zumute. »Willst du hereinkommen?«

»Lieber nicht. Es sei denn ...« er hielt sie ein wenig von sich weg, »du möchtest dir etwas anziehen.«

»Nein«, strahlte sie ihn an.

»Gut. Du gefällst mir so auch besser«, meinte er und zog sie wieder an sich. »Weich und warm. Du hast zugenommen.«

»Ja. Seit du mich zum Leben erweckt hast, habe ich auch wieder Appetit.«

»Dann wirst du dich ja über den Inhalt des Korbes freuen, den ich mitgebracht habe«, lächelte er.

»Was ist denn drin?«

»Ein Festmahl.«

»Ein Festmahl?« echote sie mit großen Augen.

»Ja. Es ist nur die Frage, wo wir es genießen können.«

Sie überlegte kurz und meinte dann: »Im Obstgarten. Der ist auch so weit vom Haus entfernt, daß wir nicht befürchten müssen, daß Vater uns hört.«

»Dein Vater!« Seine Miene verfinsterte sich. »Hat er dich wieder mißhandelt?«

»Nein, nur ein Tintenfaß nach mir geworfen.«

»Ich hätte gute Lust, ihm eine Lektion zu erteilen«, erregte sich Marcus.

»Es ist ja nichts passiert«, besänftigte sie ihn. »Komm jetzt.«

An ihrem Ziel stellte er den Korb unter einen Baum und nahm den Deckel ab. »Wir haben Wein und allerlei Köstlichkeiten«, verkündete er, »und etwas zum Draufsitzen.«

Rebecca betrachtete die zusammengefaltet obenauf liegende Decke. Zum Draufsitzen? Sie hatte den Verdacht, daß er sie für einen ganz anderen Zweck mitgebracht hatte. »Eine praktische Idee«, meinte sie.

»Eine praktische Idee für meine schöne, praktisch denkende Rebecca.« Er hob sie hoch und wirbelte sie im Kreis herum.

Sie lachte atemlos, während sie sich, ihn überragend, auf seine Schultern stützte. »Mein Pirat.«

»Ja, das bin ich.« Er blieb stehen und lockerte seinen Griff, so daß sie an seinem Körper entlang abwärts gleiten konnte, verstärkte ihn wieder, als sie sich auf Augenhöhe mit ihm befand und ihre Füße den Boden noch nicht berührten. »Vergiß es nicht.«

»Wie könnte ich?« Sie küßte ihn verspielt. »Immerhin hast du wieder eine große Ähnlichkeit mit dem Raben.«

»Und daß mit dem nicht zu spaßen ist, weißt du ja«, neckte er sie.

»Das habe ich auch gar nicht vor«, erwiderte sie, schlang die Arme um seinen Hals und küßte ihn. Seine Zunge tanzte mit der ihren, seine Hände liebkosten ihren Körper mit schnellen, beinahe groben Bewegungen, die sie dennoch entflammten. Ein leiser Aufschrei entrang sich ihrer Kehle, als er ihre Brustwarze zwischen Daumen und Zeigefinger nahm und sie drückte, und er zog scharf die Luft ein, als sie ihren Unterleib an den seinen preßte. Ungeduldig riß er die Schleife auf, mit der ihr Nachthemd geschlossen war, und streifte es ihr von den Schultern, und als er mit ihr ins Gras sank – die Decke war vergessen –, zerrte sie mit vor Erregung zitternden Fingern an den Bändern seines Hemdes, knöpfte in fliegender Hast seine Hose auf und umschloß seine harte Männlichkeit.

Er bäumte sich über ihr auf, und als er tief, oh, so tief, in sie hineinstieß, glaubte sie in tausend Teile zu zerspringen. Sie war die Frau des Raben, jetzt und für immer.

Als es vorüber war, schaute Rebecca, das Gewicht des geliebten Mannes auf ihr eine süße Last, zu den am samtschwarzen Himmel funkelnden Sternen hinauf. Was war sie für eine Närrin gewesen, dachte sie, während sie ihre Finger liebkosend durch seine Haare gleiten ließ, auch nur einen Tag auf ihn zu verzichten. »Willkommen daheim, Seemann«, flüsterte sie.

Er hob den Kopf und schaute auf sie hinunter. »Ich werde dir ein Heim geben, Rebecca«, sagte er mit rauher Stimme. »Kein Bett auf einem Piratenschiff oder in einem gemieteten Zimmer, sondern ein richtiges Heim.«

Sie strich ihm die Haare aus der Stirn. »Ich bereue nichts.«

Er küßte sie auf die Schulter, und sie erschauerte wohlig.

»Trotzdem verdienst du etwas Besseres. Das Beste. Du bist dafür geboren, zu lieben.« Seine Hände umfaßten ihre Hüften. »Zu lieben und geliebt zu werden. Und du wirst dich erkälten, wenn wir noch länger hier liegenbleiben.«

»Nein!« protestierte sie, als er sich von ihr herunterrollte, doch er ließ sich nicht beirren. Mit katzengleicher Grazie stand er auf und begann sich anzuziehen. Ihr Pirat konnte sehr starrsinnig sein, und sie wußte, daß es sinnlos war, mit ihm zu diskutieren, wenn er sich etwas in den Kopf gesetzt hatte. Also tastete sie nach seiner Hose und hielt sie ihm hin.

»Danke, mein Mädchen.« Er kniete sich neben sie. »Aufsetzen!« kommandierte er und streifte ihr das Nachthemd über den Kopf. Seltsam, dachte sie – daß er sie anzog, schuf die gleiche Intimität wie das Ausziehen.

»Ich habe meinem Vater heute eröffnet, daß ich dich heiraten werde« sagte sie.

Seine Finger ließen die Bänder fallen, die er gerade hatte zur Schleife binden wollen, und er packte sie bei den Oberarmen. »Das hast du getan? Wirklich?«

»Ja. Ich ...«

»Und?«

»Er sah mich nur schweigend an.« Marcus hatte sein Hemd noch nicht zugebunden, und die Löckchen auf seiner Brust waren zu einladend, als daß sie hätte widerstehen können. Zärtlich ließ sie ihre Finger hindurchgleiten und spürte ihn erschauern. »Mit einem sehr merkwürdigen Gesichtsausdruck. Ich hatte eigentlich einen Wutausbruch erwartet, um so mehr, als unmittelbar davor Amelia dagewesen war, um ihn zu besuchen, was ihn über die Maßen erzürnte. Er hat sich geweigert, sie zu empfangen.«

»Er ist ein harter, unbarmherziger Mann.«

»Weil er verletzt worden ist.«

»Zum Teufel, Rebecca, ich wünschte, du würdest aufhören, ihn in Schutz zu nehmen. Was, um Himmels willen, soll ihn denn verletzt haben?«

»Nun, ich weiß, daß er schrecklich darunter gelitten hat, daß meine Mutter ihn verließ.«

»Du hast bestimmt auch darunter gelitten.«

Sie seufzte. »O ja, und ich habe lange geglaubt, es sei meine Schuld, daß sie fortgegangen war.«

»Um Himmels willen, Rebecca …«

»Jetzt denke ich das nicht mehr, aber ich glaube, daß er mich nicht verlieren will.«

»Um Himmels willen, Rebecca!« sagte er noch einmal.

»Und ich glaube, daß er auch Amelia nicht verlieren wollte.«

»Warum hat er sie dann verstoßen? Und warum behandelt er dich so schlecht?«

»Weil er fürchtet, daß er wieder verletzt wird, wenn er Gefühle zeigt.«

»Wie kommst du denn auf diese Idee?«

»Ich verstehe ihn, weil ich die gleiche Angst hatte.« Sie senkte den Blick. »Und ich wäre genauso unversöhnlich geblieben wie er, wenn du mir nicht die Augen geöffnet hättest. Und weil ich weiß, was in ihm vorgeht, bitte ich dich, mir noch Zeit zu geben.« Sie blickte flehend zu ihm auf.

»Du stellst ihn schon wieder über mich?« fuhr Marcus auf.

»Nein, nein!« beteuerte sie hastig. »Ich möchte nur nicht im Groll von ihm scheiden. Laß mich versuchen, mit ihm zu reden. Immerhin mochte er dich einmal.«

Marcus runzelte die Stirn. »Das gefällt mir nicht.«

»Warum nicht?«

»Weil ich das Gefühl habe, wenn ich dich nicht bald hier weghole, werde ich es nie schaffen.«

»Sei nicht albern.« Sie legte einen Finger auf seine Lippen. »Du weißt, daß ich dir gehöre.«

»Es ist mir nicht wohl dabei, dich hierzulassen. Die Briten liegen in der Chesapeake Bay, und es heißt, daß sie eine Invasion planen.«

»Alle sagen, daß sie in Baltimore einmarschieren werden oder in Annapolis.«

»Ich glaube, sie kommen hierher in die Hauptstadt. Aber selbst wenn nicht – ich mache mir auch aus einem anderen Grund Sorgen. Was wirst du tun, wenn du deinen Vater nicht dazu bringen kannst, sein Einverständnis zu unserer Heirat zu geben?«

»Dann gehe ich trotzdem mit dir, wenn du das nächstemal kommst.«

»Laß mich mit ihm reden Rebecca.«

»Nein!« protestierte sie erschrocken. »Das würde alles nur noch schlimmer machen!«

»Ich glaube, in Wahrheit suchst du nur einen Grund, um bei ihm bleiben zu können.«

»Das ist nicht fair!« fuhr sie auf, doch dann senkte sie den Kopf und sagte mit kleiner Stimme: »Müssen wir uns jetzt streiten, wenn wir nur so wenig Zeit füreinander haben?«

»Es ist deine Schuld, daß ich dich wieder verlasse!«

Sie hob den Blick, und als er Tränen in ihren Auge glänzen sah, verflog sein Zorn. Er ergriff ihre Hand und zog sie an seine Lippen. Sie hatte viel durchgemacht, seine Rebecca, und nicht zuletzt seinetwegen. Wenn sie noch Zeit brauchte, warum sie ihr nicht gewähren? Auch wenn sein Instinkt Gefahr schrie. »Du hast recht«, sagte er. »Ich will mich nicht mit dir streiten.«

Sie fuhr mit den Fingern zärtlich durch seine Haare. »Und was willst du tun?« fragte sie leise.

»Dich wieder lieben«, antwortete er und für eine Weile vergaßen sie alles andere.

»Guten Morgen!« dröhnte Ezras Stimme am nächsten Tag von der Küchentür her.

Rebecca ließ den Zinnteller fallen, den sie gerade abtrocknete.

»Vater!« rief sie erschrocken und bückte sich, um den Teller aufzuheben, der mit einem metallischen Scheppern auf dem Boden kreiselte. »Was, in aller Welt, tust du hier?«

»Kann ein Mann in seinem Haus nicht hingehen, wo er will?«

Vor Schmerz das Gesicht verziehend, setzte er sich an den Tisch. »Es ist noch immer mein Haus.«

»Natürlich ist es das.« Sie fuhr mit dem Handtuch über den Teller, obwohl er schon trocken war. »Aber für gewöhnlich hältst du dich in deinem Arbeitszimmer auf...«

»Willst du mir etwa Vorschriften machen?«

»Aber nein!« Rebecca hielt den Teller wie einen Schild vor sich. »Es tut mir leid, Vater.«

»Das hoffe ich!« Er senkte den Kopf und rieb sich mit Daumen und Zeigefinger die Stirn. »Verdammt. So wollte ich nicht anfangen.«

Rebecca stellte lautlos den Teller bin. Er war gekommen, um mit ihr zu sprechen – sie durfte ihn auf keinen Fall verärgern. »Wolltest du mir etwas sagen?« fragte sie vorsichtig.

Er hob den Kopf, schaute sie jedoch nicht an. »Ich habe gestern einen Fehler gemacht.«

Rebecca spürte, wie ihre Augen sich weiteten. »Inwiefern?«

»Verdammt!« Er schlug mit der Hand auf den Tisch. »Ich wollte Amelia doch nur gut verheiraten!« Er starrte Rebecca wütend an. »Ist das ein Verbrechen?«

»Nein, Vater«, antwortete sie sanft. »Aber sie ist glücklich, weißt du.«

»Ihr Mann ist ein kleiner Angestellter!«

»Er kommt aus einer guten Familie, und es heißt allgemein, er habe gute Aufstiegschancen. Du solltest ihm eine Chance geben. Und ihr auch.«

»Wenn du sie bitten würdest zu kommen, würde sie es dann tun?«

»O Vater.« Sie setzte sich ihm gegenüber und legte ihre Hand auf die seine. Zu ihrer Überraschung zog er sie nicht weg. »Natürlich wird sie kommen – mit Freuden! Aber es wäre ihr bestimmt lieber, wenn die Einladung von dir käme – und wenn sie ihren Mann einschlösse.«

»Verdammt!« grollte er. »Du bist eine harte Frau, Rebecca.«

»Bei dir muß man das sein!« hörte sie sich zu ihrem Entsetzen erwidern. Hatte sie mit dieser Dreistigkeit etwa alles verdorben?

»Vielleicht«, überraschte er sie ein weiteres Mal und legte die Hände auf den Tisch, um sich von seinem Stuhl hochzustemmen. »Also schön, ich werde ihnen schreiben.«

»O Vater! Sie wird überglücklich sein! Und du wirst es auch nicht bereuen!«

»Ich hoffe es.« An der Tür angekommen, drehte er sich noch einmal um und fixierte sie. »Was dich betrifft...«

»Ja, Vater?« brachte sie mühsam heraus und drehte, ohne es zu merken, das Küchentuch in ihren Händen zu einem Seil zusammen.

»Verdammt«, stieß er hervor und wandte sich ab. »Sage deinem Mr. Brand, daß ich mit eurer Heirat einverstanden bin.«

26

»Vater!« Rebecca flog förmlich hinter ihm her, doch ihm um den Hals zu fallen, wagte sie nicht, und so blieb sie dicht vor ihm abrupt stehen. »Ist das wirklich dein Ernst?« Er wandte sich ihr zu. »Glaubst du etwa, ich scherze?«

»Nein, natürlich nicht. Aber was hat deinen Sinneswandel bewirkt?«

»Es ist kein Sinneswandel, ich habe Mr. Brand immer geschätzt.«

Rebecca hatte da zwar etwas ganz anderes in Erinnerung, doch sie hütete sich, ihn darauf hinzuweisen.

»Ursprünglich hatte ich ihn ja für Amelia vorgesehen, doch da sie einen anderen geheiratet hat – warum soll er dann nicht dich nehmen?«

Rebecca war so erleichtert, daß diese Lieblosigkeit ihre Freude nicht zu schmälern vermochte. »Ich danke dir, Vater!« strahlte sie. »Möchtest du mit Mar... Mr. Brand sprechen?«

Er sah sie scharf an. »Ist er denn hier?«

Marcus war in Alexandria und machte sein Schiff für die nächste Fahrt bereit.

Wenn sie ihm gleich eine Nachricht sandte, würde er sie am Nachmittag erhalten – doch sie zögerte. »Bist du dir wirklich sicher, Vater?«

»Ich habe mich entschieden, und es bleibt dabei.« Jetzt zögerte auch er. »Nein, ich will ihn noch nicht gleich sehen. Zuerst muß ich mich mit dem Botenjungen befassen, den deine Schwester geheiratet hat.«

»Vater! Gilbert ist nichts dergleichen«, protestierte sie ebenso erleichtert wie enttäuscht, wobei sie ihre Erleichterung nicht verstand. »Dann eben, wenn er das nächstemal zurückkommt.«

»Ist er immer noch Freibeuter?«

»Nein, er schmuggelt«, antwortete sie voller Stolz.

»Schmuggel ist ein gefährliches Geschäft. Die Briten wären bestimmt froh, wenn sie ihn erwischen könnten.«

»Er ist zu schnell für sie.«

»Auf See vielleicht – aber an Land…? Wenn die Engländer einmarschieren, und er da ist…«

»Vater, niemand rechnet hier mit einer Invasion«, erwiderte sie.

»Benutze deinen Verstand, Mädchen! Du hast mir selbst erzählt, daß Wellingtons Truppen bereits die Bermudas erreicht haben sollen. O ja, ich höre alles, was du sagst. Ich höre mehr, als du denkst.«

»Alle glauben, daß Baltimore ihr Ziel ist.« Sie runzelte die Stirn. »Aber natürlich ist es auch möglich, daß sie es auf Washington City abgesehen haben.« In diesem Fall könnte es gefährlich für Marcus werden. »Er will mich wissen lassen, wann er wiederkommt.«

Ezras Augen leuchteten auf. »Wirklich? Ich freue mich sehr darauf, ihn wiederzusehen.«

»Dann bist du tatsächlich mit unserer Heirat einverstanden?«

»Hörst du jetzt endlich auf, mich mit Fragen zu belästigen?« brüllte er, und sie wappnete sich für eine Ohrfeige, doch es kam keine. »Wenn du es genau wissen willst – ich finde, es ist höchste Zeit, daß du heiratest, und zwar jemanden, der dir deine Leichtfertigkeit austreibt.«

»Ich bin leichtfertig?«

»Allerdings. Wie deine Mutter. Das hast du in der Vergangenheit zur Genüge bewiesen.«

»Ich bin bei dir geblieben, obwohl es weiß Gott nicht einfach mit dir war«, erwiderte sie empört. »Das spricht wohl kaum für Leichtfertigkeit.«

»Es war deine Pflicht!« Er drehte sich zur Treppe um. »Ich habe zu arbeiten, und ich möchte nicht gestört werden, Mädchen!«

»Ja, Vater«, murmelte sie. Warum war sie so enttäuscht? Hatte sie erwartet, daß er sagen würde, er habe sie all die Jahre falsch beurteilt, er liebe sie und wolle sie glücklich sehen? Wie töricht von ihr. Er hatte sich nicht geändert. Doch was immer ihn auch dazu bewogen haben mochte – sie würde Marcus mit seinem Einverständnis heiraten können.

Glücklich schlang sie die Arme um sich und wirbelte im Kreis herum. Jetzt endlich war alles gut für sie. Sie würde Marcus' Frau werden und die Mutter seiner Kinder. Und sie brauchte ihn nicht mehr hinzuhalten! Wenn sie ihm gleich schriebe, erführe er die Neuigkeit noch vor seiner Abreise, dachte sie, und lief die Treppe hinauf.

Zur gleichen Zeit versiegelt Ezra in seinem Arbeitszimmer einen Brief und lächelte in sich hinein.

Rebecca wandte sich in der eleganten Damenschneiderei dem Spiegel zu – und schnappte nach Luft. »O Amelia! Bist du sicher?«

»Vollkommen!« strahlte Amelia sie von einem weißgoldenen Sesselchen aus an. »Es steht dir wundervoll, Becky. Ich wußte es.«

Rebecca spreizte die Finger über ihrer entblößten Brust. »Es paßt nicht zu mir.«

»Natürlich tut es das, Dummchen. Du bist es nur nicht mehr gewöhnt, nachdem du dich so viele Jahre hinter hochgeschlossenem Braun und Grau versteckt hast. Dieses satte Dunkelgrün bringt deine Augen und deine Haare erst richtig zur Geltung.«

Rebecca nahm die Finger weg, jedoch nur für einen Moment. »Wie soll ich mich denn mit einem so tiefen Ausschnitt in der Öffentlichkeit zeigen?«

»Du tust ja gerade so, als seist du halbnackt«, lachte Amelia und begann die Haarnadeln aus Rebeccas Nackenknoten zu ziehen. »Halt still! Wenn wir dich anders frisieren ... ja, so ist es gut! Es war höchste Zeit, dich hübsch zu machen! Als du mich batest, dir zu helfen, dich für deinen großen Tag einzukleiden, hatte ich gleich ein bestimmtes Bild vor Augen ...«

»Ich hatte an etwas Zurückhaltendes gedacht – für dieses Kleid bin ich doch viel zu alt.«

Amelias Lachen perlte durch den Raum. »Sei nicht albern. Du siehst bezaubernd aus.«

»Und der Preis ...«

»Nach dem, was du für uns getan hast, sind Gilbert und ich glücklich, auch etwas für dich tun zu können. Nimm endlich die Hände herunter und schau dich an.«

Rebecca gehorchte. Das tannengrüne Kleid aus schimmernder Seide hatte kurze, enganliegende Ärmel mit Spitzenbesatz und umspielte ihre Figur in einer Weise, die ihr die Schamröte ins Gesicht trieb, und das Decolleté... Vater würde der Schlag treffen, wenn er sie so sähe! Was Marcus anging – nun, der hatte sie schon spärlicher bekleidet gesehen, oder? Der Gedanke daran ließ sie noch tiefer erröten, veranlaßte sie aber auch, das Kleid mit nüchternen Augen zu sehen. Ja, es war tief ausgeschnitten, aber sie hatte bei gesellschaftlichen Anlässen schon Schlimmeres gesehen, und außerdem könnte sie sich notfalls mit einem Umschlagtuch behelfen. Und Amelia hatte recht – die Farbe stand ihr wirklich. »Vielleicht könnte man das Decolleté mit einem Spitzenbesatz verkleinern«, meinte sie und versuchte es hochzuziehen.

»Kommt nicht in Frage! Hat Mr. Brand es nicht verdient, dich zur Abwechslung einmal in etwas Hübschem zu sehen?«

Rebecca musterte sich noch einmal und antwortete: »Doch, das hat er.« Sie drehte sich zu ihrer Schwester um und schloß sie in die Arme. »O Melia, ich danke dir! Wenn ich mir vorstelle, wie überrascht er sein wird ...«

»Das ist das Stichwort.« Amelia zwinkerte ihr zu. »Sei immer für eine Überraschung gut.«

»Hm.« Rebecca legte für einen Moment die Hand auf ihren Leib. »Ich sehne mich so nach ihm. Er ist schon drei Wochen fort.«

»Hast du etwas von ihm gehört?«

»Nein, aber er müßte in den nächsten Tagen hier sein.« Sie betrachtete ihr Spiegelbild im Profil. »So sehr ich es mir auch wünsche – wenn die Briten einmarschieren ...«

»Ach, was, das wird nicht passieren.«

»Wenn doch, dann kommen sie den Potomac herauf.« Es war ein heißer Tag, aber sie fröstelte plötzlich. »Ich habe Angst um Marcus.«

»Gilbert sagt, daß Mr. Monroe nicht an eine Invasion glaubt, und er tut es auch nicht.«

Rebecca wandte dem Spiegel den Rücken zu. »Wellingtons Truppen haben bereits die Bermudas erreicht.«

»Na und? Gilbert sagt, sie kommen nicht hierher. Baltimore und New York sind wahrscheinlichere Ziele.«

»Aber Washington City ist die Hauptstadt.«

»Und ansonsten von geringer Bedeutung. Was gibt es denn hier schon, Becky? Ein paar Gebäude, das ist alles, und die Kongreßmitglieder sind den Sommer über nach Hause gefahren. Du sorgst dich grundlos«, sagte Amelia, die plötzlich klang, als sei sie die Ältere. »Es wird nichts geschehen.«

Rebecca wandte sich wieder ihrem Spiegelbild zu. Selbst wenn Amelia recht hätte – Marcus war auch auf See in Gefahr. Bisher war er den Briten zwar jedesmal entwischt, aber man konnte sich nicht darauf verlassen, daß ihm das immer gelänge. Nicht auszudenken, wenn sie noch einmal ein Kind ohne Vater bekäme. Natürlich wußte sie nicht sicher, ob sie schwanger war, dazu war es noch viel zu früh, aber immerhin war ihre Periode schon fast eine Woche überfällig. Hoffnung keimte in ihr auf, zögernd, beinahe schmerzhaft, wieder ein Kind in den Armen halten zu dürfen, zu stillen, vor Schaden zu bewahren ... Und das würde sie, und wenn sie keine Nacht mehr schliefe, dachte sie, nichts und niemand würde ihr Marcus' Kind nehmen.

Hufgetrappel und laute Stimmen rissen sie aus ihren Gedanken. »Was, in aller Welt, ist da draußen los?« fragte sie.

»Ich gehe nachsehen.« Amelia verschwand.

»Würdet Ihr mir bitte aus dem Kleid helfen?« bat Rebecca die im Hintergrund wartende Schneiderin und verwandelte sich, während der Tumult auf der Straße immer laut wurde, wieder in die graue Maus, als die sie gekommen war. Aber es fiel ihr nicht leicht und nur sehr widerstrebend bändigte sie ihre Haare in einem strengen Nackenknoten. Doch sie tröstete sich mit dem Gedanken, daß ihre Tage als unscheinbare, alte Jungfer gezählt waren. Dank Marcus würde sie bald die Frau sein dürfen, die sie in Wirklichkeit war.

Sie steckte gerade die letzte Haarnadel an ihren Platz, als Amelia in den hinteren Teil des Anproberaums zurückkam. Rebecca drehte sich zu ihr um. »Nun, was gibt es denn da draußen?« Amelia ließ sich auf das Sesselchen sinken. »Melia, du bist ja leichenblaß!« stellte Rebecca erschrocken fest und beugte sich besorgt über sie. »O Becky«, jammerte ihre Schwester. »Es ist schrecklich!«

»So schlimm kann es doch nicht sein«, besänftigte Rebecca sie aus langer Gewohnheit.

»Und ob! Die britische Armee ist in Benedict an Land gegangen!«

Rebeccas Knie gaben nach, und sie sank auf einen Stuhl. »Das ist ja ganz in der Nähe!«

»O Becky!« Amelia starrte sie mit angstvoll aufgerissenen Augen an. »Sie werden bei uns einmarschieren!«

Marcus sprang vergnügt pfeifend über seine Reling auf die Mole. Es war ihm wieder einmal gelungen, den Briten ein Schnippchen zu schlagen und Alexandria unbeschadet zu erreichen, und was er mitbrachte, dürfte ihm einen ansehnlichen Profit bringen. Diesmal würde Tyner das Löschen der

Ladung überwachen, denn angesichts der Nachricht von Rebecca, die ihn unmittelbar vor seiner Abreise erreicht hatte, konnte er es nicht erwarten, zu ihr zu kommen und ihr seinen Entschluß mitzuteilen: Er würde die Schmuggelei an den Nagel hängen und sich auch anderweitig nicht einspannen lassen. Er hatte genug für sein Land getan.

In Alexandria herrschte ungewöhnlicher Betrieb, stellte Marcus stirnrunzelnd fest, als er sich durch den Trubel den Weg zum Kai bahnte, von dem das Flußboot nach Georgetown fahren würde. Hochauf mit Hausrat beladene Karren waren, begleitet von ängstlich dreinblickenden Frauen und Kindern, unterwegs zum Hafen, wo sie auf alle möglichen Arten von Wasserfahrzeugen entladen wurden. Irgendwo läutete eine Kirchenglocke, und Marcus sah zu seiner Verblüffung eine Gruppe Milizsoldaten in Uniform und mit geschulterten Musketen vorbeimarschieren. Aus irgendeinem Grund befand Alexandria sich im Aufbruch.

Er nahm seinen Hut ab und wischte sich den Schweiß von der Stirn. »Was ist denn hier los?« rief er einem Mann zu, der neben einem Karren herging. »Ist ein Fieber ausgebrochen?«

»Ein Fieber? Nein.« Der Mann blieb stehen und schaute ihn verwundert an. »Wo wart Ihr denn, daß Ihr nichts davon gehört habt?«

»Auf See. Was habe ich nicht gehört?«

»Gestern kam die Nachricht, daß die Briten in Maryland an Land gegangen sind ...«

»Hol's der Teufel!«

»... und wie es scheint, sind sie nach Washington City unterwegs. Das kann natürlich auch nur ein Gerücht sein, aber wenn Ihr Familie habt, solltet Ihr sie für alle Fälle in Sicherheit bringen. Ich tue es jedenfalls«, sagte der Mann und beeilte sich, den Wagen einzuholen, dessen Lenker nicht gemerkt hatte, daß er zurückgeblieben war.

Mit einem neuerlichen Fluch setzte Marcus seinen Weg fort. Eine Familie mußte er zwar nicht in Sicherheit bringen, aber eine Frau, die ihm mehr bedeutete als alles andere auf der Welt. Er würde Rebecca mitnehmen.

Rebecca stand an ihrem Schlafzimmerfenster und schaute auf die menschenleere Straße hinunter. Gestern waren viele, einschließlich Amelia und Gilbert, aufs Land geflüchtet, und nach dem hektischen Treiben wirkte die Stille heute gespenstisch. Es war, als halte die Welt den Atem an. Wenn nur Marcus endlich käme!

Rebecca wandte dem Fenster, nervös auf ihrer Unterlippe herumkauend, den Rücken zu und machte sich auf den Weg zu ihrem Vater. Nachdem gestern die Nachricht von einer möglichen Invasion gekommen war, hatte Ezra zum erstenmal seit einer Ewigkeit das Haus verlassen und war in die Stadt gegangen. Als er bald darauf zurückkam, war er mürrisch und schweigsam wie eh und je, hatte kein Wort der Ermutigung für sie und keinerlei Anweisung, und sie ertrug diesen Zustand nicht länger. Nach nur einem kurzen Moment des Zögerns klopfte sie energisch an die Tür des Arbeitszimmers und ging hinein. Ezra schaute ihr mit ausdruckslosen Augen entgegen. »Was gibt es, Mädchen?« fragte er ungehalten über die Störung.

»Ich möchte wissen, was du vorhast«, erklärte sie. »Wenn wir fort wollen, muß ich anfangen zu packen.«

»Wir gehen nicht fort«, antwortete er und beugte sich wieder über seine Papiere.

»Aber wenn die Briten unsere Verteidigungsstellungen überrennen und einmarschieren ...«

»Sie werden uns nichts tun. Wir haben ihr Wort, daß keinem Zivilisten etwas geschieht.«

»Es ist Krieg, Vater, was gilt da ein Versprechen?«

»Sie werden mir nichts tun!« brüllte er. »Ich habe sie schließlich stets unterstützt. Sie werden ihren Freunden nichts tun.« Er lächelte seltsam, und Rebecca fröstelte unwillkürlich. »Im Gegenteil, sie werden sich hilfsbereit zeigen.«

»Ich verstehe nicht...« – »Das macht nichts.« Er legte die Hände flach auf die Schreibtischplatte. »Wir bleiben – mehr brauchst du nicht zu wissen. Ist das nicht ohnehin in deinem Sinne? Man sollte doch denken, daß du hier sein möchtest, wenn dein Mr. Brand kommt?«

»Es wäre mir fast lieber, er käme nicht.«

»Ach ja? Sind dir etwa Bedenken gekommen?«

»Nein«, antwortete sie mit Nachdruck. »Es ist nur gefährlich für ihn, wenn er herkommt, und ich habe Angst um ihn.«

»Wenn er nicht kommt, ist er ein Feigling.«

»Er ist kein Feigling!« brauste sie auf.

»Um so besser.« Er griff zu seiner Feder. »Geh jetzt, ich habe zu tun.«

Rebecca war auf dem Weg in die Küche, als sie es sich anders überlegte, zur Haustür ging, sie öffnete und hinausschaute. Ihr Nachbar kam gerade vorbei, und sie winkte ihn heran. »Gibt es etwas Neues?« fragte sie, als er am Fuß der Treppe stehenblieb.

»Nun, ich weiß nicht, was Ihr zuletzt gehört habt. Den Gerüchten zufolge sind die Engländer auf ihre Schiffe zurückgekehrt, haben schon fast Bladensburg erreicht oder sind nach Baltimore unterwegs.«

Rebecca schlang die Arme um sich und fröstelte trotz der Schwüle. »Und wann werden wir erfahren, was wirklich stimmt?«

»Keine Ahnung, aber dann könnte es zu spät sein. Ich bringe Charlotte und die Kinder für alle Fälle zu ihrer Mutter nach Rockville.«

»Mein Vater besteht darauf, hierzubleiben«, sagte Rebecca.

»Das überrascht mich nicht«, erwiderte der Nachbar spitz. »Er wünscht sich wahrscheinlich nichts mehr, als daß die Briten hier einmarschieren. Aber Ihr hättet mit Eurer Schwester gehen sollen.«

»Ja, wahrscheinlich wäre das klug gewesen. Nun, ich kann ihr immer noch nachreisen, wenn ich mich dazu entschließen sollte.«

»Überlegt nicht zu lange«, riet der Mann ihr. »Paßt auf Euch auf.«

»Das werde ich. Danke, Mr. Harris, und verzeiht, daß ich Euch aufgehalten habe.«

Ihr Nachbar entfernte sich eiligen Schrittes. Sie schaute nachdenklich die Straße hinunter, und plötzlich kam ganz hinten ein Mann um die Ecke, hochgewachsen, breitschultrig, mit geschmeidigen Schritten ... Rebecca eilte die Stufen hinunter und rannte ihm entgegen. »Marcus!« rief sie schon von weitem, und auch er begann zu laufen, und gleich darauf warf sie sich in seine ausgebreiteten Arme, und er wirbelte sie im Kreis herum ...

»Meine *leannan!*« flüsterte er zärtlich. »Meine Liebe.«

»Hast du meine Nachricht bekommen?« fragte sie atemlos.

»Ja«, nickte er. »Und ich hätte am liebsten alles stehen- und liegenlassen und wäre zu dir zurückgekommen. Aber nun bin ich ja da, und jetzt werden wir uns nicht mehr trennen.«

Sie löste sich aus seiner Umarmung und nahm ihn bei der Hand. »Komm, laß uns zu meinem Vater gehen. Er wird sich freuen, dich zu sehen.«

Kurz darauf klopfte sie an die Tür des Arbeitszimmers. »Vater? Mr. Brand ist hier.«

»Na, dann herein mit ihm!« antwortete Ezra so gutgelaunt, wie sie ihn noch nie erlebt hatte.

Marcus sah sie mit hochgezogenen Brauen irritiert an, doch sie war zu glücklich, um mißtrauisch zu werden. Sie öffnete schwungvoll die Tür.

Was dann geschah, ging so schnell vonstatten, daß sie später die größte Mühe hatte, es zu rekonstruieren. Sie sah ihren Vater mit einem triumphierenden Grinsen hinter seinem Schreibtisch stehen, doch ehe sie sich darüber wundern konnte, fiel hinter ihr krachend die Tür ins Schloß, und eine

Hand packte sie am Arm und riß sie zur Seite. Im gleichen Moment stürzten sich zwei Männer auf Marcus, der zwar blitzschnell in die Hocke gegangen war und sein Messer gezückt hatte, doch die beiden droschen ihn mit den Schäften ihrer Musketen nieder. Rebecca schrie auf, und der Mann, der sie festhielt, drehte sie mit einem Ruck herum, so daß sie an seine Brust gepreßt wurde. Schwindlig von der jähen Bewegung hob sie den Blick zu dem Gesicht ihres Peinigers.

»Willkommen, Miß Talbot«, sagte Lieutenant Dee, und seine merkwürdigen, dunklen Augen glänzten. »Wir haben Euch schon sehnlichst erwartet.«

»Aber...« Sie schaute verständnislos zu Ezra hinüber. »Vater? Was...«

»Wenn du parierst, wird dir nichts geschehen, Mädchen.« Er beugte sich vor und fragte: »Lebt er noch?« und Rebecca sah Marcus reglos am Boden liegen. Ein gequälter Aufschrei entrang sich ihrer Kehle, und Lieutenant Dee packte noch fester zu.

»Ja, er lebt noch«, antwortete einer der Männer und zog Marcus auf die Füße. Blut sickerte aus seiner Schläfe und seinem Mund, und sein Blick war verhangen. Doch als er Rebecca sah, kam er urplötzlich zu sich und versuchte sich loszureißen. »He, hiergeblieben!« schnauzte der Mann, und sein Kumpan versetzte Marcus einen neuerlichen Hieb mit seiner Muskete. Wieder schrie Rebecca auf und setzte alles daran, sich Dees Griff zu entwinden, doch vergebens. »Ich glaube, er wird ganz artig sein«, meinte der Lieutenant süffisant, und als Rebecca nahe an ihrem Ohr ein Klicken vernahm und aufschaute, sah sie, daß er eine Pistole auf ihren Kopf gerichtet hatte. »Nicht wahr, mein Junge?«

Marcus hob den Blick und in seinen Augen loderte ein Zorn, daß sein Widersacher mit Rebecca im Arm unwillkürlich einen Schritt zurückwich. »Was bist du für ein erbärmlicher Feigling, daß du dich hinter einer Frau versteckst, Jeremiah«, knurrte er. »Laß sie los.«

»Fällt mir nicht ein.« Rebecca hörte, daß Dee grinste, und sein übelriechender Atem streifte ihren Nacken. »Gib auf. Du bist am Ende.«

»Das ist Euer Werk, nicht wahr?« wandte Marcus sich voller Wut an Ezra, der gemütlich zurückgelehnt hinter seinem Schreibtisch saß.

»So ist es«, nickte Talbot selbstzufrieden. »Ihr hättet mich damals ernst nehmen sollen – ich hatte Euch versprochen, Euch zur Strecke zu bringen. Meine Herren, darf ich bekannt machen: Brendan Fitzpatrick, der Rabe.«

27

Rebecca trommelte mit den Fäusten an ihre Schlafzimmertür, bis ihre Kräfte schwanden. Es hatte keinen Sinn. Wer sollte sie befreien? Wie nach der Rückkehr von der *Raven* war sie wieder eine Gefangene in ihrem eigenen Heim, und ihr Kerkermeister war ihr Vater.

Mit müden Schritten ging sie zum Fenster und schaute hinunter. Nein, sie durfte den Sprung nicht wagen – er würde ihr ungeborenes Kind gefährden.

Wo war Marcus? fragte sie sich verzweifelt. Die beiden Männer hatten ihn mit gefesselten Handgelenken hinausgeschleppt, woraufhin Lieutenant Dee sie freigegeben hatte. Das war schon eine ganze Weile her, doch sie spürte noch immer den Druck seines Körpers und seiner Erektion. Dee war eine Gefahr für sie, aber eine noch viel größere für Marcus. Sie wußte ja nicht einmal, ob er noch lebte. Bei diesem Gedanken sank sie aufstöhnend auf die Knie und preßte die Fäuste auf den Mund. Er war ihr Leben, und sie war so töricht gewesen, ihn wieder und wieder fortzuschicken, und nun, da sie endlich bereit gewesen war, sich zu ihm zu bekennen, war es zu spät. Und alles wegen ihres Vaters.

Der Schlüssel drehte sich im Schloß, und sie spannte sprungbereit alle Muskeln an. Die Tür öffnete sich, und Ezra trat ein und sperrte hinter sich wieder zu. »Laß mich in Ruhe!« Sie drehte den Kopf weg.

»Aber, aber, wer wird denn so unwirsch sein«, lächelte Ezra milde. »Schau mich an, Mädchen.«

Sie ballte die Fäuste. »Ich will dich nicht ansehen.«

»Du möchtest noch ein wenig schmollen? Auch gut.« Er ließ sich auf den Stuhl sinken. »Ahhh. Es war ein langer Tag, aber auch ein höchst befriedigender. Er hat sich für so schlau gehalten, der Rabe, und ich muß zugeben, daß ich mich durch seine veränderte Erscheinung täuschen ließ – aber dann hat er sich mit einer einzigen Dummheit verraten.«

Rebecca, die mit den Fäusten auf den Knien stur geradeaus gestarrt hatte, schaute zu ihm auf.

»Als er zum Abendessen hier war und mich daran hinderte, dich zu züchtigen – genau wie seinerzeit auf seinem gottverfluchten Schiff.«

Rebecca erinnerte sich an den Abend, als Marcus sie, indem er Ezra am Arm packte, vor einem Schlag bewahrte. Ja, das hatte er auch getan, als ihr Vater sie und Amelia von der *Raven* holte. Aber das genügte ganz sicher nicht. »Das ist kein Beweis …«

»Natürlich nicht, das weiß ich auch. Ich habe Nachforschungen angestellt«, erklärte er genüßlich, »und herausgefunden, daß Marcus Brand immer dann aus Baltimore verschwunden war, wenn der Rabe auf See sein Unwesen trieb, und als ich dann auch noch dahinterkam, daß nie ein Seegefecht stattgefunden hatte, bei dem die *Raven* versenkt wurde, war die Sache klar.«

Rebecca dachte fieberhaft nach. Die Beweisführung ihres Vaters stand auf tönernen Füßen, doch wenn die Briten sich die Mühe machten, würden sie genügend Zeugen finden, die Marcus Brand als den Raben identifizierten … »Du übersiehst eines«, kam ihr der, wie sie meinte, rettende Gedanke, »die Briten sind nicht berechtigt, ihn gefangenzunehmen.«

»Noch nicht.« Sein Mund verzog sich zu einem grausamen Lächeln. »Ich behalte ihn im Tresorraum in Verwahrung, bis sie die Macht übernehmen. Und dann wird der Rabe hängen.«

»Das werde ich dir nie verzeihen«, sagte sie tonlos.

Zu ihrer Überraschung lachte Ezra dröhnend. »Als ob mich das kümmerte! Steh auf, es ist höchste Zeit, daß du dich in die Küche scherst.«

»Ich denke nicht daran zu kochen«, gab sie trotzig zurück.
»Dann wird dein Mr. Brand verhungern.«

Rebecca rappelte sich, vom langen Knien steifgeworden, mühsam auf. »Hast du keine Angst, daß ich etwas gegen dich unternehme?«

»Angst?« Er grinste hämisch. »Nein. Wenn du mir irgendwie in die Parade fährst, wird Brand es büßen – darauf kannst du dich verlassen.« Er sah sie unter seinen buschigen Brauen hervor scharf an. »Du wirst dich benehmen, nicht wahr?«

»Ja, Vater«, antwortete Rebecca mit scheinbar unterwürfig gesenktem Kopf. In Wahrheit wollte sie nur vermeiden, daß er in ihren Augen läse. Es mußte eine Möglichkeit geben, Marcus zu befreien, eine Möglichkeit für sie beide, zu fliehen. Sie würde sie finden, schwor sie sich. Sonst wäre Marcus' Schicksal besiegelt.

Ezra ging so leichtfüßig die Treppe hinunter wie seit Jahren nicht. Als er die Tür zu seinem Arbeitszimmer öffnete, sah er Dee hinter seinem Schreibtisch sitzen. Er hatte die Füße auf den Mahagonischreibtisch gelegt und einen Stumpen zwischen den gelben Zähnen. »Solltet Ihr nicht unseren Gast bewachen?« fragte er, die Hände in die Seiten gestemmt, mit einem beredten Blick auf Dees Stiefel.

Der Lieutenant stieß paffend ein paar Rauchwölkchen aus. »Der entkommt schon nicht«, meinte er gelassen. »Dazu ist die Tür zu stabil. Ich hoffe doch, Ihr habt die Schlüssel sicher verwahrt.«

»Es gibt nur einen, und den habt im Moment Ihr.« Aber Ezra war nicht bereit, Dee die völlige Kontrolle über den Raben zu übertragen. Nein, er hatte eine Rechnung mit diesem Schurken zu begleichen, deren nicht geringster Posten die Verführung seiner Tochter war.

»Ich habe mir Euren Plan angesehen.« Dee beugte sich vor und blätterte in einem Papierstapel, der auf dem Schreibtisch lag. Als Ezra vorhin hinausgegangen war, hatte sein Plan in einer abgeschlossenen Schublade gelegen! »Reichlich hochfliegend, meint Ihr nicht?«

»Aber zu verwirklichen.« Ezra ließ sich, in diesem Moment völlig vergessend, daß nicht er der Gast in diesem Raum war, in einen Sessel sinken. Er hatte den Plan ohnehin mit jemandem besprechen wollen, und Dee war der ideale Kandidat, ihn als erster kennenzulernen. »Wenn Euer Land den Krieg gewinnt, wird es jemand Vertrauenswürdigen vor Ort brauchen – und wer wäre besser dazu geeignet als ein Einheimischer?«

»Da habt Ihr recht«, stimmte Dee zu, schwang die Füße vom Schreibtisch und stand auf. »Swift und Kelly werden unseren Gast zwar bestimmt gut bewachen, aber ich werde mich doch lieber selbst um ihn kümmern.« Er verbeugte sich formvollendet und ließ Ezra mit der Illusion zurück, noch immer Herr in seinem Haus zu sein.

Narr, dachte Dee, als er mit großen Schritten den Flur hinunterging und die schwere Kellertür öffnete. Es war geradezu einfältig von Talbot, zu glauben, daß die Briten, wenn sie dieses barbarische Land schließlich besiegt hätten, einem Mann eine Position mit Verantwortung übertragen würden, der sich bereits als Verräter erwiesen hatte. Nein, wenn er seinen Bericht über diese glorreiche Mission schriebe, würde er Talbot für keine wie auch immer geartete Stellung empfehlen. Was Rebecca anging... Dee grinste in sich hinein. Von Talbot erwartete er wenig Widerstand, aber Rebecca würde vielleicht aufbegehren. Er hoffte es sogar, denn es würde ihm großes Vergnügen bereiten, sie gefügig zu machen.

Seine Stiefelabsätze knallten auf der Kellertreppe, und die beiden Wachen standen stramm. Es waren gute Männer, mußten es sein, um als Geheimagenten in Feindesland zu überleben, und sie erkannten, wenn ihnen jemand überlegen war. Dee hatte diese Mission, die sie für einen Auftrag von der Regierung hielten, von Anfang an geleitet. Er hatte den Raben aufgespürt, Verbindung mit Talbot, einem wertvollen Verbündeten, gehalten, die Pläne ausgearbeitet und diese beiden Männer rekrutiert, und wenn der Moment käme, würde er den Ruhm nicht teilen. »Was macht der Gefangene?« erkundigte er sich.

»Rührt sich nicht, Sir«, berichtete Swift, den Blick geradeaus, in Habachtstellung.

»Gut.« Dee schaute durch das kleine, vergitterte Fenster – ungewöhnlich bei einer Tresortür. Man hätte beinahe glauben können, Talbot habe schon beim Bau erwogen, den Raum einmal als Gefängniszelle zu nutzen. Er sah im Schatten den Raben auf der Erde liegen, und der Anblick löste sowohl Befriedigung als auch Verachtung in ihm aus. Der gefürchtete Rabe war gar nicht so mächtig. »Es ist Zeit, daß ich mit ihm rede«, sagte er und zog den Schlüssel aus der Tasche. »Habt ihr schon gegessen?«

»Nein, Sir«, antwortete Kelly.

»Dann tut das jetzt. Ich werde schon mit ihm fertig«, fügte er hinzu, als Swift den Mund zu einem Protest öffnete. »Das ist ein Befehl.«

»Ja, Sir.« In Swifts Stimme schwang Widerspenstigkeit mit, und Verärgerung zuckte um Dees Lippen, doch als die beiden Männer gleich darauf die Treppe hinaufstiegen und er den Schlüssel in das Schloß steckte, lächelte er in sich hinein. Gut. Er würde den langersehnten Moment ungestört genießen können.

Nachdem Dee in den Tresorraum getreten war und wieder hinter sich abgesperrt hatte, starrte er, während er geistesabwesend mit dem Mittelfinger über seine Narbe fuhr, einen Augenblick auf die reglose Gestalt des Raben hinunter. Der Mann war mit allen Wassern gewaschen – es war angeraten, auf der Hut zu sein. »Brand!« herrschte er ihn an. »Steh auf.« Als keine Reaktion erfolgte, griff sich Dee den in einer Ecke stehenden Eimer und schüttete Marcus Wasser über den Kopf. »Hörst du mich, Brand? Ich sagte, du sollst aufstehen!«

Marcus stöhnte, blieb jedoch liegen. Dee beugte sich stirnrunzelnd über ihn, und plötzlich wurde sein Kragen in einen Würgegriff genommen. Er riß daran, versuchte zu atmen, versuchte, Marcus' Finger aufzubiegen, doch der hielt fest, drehte den Stoff mit vor Anstrengung hervorquellenden Augen und gefletschten Zähnen immer weiter zusammen. Dee wollte schreien, doch das einzige, was er herausbrachte, war ein ersticktes Krächzen. Verdammt, er hätte die Soldaten nicht wegschicken dürfen, dachte er panisch und schaffte es mit fast übermenschlichen Kräften, Marcus niederzudrücken, der seinen Griff daraufhin mit einem Grunzlaut für einen Moment lockerte, was Dee genügte, um sich zu erholen. Verdammt, er war nicht bereit, sich noch einmal von seinem Cousin besiegen zu lassen. Er rief sich all ihre vergangenen Auseinandersetzungen ins Gedächtnis, richtete sich auf und befreite sich mit einer weitausholenden Bewegung seiner Arme. Marcus wurde gegen die Wand geschleudert und blieb regungslos liegen. Dee kam keuchend und mit zitternden Knien auf die Beine und musterte seinen Feind mißtrauisch. Was führte er jetzt wieder im Schilde? »Wenn du das noch mal versuchst, findest du mich vorbereitet«, krächzte er.

Keine Reaktion. Dee zog seine Pistole heraus und versetzte Marcus einen Tritt in die Körpermitte. »Steh auf!« kommandierte er mit eiskalter Stimme.

Marcus brauchte all seine Kraft, um den Kopf zu drehen, und dann sah er verschwommen zwei, nein, ein Paar rissige Stiefel, die dringend der Pflege bedurften. Hol's der Teufel, sein Schädel brummte, doch er war im Vollbesitz seiner geistigen Kräfte. Es sah Jeremiah ähnlich, einen Verletzten zu attackieren, ebenso wie es ihm ähnlich gesehen hatte, eine hilflose Frau zu bedrohen. Herr des Himmels – war Rebecca wohlauf?

»Jeremiah«, brachte er mühsam mit einer Stimme hervor, die ihm selbst fremd in den Ohren klang, und kam auf Hände und Knie hoch, obwohl ihm schwindlig war und seine Glieder vor Anstrengung zitterten. Er war entschlossen, sich nicht von diesem Mann unterkriegen zu lassen. »Vergreifst du dich immer an wehrlosen Frauen?«

Dee holte mit dem Fuß aus, hielt dann jedoch mitten in der Bewegung inne, als habe er es sich anders überlegt. »Du glaubst, du hättest noch immer das Sagen? Da irrst du dich«, schnauzte er. »Ich habe dir befohlen, aufzustehen.«

»Aber gewiß doch, mein Junge«, erwiderte Marcus freundlich. »Wenn du mir dabei hilfst ...«

»Hältst du mich für einen Dummkopf?«

»Nein. Für einen üblen Charakter und einen Feigling, aber nicht für einen Dummkopf.«

Als Dee diesmal ausholte, hielt er nicht wieder inne. Seine Stiefelspitze krachte in Marcus' Rippen, der aufstöhnend in sich zusammensank. »So bist du mir lieber«, erklärte Dee ungerührt.

»Ich... sagte doch... du bist ein... Feigling«, krächzte Marcus und erhielt als Lohn für seine Dreistigkeit einen weiteren Tritt.

»Ich werde dich schon noch kleinkriegen!« knirschte Dee haßerfüllt. »Du wirst für alles bezahlen, das du mir angetan hast.«

»Sei dir... da... nicht... zu sicher.« Marcus' Rippen schmerzten unerträglich und er konnte kaum atmen, aber er war nicht bereit, sich geschlagen zu geben. »Meine... Männer wissen, wo... sie mich suchen... müssen, wenn ich nicht... zu der vereinbarten Zeit zurück bin. Und dann... werden wir sehen... wer diesen Kampf gewinnt.«

Dee trat unbehaglich von einem Fuß auf den anderen, doch schließlich lachte er. »Dann werden sie ebenfalls festgenommen. Hast du es noch nicht gehört? Meine Armee wird innerhalb eines Tages hier einmarschieren.«

»Du... lügst.«

»Und dann werde ich dich meinen Leuten mit Freuden übergeben. Weißt du, was dann geschieht?« Dee hatte sich über ihn gebeugt, und Marcus schlug sein nach Tabak stinkender Atem entgegen. »Sie werden dich am höchsten Baum aufknüpfen, und ich werde mit Vergnügen zusehen. O ja, das werde ich. Du solltest schon mal immer deine Gebete sprechen, Brand – du bist ein toter Mann.«

»Und wir sehen uns... in der... Hölle wieder«, knurrte Marcus mit zusammengebissenen Zähnen. Dee lachte nur höhnisch, als er hinausging und die Tür hinter sich zuknallte. Es drängte Marcus mit jeder Faser, aufzustehen, die Tür aufzureißen und Dee zu packen, doch als er sich aufrichten wollte, sank er stöhnend wieder zurück. Er war ernstlich verletzt. Gütiger Himmel – wenn Dee sich nicht scheute, einen wehrlos am Boden liegenden Mann zu treten, was würde er dann Rebecca antun?

Der Gedanke brachte ihn in Bewegung. Er biß sich vor Anstrengung die Unterlippe blutig, als er sich langsam, ganz langsam auf den Rücken drehte. Als er es geschafft hatte, blieb er eine Weile so liegen und registrierte am Rande, daß die Wachen zurückgekommen waren und zu ihm hereinschauten. In dieser Lage war das Atmen nicht ganz so schmerzhaft, und er konnte seine Zelle sehen. Zentimeter für Zentimeter richtete er sich unter Qualen auf, bis er schließlich keuchend an der Wand lehnte. Er war völlig erschöpft. Was für eine Hilfe könnte er Rebecca in diesem Zustand sein? Trotzdem war er nicht bereit, aufzugeben. Sich an der Wand entlangschiebend, gelang es ihm nach einer halben Ewigkeit, auf die Knie hochzukommen und nach einer ebenso langen Ruhepause einen Fuß auf den Boden zu stellen. Die rauhe Wand bot ihm Halt, und er schob sich erneut, ohne sich um die unsäglichen Schmerzen in seiner Brust und die vor seinen Augen kreisenden Pünktchen zu kümmern, langsam hoch. Als er endlich stand, mußte er die Augen schließen, weil sich die Welt um ihn drehte, doch obwohl seine Knie zitterten, faßte er wieder Mut. Er mußte irgendwie hier herauskommen und Rebecca vor Dee retten.

Die Schwüle und die Sorge um Marcus ließen Rebecca in

dieser Nacht kaum ein Auge schließen, und so stand sie früh auf, obwohl ihr davor graute, was sie unten erwarten würde.

Es war ihr Vater. »Da bist du ja endlich«, empfing er sie unwirsch. »Ich warte schon eine ganze Zeit auf mein Frühstück. Zum Mittagessen wirst du ein Hühnchen auf den Tisch bringen. Hast du verstanden?«

Rebecca nickte. Sie hätte am liebsten nie wieder ein Wort mit diesem Mann gesprochen, den sie ihr ganzes Leben lang mit Liebe überschüttet und der es ihr mit Unbarmherzigkeit und Kälte vergolten hatte, und dem weder an ihrem Glück noch an ihrer Sicherheit gelegen war, doch als sie ihm Kaffee einschenkte, konnte sie sich nicht zurückhalten, ihn zu fragen: »Ist Marcus wohlauf?«

Er schaute von dem Exemplar der »Times and Potowmack Packet« auf, mit dessen Lektüre er beschäftigt war. »Das braucht dich nicht zu kümmern«, knurrte er.

»Darf ich ihn sehen?«

»Hast du den Verstand verloren, Mädchen? Natürlich nicht. Statt dessen solltest du anfangen, nett zu Lieutenant Dee zu sein.«

»Nein«, protestierte sie, doch sie wußte, daß sie damit nichts erreichen würde. Eine dumpfe Niedergeschlagenheit ergriff von ihr Besitz, und sie erledigte ihre Hausarbeit, ohne sich dessen bewußt zu sein. Sie erinnerte sich nicht daran, das Geschirr abgewaschen, Kräuter aus dem Garten oder Kartoffeln aus dem Gemüsekeller geholt zu haben, und war höchst überrascht, als sie plötzlich mit einem geschlachteten und gerupften Huhn vor der Küchentür stand. Einerseits war dieser Zustand angenehm, denn er bewahrte sie vor schmerzhaften Gefühlen und ihrer Angst um Marcus, doch andererseits barg er eine Gefahr, denn wenn ihr keine Möglichkeit einfiele, Marcus zu retten, wäre er verloren. Sie war seine einzige Hoffnung.

Mit hocherhobenem Kopf und zum erstenmal an diesem Vormittag klar bei Verstand, betrat sie die Küche – und blieb wie angewurzelt stehen. Dee saß in der Küche und las die Zeitung ihres Vaters. »Kommt doch näher«, forderte er sie auf. »Ich werde Euch nicht beißen.« Er lächelte ein gelbes Zahnstummellächeln, und sie hatte Mühe, ihren Abscheu zu verbergen. »Man könnte fast meinen, Ihr hättet etwas gegen mich.«

Rebecca legte das Huhn auf den Tisch und nahm ein Küchenbeil von seinem Haken in der Wand. »Ich weiß wirklich nicht, wie Ihr darauf kommt«, antwortete sie, holte aus und ließ das Beil heruntersausen. Zack! trennte sie den Kopf des Huhnes vom Körper und sah Dee erschrocken blinzeln. Sehr gut, dachte sie mit grimmiger Befriedigung, er sollte sehen, daß er es nicht mit einem schwachen, ängstlichen Frauchen zu tun hatte, das sich leicht einschüchtern ließ.

Zack! fiel das eine Bein ab und zack! das andere, und sie wünschte, es wäre Lieutenant Dees Kopf. Er beobachtete sie mit einer Mischung aus Wachsamkeit und Faszination. »Habt Ihr noch nie gesehen, wie ein Huhn zerlegt wird?«

Er schien sich zu sammeln und setzte sich aufrechter hin.

»Natürlich habe ich das, aber ich wußte nicht, daß Ihr es so meisterhaft beherrscht, Rebecca.«

»Ihr wißt vieles über mich nicht«, antwortete sie und hackte mit unnötigem Kraftaufwand die Flügel ab. »Ich würde diese Lücken gerne schließen.«

»Soso.«

»Habe ich Euch verletzt, Rebecca?« Als sie ihn daraufhin nur schweigend anstarrte, fuhr er fort: »Ich habe Euch vorhin mit Eurem Vater sprechen hören.«

»Ja und?«

»Ihr möchtet unseren Gefangenen besuchen?«

Ein zartes Hoffnungsflämmchen flackerte in Rebecca auf, doch sie hütete sich, es sich anmerken zu lassen. »Wenn ich es bejahe, werdet Ihr es mir verweigern.«

»Aber, aber, Rebecca, erscheine ich Euch so grausam?«

»Ja.« Zack! durchschlug das Beil das Brustbein des Huhnes. »Ihr erscheint mir grausam, brutal und nicht ganz bei Sinnen.«

Zu ihrer Überraschung stieß er ein bellendes Lachen aus. »Das ist ein echtes Kompliment! Ich habe eine Schwäche für Menschen, die nicht ganz bei Sinnen sind.«

»Das wundert mich nicht«, murmelte sie.

»Wißt Ihr, was, Rebecca? Ich könnte mich dazu bereitfinden, Euch Euren Wunsch zu erfüllen«, sagte er, und sie blickte gegen ihren Willen auf, »wenn Ihr nett zu mir seid.«

Darauf gab es viel zu antworten, doch sie ließ es bleiben, starrte ihn mit dem hocherhobenen Beil in der Hand nur vielsagend an, und Dee rutschte unbehaglich auf seinem Stuhl hin und her. Sie hätte gute Lust gehabt, auf ihn loszugehen, doch das hätte Marcus büßen müssen. »Nein«, antwortete sie schließlich und senkte das Beil.

»Ich würde Euch empfehlen, es Euch noch einmal zu überlegen, sonst bereut Ihr es vielleicht später.«

»Nein«, wiederholte sie und trug das Hühnchen in die Anrichte hinüber, um die Teile zum Braten in einer Reihe zu arrangieren. Darum sah sie Dee nicht aufspringen und ihr folgen – sie hörte es nur. Und dann wurde sie plötzlich am Arm gepackt und herumgerissen, und der Lieutenant zischte: »Meine Geduld ist allmählich erschöpft. Ihr werdet die Meine, Rebecca, und das schon bald.«

»Sieh da, sieh da«, ertönte Ezras launige Stimme von der Tür her und hinderte Rebecca daran, sich zur Wehr zu setzen. Sie stellte eine Bereitschaft zur Gewalttätigkeit an sich fest, die sie bei sich nie vermutet hätte. »Man kommt sich also bereits näher.«

Dee drehte sich, ohne Rebecca loszulassen, zu ihm um. »Eure Tochter ist eine höchst anziehende Frau.«

Ezra kicherte, und Rebecca lief es kalt über den Rücken. »Ich verstehe Euch durchaus, Sir, aber ich werde vor der Heirat keine Intimitäten dulden. Diesmal nicht«, betonte er mit einem strengen Blick zu Rebecca.

Sie erwiderte ihn mit steinerner Miene. »Da brauchst du dir keine Sorgen zu machen«, gab sie laut und deutlich zurück. »Ich würde eher eine Kröte küssen.«

Dees Gesicht verfinsterte sich, und sein Klammergriff verstärkte sich strafend, doch die Stimme, mit der er antwortete, war beinahe fröhlich. »Natürlich nicht vor der Hochzeit, Sir.« Er ließ sie los und ging in die Küche zurück. »Ich habe übrigens beschlossen, ihr zu gestatten, heute nachmittag den Gefangenen zu besuchen.«

Rebecca wollte etwas sagen, doch Ezra kam ihr zuvor. »Haltet Ihr das für klug, Sir?« fragte er stirnrunzelnd.

»Was spricht dagegen?« Dee setzte sich an den Tisch, schlug lässig die Beine übereinander und wippte mit einem bestiefelten Fuß. »Sie wird natürlich bewacht. Was sollte sie, eine schwache Frau, schon ausrichten können?«

»So gesehen habt Ihr recht«, gab Ezra zu. »Aber ich mißbillige es trotzdem.«

»In dieser Angelegenheit habe ich das Sagen«, erwiderte Dee mit einem drohenden Unterton in seiner seidenweichen Stimme, »und ich werde tun, was ich für richtig halte.«

»Es ist mein Haus!« plusterte Ezra sich auf, doch als er den Ausdruck in Dees Augen sah, wich er unwillkürlich einen Schritt zurück.

»Das stimmt zwar, aber im Moment ist es ein Gefängnis, und als solches untersteht es meiner Befehlsgewalt. Wenn ich sage, sie darf ihn besuchen, dann darf sie ihn besuchen. Immerhin wird sie ihn danach nie wiedersehen.«

»Das ist wahr.«

»Und ich werde dafür sorgen, daß sie ihn schnell vergißt.« Er warf Rebecca ein anzügliches Lächeln zu.

Sie klammerte sich an den Türrahmen, um sich nicht auf ihn zu stürzen. Sie haßte ihn, oh, wie sie ihn haßte! Hätte sie ihn doch nur das Küchenbeil spüren lassen, als sie die Möglichkeit dazu hatte! Andererseits – was hätte sie als einzige Frau unter Männern erreichen können? Wenn er es ihr nicht abgenommen hätte, dann hätte es einer der anderen getan, und sie wäre mit Sicherheit hart für die Attacke bestraft worden, und Marcus hätte es ebenfalls büßen müssen. Nein, sie mußte sich eine andere Methode ausdenken.

Und als sie Dee ansah, wußte sie plötzlich, was sie zu tun hatte.

Das Essen war verzehrt und das Geschirr abgewaschen und weggeräumt. Rebecca hatte nur sehr wenig gegessen, obwohl das Hühnchen ihr exzellent gelungen war. Sie hatte keinen Appetit gehabt, sich jedoch zu einigen Bissen gezwungen, da sie bei Kräften bleiben mußte, wenn sie ihren Plan ausführen wollte. Marcus' Leben hing davon ab.

Als sie durch die Halle auf die Treppe zuging, um sich für ihren Besuch bei ihm schön zu machen, öffnete sich die Tür des Arbeitszimmers. »Komm herein, Rebecca«, befahl Ezra und wandte sich in der Gewißheit, daß sie ihm, wie immer, gehorchen würde, ab.

Verärgert kam sie seiner Anordnung nach. »Ja, was willst du?«

»Es steht dir nicht zu, in diesem Ton mit mir zu reden, Mädchen.« Ezra saß an seinem Schreibtisch und sah sie stirnrunzelnd an. »Aber ich werde es dir diesmal durchgehen lassen.«

»Welchem Umstand verdanke ich diese Milde? Bedauerst du am Ende, mein Lebensglück zerstört zu haben, indem du mir den Mann nahmst, den ich heiraten wollte?«

Ezra machte eine wegwerfende Handbewegung. »Vergiß ihn. Ich habe andere Pläne für dich, Mädchen.«

»Was für Pläne? Eine Heirat mit Dee?«

»Schließ die Tür«, kommandierte er, und, verwirrt über seine gleichzeitig arrogante und ängstliche Miene, tat sie wie geheißen. »So ist es gut. Ich möchte nicht, daß er dieses Gespräch mithört.«

»Komm zur Sache Vater, ich habe zu tun.«

»Meinst du deinen Besuch bei dem Raben? Ich billige ihn zwar nicht, aber Dee hat recht – was kann es schaden. Schließlich wird er schon bald sterben.«

Rebeccas Hände ballten sich zu Fäusten. »Wann?«

»Wenn die Briten die Stadt einnehmen. Und für diesen Zeitpunkt«, er lehnte sich zurück, »habe ich Pläne mit dir.«

»Ich werde Dee auf keinen Fall heiraten!« erklärte sie nachdrücklich.

»Das sollst du ja auch gar nicht.«

»Nein?« fragte sie verdutzt.

»Nein.« Er nahm eine Zigarre aus der Schreibtischschublade, zündete sie an, und gleich darauf zog der Duft teuren Tabaks durch den Raum. »Dee ist nur ein Werkzeug, ein Mittel zum Zweck, und solange ich ihn brauche, wirst du nett zu ihm sein.«

»Nur, wenn du mir zusagst, daß Marcus dafür gut behandelt wird.«

»Dein Marcus ist ein toter Mann. Ja, Dee war nützlich.« Er zog an seiner Zigarre. »Und er wird es auch noch sein, wenn er den Engländern berichtet, was ich getan habe.«

»Was du getan hast?« fragte sie bang, denn sie sah wieder dieses seltsame Leuchten in seinen Augen.

»Ja. Womit, glaubst du, habe ich mich in den vergangenen Monaten beschäftigt?« Er ergriff einen Stapel Papiere und wedelte damit vor ihrer Nase herum. »Ich habe Pläne gemacht, Mädchen. Für uns alle. Für die künftige Regierung.«

Rebecca runzelte die Stirn. »Ich verstehe nicht ...«

»Nein? Es hat sich erwiesen, daß unsere derzeitige Regierungsform nichts taugt.« Er erhob sich und begann auf und ab zu geben. »Sieh dir doch nur unseren Präsidenten an, diesen Schwachkopf, dem wir diesen Krieg mit dem Land verdanken, das wir als Verbündeten brauchen. Ich habe die Absicht, etwas dagegen zu unternehmen.«

»Auf welche Weise?« fragte sie mit trockenen Lippen.

»Auf welche Weise? Durch die Bildung einer neuen Regierung, natürlich. Das überrascht dich? Verständlich. Aber ich befasse mich schon seit langem mit dieser Idee.«

»Das ist Hochverrat, Vater«, flüsterte sie.

»Nein, gesunder Menschenverstand, Mädchen. Wenn die Briten die Macht übernehmen, werden sie einen Mann an der Spitze brauchen, der Land und Leute kennt, und« – er drehte, sich um und stützte die Hände auf die Rückenlehne eines Sessels – »ich habe die Absicht, diesen Platz persönlich einzunehmen.«

Rebecca starrte ihn an. Endlich war ihr klar, was dieses Leuchten in seinen Augen bedeutete: Irrsinn. »Du bist wahnsinnig.«

»Dafür werden Visionäre meistens gehalten«, erwiderte er ungerührt. »Ich werde dieses lächerliche System abschaffen, unter dem wir zu leiden haben. Demokratie! Wenn ich das schon höre! Es kann doch zu nichts führen, wenn das Volk die Regeln macht!« Er begann erneut, auf und ab zu gehen. »Ich habe diesen Plan schon seit langer Zeit, und jetzt bekomme ich die Chance, ihn in die Tat umzusetzen. Die Briten glauben, uns unterjochen zu können. Nun, ich werde sie eines Besseren belehren. Das Land wird dagegen aufbegehren, und an wen werden sie sich wenden, damit er sie anführt?« Er richtete den Zeigefinger auf seine Brust. »An mich. Ich werde dann bereits ihr Führer sein, und darum werden sie mich ganz selbstverständlich dazu auserwählen. Und wenn wir die Briten vertrieben haben« – er warf sich in die Brust – »wer wird dann der neue Herrscher sein? Ich. Hast du nichts dazu zu sagen?« fragte er Rebecca, die ihn mit aufgerissenen Augen anstarrte. »Nun, das macht nichts. Du wirst überglücklich sein, wenn es soweit ist.« Er blieb am Fenster stehen. »König Ezra der Erste. Ja, das hat einen guten Klang.«

»Das kann nicht dein Ernst sein, Vater«, sagte Rebecca, als sie ihre Sprache schließlich wiederfand.

»O doch, das ist es. Und ich werde nicht zulassen, daß du meine Pläne zunichte machst.«

Er setzte sich wieder hinter seinen Schreibtisch, und in seinen Augen loderte ein kaltes Feuer.

»Ich werde dich fortschicken. Auf diese Weise kannst du meinem Ansehen nicht schaden. Und ich werde wieder heiraten, denn als König brauche ich einen Erben.«

»Du hast den Verstand verloren!« rief sie, und im selben Augenblick war aus der Ferne ein Donnerschlag zu hören. »Was ist das?«

»Ahhh.« Ezra schaute zum Fenster. »Eine Kanone«, erklärte er ihr mit sichtlicher Befriedigung. »Die Schlacht hat begonnen.«

28

Nachdem die Kampfhandlungen begonnen hatten, dröhnten die Geschütze an diesem Nachmittag nahezu ohne Pause. Das gespenstische daran war, daß sich Rebecca, die am Fenster stand, eine friedliche Szenerie darbot.

Sie drehte sich um, als es klopfte, und sah einen der Soldaten in der Tür erscheinen. »Lieutenant Dee hat mir befohlen, Euch zu dem Gefangenen zu eskortieren«, erklärte er ihr.

Sie nickte hoheitsvoll und ließ sich von ihm in den Keller geleiten. »Darf ich allein mit ihm sprechen?« fragte sie, unten angekommen.

»Tut mir leid«, antwortete der Soldat in entschuldigendem Ton. »Wir dürfen den Gefangenen nicht unbewacht lassen.«

»Aber ich bitte Euch! Was könnte ich schon tun? Ich habe keinen Schlüssel, um ihn herauszuholen.«

»Bedauere, Miß.« Er bezog Posten neben der Tür.

»Könntet Ihr wenigstens ein paar Schritte Abstand nehmen?«

Die beiden Männer sahen einander an, und dann nickte Swift. »Wir gehen da rüber«, sagte er und deutete mit einer Schulter auf die andere Seite des Kellers. »Aber wir behalten Euch im Auge, und wenn uns etwas verdächtig erscheint, sind wir wie der Blitz zur Stelle. He, Rabe! Du hast Besuch.« Er drehte sich um. »Er gehört Euch, Miß.«

»Danke.« Sich zur Geduld zwingend, wartete sie, bis auch er sich entfernt hatte, ehe sie sich der Tür zuwandte. »Marcus?« rief sie leise und spähte durch die Gitterstäbe.

»Rebecca?« Seine Stimme klang ungläubig. »Bist du es wirklich? Au!«

»Was ist?« Ihre Augen hatten sich an das in der Zelle herrschende Dämmerlicht gewöhnt, und sie sah ihn an der Wand lehnen. »Geht es dir gut?«

Er stieß sich von der Wand »Ja, mein Mädchen.«

Doch als er auf sie zuhumpelte, erkannte sie, daß das nicht stimmte. »Du bist ja verletzt, Marcus!«

»Es ist nichts Ernstes, *leannan«,* grinste er mit seiner geschwollenen Lippe, als er an der Tür ankam. »Und dein Anblick läßt mich ohnehin alle Schmerzen vergessen. Du bist gekommen, um mich hier herauszuholen, nicht wahr?«

»Wie kannst du in diesem Zustand so fröhlich sein?« wunderte sie sich, als sie sein zugeschwollenes Auge und die Blutergüsse sah.

»Ich war schon schlimmer dran, Mädchen.«

»Marcus! Wir haben einander Ehrlichkeit gelobt.«

»Ich weiß, und ich sage dir ehrlich, daß ich noch nicht am Ende bin.« Sein Grinsen erlosch. »Ich werde dich aus dieser unzumutbaren Lage befreien, Rebecca, das verspreche ich dir«, sagte er mit gedämpfter Stimme.

»Du wirst mich befreien?« echote sie. »Wie, in aller Welt, kannst du das, wenn du...«

»Ich habe gesagt, ich würde dich beschützen, und das werde ich auch tun.«

»Wenn ich dich nicht kennengelernt hätte, würde ich überhaupt keinen Schutz brauchen«, gab sie zurück, bedauerte es jedoch augenblicklich.

Zu ihrer Überraschung lachte er, preßte allerdings sofort die Hand auf seine Lippen. »Au! Das hätte ich nicht tun sollen – aber das ist die Rebecca, die ich liebe.«

»Du wirst dich noch ins Grab lachen.«

»Das kann sein. Erzähle mir, was da draußen vor sich geht«, bat er ernst. »Ich höre schon die ganze Zeit Kanonendonner.«

»Mehr weiß ich auch nicht.«

»Hol's der Teufel!« fluchte er und griff in die Gitterstäbe.

»Ich wollte dich vor Gefahr bewahren, und statt dessen habe ich dich in Gefahr gebracht.«

»Das war doch nicht deine Schuld, Marcus...«

»Nein? Ich hätte deinem Vater nicht trauen dürfen.«

»Wie hättest du darauf kommen sollen, daß er...«

»Ich hätte zumindest mißtrauisch werden müssen, als er plötzlich unserer Heirat zustimmte. Er wird dich niemals gehen lassen.«

Sie hob trotzig das Kinn. »Er hat in dieser Angelegenheit nichts zu sagen.«

»Ich habe uns in eine verteufelte Situation gebracht. Wenn man sich das vorstellt: Da schaffe ich es jahrelang, mich nicht erwischen zu lassen, und dann tappe ich in eine Falle wie ein grüner Junge...«

»Du konntest nicht wissen...«

»Wenn dir aufgrund meiner Dummheit ein Leid geschieht, werde ich mir das nie verzeihen, Rebecca. Verdammt!« Er rüttelte an den Gitterstäben. »Wenn ich nur hier heraus könnte...« Sie trat dicht an die Tür heran. »Ich habe einen Plan, wie ich dich herausholen kann«, flüsterte sie.

»He, he, nicht so nah!« protestierte eine Stimme hinter ihr, und sie fuhr herum. »Swift, Kelly!« rief Dee im Kommandoton. »Ich hatte Euch eingeschärft, die beiden nicht allein zu lassen.«

»Wir sind wohl kaum allein«, sagte Rebecca eisig, als die beiden Wachen herbeigestürzt kamen und Entschuldigungen stammelten. »Und was sollte ich schon ausrichten?« Sie senkte den Blick. »Schließlich bin ich nur eine Frau.«

»Das ist wahr, aber ich traue Eurem Liebhaber nicht über den Weg. Na, Cousin?« Er trat dicht an die Zellentür heran. »Freust du dich? Jetzt wird Miß Talbot bald die Meine sein.«

»Nur über meine Leiche«, antwortete Marcus freundlich.

»Allerdings, Cousin. So wird es sein.«

Marcus betrachtete sinnend die Narbe auf Dees Wange.

»Weißt du, was? Ich hätte die andere Seite gleich auch noch kennzeichnen sollen.«

Dees Gesicht verfinsterte sich. »Dein vorlautes Mundwerk wird dir sehr bald vergehen, Rabe. Ich werde dafür sorgen, daß sie dich hängen.«

Marcus gähnte. »Ich weiß, ich weiß. Es wird allmählich langweilig, mein Junge.«

»Aber es ist wahr, mein Junge«, erwiderte Dee, wobei er die letzten Wörter spöttisch betonte. »Ich habe nämlich jetzt die Oberhand.«

»Das kann sich schnell ändern«, erwiderte Marcus gelassen.

»Sir!« rief Swift aufgeregt von der Treppe her. »Ich war gerade oben, um den Abtritt aufzusuchen, als einer unserer Männer kam. Er berichtete, daß die Amerikaner auf dem Rückzug seien.«

Dee und Rebecca starrten ihn an. »Sie haben in Bladensburg gekämpft, und unsere Armee hat sie aufgerieben, Sir! Heute abend werden unsere Truppen in der Stadt einmarschieren.« Dee drehte sich wieder zu Marcus um. »Hörst du das, Rabe. Die Briten kommen.« Er lachte. »Hat das nicht einer eurer berühmten Patrioten gesagt? Es wird ernst für dich, mein Junge. Heute abend, spätestens morgen, werde ich dich ihnen übergeben.«

Marcus hielt seinem Blick gelassen stand. »Wir werden sehen.«

»Ja, das werden wir. Swift! Bring Miß Talbot nach oben.«

»Nein!« protestierte Rebecca, als der Soldat auf sie zutrat und sie von der Tresortür wegzerrte.

»Verabschiedet Euch, Rebecca«, forderte Dee sie süffisant auf. »Ihr werdet ihn nicht wiedersehen.«

»Ich liebe dich, Marcus«, rief sie mit tränenzitternder Stimme dem Geliebten zu, von dem sie nur noch die kräftigen braunen Hände sehen konnte, die noch immer die Gitterstäbe umklammert hielten.

»Und ich dich, mein Mädchen!« scholl es dumpf aus der Zelle. »Und vergiß nicht: Ich bin dein Pirat.«

»Wie rührend!« höhnte Dee.

»Lieutenant!« Kelly schlug vor Dee die Hacken zusammen. »Bitte um Erlaubnis, uns wieder unserem Regiment anschließen zu dürfen.«

Dee starrte ihn verdutzt an. »Wie bitte?«

»Die Schlacht bei Bladensburg war sicher nicht die letzte, und jeder zusätzliche Mann bringt unsere Seite dem Sieg näher.« Dee überlegte kurz und meinte dann: »Na schön. Das ist ja auch in meinem Sinn.«

»Danke, Sir!« Kelly stürmte die Treppe hinauf.

»Traust du dir wirklich zu, allein mit mir fertig zu werden?« fragte er seinen Cousin in spöttischem Ton.

»Wenn ich mir ansehe, in welch bejammernswertem Zustand du dich befindest, dann kann man das wohl als bereits bewiesen betrachten«, gab Dee von oben herab zurück und entfernte sich, wofür Marcus ihm zutiefst dankbar war, denn viel länger hätte er sich nicht mehr auf den Beinen halten können. Er schleppte sich zur Wand hinüber und ließ sich langsam daran zu Boden gleiten. Er hatte Rebecca Stärke und Zuversicht vorgespielt, aber er hatte keine Ahnung, wie er ihr helfen sollte. Und sich selbst.

In Washington City herrschte Chaos. Sogar in Georgetown machte sich Panik breit, als die aus Bladensburg kommenden, geschlagenen Soldaten hereinströmten. Und mit ihnen kamen wilde Gerüchte: Daß Mr. Madison auf dem Schlachtfeld gefangengenommen worden sei; daß Mrs. Madison angeordnet habe, das President's House in die Luft zu sprengen; daß die Briten beabsichtigten, jedweden Regierungsbeamten einzusperren, dessen sie habhaft werden könnten. Die Menschen flohen aus der Stadt in die relative Sicherheit der Hügel über Georgetown oder noch weiter, aufs Land. Die britische Armee war im Anmarsch, und es gab nur wenige Leute, die diese Aussicht nicht in Angst und Schrecken versetzte.

Ezra Talbot stand in seinem Arbeitszimmer am Fenster und schaute lächelnd über den Fluß hinüber zur Hauptstadt. Die Briten würden bald eintreffen und sehr schnell erkennen, daß sie in ihm einen fähigen Führer hatten. Und wenn er diese Position erst einmal innehätte, wäre es nur noch ein kleiner Schritt bis zu seinem eigentlichen Ziel.

Die Tür öffnete sich, und als Ezra sich umdrehte, sah er Dee hereinkommen. Es störte ihn zwar, daß der Mann nicht angeklopft hatte – schließlich war dies nicht sein Haus –, doch er ließ es unkommentiert. Immerhin waren sie Partner bei dieser Mission. »Sind Swift und Kelly fort?« erkundigte er sich.

»Ja. Schon seit einer ganzen Weile. Wo ist Eure Tochter?«

»In ihrem Zimmer eingeschlossen.« Ezra trat hinter den Schreibtisch, um seine Autorität zu demonstrieren. Dies war sein Haus, und er war der Leiter dieser Unternehmung. »Wann beabsichtigt Ihr den Gefangenen zu übergeben?«

»Gleich morgen früh. Und nun zu Euch.«

»Wie meint Ihr das?«

Dee zog ein zusammengefaltetes Blatt Papier aus der Tasche, entfaltete es und hielt es hoch. »Im Namen seiner Majestät, König George des Dritten«, las er mit sonorer Stimme vor, »requiriere ich diese Räumlichkeiten für die Armee Seiner Majestät.«

Ezra beugte sich vor und stützte sich mit den Händen auf die Schreibtischplatte. »Was, zum Teufel, soll das?«

»Es bedeutet« – Dee faltete das Papier mit äußerster Sorgfalt wieder zusammen – »daß ich dieses Haus mit allem Inventar für unsere Armee beschlagnahmt habe.«

»Das könnt Ihr doch nicht tun!« brüllte Ezra.

»Ich kann es, und ich habe es getan.«

»Wenn Ihr glaubt, daß Ihr damit durchkommt...«

»Ihr habt keine Möglichkeit, etwas dagegen zu unternehmen. Swift ist mit einem Schreiben zu General Ross unterwegs, in dem ihm dieses Haus als Armeequartier angeboten wird«, erklärte Dee seelenruhig und richtete gelassen seine Pistole auf Ezra, als dieser hinter dem Schreibtisch hervorkam und sich auf ihn stürzen wollte. »Dieses Haus ist jetzt Eigentum der britischen Krone.«

Beim Anblick der Schußwaffe blieb Ezra abrupt stehen. Blitzschnell änderte er seine Taktik. »Ein kluger Schritt«, sagte er in mildem Ton und sah Dee zu seiner Befriedigung überrascht blinzeln. »Schade, daß ich nicht selbst darauf gekommen bin. Er fügt sich in meinen Plan ein.«

»In Euren Plan!« echote Dee verächtlich. »Glaubt Ihr, daß irgend jemand diesen Plan ernst nehmen wird? Selbst wenn wir Euer Land wieder übernehmen wollten – und ich wüßte wirklich keinen Grund dafür –, würde niemand Euch als provisorischen Vertreter einsetzen. Sie würden einen Mann aus ihren Reihen wählen, dem sie vertrauen können.«

Es kostete Ezra erhebliche Mühe, die Beherrschung zu wahren. »Ihr irrt Euch, Sir. Sie werden jemanden brauchen, der das Land kennt.«

»Wen könnten sie in diesem Fall Besseren finden als einen der ihren, der viele Jahre hier gedient hat? Wer könnte besser dazu geeignet sein als« – er warf sich in die Brust – »ich?«

»Ihr?«

»Ja, warum nicht ich?« Dee vollführte mit der Hand, in der er die Pistole hielt, eine weit ausholende Geste, und Ezra wich unwillkürlich zurück. »Ich kenne dieses Land, ich habe zwei Jahre lang im verborgenen hier gelebt und mir die Sorgen der Menschen angehört. Ich habe wieder und wieder den Wert meiner Dienste unter Beweis gestellt. Wenn ich morgen früh den Raben zu General Ross bringe, wird mein Wert endlich anerkannt werden. Ich muß mich bei Euch für die Idee bedanken, denn ich selbst wäre nicht auf so einen kühnen Plan gekommen. Aber jetzt, da Ihr mich auf den Geschmack gebracht habt – wer weiß, wie weit ich es bringen werde. Gouverneur Jeremiah Dee klingt nicht schlecht, finde ich. Aber Präsident Dee hat natürlich einen noch besseren Klang.«

»Ihr geht zu weit«, knurrte Ezra.

»Das müßt Ihr gerade sagen, ›König Ezra‹! Ja, ich habe es gelesen«, spöttelte er, als Ezra etwas sagen wollte. »Was für eine lächerliche Idee.«

»Verdammter Hundesohn!« Außer sich vor Zorn wollte Ezra sich auf Dee stürzen.

»Vorsicht!« Dee richtete erneut die Pistole auf ihn, und Ezra blieb wohl oder übel stehen. »Ich werde Euch bis zu meinem letzten Atemzug bekämpfen!« verkündete er.

Dee lachte zynisch. »Der wird ja nicht mehr allzu lange auf sich warten lassen, alter Mann. Jetzt holt Eure Tochter herunter. Ich habe Hunger.« Er zeigte mit seiner Pistole auf die Tür. »Na, los, bewegt Euch.«

Ezra bedachte ihn mit einem haßerfüllten Blick. »Es ist nicht vorbei!«

Aber Dee lachte nur wieder. »O doch, das ist es, alter Mann.« Er wurde ernst. »Und jetzt pariert, sonst ergeht es Euch schlecht.«

Ezra warf ihm einen letzten verächtlichen Blick zu und verließ das Zimmer. Dee glaubte, gewonnen zu haben? Nein, das hatte er nicht – nicht, solange noch ein Fünkchen Leben in Ezra Talbot war. Er war ein alter Mann? Mit dieser abfälligen Bemerkung hatte Dee einen entscheidenden Fehler gemacht. Sie würden es schon sehen, dachte er, als er sich die Treppe hinaufschleppte. Lieutenant Dee würde es schon sehen!

Und wieder war es Nacht geworden, und Rebecca ging in ihrem Schlafzimmer ruhelos auf und ab. Sie wünschte, die Hitze, die Anspannung und die Angst würden sich legen. Sie wünschte, sie könnte die Uhr zwei Tage zurückdrehen und Marcus daran hindern, das Haus zu betreten. Sie wünschte, es würde sich alles als böser Traum erweisen. Doch sie wußte, daß das Schlimmste erst noch kommen würde. Lieutenant Dee beabsichtigte, Marcus morgen der siegreichen Armee zu übergeben, und sie konnte nichts dagegen tun. Nach dem

Abendessen hatte ihr Vater sie wieder in ihr Zimmer zurückgebracht, und ihr Befreiungsplan für Marcus war somit nutzlos, denn er hatte sie natürlich eingeschlossen. Oder etwa nicht? Sie konnte sich nicht erinnern, es klicken gehört zu haben, aber sie war auch zu tief in Gedanken versunken gewesen, um darauf zu achten. Selbstverständlich hatte er sie eingeschlossen, schalt sie sich noch, als sie schon zur Tür unterwegs war, um sich zu vergewissern. Schließlich wollte er nicht, daß sie sich ungehindert im Haus bewegte und... Gütiger Himmel! Der Knauf ließ sich drehen, und die Tür öffnete sich. Sie war keine Gefangene mehr! Die Trägheit der Verzweiflung fiel von ihr ab, und neuer Tatendrang durchflutete sie. Sie könnte ihren Plan verwirklichen. Er war riskant, aber wenn alles klappte, käme Marcus frei. Sie mußte es darauf ankommen lassen.

Kurze Zeit später stieg Rebecca mit einer brennenden Kerze in der einen Hand und dem gerafften Rock ihres tannengrünen Seidenkleides in der anderen die Treppe zum Keller hinunter. Sie hatte Marcus mit diesem Kleid eine Freude machen wollen, und sie hoffte, das würde ihr jetzt, wenn auch in einer gänzlich anderen Weise als beabsichtigt, gelingen.

Dee saß mit einer Lampe neben sich auf dem Boden vor dem Tresorraum auf einem Stuhl, erhob sich jedoch langsam, als er Rebecca sah. »Wollt Ihr den Gefangenen noch einmal besuchen?« fragte er, und der lüsterne Blick, mit dem er sie von Kopf bis Fuß musterte, verursachte ihr eine Gänsehaut.

»Nein.« Rebecca blies die Kerze aus und bückte sich, um sie auf den Boden zu stellen, wonach sie sich absichtlich langsam wieder aufrichtete, um Dee einen ausführlichen Blick auf ihre Brüste zu gestatten. »Ich bin Euretwegen gekommen.«

»Welche Ehre«, sagte er in ironischem Ton, doch sie sah bereits, welche Wirkung ihre Erscheinung auf ihn hatte. Sie schüttelte sich zwar innerlich vor Ekel, aber sie wußte daß ihr nichts anderes übrig blieb, als sich zu überwinden. »Ich muß sagen, Ihr seht bezaubernd aus in diesem Kleid.«

»Rebecca?« rief Marcus aus dem Tresorraum. »Was, zum Teufel, tust du hier?«

Sie ignorierte ihn, hielt den Blick weiter auf Dee gerichtet. »Ich danke Euch, Sir«, hauchte sie und ging, von Seide umflüstert, mit wiegenden Hüften auf ihn zu. »Würdet Ihr mich in den Garten begleiten? Ich habe Euch etwas Vertrauliches mitzuteilen.«

»Rebecca, um Himmels willen ...«

»Halts Maul!« schnauzte Dee in Marcus' Richtung, ohne den Blick von Rebecca zu lösen, und packte sie. »Was auch immer Ihr mir zu sagen habt, könnt Ihr mir auch hier sagen.«

Sie bedachte ihn mit einem schmachtenden Augenaufschlag.

»Oh, ich liebe es, wenn ein Mann energisch ist. Nun, gut wenn Ihr darauf besteht.« Sie ließ ihre Zungenspitze über ihre Unterlippe huschen. »Ich habe noch einmal über Euren Wunsch nachgedacht, mich zu der Euren zu machen, und ich bin gekommen« – wieder schnellte ihre Zungenspitze heraus – »um Euch mitzuteilen, daß ich bereit bin, Eure Frau werden.«

Dee schaute mit einem nicht zu deutenden Ausdruck in seinen Augen auf sie hinunter, und dann legte er den Kopf in den Nacken und lachte. »Hast du das gehört, Rabe? Sie will meine Frau werden.«

»Hol dich der Teufel, Jeremiah!« brüllte Marcus. »Laß sie sofort los!«

»Meine Frau? Nein.« Dee hielt Rebecca von sich weg. »Ihr kleine Närrin. Dachtet Ihr wirklich, ich, der zu Höherem bestimmt ist, würde eine Frau heiraten, die bei jedem verfügbaren Mann gelegen hat? O nein.«

»Dann laßt mich gehen!« flehte sie. »Ich bitte Euch ...«

»Ihr habt Euch mir angeboten, und ich werde von diesem Angebot Gebrauch machen«, erwiderte er ungerührt. »Gleich hier und jetzt.«

»Nein!« protestierte sie mit vor Entsetzen schriller Stimme.

»Und Euer Liebhaber darf zusehen!«

»Nein!« schrie sie und wehrte sich mit Händen und Füßen, doch es half nichts. Er preßte mit brutaler Gewalt seinen Mund auf den ihren. Als er seine Zunge zwischen ihre Zähne drängte, verspürte sie einen kaum zu unterdrückenden Brechreiz. Und dann zwang er sie plötzlich in die Knie und drückte sie nach hinten auf den Boden, senkte erneut seine Lippen auf die ihren, riß ihr Kleid hoch, schob sein Knie zwischen ihre Schenkel, und seine Hände waren überall, quetschten ihre Brüste, kniffen sie ins Hinterteil. Rebecca hielt den Atem an, als die Hand, die an ihrem Schenkel abwärts glitt, ihr Strumpfband erreichte.

»Was ist denn das?« fragte ihr Peiniger im Konversationston, und sie versuchte verzweifelt, freizukommen, als seine Finger sich daran zu schaffen machten.

»Sieh da, ein Messer«, konstatierte er und hielt es hoch. Die Klinge blitzte im Licht. »Was hattet Ihr denn damit vor?«

»Es Euch in den Rücken stoßen«, keuchte sie. Wenn er in zivilisierter Weise auf ihr Spiel eingegangen wäre, hätte sie Gelegenheit gehabt, ihn in einem Moment der Unachtsamkeit zu überrumpeln.

»Ihr hattet die Absicht, mich zu töten? Um anschließend Euren Liebhaber zu befreien, nehme ich an.«

»Ich hätte doch heute vormittag das Küchenbeil nehmen sollen!« Sie spuckte ihm die Worte förmlich ins Gesicht, doch er lachte nur.

»Was für ein blutrünstiges Frauenzimmer Ihr seid«, amüsierte er sich. »Nun, dafür habt Ihr jetzt keine Verwendung mehr.« Er hob den Arm und schleuderte das Messer in die entfernteste Ecke. »Aber Ihr werdet mir für Eure Heimtücke bezahlen.«

»Nein!« Marcus rüttelte so heftig an den Gitterstäben, daß die ganze Tür klapperte. »Laß sie in Ruhe! Ich bin es doch, auf den du es abgesehen hast!«

Dee drehte sich zu ihm herum, ohne seinen Körper von Rebecca zu heben, die sich verzweifelt unter ihm wand, um ihm zu entkommen. »Du hast recht, und darum wird es mir ein ganz besonderes Vergnügen bereiten, mich an ihr zu ergötzen.« Er packte Rebeccas Arme und hielt sie über ihrem Kopf mit einer Hand fest.

»Nein!« stöhnte sie in namenlosem Entsetzen. Dieser Unhold hatte vor, sie zu vergewaltigen, und sie hatte keine Möglichkeit, ihn daran zu hindern.

»Doch!« Seine Augen glitzerten bösartig. In diesem Moment tauchte hinter ihm eine schattenhafte Gestalt auf, die einen langen, dünnen Gegenstand in den hocherhobenen Händen hielt, den sie im nächsten Augenblick auf Dees Kopf herunterkrachen ließ. Dee sackte wie vom Blitz getroffen über ihr zusammen. »Steh auf, Mädchen«, knurrte eine Stimme, und Rebecca schaute zu dem Mann auf, der mit einem Feuerhaken über ihr stand. »Steh auf!« sagte Ezra noch einmal.

29

»Vater!« keuchte Rebecca verblüfft. »Was...«

»Ich habe gesagt, du sollst aufstehen!« herrschte Ezra sie an. »Oder willst du etwa in dieser unzüchtigen Pose verharren?«

Da er keine Anstalten machte, ihr zu helfen, hatte sie ihre liebe Not, seinem Befehl nachzukommen. Als es ihr endlich gelungen war, sich unter Dees erschlafftem Körper herauszuwinden, beeilte sie sich angewidert, auf die Füße zu kommen. »Vater, was in aller Welt...«

»Er hat mein Haus requiriert.«

»Und?«

»Er hat mich hinters Licht geführt. Er hat über meine Pläne gelacht.«

Sie starrte ihn entgeistert an. »Darum hast du auf ihn eingeschlagen.«

»Das ist doch wohl Grund genug«, grollte er.

»Ihr habt ihn niedergeschlagen, weil er über Euch gelacht hat, und nicht, weil er über Eure Tochter hergefallen war?« Marcus streckte eine Hand durch die Gitterstäbe, und Rebecca trat zu ihm und legte die ihre hinein.

Ezra hatte sich gebückt und Dee auf den Rücken gedreht. »Ein Glück«, sagte er, ohne auf Marcus' vorwurfsvolle Frage einzugehen, und richtete sich wieder auf. »Er lebt.« Ein hämisches Lächeln erschien auf seinem Gesicht. »Was ist, Vater?« fragte Rebecca bang, als er einen Schüsselbund aus der Tasche zog und auf sie zukam. »Ich male mir gerade aus, wie seine Vorgesetzten reagieren werden, wenn sie hören, daß er den Raben hat davonfliegen lassen denn so werde ich es darstellen. Das ist meine Strafe für ihn. Damit ist er erledigt.«

»Ihr laßt mich gehen?« fragte Marcus.

Ezra schloß die Tresortür auf. »Ja, und meine nichtsnutzige Tochter könnt Ihr gleich mitnehmen.«

Rebecca traute ihren Ohren nicht. »Du schickst mich fort, Vater?«

»Es war doch dein Wunsch, mit ihm zu gehen«, erwiderte er schroff. »Das hast du mir selbst gesagt.«

»Ja, aber …«

»Hat dich etwa der Mut verlassen?« fragte Marcus.

»Das ist es nicht«, antwortete sie gekränkt. »Und das weißt du auch genau.«

»Ja, das tue ich, *leannan*«, bestätigte er in sanftem Ton. »Aber du wirst nie bekommen, was du dir all die Jahre erhofft hast.« Die Liebe ihres Vaters. Rebecca kaute auf ihrer Unterlippe herum. Marcus hatte recht. Es wäre sinnlos, noch länger darauf zu warten. »Vater?«

»Geh mit ihm«, knurrte Ezra, ohne sie anzusehen. »Es ist das beste so.«

»Bist du sicher?«

»Ich will dich hier nicht haben.« Jetzt schaute er sie doch an, und sie entdeckte etwas in seinen Augen, das sie viele Jahre nicht darin gesehen und das zu sehen sie nicht mehr erwartet hatte. »Bei ihm wirst du es besser haben als bei mir.«

Sie machte einen Schritt auf ihn zu. »Ich liebe dich, weißt du.« Er trat einen Schritt zurück, und die Strenge in seinem Blick ließ sie daran zweifeln, daß sie Sekunden zuvor wirklich etwas anderes darin gesehen hatte. Wahrscheinlich hatte die Sehnsucht ihre Phantasie beflügelt. »Und jetzt verschwindet, ihr beiden, ich kann euch hier nicht brauchen. Das klügste wird sein, über den Potomac nach Virginia zu gehen«, wandte er sich an Marcus. »Auf die Weise vermeidet Ihr eine Begegnung mit den Truppen.«

»Ja, Sir, das hatte ich mir auch schon überlegt.« Mit undurchdringlicher Miene streckte Marcus die Hand aus. »Rebecca …«

Sie zögerte. Jetzt mußte sie sich endgültig entscheiden zwischen dem Mann, dem sie ihr Leben verdankte, und zwischen dem Mann, dem sie ihre Wiedergeburt verdankte. Vielleicht war es tatsächlich Liebe gewesen, was sie für einen Moment in den Augen ihres Vaters gesehen hatte, vielleicht auch nicht. Doch selbst, wenn – mehr würde sie von ihm nie bekommen. »Ja«, sagte sie leise und legte ihre Hand in Marcus'. Seine Finger schlossen sich darum, und sie fühlte sich ihm verbundener als je zu vor.

»Was ist, wollt Ihr vielleicht warten, bis die Briten einmarschiert sind?« fragte Ezra in schroffem Ton.

»Nein, Sir.« Marcus schaute auf Rebecca hinunter, und sein Blick wurde weich. »Komm, *leannan«,* sagte er und führte sie die Kellertreppe hinauf. Als sie sich noch einmal umdrehte, stand ihr Vater über Dee gebeugt, als hätte er sie bereits vergessen.

Es gab nicht viel, was sie aus ihrem alten Leben in ihr neues mitnehmen wollte, und so brauchte sie nur ein paar Minuten, um zu packen, doch sogar dies dauerte Marcus zu lange. »Komm, Mädchen, wir müssen fort!«

»Ich weiß.« Nach einem letzten Blick auf das Haus, das sie vielleicht nie wiedersehen würde, ließ sie sich von Marcus die Straße hinunterziehen, doch als ihr Blick nach Osten schweifte, blieb sie abrupt stehen. »Das kann doch unmöglich die Morgenröte sein, oder?« fragte sie angesichts des geröteten Himmels.

»Nein, noch längst nicht... Großer Gott!«

»Was ist es? Du meinst doch nicht... o nein!«

»Feuer.«

Rebecca starrte ihn fassungslos an. »Sie haben die Stadt in Brand gesteckt!«

»Diese Mistkerle!«

Wie gebannt blickten sie nach Washington City hinüber, wo sich vom Fluß bis zum Capitol Hill eine Feuersbrunst ausbreitete. »Da!« rief Marcus, als an einer bislang dunklen Stelle Flammen aufloderten, »das Marinegelände!«

»Oh, Marcus!« entsetzte sie sich mit Tränen in den Augen. »Der ganze Capitol Hill brennt, und eben haben sie das Haus des Präsidenten angezündet.«

»Verdammtes Pack!«

Marcus' Züge hatten sich verhärtet, doch der Blick, mit dem er auf Rebecca hinunterschaute, war weich.

»Es ist Zeit für uns zu gehen, mein Mädchen.«

»Ja«, nickte sie und legte ihre Hand wieder in die seine, gab ihr Leben und ihr Herz in seine Hände. Sie wußte, daß sie die richtige Entscheidung getroffen hatte.

Epilog

»Morgenrot, schlecht Wetter droht!« brummte eine Stimme in Rebeccas Ohr, und sie rieb sich die Augen. Gütiger Himmel, sie war eingeschlafen, und das auf einem Pferd, vor Marcus sitzend. Aber die letzten Tage waren auch wirklich strapaziös gewesen. »Guten Morgen, mein Mädchen.«

»Guten Morgen.« Sie gähnte, streckte die steifen Glieder, so gut es ging, und erstarrte. Sie befanden sich auf der Kuppe eines Hügels, an dessen Fuß ein hübsches Städtchen mit kopfsteingepflasterten Straßen und Häusern aus Stein und Ziegel mit leuchtendbunten Türen lag. »Oh, Marcus! Es brennt hier doch nicht etwa auch!«

»Nein.« Marcus verstand sich ebensogut aufs Reiten wie auf die Seefahrt und lenkte das Pferd sicher den Hang hinunter. »Diesmal ist es wirklich die Morgenröte, aber sie deutet darauf hin, daß bald ein Unwetter kommen wird.«

»Schon wieder eines?« fragte sie bestürzt, denn ihre Flucht aus Georgetown am Abend zuvor war alles andere als angenehm gewesen. Die Briten hatten die Long Bridge über den Potomac in Brand gesteckt, und da schon längst keine Fähren mehr fuhren, war die einzige Möglichkeit, über den Fluß kommen, ein Boot zu stehlen. »Einmal ein Pirat, immer ein Pirat«, hatte er fröhlich gesagt, doch die Fröhlichkeit war ihm schnell vergangen, als das von der Schwüle des Tages angekündigte Unwetter losbrach und sie den Fluß erst zur Hälfte überquert hatten. Naß bis auf die Haut, suchten sie, am Virginia-Ufer angekommen, Zuflucht in einer überfüllten Gaststätte und verbrachten die Nacht auf dem Boden sitzend, da kein Zimmer frei war. Am nächsten Morgen hatte Marcus das senkrückige Pferd erstanden, auf dem sie jetzt saßen, und sie hatten sich auf dem Landweg nach Alexandria aufgemacht. Es war natürlich eine Erleichterung, Marcus nicht mehr in unmittelbarer Gefahr zu wissen, doch gänzlich würde Rebecca sich erst entspannen können, wenn sie einen wirklich nennenswerten Abstand zu den britischen Truppen gewonnen hätten.

»Wahrscheinlich«, sagte Marcus, und sie brauchte einen Moment, um zu begreifen, daß dies die Antwort auf ihre Frage bezüglich des Unwetters war. »Wir sollten sehen, daß wir unterwegs sind, wenn es losbricht – auf See ist es nicht so schlimm.«

Sie schaute fragend zu ihm auf. »Auf See? Ich dachte, wir wollen nach Baltimore.«

»So ist es, Mädchen, und was glaubst du, wie wir dorthin gelangen?« Sie waren am Fuß des Hügels angekommen, und vor ihnen erstreckte sich in frühmorgendlicher Ruhe die glatte Oberfläche des Potomac.

»Ich weiß es nicht. Ich dachte nicht… oh!« rief sie, als sie sich einem Schiff näherten, »das ist… aber das kann doch nicht…« Sie drehte sich wieder zu ihm um.

»Ja, mein Mädchen«, nickte er grinsend, »das ist die *Raven.*«

»Ich dachte, sie wäre versenkt worden.«

»Glaubst du, das hätte ich zugelassen?« Marcus stieg vom Pferd und hob sie schwungvoll herunter. »Ich mußte sie natürlich umtaufen. Schau hin!«

Ein Kloß bildete sich in Rebeccas Kehle, als sie den Namen am Bug las: *»Leannan«*. Mit Tränen der Rührung in den Augen betrachtete sie das schnittige Schiff mit den hohen Masten, an denen straffgerollte Segel hingen. Es war fest am Kai vertäut, und doch schien es zu fliegen. »Oh, sie ist so schön!«

»Ja, das ist sie.« Marcus blickte zärtlich auf sie hinunter. »Willkommen daheim«, sagte er, zog sie an sich und senkte seine Lippen auf die ihren, und Rebecca schlang, ohne sich um die Leute zu kümmern, die zu dieser frühen Stunde ihrer

Arbeit nachgingen, die Arme um seinen Hals und erwiderte den Kuß. »Du bietest mir ein Schiff als Heim an?« fragte sie in gespielter Empörung, und sie sah Erschrecken in seinen Augen aufzucken, ehe er ihr unterdrücktes Lächeln bemerkte.

»Natürlich«, ging er auf ihr Spiel ein. »Du weißt doch, was ich bin.«

»Ja, ein Pirat. Und wenn du mich nicht augenblicklich entführst, werde ich sehr, sehr ärgerlich.«

Seine Augen blitzten. »Ach, tatsächlich?« Ohne Vorwarnung hob er sie auf seine Arme und trug sie über die Mole zu dem schmalen Brett, das als Laufplanke diente.

»Ich protestiere gegen diese Behandlung!« ereiferte sie sich nach einer Schrecksekunde.

Er blieb auf der federnden Planke stehen. »Und wie möchtest du behandelt werden?«

»So!« sagte sie und zog seinen Kopf für einen Kuß zu sich herunter. Die Vergangenheit war vergangen – jetzt zählten nur noch die Gegenwart und die Zukunft für sie. An der Seite des Raben. Auf immer und ewig.

Anmerkung der Autorin

Beim Erzählen der Geschichte von Rebecca und Marcus habe ich mir, was die Historie betrifft, einige dichterische Freiheiten erlaubt. St. Thomas war zwar tatsächlich traditionell ein Freihafen, doch zu der Zeit, in der ich meine Geschichte angesiedelt habe, patrouillierten in diesen Gewässern die Briten, und so ist es unwahrscheinlich, daß ein Pirat wie der Rabe sich dort hätte frei bewegen können. Das jährliche Pferderennen fand in Wahrheit im Herbst statt und nicht im Frühling. Auch die geplante Invasion in Washington und die Verschwörungen gegen die Regierung sind erfunden.

Ich habe ein paar historische Personen in die Handlung aufgenommen: Präsident Madison und seine Frau – offensichtlich! – und ihre Bekannten, und Sir Augustus Foster, den britischen Minister. Alle anderen sind frei erfunden.

Ich danke Meredith Bernstein, mich ermutigt zu haben, meinen Traum zu verwirklichen; Jeanmarie LeMense, mir eine Chance gegeben zu haben; und Constance Martin für ihre unverbrüchliche Unterstützung und Hilfe. Mein besonderer Dank gilt Bob Goldrick, der mir das Schachspielen beibrachte und mir von dem Fool's Game erzählte. Dank schulde ich auch den Silver-City-Autorinnen, die als erste von der Raben-Sage gehört und mir geraten hatten, etwas daraus zu machen.

Weltbild Buchverlag – Originalausgaben –
Genehmigte Lizenzausgabe 2007
Verlagsgruppe Weltbild GmbH,
Steinerne Furt, 86167 Augsburg

Projektleitung: Bettina Spangler
Umschlag: Hauptmann & Kompanie Werbeagentur GmbH, München – Zürich
Umschlagabbildung: H042, Agentur Uwe Luserke
Satz: Uhl und Massopust GmbH, Aalen
Gesetzt aus der Sabon Regular 10/10 pt
Druck und Bindung: GGP Media GmbH, Pößneck

Gedruckt auf chlorfrei gebleichtem Papier

Printed in the EU

ISBN 978-3-89897-765-4